Lauren Frankel

Das Schweigen der Hyazinthen

W0384057

Lauren Frankel

Das Schweigen der Hyazinthen

Roman

Ins Deutsche übertragen von
Theda Krohm-Linke

INK
EGMONT

Die Originalausgabe erschien 2015
unter dem Titel *Hyacinth Girls*
bei Crown, an imprint of the Crown Publishing Group,
a division of Random House LLC,
a Penguin Random House Company, New York.

Deutschsprachige Erstausgabe August 2015 bei INK
verlegt durch EGMONT Verlagsgesellschaften mbH,
Gertrudenstraße 30–36, 50667 Köln
Copyright © 2015 by Lauren Frankel
Copyright © der deutschsprachigen Ausgabe 2015
bei EGMONT Verlagsgesellschaften mbH
Alle Rechte vorbehalten

Textauszug aus: T. S. Eliot, Das öde Land. Englisch und Deutsch.
Übertragen und mit einem Nachwort versehen von Norbert Hummelt.
© der zweisprachigen Ausgabe Suhrkamp Verlag Frankfurt am Main 2008.
Alle Rechte bei und vorbehalten durch Suhrkamp Verlag Berlin.

1. Auflage
Redaktion: Barbara Müller
Satz: Greiner & Reichel, Köln
Printed in the EU (675292)
ISBN 978-3-86396-078-0

www.egmont-ink.de

MIX
Papier aus verantwortungsvollen Quellen
FSC® C083411

Die EGMONT Verlagsgesellschaften gehören als Teil der EGMONT-Gruppe zur **EGMONT Foundation** – einer gemeinnützigen Stiftung, deren Ziel es ist, die sozialen, kulturellen und gesundheitlichen Lebensumstände von Kindern und Jugendlichen zu verbessern. Weitere ausführliche Informationen zur EGMONT Foundation unter:
www.egmont.com

Für John

»Vor einem Jahr, da brachtest du mir erstmals Hyazinthen;
Sie nannten mich das Hyazinthenmädchen.«
– Doch als wir wiederkamen aus dem Hyazinthengarten, es war schon spät,
Du hattest die Hände voll, dein Haar war naß, da konnte ich nicht mehr
Sprechen, ich sah auch nichts mehr, ich fühlte mich weder
Tot noch lebendig, und alles war weg,
Als ich ins Herz des Lichts sah, die Stille.
Öd' und leer das Meer.

T. S. Eliot, *Das öde Land*

PROLOG

An einem kalten Oktobermorgen schaute ich zu, wie sie Callies Gesicht auf einer Werbetafel anbrachten. Zwei Männer mit Schutzhelmen zogen ein Vinyl-Plakat an einem Seil hoch. Ich saß in meinem geparkten Auto, kaute Kaugummi, und der Verkehr rauschte an mir vorbei, als das Plakat wie eine riesige dunkle Fahne im Wind flatterte. Ich wollte der Erste sein, der sie sah, deshalb war ich früh hierher gefahren und hatte mich im Stillen darauf eingestellt, wie ich mich verhalten würde. Konzentriert. Belastbar. Als könne mich nichts berühren. Ich würde keine Taschentücher aus der Tasche ziehen, und ich würde nicht mitten auf der Straße heulen.

Oben auf dem Gerüst bewegten sich die Männer in den Signalwesten schneller. Sie setzten das Bild in den Rahmen ein und zogen es mit Stöcken glatt. Ich konnte gut sehen, öffnete aber trotzdem die Tür, weil ich es ohne die Glasscheibe zwischen uns betrachten wollte. Und dann stand ich da am Straßenrand: Sie war völlig verwandelt. Callie war vierzehn Jahre alt. Ich kannte sie seit dem Tag ihrer Geburt, aber selbst ihre Sommersprossen erschienen mir fremd, weil sie so stark vergrößert waren. Ihre Haare sahen schockierend hell aus, als seien sie gefärbt, und ihre grünen Augen blickten weit geöffnet über unsere Stadt. Das Plakat hing an der Ecke Whitefield Road, etwa einen halben Kilometer von der Highschool entfernt, in keiner besonders pittoresken Gegend von Pembury (keine Backsteinmauern oder Kirchtürme). Aber es war eine Straße, über die alle fuhren, wenn sie zur Arbeit oder zur Schule mussten. Sie würden ihren Anblick kaum vermeiden können, wenn sie nicht auf die alten, mit Schlaglöchern übersäten Seitenstraßen auswichen.

Ich hatte darüber fantasiert, wie sie reagieren würden, wenn sie sie zum ersten Mal sahen. Die Leute aus unserer Stadt, Erwachsene wie Kinder. Natürlich würden Tränen fließen, sich ganze Schulbusse in Tränen auflösen. Spontane Mahnwachen mit Kerzen und Versammlungen auf der Rasenfläche unter dem Plakat. Wenn ich wütender war, stellte ich mir noch befriedigendere Erschütterungen vor. Autounfälle, Vollbremsungen, bei denen heißer Cappuccino in den Schritt schwappte, Mädchen, die ihre Eltern anschrien, doch bitte einen anderen Weg zu fahren. Vielleicht würde einer der Typen von ihrer Liste abrupt stehen bleiben, ohne in seinem Schreck zu bemerken, dass sich ein Lastwagen mit hoher Geschwindigkeit näherte. Dann stellte ich mir vor, dass Ortsfremde zu Thanksgiving zu Besuch kamen und unangenehme Fragen stellten, wenn sie ihr Bild sahen. »Tja, sie war bei Adam auf der Schule«, würde die Mutter sagen, und Adam würde vom Tisch aufstehen und aus dem Zimmer schlurfen. Dann würde seine Mutter auf das Stück Truthahn auf ihrem Teller blicken und murmeln: »Wahrscheinlich hast du nicht gehört, was passiert ist.« Und alle würden ihr Besteck sinken lassen.

Der Mann, der das Plakat gemacht hat, erkannte sie sofort, als ich ihm das Foto zeigte. Seit es im September passiert war, war es ja auch ständig in den Medien gewesen. Auf dem Foto lächelte sie nicht. Zwischen ihren hellen Augenbrauen stand eine angespannte Falte. Ich hatte es letzten Sommer aufgenommen, als die Probleme bereits begonnen hatten, obwohl ich das damals nicht erkannte – ich war völlig ahnungslos. Etwas zu sehen, bedeutet nicht immer, sich dessen auch bewusst zu sein, und an dem Tag, als ich das Foto machte, saßen wir im Garten unserer Vermieterin und genossen die Sonne auf unserer Haut. Bienen summten um die Lavendelblüten, ein Spatz zwitscherte im Gebüsch, und ich konnte die Härchen auf Callies gebeugten Knien sehen. Sie streckte die Arme über den Kopf, verschränkte ihre schlanken Finger, und als ich die Kamera hob, bat ich sie, »Cheese« zu sagen. Sie lächelte nicht, aber mir fiel es kaum auf. Der Werbetafel-Designer klickte auf seine Tastatur, und Callies Bild füllte den Bildschirm.

»Was soll denn auf dem Plakat stehen?«, fragte er.

»Kennen Sie Ihr Kind?«, sagte ich.

»Fragen Sie jetzt *mich*?«

»Nein. Das soll auf dem Plakat stehen.«

»Kennen Sie Ihr Kind?« Die Worte standen links von Callies Gesicht. Keine ausgesprochen subtile Frage, aber die richtige, hatte ich gedacht. Für manche würde sie wie eine Anklage klingen: *Wissen Sie, was es getan hat? Wissen Sie, wozu es noch fähig ist?* Für andere wie eine Warnung: *Verstehen Sie, dass es auch Ihr Kind hätte sein können, dessen Gesicht hier auf dem Plakat zu sehen ist?* Manchmal fragte ich mich, ob die Worte mir alleine galten, um mich an mein eigenes Versagen zu erinnern. Ich war nie gut darin gewesen, eins und eins zusammenzuzählen.

Als ich zwölf war, hatte ich sogar geglaubt, ich sei besessen; eine Geschichte, die ich Callie oft erzählt hatte.

Ich hatte die üblichen frühpubertären Probleme: Hormone, die verrücktspielten, einen seltsamen Drang und das überwältigende Gefühl, die Kontrolle zu verlieren. Deshalb hatte ich beschlossen, dass all das nicht von mir kam – etwas *anderes* musste *in* mich geraten sein. Ich sah mir die Symptome an und erklärte sie mir selber folgendermaßen: Ich war von einem Dämon besessen. Ich musste exorziert werden. Ich bat meine beste Freundin Joyce, sich der Sache anzunehmen, und sie hüpfte in ihrem Zimmer, in dem ich auf dem Himmelbett lag, singend und tanzend wie ein Schamane um mich herum. Joyce hatte mehr Fantasie als ich, und als ihre Freundin zweifelte ich nie an ihren Worten. Als sie schließlich sagte, der Dämon sei verschwunden, war ich erleichtert und ungeheuer dankbar. Callie neckte mich manchmal: *Du weißt doch hoffentlich, dass du nicht wirklich besessen warst, oder?* Ich nickte und lächelte, aber damals war ich mir absolut sicher gewesen. Ich hatte mir die Hinweise angesehen und geglaubt, sie zu verstehen. Und so ist es mir mein ganzes Leben lang gegangen – ich habe immer die falschen Schlüsse gezogen.

Bei Callie war es noch schlimmer, weil ich überzeugt davon war, sie zu kennen. Ich dachte, ich könnte ihr Leben durch die tausend Momente, an die ich mich erinnerte, nachvollziehen. Hier liegt sie als Neugeborenes, rosa und zerknautscht, während Joyce trübe verkündet: »Rebecca, ich bin Mutter!« Dann das pummelige Kleinkind, lachend und singend, das kleine Mädchen, das über Regenwürmer auf dem Bürgersteig plappert. Mit zehn wollte sie Biologin werden. Mit elf überredete sie mich dazu, nur noch vegetarisch zu essen. Ich kannte jede einzelne ihrer Vorlieben, vom Shampoo über Musik bis hin zu Obst. Ich wusch ihre Unterwäsche und hörte mir ihre Albträume an. Ich sah sie Hunderte von Malen einschlafen. Sie war mir so nah. Ich kannte ihre Gewohnheiten so intim. Ich dachte, ich verstünde sie, und ich dachte, es würde immer so bleiben.

Aber ich konnte nicht einmal mich selber verstehen. Ich wusste nicht, wie ich reagieren sollte. Als das Werbeplakat hochgezogen wurde, fühlte ich keine große Befriedigung. Die Worte wirkten leer neben ihrem überdimensionierten Gesicht. Kennen Sie Ihr Kind? Wie sollte man es kennen? Wie sollte ein Kind, das sich nicht einmal selbst kannte, seinen Eltern einen Hinweis geben? Versuchte ich wirklich, anderen zu helfen, oder war es ein letztes »Leck mich am Arsch«? Ein feindseliger Ausbruch einer aufgewühlten Frau. Mein Blick glitt zu meinem Spiegelbild in der Scheibe; Tränensäcke unter den Augen, die Haare zurückgebunden – der Geruch des Krankenhauses haftete noch an meiner Jacke. Was für ein Mensch war ich, dass ich so eine Geste machte? Eine unauffällige Dental-Hygienikerin. Eine Frau, die Cupcakes backte. Eine Vierunddreißigjährige ohne Freunde, die die Tochter ihrer besten Freundin aufzog. Ich blickte auf das Plakat und fragte mich, ob das wirklich Gerechtigkeit war. Sie konnten in Callie immer noch sehen, was sie wollten. Manche mochten vielleicht sagen, das Luder habe bloß bekommen, was es verdient habe. Andere sahen sie vielleicht als Opfer. Möglicherweise würden einige wenige auch überrascht sein, dass so etwas in unserer Stadt möglich war. Aber sie würde jetzt auf sie alle aufpassen, sie würde da sein, ihre Haut strahlend im hellen Schein der Lampen, und die anderen würden bei nächtlichen Fahrten ebenso wie im morgendlichen Berufsverkehr, wenn sie zu Football-Spielen oder Tanzveranstaltungen fuhren, an sie erinnert werden.

1

Um wirklich alles zu erklären, muss ich mindestens sechs Monate zurückgehen, zu jenem Tag im letzten April, als ich den Anruf aus Callies Schule bekam. Aber ich werde ganz bestimmt auch alles Mögliche auslassen, vor allem Dinge, die ich nicht gerne erzählen möchte. Wie zum Beispiel den albernen kleinen Tagtraum, den ich hatte, bevor die Direktorin anrief. Meine Fantasien waren nicht besonders gewagt, keine heißen Szenen mit Latex und SM-Praktiken. Sie waren eigentlich sogar eher züchtig, und es wurde kaum ein Kuss ausgetauscht. Sie waren tatsächlich retro. Langweilig und anti-feministisch. Ich beugte mich über die Zähne eines Patienten und stellte mir vor, wie er mir einen Antrag machte.

Im Kopf nannte ich sie »Auffahrt-Männer«. Ich suchte mir immer nur die aus, die dünn und anämisch aussahen. Männer, die alleine in großen Häusern mit eindrucksvollen Auffahrten wohnten und den ganzen Tag in der City arbeiteten. Ein solcher Mann war Abendessen aus der Mikrowelle und überteuertes, fettiges chinesisches Takeaway leid; insgeheim sehnte er sich nach leckerer Hausmannskost. In meiner Fantasie begann es zufällig, unsere Blicke begegneten sich über meinem Mundschutz, und unsere Arme berührten sich, als ich Zahnseide abriss. Und dann wie ein elektrischer Stromschlag, ka-zong! Als hätten wir nur auf diesen einen Moment gewartet, tat sich für mich die Tür – mein Einstieg – zu einem ganz neuen Leben auf. Mein Herz klopfte heftig, als er sich vorbeugte und mich fragte, ob ich jemanden kannte, der als Köchin bei ihm einziehen mochte.

Damals brachte ich mir gerade selber das Kochen bei. Mein Ziel war es, jeden Monat eine neue Technik in der kleinen Küche unserer Mietwohnung zu meistern. Eigentlich hatte ich nicht die Zeit dazu, aber zum Glück litt ich unter Schlaflosigkeit, und so verbrachte ich viele Nächte damit, übermüdet Zutaten zusammenzustellen und den Backofen vorzuheizen. Dort zerstörte ich Pies und Pasteten, ließ unzählige Soufflés in sich zusammenfallen, wiederholte die einzelnen Schritte immer wieder und verbrauchte noch mehr Eier und noch mehr Butter. Aber ich liebte es. Ich liebte den Moment, wenn mein Körper und mein Geist völlig absorbiert waren, wenn ich vergaß, wer ich war, und mich nur auf das Rezept konzentrierte. Meine Finger erspürten die Struktur des Teigs, mein Blick erfasste das Glänzen des Eischnees, meine Hand rührte automatisch, wenn Blasen aufzusteigen begannen. Meine Ängste verschwanden, wenn ich mich voll konzentrierte, als könne jede unkontrollierbare Variable mit genügend Aufmerksamkeit gemeistert werden. Wenn meine Gerichte schließlich so perfekt herauskamen wie die Fotos in meinem Kochbuch, war es mehr als nur eine Leistung, es war der Beweis von etwas Größerem. Wenn ich nur hart genug arbeitete, Anleitungen befolgte und mich intensiv konzentrierte, würde alles okay sein: Dann kam alles so, wie ich es geplant hatte.

An jenem Nachmittag im letzten April kam meine Fantasie gut voran. Mein Patient trug keinen Ehering, und nichts an ihm deutete darauf hin, dass er pervers sein könnte. Er hatte gute Schuhe an und eine gute Versicherung, was bedeutete, dass er auch einen guten Job hatte. Und ich begann mir vorzustellen, was ich als erste Probemahlzeit für ihn kochen würde. Ich entschied mich für einen herzhaften vegetarischen Eintopf, nicht zu scharf. Er bat um einen Nachschlag, dann um noch einen. Dann machte er mir ein großzügiges Angebot. Callie und ich sollten in sein Haus ziehen, in dem es die modernsten Geräte gab, eine sonnendurchflutete Küche mit Marmorarbeitsplatte, einem Herd mit sechs Kochfeldern und einem hochmodernen Mixer zum Brotbacken. Er sagte mir, er sei nicht oft da, und ich könne kochen, was ich wolle. Callie und ich sollten uns wie zu Hause fühlen, und sie und ihre Freunde dürften natürlich auch den Pool benutzen.

Der Mann redete auch in der Realität. Er fragte nämlich, ob er den Mund ausspülen dürfe. Nachdem er sich über die Spuckschale gebeugt hatte, fragte ich ihn, ob seine Zähne sehr empfindlich seien. Mir war eine ungleichmäßige Abnutzung aufgefallen, und ich vermutete, dass er nachts mit den Zähnen knirschte, was heutzutage ziemlich häufig vorkommt. Dr. Rick schob es immer auf die Wirtschaftskrise. Wir begannen, über eine Knirschschiene zu sprechen, und dann, allgemeiner, über Entspannungstechniken. Meditation, Yoga, etwas, um seinen Stresspegel zu reduzieren.

»Mich selbst entspannt Kochen sehr«, sagte ich, und er zog freundlich fragend die Augenbrauen hoch.

»Haben Sie schon einmal Lavendel-Cupcakes probiert?«, fragte ich. »Lavendel ist sehr beruhigend.«

Er schüttelte den Kopf. Ich mochte ihn wirklich: diesen Mann mit seinem schlaffen, ungesunden Teint und den abgeriebenen, schiefen Zähnen in seinem verkniffenen, angespannten Kiefer.

»Ich könnte Ihnen das Rezept mitbringen«, bot ich ihm an. »Sie enthalten nur wenig Zucker.«

»Oh. Nein, danke. Ich koche eigentlich nicht.«

Ich stellte mir seinen nierenförmigen Pool vor, und wie wir eines Tages über diesen Moment lachen würden. Zum Teufel mit Political Correctness. Ich wollte, dass er mich rettete. Warum sollte meine Fantasie politisch korrekt sein? Nichts auf der Welt war gleichberechtigt. Ich musste mit meinem mageren Gehalt ein Kind alleine großziehen, und er hatte Geld wie Heu und so viele Schlafzimmer, dass er sie gar nicht alle benutzen konnte. Ich wollte mir doch nur keine Sorgen mehr machen müssen, Zeit für weitere Experimente in der Küche haben, wissen, dass nicht alles auf meinen Schultern ruhte – ein Leben führen wie so viele andere.

Ich hatte Dr. Rick noch gar nicht gerufen, als plötzlich die Tür aufschwang. Bevor ich mit meinem Patienten weitermachen konnte, reichte mir unsere Rezeptionistin den Zettel.

Callies Schule hat angerufen. Du sollst so schnell wie möglich zurückrufen.

Dann stand ich im Sterilisationsraum unserer Praxis, drückte den Telefonhörer ans Ohr und atmete stoßweise, als Callies Schuldirektorin redete. Worte. Noch mehr Worte. Die meisten unverständlich. Der scharfe Geruch der Sterilisationsmittel stieg mir in die Nase.

»Traumatisiert«, sagte die Direktorin. »Die andere Schülerin war traumatisiert.«

Ich hatte meinen Patienten in Annettes Obhut gelassen,

und meine Beine zitterten immer noch. Dieser unerwartete Anruf hatte mir einen Höllenschrecken eingejagt. Ich hatte mir schreckliche Dinge vorgestellt – eine grauenvolle Fahrt ins Krankenhaus –, aber das hier war etwas anderes. Diesem Szenario konnte ich nicht folgen.

»Tinte?«, wiederholte ich.

»Das ist korrekt – in ihr Gesicht. Und ihre Bluse wurde ruiniert.«

Wenn eine Schuldirektorin dir erklärt, dass deine Tochter jemandem Tinte ins Gesicht geschüttet hat, dann gibt es ein paar Dinge, die du besser nicht tun solltest. Du solltest zum Beispiel nicht in Tränen ausbrechen und persönliche Probleme auf den Tisch legen. Du solltest dich nicht wie die Mutter einer Kriminellen benehmen und wütend erklären: »So etwas kann sie unmöglich getan haben!« Und du solltest besser auch nicht defensiv reagieren und fragen, was die andere Schülerin denn getan hat, um dein Kind zu provozieren. Aber als ich das hörte, flog alle Vernunft aus dem Fenster.

»Nein, auf gar keinen Fall, Callie streitet sich mit niemandem. Da muss ein Irrtum vorliegen. Was hat dieses Mädchen ihr denn *getan*?«

»Nichts«, antwortete die Direktorin, als sei ich Abschaum, dass ich überhaupt diese Frage stellte. »Sie hat an ihrem Pult gesessen und gearbeitet, als Callie sie angriff.«

Callie und ich wohnten zusammen in einer siebzig Quadratmeter großen Wohnung. Wir aßen zusammen, teilten den neuesten Klatsch und die neuesten Witze, und seit sie in letzter Zeit so sehr gewachsen war, liehen wir uns sogar gegenseitig unsere Schuhe. Zu Hause legte sie die Beine über meine und bot mir an, mir die Nägel zu machen, wobei sie darauf bestand, ich solle mal dunkelroten Lack ausprobieren. Sie war immer freundlich, lustig und liebevoll, umarmte ihre Freundinnen gerne und oft und sprang in die Luft, wenn man gute Nachrichten für sie hatte.

»Aber Callie ist ein sanfter Mensch«, sagte ich und fing an, ihr Beispiele zu liefern. Spinnen hinter der Toilette, Käfer in der Insektentür, halb tote Fliegen auf der Fensterbank. Callie sammelte sie alle auf, ging zur Haustür und brachte sie nach draußen. »Ein Weberknecht«, verkündete sie dabei. Einmal wurde sie von einer Wespe, die sie in die Freiheit schicken wollte, in die Handfläche gestochen. Während sie kaltes Wasser über die Einstichstelle laufen ließ, fragte sie sich, ob Wespen wohl auch starben, wenn sie einen gestochen hatten.

»Wir verfolgen die Politik, uns mit den Eltern zusammenzusetzen, bevor wir disziplinarische Maßnahmen ergreifen«, erklärte Mrs Jameson.

Und dann sprach sie es aus. Schikane. Mobbing.

Wir lebten in einer Kleinstadt. In Pembury, Connecticut. Früher einmal gab es hier nur Weideland und Rinderherden, aber das war vor meiner Zeit. Jetzt gab es hier überall kleine Villen und Cafés, Geschenkläden und Boutiquen, es gab sogar eine französische Bäckerei, in der kleine, pastellfarbene Macarons verkauft wurden. Der Traum vom Kleinstadtleben mit frischer Luft, wogenden Hügeln und Kühen, die auf Weiden grasten, hatte viele Banker und Geschäftsführer in dieses Tal in Connecticut gezogen, und doch hatte es sich wegen ihnen so sehr verändert. Sie kauften die alten Bauernhäuser, renovierten und erweiterten sie um Dachfenster und Spielzimmer. Sie aßen in den neuen ethnischen Restaurants, meldeten ihre Kinder beim teuren Kinderturnen an und glaubten dabei, sie würden ihre Kinder altmodisch aufwachsen lassen. Ich war mit der gleichen Vorstellung hierhergekommen. Ich hatte von den Schulen, den Waldwegen und der unglaublich niedrigen Kriminalitätsrate gehört, und all das wollte ich für Callie. Aber ich war ebenfalls in einer Kleinstadt aufgewachsen. Ich hätte eigentlich über die Nachteile Bescheid wissen müssen.

Als Mrs Jameson »Mobbing« sagte, konnte ich mir vorstellen, wie dieses Wort an Callie kleben würde. Das Flüstern unter den Eltern, die eisigen Blicke in der Stadt. *Mobbing* war wie ein Codewort. Ein Hinweis auf eine dysfunktionale Familie. Ein Kind, das unmenschlich geworden war, weil es verwöhnt oder vernachlässigt wurde. Selbst für Amokschützen in der Schule gab es mehr Ausflüchte: *Es war nicht seine Schuld, er wurde von anderen gemobbt.*

Und wenn man Callie so wahrnahm, würde sich ihr Leben ändern. Bestimmte Kinder würden sie meiden. Lehrer würden sie misstrauisch beäugen; sie würden sie schlechter benoten, ohne sich ihrer Vorurteile bewusst zu sein. Sie würden über sie reden, sie auseinandernehmen, und mich letztlich auch, denn aus was für einem Elternhaus kommt ein Mädchen, das andere tyrannisiert?

Als ich auf den Parkplatz hinter Callies Schule fuhr, hoffte ich immer noch auf eine einfache Erklärung. Sie hatte die Tinte aus Versehen verschüttet. Sie war gestolpert und gestürzt. Ich wollte, dass ihr Leben einfach war, dass wir über ihre Probleme lachen konnten – wie in einer Sitcom aus den 1980er-Jahren. Ein schlimmes erstes Date. Eine Frisur-Katastrophe. Vielleicht eine kurze Zeit, in der sie Alkohol probiert und herausfindet, dass es nichts für sie ist … Ich wollte Dilemmas, die sich in einer halben Stunde oder weniger lösen ließen. Applaus im Publikum. Fröhliche Musik und Nachspann.

Die Flügeltüren der Schule schwangen auf, und die Schüler strömten auf den Parkplatz, schwenkten bunte Beutel, lachten, texteten. Immer mehr Kinder strömten heraus, bis schließlich nur noch ein paar Nachzügler kamen, Jungen mit Hockey-Ausrüstung, ein Lehrer, der an den Fahrradständern entlangging. Die Wagentür wurde aufgerissen, und Callie, Dallas und Ella quetschten sich auf den Rücksitz, süßlicher Duft nach Haarspray und Körperlotion erfüllte das Wageninnere. Seit der ersten Klasse waren sie beste Freundinnen und standen sich näher als Schwestern. Ich nannte sie die siamesischen Drillinge, weil sie als Kinder einmal ihre Haare zusammengeflochten hatten, sodass sie an den Köpfen miteinander verbunden waren. Normalerweise schwatzten und kicherten sie, wenn sie hinten im Auto saßen, aber heute waren sie schweigsam. Sie texteten noch nicht einmal.

»Hat dich jemand angerufen?«, fragte Callie und fummelte an einem ihrer Gummiarmbänder herum. Jedes enthielt eine Botschaft über Tierrechte. Das Gummiband, mit dem sie jetzt spielte, trug orangefarbene Pfotenabdrücke.

»Mrs Jameson«, sagte ich. »Sie hat mir von der Tinte erzählt.«

Überrascht sah ich, wie meine für gewöhnlich stoische Dreizehnjährige in sich zusammensank. »Ich fasse es nicht. Ich war noch nicht einmal in ihrer Nähe.« Plötzlich beugte sie sich vor und drückte ihr Gesicht auf die Beine.

»Robyn ist so eine Lügnerin!« Dallas beugte sich zwischen die Sitze vor, um mit mir zu reden. »*Ständig* ärgert sie Callie. Sie folgt ihr auf Schritt und Tritt, wie eine besessene Irre.« Dallas war zwei Jahre hintereinander Schülersprecherin gewesen, und sie redete in der direkten Art von jemandem, der es gewöhnt ist, gehört zu werden.

Angewidert schüttelte sie den Kopf, sodass ihre Haare flogen – sie waren fast weiß, wie die eines blonden Kindes am Ende des Sommers. Sie stupste Callie an. »Erzähl Rebecca, was sie zu dir sagt.«

»Was sagt sie denn?«

»Sie erzählt Sachen über Callies Mom«, sagte Dallas. Callie rieb sich das Gesicht an ihrer engen pinken Jeans.

Bevor ich diese Information verdaut hatte, warf Ella ein: »Robyn hat es selber gemacht. Sie hat sich selber vollgespritzt.«

Callie schniefte. Ella schlang die Arme um sie, und ich kramte erfolglos in meiner Tasche nach einem Päckchen Taschentücher. Von Robyn hatte ich noch nie gehört, aber Dallas versorgte mich mit allem, was ich wissen musste: Robyn Doblak trug mega-enge Sachen. Sie stand gern im Mittelpunkt. Das mit der Farbe hatte sie wahrscheinlich gemacht, damit alle sie anguckten. Dallas hielt sich die Hände vor den Brustkorb und machte große hüpfende Bewegungen.

»Hast du gesehen, wie sie es getan hat?«, fragte ich Ella.

Ella nickte so heftig, dass ihre kurzen Haare ihr in die Stirn fielen. Sie hielt Callie immer noch im Arm. »Sie hat die Farbe selbst über sich gekippt.«

»Mrs Jameson hat gesagt, es sei Tinte gewesen, nicht Farbe.«

»Es war Farbe. Im Kunstunterricht. Die Lehrerin ist aus dem Zimmer gegangen, und Robyn hat die Tube über ihrer Brust ausgedrückt.«

Callie hob ihr kleines verweintes Gesicht. Aus ihrem Ballerinaknoten hatten sich goldene Haarsträhnen gelöst, und ihr Eyeliner floss zu den Ohren. Dallas reichte ihr ein Päckchen Taschentücher mit Cartoon-Katzen, und wir sahen ihr alle zu, wie sie sich die gerötete Nase putzte. Die Mädchen beobachteten sie besorgt. Callie sah völlig fertig aus.

»Miss Dimmock hasst uns«, sagte Ella. »Sie hat mich oder Callie nie leiden können. Deshalb hat sie Robyn auch geglaubt.«

»Aber alle *wissen*, dass Robyn lügt«, sagte Dallas. »Sie hat echt Probleme.«

»Das liegt nur daran, dass Callie ihr nie sagt, sie soll abhauen. Sie ist viel zu nett zu ihr«, stimmte Ella ihr zu.

Sie begannen, nach Erklärungen zu suchen. Vielleicht wollte Robyn ja Callie mit der Farbe auf sich aufmerksam machen, und als das nicht funktionierte, schob sie es ihr in die Schuhe. Oder sie hielt es für superwitzig, Callie in Schwierigkeiten zu bringen. Während ihre Freundinnen alle möglichen Hypothesen aufstellten, zerknüllte Callie das Taschentuch in ihrer Faust. Sie biss sich auf die Lippe und schüttelte den Kopf. Ich griff nach hinten und tätschelte ihr das Knie. Sie sollte wissen, dass ich nie an ihr gezweifelt hatte. Dann tippte Dallas ihr auf die Schulter. »Weißt du, was ich glaube? Ich glaube, Robyn ist in dich verknallt.«

»Macht euch keine Sorgen«, versprach ich. »Ich kümmere mich um die Sache.«

An jenem Abend erzählte mir Callie, was Robyn über ihre Mutter gesagt hatte. Wir saßen im Schneidersitz auf ihrem Bett unter den Fotos, die sie an die Wand gepinnt hatte. Ich blickte auf ein Foto von Callies Mutter auf einer Kürbisfarm. Das Foto hatte ich gemacht. Callie war damals vier gewesen, und wir hatten dem Farmer beim Cider-Brauen zugeschaut.

»Sie hat gesagt, sie wäre gestorben, damit sie mich nicht länger ansehen muss.«

Callie stieß die Worte aus, ohne Luft zu holen, und ich dachte daran, was die Therapeuten gesagt hatten. Die Trauer eines Kindes könne sich eine Zeit lang nicht äußern, aber das bedeutete nicht, dass sie vorbei sei. Sie lauere immer unter der Oberfläche und warte darauf zurückzukehren.

»Das ist nicht wahr«, sagte ich. »Du weißt, dass das nicht stimmt.«

Callie nickte. Robyn hatte es einfach nur lustig gefunden.

»Ich hätte es absolut verstanden, wenn du sie wegen so einer Bemerkung mit Farbe bespritzt hättest.«

»Aber ich habe es nicht gemacht.« Sie zog ihre Hand weg.

In diesem Moment stellte ich mir Robyn als ein ganz schreckliches Kind vor. Ein Mädchen, das nie etwas verloren hatte, dem es an Empathie und Tiefe mangelte. Ich hatte über solche Kinder gelesen, Kinder, die keine Gefühle mehr hatten. Sie verbrachten ihre gesamte Freizeit am Computer und vergaßen, dass Menschen fühlen könnten.

»Irgendwas kann mit ihr nicht stimmen, wenn sie so etwas Gemeines sagt«, sagte ich.

Callie ergriff einen Pinienzapfen, der auf ihrem Nachttisch lag, und drehte ihn in ihren Händen hin und her. Wenn sie Trost brauchte, fand man sie immer draußen. Sie sammelte Zweige, Blätter und winzige Vogelskelette, die sie in ihrem Zimmer aufbewahrte, als seien sie ungeheuer kostbar. Callie stieß die Finger in die Zwischenräume des Zapfens, dann richtete sie ihre grünen Augen auf mich. »Kann ich morgen zu Hause bleiben?«

»Lie…«

»Sie glauben alle, dass ich es war.« Sie zitterte. »Sie halten mich alle für schrecklich.«

»Niemand glaubt das. Wahrscheinlich halten sie eher *sie* für schrecklich.«

»Ich kann nicht dorthin gehen.« Plötzlich drückte sie den Pinienzapfen an die Lippen. »Ich kann nicht in die Schule gehen, wenn alle denken, ich hätte es getan.«

Ich durchforstete mein Hirn nach Ratschlägen. Wie aufgebracht sollte ich reagieren, um ihr zu helfen? Selbst nach all diesen Jahren fühlte ich mich oft wie ein Pfuscher. Ich konnte sie die ganze Nacht über trösten, aber es änderte trotzdem nichts. Ich blickte auf Joyces Foto an der Wand. Vielleicht konnte sie mich ja inspirieren.

»Was hätte deine Mom denn getan, was meinst du?«

Callie zuckte mit den Schultern und schüttelte den Kopf.

»Über sie haben die Leute auch geredet. Weißt du noch, wie das kam? Nachdem diese Jungs in unserer Junior High mich die Treppe runterwerfen wollten?«

Callie antwortete nicht, aber ich wusste, dass sie die Geschichte kannte. Als sie noch ein bisschen kleiner war, hatten wir die Szene oft nachgespielt. Callie redete dann mit tiefer Stimme, so wie ich es ihr beigebracht hatte, und musterte unsere imaginären Quälgeister mit zusammengekniffenen Augen. Einmal krachte der hölzerne Couchtisch unter ihr zusammen, als sie bei unserer Inszenierung daraufsprang.

Schließlich sagte Callie: »Sie hat verändert, was alle sahen.«

Ich lernte Callies Mutter kennen, als ich zwölf war. Damals wollte man mich in meinem ersten Jahr auf der Junior High die Treppe der achten Klasse hinunterwerfen.

Den ganzen Sommer über bemühte mein Cousin sich, mich darauf vorzubereiten, weil er das auch durchgemacht hatte. Curtis kam häufiger mit einem blauen Auge aus der Schule, wenn es mal wieder Streit um ein gewisses Kleinstadtgerücht gegeben hatte. »Wenn sie schlecht über Grandma reden, wirst du besser nicht wütend oder streitest es ab«, sagte er. »Finde einfach ihre Namen heraus. Ich kümmere mich dann schon darum.«

Curtis' Freundin Lara rieb gerade Sonnencreme über ihre Sommersprossen. Skeptisch lauschte sie seinem Rat. »Du musst ihnen einfach das Knie in die Eier rammen«, sagte sie. »Tritt sie dorthin, wo es wehtut.«

Lara klopfte die Sonnencremeflasche auf ihrer Handfläche aus; *ihre* Grandma würde niemand eine Hure nennen.

»Sie kämpft nicht.« Curtis drückte mir die magere Schulter. »Rebecca ist kein Kämpfer.«

Aber als Curtis zur Snackbar am Strand ging, meinte Lara, ich solle aufstehen und mit ihr trainieren. Sie zeigte mir, wie man auf die schwachen Stellen der Jungs zielt, und trat mit ihren starken, glatten Beinen um sich. »Er macht sich Sorgen um dich«, sagte sie. »Er denkt, sie machen dich fertig.«

Wenn Curtis das dachte, sagte er es nicht, noch nicht einmal am Morgen des ersten Schultags, als er mir die Hand auf den Nacken legte. »Du hast ein unsichtbares Kraftfeld«, sagte er. »Und das bin ich. Okay?«

Aber als ich auf dem Stockwerk der achten Klasse angekommen war, schien das Kraftfeld nicht mehr zu funktionieren. Etwas traf mich am Kopf. »Sag deiner Grandma danke für gestern Nacht.«

Ein Junge hatte einen Penny nach mir geworfen, und er verschwand jetzt in der Menge. Ich trat ihn nicht in die Eier, aber ich sagte so laut, dass alle es hören konnten: »Herzlichen Glückwunsch! Jetzt hast du AIDS.« Das war natürlich gelogen. Und taktisch auch nicht besonders klug. Zu verkünden, dass meine Grandma AIDS hatte, verbesserte meinen Ruf sicher nicht.

»Oh, Scheiße. Silibetti hat AIDS.«

»Chris, du hast Grandma-AIDS.«

An dieser Stelle wäre ich gerne weggegangen. Ich hatte Silibetti gedisst, aber Silibetti war noch nicht fertig. Er packte mich am Arm, und dann grinste er für eine Sekunde.

Jungs dürfen Mädchen nicht schlagen, vor allem keine Kleineren, die noch mit ihren Teddybären schlafen, aber Silibetti lebte nach einem Code, der sich von dem der meisten unterschied. Mein Gesicht brannte von seiner Ohrfeige. Dann packten mich seine Freunde an den Knien und lachten, als ich strampelnd mit den Armen um mich schlug.

Ich weiß nicht mehr, ob ich geschrien habe, als sie mich hochhoben und über das Treppengeländer hielten. Hilflos packte ich nach dem Gitter, doch meine verschwitzten Finger glitten immer wieder von den Stäben ab, während sie mich an den Beinen hin und her schwangen, als flöge ich durch die Luft.

»Yeah, Superman! Yeah!«

Ich konnte fast schon spüren, wie sie losließen und ich hinunterstürzte.

»Satan!«, gellte eine Mädchenstimme. »Preist Satan, meine Brüder!«

Wenn ich nicht immer noch hin und her geschaukelt wäre, hätte ich sicher ihr violettes Polohemd und ihren wippenden blonden Pferdeschwanz gesehen, als sie sich spöttisch verbeugte. »Opfert ihre Seele«, schrie sie. Ich fühlte etwas Warmes über mein Gesicht tröpfeln.

Um heutzutage die gleiche Wirkung zu erzielen, muss

man sich wahrscheinlich als Terrorist outen, und die gleiche Alarmstimmung erzeugt man wohl bloß, indem man irgendetwas über den Dschihad und die Ungläubigen schreit. Aber 1987 hatten alle Angst vor Satanisten – in den Abendnachrichten wurde ständig über sie berichtet, sie infiltrierten Schulen und Kirchengemeinden, gaben sich als Pastoren und Vorschullehrer aus und missbrauchten Kinder in den Waschräumen.

Ein Murmeln ging durch die Menge. Dann schwiegen alle. Das Blut wich mir aus den Armen. Der Augenblick, in dem ich fallen würde, kam rasch näher.

»Verpiss dich, kleines Mädchen!« Das war Silibetti. »Sonst werfen wir dich ihr gleich hinterher.«

Das Mädchen lächelte nur. »Ehre und Preis sei Luzifer.«

Sie ließen los, und ich sank zu Boden. Sie warfen mich nicht übers Geländer, sondern stürzten sich auf sie. Ich versuchte mich an Laras Training zu erinnern und trat nach ihren Knöcheln. Dann spürte ich, wie eine kleine Hand über mein Gesicht glitt.

Das Mädchen hatte mich berührt. Ich sah mein Blut auf ihrer Hand. Sie streckte sie den Jungen entgegen und stimmte einen unheimlichen Singsang an: »DIGAdigaDIGAdigaDIGAdigaDEIN! LUCIferLUCIferLUCIFERKOMMHEREIN!«

Ihre Stimme vibrierte durch meinen Körper, erschütterte mich bis ins Mark, und die Jungen rührten sie nicht an, während sie sich hin und her wiegte. Ihre Stimme war dunkel, rau, und die anderen Kinder zeigten auf sie und auch auf Silibetti, als gehörten sie beide zu einem bluttrinkenden Kult. Hatte Silibetti Angst? Wusste er, dass er gezeichnet worden war? Er nannte sie eine verrückte Hexe, und ich trat ein letztes Mal nach ihm. Dann läutete es, und alle trampelten an uns vorbei. Sie traten mir auf die Füße und auf die Finger, und ich war völlig fertig. Ich versuchte mich aufzurappeln, beschloss aber dann, auf dem Boden sitzen zu bleiben. Ich würde einfach ein bisschen auf den kühlen grauen Fliesen schlafen. Bald schon würde Curtis erfahren, was passiert war, und ich stellte mir vor, wie er herkommen und mich holen würde, und so leise mit mir reden würde, wie er es tat, wenn unsere Mütter schliefen. Dann würde er mir anbieten, mich nach Hause zu fahren. Ich würde ihm die Arme um den Hals legen, und er würde sagen, alles sei nur ein böser Traum gewesen. Ich würde nie wieder hierher zurückkommen müssen.

Das Gesicht eines Mädchens tauchte vor mir auf, und ich merkte, dass sie es war.

»Sollen wir zur Krankenschwester gehen?«, fragte sie lieb. »Ich glaube, deine Lippe ist aufgeplatzt.«

Ich streichelte Callie über die Haare, als ich die Geschichte mit den vertrauten Worten abschloss. »Sie nannten sie Joyce McFrenzy, Evil McFrenzy oder abgekürzt auch nur EMF. Die Leute behaupteten, sie hätte den Teufel beschworen, und er hätte eine volle Minute im Treppenhaus geschwebt. Ich habe sie einmal gefragt, warum sie das getan habe, um jemanden zu retten, den sie gar nicht kannte, und sie grinste mich an. ›Ich wusste, dass wir dazu bestimmt sind, Freundinnen zu sein.‹«

»Und dann wart ihr Hyazinthenmädchen«, sagte Callie.

»Ja«, bestätigte ich. »Das waren wir.«

ALLE MEINE KONTAKTE MIT ROBYN DOBLAK, NR. 1

Für Rebecca / von Callie

Die vielen Male, die ich sie im Kunstunterricht gesehen habe, zähle ich nicht mit. Ich beginne einfach mit dem ersten Mal, als wir in der Schule miteinander geredet haben. Wir hätten uns wahrscheinlich nie näher kennengelernt, wenn ich nicht zu Miss Baranski gemusst hätte. Du weißt ja, dass sie nie etwas Nützliches gesagt hat – sie war gar keine ECHTE Psychiaterin. Sie sagte immer nur: *Wie geht es dir? Wie läuft es zu Hause?* Sie redete mit dieser falschen beruhigenden Stimme, und ich gab ihr immer die gleichen Antworten. *Gut. Keine Probleme.* Aber am schlimmsten war, dass sie immer zu spät kam. Man musste vor ihrer Tür warten, und manchmal sahen die Leute einen, und dann musste man sich an die Wand lehnen und das Gesicht verstecken ... oder vor dem Brunnen auf und ab schlendern, als ob die anderen nicht sowieso wussten, weshalb man hier war.

Jedenfalls war es kurz vor Weihnachten, ich konnte hören, wie der Chor übte, *Frosty the Snowman*, und ich wartete seit zehn Minuten auf Miss Baranski. Robyn wartete auch. Sie summte die Melodie mit. Dann fiel ihr eines meiner Armbänder auf. »Vorsicht, Pitbull?«

Es war nicht so wie bei dir, als du Mom begegnet bist. Es war keine besonders aufregende Szene. Ich habe Robyn nicht gerettet, und sie hat mich nicht gerettet. Ich schlug hier nur die Zeit tot. Ich begann zu erklären.

»Es hat mal einen Pitbull gegeben, der dreißig Menschen gerettet hat. Aber alle glauben, diese Hunde seien irre Tötungsmaschinen.«

»Dreißig Menschen? Wie hat er sie denn gerettet?«

»Ihre Häuser sind überschwemmt worden, und diese Pitbull-Hündin hat ihnen Essen gebracht.«

Robyn nickte, und ich blickte auf die Dekobäume, die an die Wand getackert waren. Ich würde Miss Baranski noch zwei Minuten geben, und dann war ich weg.

»Mein Dad wollte mir einen Hund schenken«, sagte Robyn. Dann berührte sie ihren silbernen Haarreifen. Sie fuhr fort zu sagen, ihre Mom sei dagegen, weil Hunde zu viel Arbeit machten. Ich wusste schon, dass ihr Dad gestorben war. Er hatte Leukämie gehabt. So ziemlich jeder in der Schule hatte davon gehört. Er war gestorben, als wir in der siebten Klasse waren. Aber ich hatte nicht damit gerechnet, dass Robyn anfangen würde zu weinen. Direkt da draußen, auf dem Flur. Ich hätte an Miss Baranskis Tür klopfen sollen, aber das ist mir erst später eingefallen. Ich fing einfach an, über alles Mögliche zu reden. Ich erzählte ihr von dem imaginären Hund, den ich hatte, als ich klein war. Ich tat immer so, als würde er mich durchs Haus jagen. Ich versuchte einfach, sie zum Lachen zu bringen und redete immer lauter. »Imaginäre Hunde sind toll«, sagte ich. »Du kannst ein ganzes Rudel davon haben. Und das Beste daran ist, dass sie auf deinen Befehl hin jeden angreifen.«

Ich knurrte ein bisschen, und endlich lächelte Robyn. Ihre Wimperntusche war verschmiert, deshalb wischte ich sie mit dem Ärmel ab. Robyn ließ es zu. Sie wirkte echt dankbar, aber auch ein bisschen verlegen.

2

Am nächsten Tag ging ich zu Callies Direktorin. Mrs Jameson war eine dicke, zerstreute Frau, deren Make-up unter den Augen zu einem dicken Brei verlaufen war. Ihr Schmuck hing ihr tief in den Ausschnitt, und als sie mir einen Stuhl anbot, redete sie mich mit Mrs McKenzie an.

»Mein Name ist Rebecca Lucas«, korrigierte ich sie. »Ich bin Callies Vormund, nicht ihre Mutter.«

»Entschuldigung«, sagte sie ohne Wärme, und ich fragte mich unwillkürlich, ob sie sich überhaupt die Mühe gemacht hatte, in Callies Akte zu schauen. Wie konnte ihr entgehen, dass eine ihrer Schülerinnen keine Eltern hatte? Sie machte sich eine Notiz auf einem Zettel und setzte sich auf einen Plastikstuhl. Auf ihrem Schreibtisch stand eine einsame Blattpflanze und an der Wand hing ein gerahmtes Landschaftsbild, aber der Raum wirkte tot, so als habe sie eigentlich vorgehabt, ihn gemütlich einzurichten, dabei aber zu früh aufgegeben. Mrs Jameson musterte mich durch ihre Brille und betrachtete mich forschend mit leichtem Silberblick. Vielleicht suchte sie nach Anzeichen für Schuldgefühle oder Hinterlist. Ich war zu spät gekommen, schwitzend durch die Flure gelaufen, in denen es nach neuen Computern roch, hatte mich unwohl gefühlt. Ich spürte schon, wie das aussehen würde. Ich war in ungewöhnlich dichten Verkehr geraten – am Wochenende war eine Ausstellung mit Oldtimer-Traktoren – und zehn Minuten lang hinter einem dampfbetriebenen Traktor hergeschlichen. Die mächtige Maschine stieß Rauch aus und tuckerte mit zwanzig Stundenkilometern über die Straße, ohne dass man sie überholen konnte.

»Traktor-Ausstellung?«, wiederholte Mrs Jameson zweifelnd. In meiner Bluse sammelte sich Schweiß. Ich entschuldigte mich nochmals und begann dann mit Callies Verteidigung.

»Ihr Anruf gestern hat mich ehrlich schockiert«, sagte ich. »Einen solchen Anruf habe ich noch nie im Leben bekommen. Noch bevor ich überhaupt mit Callie geredet habe, wusste ich, dass sie das nicht getan haben kann. Sie ist sehr aufgebracht über das, was dieses Mädchen behauptet …«

Mrs Jameson unterbrach mich. Sie blickte auf den Zettel auf ihrem Schreibtisch und verzog leicht angewidert die kupferfarbenen Lippen. »Ich möchte gerne mit dem Schadensbericht beginnen«, sagte sie und begann betont enttäuscht vorzulesen: »Die Schülerin, die von Callie angegriffen wurde, saß an ihrem Pult und arbeitete, als Callie auf sie zutrat und ›Kanonenkugel‹ zu ihr sagte. Dann hat sie Tinte auf Bluse und Haare der Schülerin …«

»Es war keine Tinte«, unterbrach ich sie. »Es war Farbe, und tatsächlich hat Robyn sie sich selber über die Bluse geschüttet, um Aufmerksamkeit zu erregen.«

»Ich kann verstehen, dass Sie das gerne für wahr halten möchten, Ms Lucas. Aber leider sind Sie falsch informiert.«

Ich begann Callie zu verteidigen, erzählte ihr, dass Ella alles mitbekommen habe, aber Mrs Jameson reagierte nur mit eisigen, unbeteiligten Phrasen. *Ich verstehe. Das hat sie Ihnen erzählt. Mmm. Mmhmm.*

»Und Sie halten es nicht für möglich, dass Robyn sich das selbst zugefügt hat?«, fragte ich schließlich.

»Es ist nicht rational.«

»Ist es doch, wenn sie Callie in Schwierigkeiten bringen wollte. Wenn sie es aus Bosheit getan hat.«

»Ich möchte klarstellen«, sagte Mrs Jameson knapp, »dass ich jede Art von Mobbing sehr ernst nehme, aber was gestern passiert ist, war für mich besonders erschreckend. Die Schülerin war fix und fertig.« Sie warf mir einen gramerfüllten Blick zu. »Eine unserer Lehrerinnen musste eine ganze Stunde lang bei ihr sitzen, um sie zu beruhigen.«

Ich stützte die Ellbogen auf ihren Schreibtisch, um wenigstens ein kleines Territorium für mich zu beanspruchen. Wenn ich auch nur für eine Sekunde schwankend wurde, konnte sich alles schnell zum noch Schlechteren wenden. Vielleicht sollte ich anbieten, Robyns Bluse zu bezahlen. Oder versprechen, Callie noch einmal zu befragen. Aber ich musste daran denken: Ein weinendes Mädchen bewies gar nichts. Das war doch das Problem mit den modernen Eltern heutzutage: Kinder wurden behandelt wie tickende Zeitbomben, als könne jeder Kummer, jeder Rückschlag die Selbstzerstörung auslösen. Mrs Jameson verhielt sich, als wäre Robyn dauerhafter Schaden zugefügt worden, aber das bewies nur einen besorgniserregenden Mangel an Weitsicht.

Am Abend zuvor war ich nach unten gegangen, um mit unserer Vermieterin zu reden. Mrs Romero hatte ihre Kinder ebenfalls in Pembury großgezogen, deshalb hoffte ich auf gute Ratschläge. In den acht Jahren, in denen wir im ersten Stock ihres Hauses wohnten, hatte sie nie die

Miete erhöht, und wenn ich den allmonatlichen Scheck hinunterbrachte, machte Mrs Romero mir immer ein kleines Geschenk. Wenn sie keinen Kuchen oder keinen Auflauf hatte, dann nahm sie einfach eine Dose Kekse und überreichte sie mir, als würde ich eigentlich dafür bezahlen. Aber als sie gestern Abend die Tür aufmachte, merkte ich, dass wir nicht über die Schule sprechen würden. »Es ist schon wieder einer gekommen, Rebecca«, sagte sie und ging die Post holen. Der im Gefängnis von York abgestempelte Brief war an mich adressiert. Mrs Romero schaute täglich in unseren Briefkasten, damit Callie diese Briefe nicht fand. Die meisten waren an mich gerichtet, aber ein paar waren auch an Callie geschickt worden. »Gerätst du nie in Versuchung, einen zu lesen?«, fragte Mrs Romero. Ich schüttelte den Kopf. Ich verbrannte sie immer. Wenn Callie eingeschlafen war, verbrannte ich sie in der Spüle. Wenn Callies Direktorin schon so verstört wegen ein bisschen Farbe war, wie würde sie dann erst reagieren, wenn ich Mord ins Spiel brachte? Wenn ich darauf hinwies, dass sich ständig *echte* Tragödien ereigneten?

»Wissen Sie, was Robyn zu Callie gesagt hat?«, fragte ich stattdessen. »Sie hat behauptet, Callies Mutter wäre gestorben, damit sie sie nicht mehr sehen musste.«

Mrs Jameson blickte mich von oben herab an, als hätte ich das gerade eben erfunden. »Hat Callie das gemeldet? Hat sie es ihren Lehrern erzählt?«

»Bestimmt«, erwiderte ich mit Nachdruck. »Ja, natürlich.«

»Nun, ich habe bisher nichts davon gehört, und ich werde das sicherlich überprüfen, aber ich habe eine unparteiische Zeugin, die mir berichtet hat, was gestern geschehen ist. Sie sagt, Callie stellt dieser Schülerin schon seit einer ganzen Weile nach.«

»Wer ist diese Zeugin? Etwa das angebliche Opfer?«

»Ich gebe keine Namen von Schülern heraus, aber es war nicht die angegriffene Schülerin.«

»Sie haben eine einzige Zeugin in einem ganzen Klassenzimmer voller Schüler? Ich vermute mal, es ist keine Lehrerin. Eine Erwachsene war nämlich nicht anwesend.« Meine Hände begannen zu zittern, deshalb schob ich sie unter die Oberschenkel. »Und was ist mit unserer Zeugin? Ella hat *gesehen*, wie Robyn die Farbe über sich selber gekippt hat.«

Ich zwang mich, ihr in die Augen zu sehen. Mrs Jameson zupfte am Kragen ihrer tief ausgeschnittenen Bluse. Ihr Anhänger schwang zwischen ihren Brüsten hin und her, und plötzlich wurde mir klar, was es mit all dem Schmuck, dem Make-up und dem tiefen Ausschnitt auf sich hatte. Sie wollte, dass die Kinder sie mochten, dass sie sie cool fanden. *Mrs Jameson, die ist schon okay!* Und warum wollte sie das wohl? Weil sie früher einmal zum selben Stamm gehört hatte wie ich: zu den unbeliebten Kindern, den Außenseitern. Vielleicht war sie selber gemobbt worden. Deshalb glaubte sie Robyn eher als Callie. Deshalb hegte sie einen Groll gegen ein Kind, das beliebt und hübsch war, ohne sich anstrengen zu müssen.

»Sie haben ja ohne jede Untersuchung bereits entschieden, dass Callie schuldig ist«, fuhr ich fort. »Sie ist beliebt und das andere Mädchen nicht, und deshalb gehen Sie davon aus, dass sie diejenige ist, die andere schikaniert. Aber diese Vorstellung ist ziemlich altmodisch und nicht gerade hilfreich.«

Einen Moment lang blickte mich Mrs Jameson verblüfft an, aber dann setzte sie zu der »Ich bin genau wie Sie«-Rede an, die ich selbst häufig angewendet hatte. Auch sie habe eine Tochter, und es sei verführerisch, gewisse Dinge zu übersehen. Mädchen falle es oft schwer zuzugeben, dass sie sich schlecht benahmen, aber wenn wir darüber hinwegsähen, bekämen wir in Zukunft Probleme mit ihnen.

»Mrs Jameson«, sagte ich scharf, »Callie hat beide Eltern verloren. Jetzt stellen Sie sich doch einmal vor, dieses Mädchen hätte Lügengeschichten über Sie verbreitet. Stellen Sie sich vor, Ihr guter Ruf wäre durch den Dreck gezogen worden.«

Bevor sie antworten konnte, klopfte es an der Tür. Sekundenlang huschte so etwas wie Erleichterung über Mrs Jamesons Gesicht. Die Schulsekretärin steckte den Kopf zur Tür herein. »Entschuldigung. Können Sie mal kurz kommen?« Mrs Jameson stand auf, und als sie aus dem Zimmer war, atmete ich tief durch. Plötzlich fiel mir ein, wie Callie mir beim Frühstück erzählt hatte, wie peinlich sich Mrs Jameson manchmal vor der ganzen Schule verhielt. Callie wusste, dass ich nicht allzu viel Selbstbewusstsein besaß, deshalb hatte sie es mir wohl erzählt, um mich vor unserem Treffen heute ein wenig aufzubauen. »Sie kommt an den Lautsprecher«, sagte Callie, »weißt du, mitten im Unterricht. Sie fängt an, irgendetwas zu verkünden, aber dann vergisst sie, was sie sagen wollte.« Sie beschrieb die langen, peinlichen Pausen – die Ähs und die Ahs –, und wie die ganze Klasse dann in Gelächter ausbrach, während die Lehrerin nur die Augen verdrehte.

Ich konnte hören, wie Mrs Jameson leise nebenan redete, und plötzlich fiel mir der Schadensbericht ein. Warum sollte ich nicht mal einen Blick hineinwerfen? Wenn sie sich so sicher war, warum zeigte sie ihn mir nicht? Aber vielleicht wusste sie, dass ihre Details nicht stimmten und der Bericht voller Fehlinformationen steckte. Ich schob die Hand über den Schreibtisch und blickte mich um. Er war mit Bleistift geschrieben, voller Streichungen und Ergänzungen am Rand, und in eine Ecke der Seite hatte jemand eine Eule gemalt. Rasch überflog ich ihn, las von der roten Tinte und Miss Dimmock, Callie und Robyn, und dann sah ich einen Namen, den ich nicht kannte: Lucinda Berry. *die Zeugin*, dachte ich, aber zu mehr kam ich nicht.

Mrs Jameson rauschte wieder ins Zimmer und dankte mir für meinen Besuch. Sie setzte sich nicht wieder, wich meinem Blick aus und lächelte angespannt. Sie sagte, sie werde weitere Nachforschungen anstellen und mich anrufen. Und dann stellte sie sich neben meinen Stuhl, als wolle sie mich hinausbegleiten. Andere Eltern wären vielleicht sitzen geblieben, bis alles geklärt gewesen wäre. Andere Eltern hätten sicher mit kühler Feindseligkeit Anwälte und eine Klage erwähnt. Aber so sehr hatte ich mich im Laufe eines Tages noch nicht verändert. Ich schluckte meine Einwände hinunter und ging.

»Mir klappern die Zähne«, sagte Callie an jenem Abend und kuschelte sich auf dem Sofa in ihre Decke.

Ich hatte ihr gesagt, sie würde nicht bestraft werden, selbst wenn man sie suspendierte. Sie und ich würden wissen, dass es eine Farce war und uns eine Belohnung gönnen. Wir könnten einen Ausflug nach New York machen. Oder nach Boston fahren. Wir könnten uns auch die Oldtimer-Traktoren-Ausstellung anschauen und Blaubeerkuchen essen.

»Ich weiß nicht, warum das passiert.« Sie zitterte. »Vielleicht bin ich ja verflucht.«

»Sag so etwas nicht. Es wird schon alles wieder gut.«

»Ich will sie nie mehr wiedersehen. Ich wette, sie will mich umbringen.«

»Robyn wird dir nichts tun.« Ich steckte die Decke fest. »Was hat Mrs Jameson denn sonst noch so gesagt?«

»Nun, sie behauptet, es gäbe einen Zeugen.«

»Ach ja? Wen?«

»Ich ... ich weiß nicht.«

»Na toll. Jetzt hassen mich zwei Leute.«

»Callie, Mädchen können schon mal eifersüchtig sein.«

»Hat sie gesagt, dass es ein Mädchen ist?«

»Nein, nicht ausdrücklich.«

Callie drehte sich zu mir um und sah mir in die Augen. »War es Lucinda?«, fragte sie. Ich verzog das Gesicht und schüttelte den Kopf. Aber manchmal durchschaute Callie mich einfach, und sie wusste, dass sie richtig geraten hatte.

»Ich bin verflucht«, stöhnte sie. »Das wird nicht besser. Sie wird noch viel schlimmere Sachen machen. Ich weiß es einfach.«

»Was wird sie denn deiner Meinung nach tun?«, fragte ich sie und rieb ihre Arme, um sie zu wärmen.

»Ich weiß nicht.« Callies Zähne klapperten. »Einfach etwas Schlimmes. Ich weiß nicht.«

Callie war ein Glückskind, hatte Joyce immer gesagt. Auch wenn Callies Vater schon verheiratet war und Joyce gebeten hatte, sie nicht zu bekommen. Joyce war neunzehn, als sie schwanger wurde, war im Vorbereitungsjahr für Jura auf dem College, aber als sie erfuhr, dass sie schwanger war, beschloss sie, ihre Ausbildung abzubrechen.

Als ich Callie das erste Mal sah, bemerkte ich nur ihre Verletzlichkeit. Die schuppige Haut auf ihrem Schädel, die zarten gebogenen Füßchen. Sie wirkte so schutzlos, aber sie wuchs von Woche zu Woche und wurde immer stärker. Sie lachte und lächelte. In der einen Woche konnte sie sich noch nicht umdrehen, und in der nächsten schaffte sie es. In der einen Woche konnte sie noch keine Rassel halten, und in der nächsten umklammerte sie sie fest mit ihrer kleinen Faust. Vor unseren Augen entfaltete sie sich von Tag zu Tag mehr.

Joyce zog wieder nach Hause zu ihren Eltern, um Callie großzuziehen, und ich besuchte sie an den Wochenenden. Aber trotz allem Glück wirkte Joyce deprimiert.

»Wenn sie noch ein einziges Mal ›keimfrei‹ sagt, bringe ich mich um«, murmelte Joyce, als ihre Mutter aus dem Zimmer ging.

»Mach das nicht«, sagte ich. »Du kannst immer noch bei mir wohnen.«

»Ja, klar. Ein Baby im Studentenwohnheim. Ein schreiendes Baby auf der Party.«

»Wenn ich anfange zu arbeiten, suchen wir uns eine gemeinsame Wohnung. Okay?«

Es war das erste Mal, dass ich das vorschlug, und Joyce antwortete nicht. Ich hatte es für selbstverständlich gehalten, dass sie meine Hilfe wollte, aber über Einzelheiten hatten wir nie geredet. Ich ließ das Thema fallen, aber als wir das nächste Mal miteinander telefonierten, kam Joyce darauf zu sprechen.

»Wenn wir zusammenziehen, sollten wir unsere Wohnung wie einen Dschungel dekorieren«, sagte sie. »Eine Couch mit Leopardenfell. Fuchsiarote Wände.«

Sie sagte es betont lustig, als hätte sie Angst, ich könnte es nicht ernst gemeint haben. Aber sie brauchte sich keine Sorgen zu machen. Ich wusste genau, wie ich zu reagieren hatte.

»Wir holen uns Bettwäsche mit Zebramuster und Schlangenhaut-Kissen.«

»Sollen wir Moskitonetze von der Decke hängen?«

Wir begannen Pläne zu schmieden, die immer realer erschienen. Es sollte ein Haus in der Nähe eines Parks sein, ein Schwimmbad für den Sommer. Wir würden für Halloween Kürbisse auf einer Farm kaufen, und Callie das erste Mal Apfelmost probieren lassen. Wir würden ihr Schlittenfahren und Schlittschuhlaufen beibringen, ihr den doppelten Rittberger zeigen, und in der Einfahrt konnte sie Himmel und Hölle spielen. Ich wusste, dass wir Opfer bringen mussten, aber das war fast das Beste daran. Wenn Joyce da war, fiel mir Selbstlosigkeit leicht.

Nach meinem Examen kehrte ich nach Hause nach Cansdown zurück, fand einen Job in einer Zahnklinik und sparte, damit wir uns zu dritt eine Wohnung leisten konnten. Innerhalb weniger Monate fanden wir eine kleine Dreizimmer-Wohnung in Honey Hill in der Stadtmitte. Joyce und Callie bezogen das größere Schlafzimmer und ich das kleinere. Sie stellte ein Töpfchen ins Badezimmer, richtete eine Spielecke im Wohnzimmer ein und füllte den Kühlschrank mit Snacks und Saftkartons und den Käsescheiben, die Callie zu Röhrchen rollte, bevor sie sie aß. Am Morgen sangen wir vor dem Fernseher, kreischten, zogen kleine Socken über kleine Füße, es roch nach Apfelsaft, und Puzzleteile verschwanden unter dem Sofa. Ich war noch sehr jung, aber plötzlich kam ich mir sehr erwachsen und voller Verantwortung vor. Ich beobachtete, wie Joyce mit ihrer Tochter umging, spielerisch, aber doch fest, ungezwungen, und ich versuchte es ihr nachzuahmen. Ich lernte die Namen der Kuscheltiere, lernte, wie man einen Wutanfall im Keim erstickt, lernte Rituale vor dem Schlafengehen. Jeden Abend saß Callie auf dem Waschbeckenrand im Badezimmer, und ich summte das Zahnputzlied, während Joyce die Zahnpasta auf die Zahnbürste drückte. Mit drei hatte Callie schon ihre eigenen Macken und Gewohnheiten, ihre eigene sensible, großartige Persönlichkeit, und wenn ich sah, wie sie kicherte, wie sie sich auf die Ärmchen patschte oder Unsinn brabbelte, dann wusste ich, dass Joyce recht gehabt hatte. Callie war ein Glückskind, und es lag an uns, dass es so blieb.

In jener Nacht ließ ich das Soufflé, das ich machen wollte, anbrennen. Es war aus Käse und Brokkoli, deshalb stank das ganze Haus danach. Meine Haare rochen noch kokelig, als am nächsten Tag Callies Schule anrief. Meine Hände waren feucht, als ich auf die Neuigkeiten wartete, aber dann überraschte mich Mrs Jameson. Eine Gruppe von Schülern aus Callies Klasse sei unerwartet zu ihr gekommen. Jeder einzelne hatte geschworen, dass Robyn die Farbe selber über sich gekippt habe.

Farbe, dachte ich triumphierend, nicht Tinte.

Mrs Jameson machte jedoch keinerlei Anstalten, sich zu entschuldigen. »Es ist interessant«, bemerkte sie, »dass die Schülerin, die ursprünglich den Vorfall gemeldet hat, heute zu mir kam und behauptete, sie habe sich geirrt. Sie sagte, sie habe einen Fehler gemacht. Ich für meine Person finde es ein wenig merkwürdig, dass alle die gleiche Geschichte erzählt haben, wie Sie sie gestern erwähnten.«

Ihre Stimme klang skeptisch, als wolle sie anklingen lassen, dass alle außer ihrer kostbaren Robyn logen.

»Nun, ich bin erleichtert, dass Sie ihnen zugehört haben«, sagte ich barsch. »Und ich hoffe, Sie ziehen diese Mädchen für die Lügen, die sie über Callie verbreitet haben, zur Rechenschaft.«

»Ja«, sagte Mrs Jameson. »Danke für Ihre Hilfe.«

Wir feierten. Nach dem Essen ging ich mit Callie Eis essen. Wir setzten uns auf eine Holzbank und leckten an unseren Waffeln. Callie drückte mit der Zunge Löcher in ihre Kugel Erdbeereis und wischte sich schnaubend rosa Eiscreme von der Nase. »Ich hoffe, du schreibst das auf«, sagte ich. »Weil es so unglaublich und dramatisch ist.« Kopfschüttelnd knabberte ich an meiner Waffel. »Der Bösewicht gibt sich als Opfer aus. Und die schwachköpfige Königin lässt beinahe zu, dass eine riesengroße Ungerechtigkeit passiert. Und dann wird die verurteilte Heldin in der letzten Minute von der aufrechten Menge gerettet. Wirklich unglaublich, findest du nicht auch?«

»Wie ein Märchen«, sagte Callie fröhlich. »Oh ja, Träume werden wahr.«

Ich legte ihr den Arm um die sommersprossigen Schultern, und das leichte, zuckrige Gefühl hielt an, bis später am Abend das Telefon klingelte. Ich lag bereits im Bett und schaute mir im Fernsehen eine Kochsendung an. »Können wir reden?«, fragte die Frau. Es war Cerise Doblak, Robyns Mutter.

»Ich habe beschlossen, Robyn aus der Schule zu nehmen«, sagte sie. »Ich weiß nicht, ob Ihnen bekannt ist, was Robyn in den letzten Monaten zu erdulden hatte, aber wir können es nicht länger ertragen.«

Rasch stellte ich den Fernseher auf stumm. Ich kam mir vor, als sei ich aus dem Hinterhalt überfallen worden.

»Früher hatte Robyn Freundinnen. Sie war glücklich. Aber einige der Mädchen kamen auf die entzückende Idee, sie wegen ihrer Brüste aufzuziehen, und jetzt kann sie keinen Klassenraum mehr betreten, ohne dass jemand heult wie ein Hund. Es macht mich krank. Und Callies kleiner Stunt gestern war der Tropfen, der das Fass zum Überlaufen gebracht hat.«

Ich hörte, wie sie schluckte, der Laut einer Frau, die dabei ist, die Fassung zu verlieren. Ich versuchte, Haltung zu bewahren.

»Früher war sie glücklich …«, sagte sie.

»Es tut mir leid, dass sie unglücklich ist.« Ich holte tief Luft und lehnte mich an das Kopfteil. »Aber was sie Ihnen über Callie erzählt hat, stimmt nicht. Callie würde keiner Fliege etwas zuleide tun. Es ist uns schier unbegreiflich, warum Robyn diese Geschichten erfunden hat.«

Cerise gab einen schnaubenden Laut von sich, der erschreckend wie ein Lachen klang. »Erfunden? Ist Ihnen schon einmal in den Sinn gekommen, dass Callie lügt?«

»Alle haben heute versichert, dass *Robyn* gelogen hat.«

»Ja, das war ein großartiger Coup. Alle dazu zu bringen zu lügen. Alle dazu zu bringen, Robyn die Schuld zu geben.«

Ich stellte mir vor, wie Cerises Spucketröpfchen auf das Telefon trafen. Vielleicht war sie ja ein bisschen neben der Spur.

»Das ist keine Verschwörung.« Ich redete leiser. »Die Klasse ist für sie eingetreten, weil es wahr ist.«

»Sie haben sich alle gegen sie gewandt.« Ihre Stimme brach. »Sie hassen …«

»Sie hat Callie vorher schon öfters angegriffen«, sagte ich. »Sie hat schreckliche Dinge über Callies Mutter gesagt. Sie hat behauptet, ihre Mutter sei gestorben, weil sie es nicht ertragen konnte, Callie anzusehen.«

»Sie hat nie …«, begann Cerise. »Das würde Robyn nie tun.«

»Vielleicht braucht sie Hilfe.«

»Sie würde so etwas nie sagen«, protestierte Cerise. »Ihr Vater ist gestorben.«

»Einen Therapeuten vielleicht.«

»Robyn kann unreif sein. Sie merkt nicht immer, wenn die Leute gereizt auf sie reagieren. Und ich hätte besser auf ihre Kleidung achten sollen, aber ich weiß, dass sie nicht lügt. Ich weiß, wenn sie weinend nach Hause kommt und mir all die Sachen erzählt, die sie ihr angetan haben …« Cerises Stimme veränderte sich, sie sprach schneller und gehässig. »Die Wahrheit ist, dass Callie es auf sie abgesehen hat. Sie hat diese Fassade des perfekten Mädchens, aber darunter ist sie grausam. Sie demütigt Robyn, und ich erwarte nichts Gutes für ihre Zukunft. Diese Menschen, diese Art von …«

Ich kann mich nicht erinnern, aufgelegt zu haben, aber plötzlich war ihre Stimme weg. Ich stellte den Ton im Fernseher wieder an und starrte auf den Bildschirm. Wie die Mutter, so die Tochter. Beide brauchten sie Hilfe. Bipolare, schizophrene, verwirrte Leute. Ich legte das Telefon nicht auf, damit sie nicht noch einmal anrufen konnte, aber mein Magen zog sich zusammen und tat weh.

Callie war in der Küche. Sie stand mit bloßen Füßen im kleinen gelben Lichtkegel und starrte in die geöffneten Schränke. Auf dem Tresen lag eine Tüte mit Salzbrezeln.

»Cal? Bist du okay?«

Sie drehte sich um. Die Haare fielen ihr auf die Schultern. Überrascht kniff sie die Augen zusammen. »Ich habe ganz vergessen, dass ich morgen dran bin, Snacks in den Unterricht mitzubringen.«

»Du rätst nie, wer mich gerade angerufen hat«, sagte ich und hielt mir den schmerzenden Bauch. Callie öffnete leicht die Lippen, als versuche sie, mehr Luft zu bekommen, und dann lehnte sie sich gegen die Küchentheke. Ihr Knie wippte auf und ab. Es wippte immer schneller, als ich ihr sagte, dass Robyn die Schule verlassen werde.

Callie schlang sich die Arme um die Taille. Sie wurde

ein bisschen grün im Gesicht. »Sie werden sagen, dass sie meinetwegen geht.«

»Das werden sie nicht sagen. Sie haben dich verteidigt.«

»Aber es ist alles viel zu heftig. Ich kann nicht glauben, dass sie wirklich geht.«

Ich sah Callie forschend an. Zweifelte ich? Eine Sekunde lang.

»Ihre Mom sagt, ihr hättet euch über Robyns Busen lustig gemacht.«

»Ihren Busen?«, echote Callie. Auf einmal hielt sie das Knie still. Sie reckte das Kinn, und ich sah Tränen in ihren Wimpern. Dann ergriff sie die Tüte mit Brezeln und drückte sie an sich.

»Sie haben sie ›Kanonenkugeln‹ genannt«, sagte sie und blickte zu Boden.

»Sie? Du nicht?«

»Sie haben alles Mögliche zu ihr gesagt«, stammelte sie. »So Zeug eben.«

»Aber du nicht?«

»Nein, das würde ich nie tun.«

»Hast du versucht, ihr zu helfen?«

»Ich wollte«, sagte sie. »Ich weiß ja, ich hätte es tun sollen, aber ich wusste nicht wie. Ich … ich konnte einfach nicht.«

ALLE MEINE KONTAKTE MIT ROBYN DOBLAK, NR. 2

Für Rebecca / von Callie

Ich zähle auch die Chat-Nachrichten, okay? Ich drucke sie einfach für dich aus.

Chat, 23. Dez. 2008, 20:03:16

19:54:21
robynroarxo: Callie? Bist du das?
19:54:54
LithoCALpus: Hiiiiiii?
19:55:12
robynroarxo: Ich bin's, Robyn, aus der Schule ☺
19:55:27
LithoCALpus: Hi Robyn
19:55:59
robinroarxo: Ich habe seit Freitag alles über Pitbulls gelesen. Ich erzähle allen, dass sie keine geisteskranken Killer sind!!!
19:56:20
LithoCALpus: Mega. Danke!
19:56:48

robynroarxo: Nur weil ein paar durchdrehen, bedeutet das noch lange nicht, dass sie alle so sind.
19:56:59
robynroarxo: Das sind nur die Besitzer, die manche böse machen.
19:57:46
LithoCALpus: Genau. Manche Leute sollten DEFINITIV KEINE ERLAUBNIS bekommen, Hunde zu halten.
19:58:07
robynroarxo: Ich weiß, und auch keine Katzen. Meine Tante hat eine Katze, die ist total BÖSE.
19:58:27
robynroarxo: Jedenfalls habe ich mich gefragt, wo du dein Pitbull-Armband her hast.
19:59:02
LithoCALpus: Warte. Ich such dir den Link raus.
19:59:14
robynroarxo: Ich will auf jeden Fall auch eins.
19:59:40
LithoCALpus: Pitbullove.com
19:59:55
robynroarxo: Danke und tut mir leid wegen Freitag. Normalerweise bin ich nicht so durchgeknallt!!!
20:00:35
LithoCALpus: kein problem, ich verstehe das.
20:00:47
robynroarxo: Weihnachten ohne meinen Dad ist Scheiße
20:01:01
LithoCALpus: ☹☹ TOTAL
20:01:13
robynroarxo: Deine Mom ist tot, richtig?
20:01:50
robynroarxo: Sorry, wollte nicht neugierig sein.

20:02.06
LithoCALpus: Nein, ist schon okay ... meine Mom UND mein Dad
20:02:50
robynroarxo: Uhh ☹ ... tut mir leid.
20:02:58
LithoCALpus: Schon gut
20:03:10
robynroarxo: Jedenfalls frohe beschissene Weihnachten
20:03:16
LithoCALpus: Danke. Dir auch

3

Entgegen Callies Befürchtungen gab niemand ihr die Schuld, als Robyn die Schule verließ. Robyn verschwand schnell, unauffällig, ohne Fanfaren, Gruppenumarmungen oder ansteckende Tränen, und nach den siamesischen Drillingen merkte es kaum einer. In der einen Woche war Robyn noch da, bespritzt mit roter Farbe, und in der nächsten war sie einfach nicht mehr da. Das Leben der anderen ging weiter wie bisher.

Callie schloss das achte Schuljahr mit Auszeichnung und mit einem Preis in Natur und Technik ab. Die Zeremonie fand in der Aula der Schule statt, und sie zeigten eine dieser sentimentalen Diashows, die alle zum Weinen bringen. Ich erblickte Callie auf verschiedenen Bildern, lächelnd in einem Meer von Kindern, posierend auf dem Spielfeld, die Arme um ihre Freundinnen geschlungen. Laute Musik untermalte die Bilder und mahnte alle, sich zu erinnern, bevor einem alles entglitt. Einige Kinder fielen anderen schluchzend um den Hals. Unser letzter Tag auf der Mittelschule. Unser letztes Mal in diesem Gebäude. Unsere Schließfächer, unsere Mensa. Oh, mein Gott, wir werden es so vermissen!

Ich kaufte passende Ketten für Dallas und Ella, obwohl

sie mehr kosteten, als ich normalerweise ausgab, aber als wir auf Dallas' Abschlussparty ankamen, war ich froh, mein Budget überschritten zu haben. Dallas wohnte in einer riesigen weißen Villa mit allen Schikanen, sogar mit griechischen Säulen. Sie lag etwas abseits von der Straße inmitten einer weiten Rasenfläche mit Trauerweiden, gepflasterten Wegen und üppigen Blumenbeeten. Es war erst vier Uhr, aber die Auffahrt stand bereits voller Autos, und wir mussten am Rand des Nachbarrasens parken. Aus dem Garten drang Musik. Callie marschierte selbstbewusst auf das hölzerne Tor zu, das von Rosen und Geißblatt umrankt wurde. An einer Seite standen ein mit Geschenken überladener Tisch und eine Collage mit Fotos von Dallas. Dallas in Reitkleidung. Dallas vor dem Eiffelturm. Dallas mit den Armen um ihre zwei besten Freundinnen. Callie legte unser Geschenk zum Stapel dazu und lief in den Garten, zum Gartenpavillon, aus dem Grillgeruch drang.

Seit Monaten hatte ich mir die Rücksitzgespräche über diese Party angehört. Dallas' Mom hatte Petroleumfackeln gekauft, die um den Pool herum loderten. Jemand hatte die Umkleidekabinen frisch gestrichen und das Holzdeck geschrubbt. Es gab einen Stand mit Eiscreme (obwohl Dallas sich beschwert hatte, Eiscreme sei etwas für Babys). Dallas' Vater war ein bekannter Rundfunkmoderator, und Dallas malte uns ständig aus, welche Prominenten wohl auftauchen würden. Ich war noch nie auf einer von Edittas Partys gewesen, aber Callie hatte mir mindestens hundertmal versichert, nur die Kinder würden sich elegant anziehen. Die Erwachsenen würden sich lässig kleiden. Sie hatte die schlichte schwarze Leinenbluse und die flachen Sandalen ausgesucht, die ich jetzt trug, und ich stellte erleichtert fest, dass sie recht gehabt hatte. Erwachsene Männer liefen wie Riesenbabys durch die Gegend, in langen, weiten Shorts, aus denen ihre nackten Beine ragten, und bunten Polohemden, die sich über ihre Bäuche spannten. Unsere Töchter hingegen standen in kleinen Gruppen zusammen, zart und strahlend, mit High Heels und goldenen Ohrringen. Gelegentlich erstarrten die Mädchen, als ob die Riesenbabys sie erschrecken würden, aber sie posierten nur für eine Kamera, für ein Handy. Ich sah, wie Callie in ihrem neonblauen Hänger Ella und Dallas umarmte. Sie hatte unsere Vermieterin, Mrs Romero, gefragt, ob sie eine weiße Rose aus dem Garten haben könne, und jetzt sah ich, warum. Selbst unter all den komplizierten Frisuren und Tiaras hoben die siamesischen Drillinge sich ab. Dallas hatte eine dicke Gardenienblüte hinter dem Ohr, Ella trug eine weiße Orchidee und Callie hatte ihre Rose in den Zopf gesteckt, der wie eine Krone um ihren Kopf lag.

Ich ging zur Terrasse, wo ich Dallas' Mom sah. Editta wedelte hektisch mit den Händen – entweder versuchte sie, eine Wespe zu verscheuchen, oder sie hatte gerade eine Hitzewallung. Als ich die Stufen hinaufstieg, schwenkte sie immer noch die Arme, einen gereizten Ausdruck im Gesicht.

»Editta!«, rief ich aus. »Es sieht alles großartig aus!«

Einen Moment lang verwandelte sich ihr gereiztes Aussehen in Verwirrung. Dann lächelte sie vage und hielt die Hände ruhig. »Hi, meine Liebe. Es freut mich, dass du kommen konntest.«

Sie beugte sich vor, um einen Luftkuss mit mir auszutauschen. Ihr Gesicht war gebräunt und erinnerte nur ganz leicht an ein Schweinchen. In den Neunzigerjahren (in einem anderen Leben, sagte Editta immer) war sie Model für Bademoden gewesen. Allerdings konnte ich mir kaum vorstellen, dass sie sich jemals fröhlich im Sand gewälzt hatte. Sie gehörte wohl eher zu der Art von Models, die mit verächtlich verzogenem Schmollmund am Felsen lehnen. Mittlerweile hatte sie drei Kinder und umgab sich mit der aufgeblasenen Grandezza einer Operndiva.

»Oh, und die Stühle!«, frohlockte ich. Sie waren kunstvoll mit Stoff und Blumen drapiert. Auf den Tischen daneben flackerten dicke weiße Kerzen.

»Ja«, sagte Editta, als sei es ihr erst jetzt aufgefallen. »Wie … wie läuft's auf der Arbeit?«

»Oh, wie immer. Jetzt im Sommer lassen sich wieder mehr Leute die Zähne aufhellen.«

Ich war bei Editta an verständnislose Blicke und vage Antworten gewöhnt, deshalb überraschte es mich auch nicht, als sie nichts entgegnete. Sie litt unter Konzentrationsproblemen. Sie ließ sich leicht ablenken, aber ich hatte im Lauf der Jahre einige Techniken gelernt. Ich stellte ihr mit lauter Stimme Fragen, bewunderte begeistert alles, was sie sagte, und wenn auch das nichts half, erkundigte ich mich nach ihren Pferden.

»Warst du die ganze Nacht auf, um die Party vorzubereiten?«

»Ja«, sagte sie nach einer Weile. »Du hast ja keine Ahnung.«

Ich nickte zustimmend: *absolut keine Ahnung.*

»Es war ein Albtraum«, sagte sie mit zusammengebissenen Zähnen. »Von Anfang bis Ende.«

Sie erzählte mir, der Caterer hätte *im Laden gekaufte* Kekse gebracht. Und die angeblich selbst gemachten Torteletts waren so matschig, dass sie ungenießbar waren. Ich versuchte mitfühlend und alarmiert zu klingen.

»Was für Torteletts?«

»Rhabarber«, sagte sie. »Und sie haben gedacht, wir würden es nicht merken.«

Editta warf einen missbilligenden Blick auf all die wundervollen Sachen, die gefüllten Feigen und die Wassermelone mit Spießchen, die mit Schokolade überzogenen Erdbeeren. Ich wusste, dass man nur so ihren Lebensstil erreichte. Jedes Detail war ihr wichtig. Mir wäre es egal gewesen, wenn der Caterer billige Kekse hingestellt hätte, ich wäre viel zu beschäftigt damit gewesen, das Festmahl zu bewundern. Aber Editta war ständig wachsam – sie ließ Teppiche mit den falschen Fasern zurückgehen, Vorhangstangen mit dem falschen Design, Duschgriffe mit falschem Überzug –, damit ihre Familie ihr elegantes Leben führen konnte.

»Stell dir vor«, sagte sie. »Sie dachten wahrhaftig, es wäre mir egal!«

Abrupt entschuldigte sie sich, murmelte etwas über eine Quiche, und ich ging über den Rasen auf einen Baum zu, an dem eine Kletterrose emporrankte. Daneben standen Mädchen wie Girlanden in der Nachmittagssonne. Sie beugten sich über ein Paar Schuhe, zupften an ihren Ohrringen, stützten sich sorglos auf den Arm ihrer Nachbarin.

Alison, Alison!
Lilla knutscht.
Zufällig im Blog.
So was von aufgetakelt! Bombe!

Ich konnte sie nicht verstehen, schaute ihnen aber zu, wie sie sich zusammendrängten, um ein Handy zu betrachten, wie sie von den Tellern der anderen aßen, wie sie tanzten und kreischten und ihre Frisuren begutachteten. Sie wirkten auf eine leichte, intime Art miteinander verbunden und schienen absolut glücklich zu sein. Ich wünschte, ich könnte das auch so empfinden. Von Weitem sah ich Callie, wie sie das goldene Herz, das sie um den Hals trug, anhob und wieder fallen ließ. Das Mädchen neben ihr machte plötzlich einen Luftsprung und hielt sich an Callies Arm fest, als sie wieder auf dem Boden landete.

Unten am Pool tummelten sich Jungen im klaren Wasser, während eine Gruppe von Mädchen an der Seite stand. Mir fiel auf, dass die Mädchen etwa zehn Jahre älter als die dünnen, haarlosen Jungs wirkten. Die Mädchen taten unnahbar, auch wenn sie immer näher an den Pool rückten, die Hüften schwenkten und mit den Wimpern klimperten. Die Jungs begannen, sich einen Fußball zuzuwerfen und taten so, als sähen sie die Mädchen gar nicht. Eine Mutter, die sich der sexuellen Spannung offensichtlich nicht bewusst war, rannte um den Pool herum und rief den Jungen Anweisungen zu, während sie Fotos machte. Ein Junge trieb träge auf einer gelben Luftmatratze vorbei, ein Glas mit Cola in der Hand, und lächelte über den Rand seiner Sonnenbrille hinweg, als der Ball über seinen Kopf pfiff. »Viel zu lasch!«, schrie ein Mädchen, und ein anderes Mädchen sprang zurück, als habe sie Angst, nass gespritzt zu werden. Der Ball flog immer dichter über den Jungen auf der Luftmatratze, während die Mutter fotografierte und die Mädchen am Rand standen und an ihren Getränken nippten. Ich sah es kommen, kurz bevor es passierte. Der Ball traf die Hand des Jungen und das Glas flog ins Wasser. Die Jungs johlten, als sich die braune Flüssigkeit in den Pool ergoss. »Du hast ihn erwischt, Jimmy!«, schrie die Mutter und machte ein weiteres Erinnerungsfoto.

Genau in diesem Moment kam Ellas Mutter auf mich zu. Ali Brooks arbeitete mit den Top-Regisseuren des Landes zusammen, und sie hatte Callie mal zu Dreharbeiten mitgenommen, bei denen sie Pizza mit Steve Buscemi gegessen hatte. »Wir hatten so schrecklich viel zu tun«, stieß sie hervor und hob ihre übergroße Sonnenbrille an. Sie trug eines ihrer maßgeschneiderten Hemdblusenkleider mit einem modischen Gürtel, und ich wünschte mir nicht zum ersten Mal, dass wir richtige Freundinnen wären. Wir gingen zu zwei Liegestühlen, während Ali mir vom Dokumentarfilm eines Klienten erzählte, den sie sponserte.

»Aber was ist mit dir!«, rief sie aus. »Ich wollte schon die ganze Zeit mit dir über dieses Albtraum-Mädchen in der Klasse reden.« Unter ihrer gebräunten Haut standen die Schlüsselbeine hervor, und sie beugte sich dichter zu mir, als seien wir beste Freundinnen. Ich konnte nicht widerstehen. Ich begann ihr alles zu erzählen.

»Du meinst Robyn?«, sagte ich geziert. »Oh, Robyn war fürchterlich.«

»Ich habe gehört, ihre Mutter hätte dich angerufen.«

»Cerise.« Ich dehnte den Namen übertrieben. »Sie wollte mir mitteilen, dass Callie böse sei.«

»Unglaublich!« Alis Ohrringe streiften ihre Wangen. »Manche Leute haben wirklich Nerven!«

»Ich habe auf jeden Fall gemerkt, wo Robyn es herhat. Mit so einer Mutter kann sie einem nur leidtun.«

»Sie hätte dich nicht anrufen dürfen. Das ist ja wohl völlig daneben.«

»Sie hat so getan, als täte sie *mir* damit einen Gefallen. Sie wollte mich vor Callie warnen.«

»Also wirklich! Weißt du, man kann doch den Leuten nicht sagen, wie sie ihre Kinder erziehen sollen.«

Eine verlegene Pause entstand, weil uns beiden einfiel, dass Callie ja gar nicht mein Kind war. Ich räusperte mich lächelnd und tat so, als hätte ich nichts gemerkt. »Und dabei ist *ihre Tochter* diejenige, die Hilfe braucht.«

Ali nickte so heftig, dass sich die Sehnen an ihrem Hals streckten. »Wenn sie mich angerufen hätte, hätte ich kein Blatt vor den Mund genommen. Ich hätte ihr ordentlich Bescheid gesagt.«

»Na ja, ich habe einfach aufgelegt. Ich konnte ihre Stimme nicht länger ertragen.«

Gemeinschaftlich schimpften wir über Robyns Mutter, bis ich sah, dass Ella um den Pool herum auf uns zukam. Sie trug ein weißes Kleid, das ihre schmale Taille und ihre Schwimmerarme betonte. »Mom, ich brauche die Clips«, sagte sie. Ihre Wimpern waren tiefblau getuscht, und auf ihrem energischen Kinn lag Perlmuttschimmer.

»Du siehst so erwachsen aus, Ella. Beinahe hätte ich dich nicht erkannt.«

Ali grinste ihre Tochter an. »Ja, nicht? Wie elegant sie ist!«

Ella hob übertrieben einen Fuß, sodass ich ihre hochhackigen silbernen Schuhe bewundern konnte.

Ali zog eine Tüte mit Haarclips aus der Tasche und reichte sie Ella. »Ich habe gerade mit Rebecca über eure Freundin Robyn gesprochen.«

»Uh, uh.« Ella schauderte. »Du hast gesagt, es wäre genauso wie in diesem Film.«

»Oh ja. *Weiblich, ledig, jung sucht* …. Hoffentlich hat Robyn nicht auch noch Welpen getötet.«

»Das könnte gut sein«, sagte Ella. »Uh, schrecklich. Sie war so armselig und versuchte sich anzuziehen wie Callie.«

Davon hatte ich noch nichts gehört. Ich fragte Ella, was passiert war.

»Zuerst waren es nur Kleinigkeiten – das gleiche Armband wie Callie –, aber dann machte sie sie richtig nach und trug genau die gleichen Klamotten.«

Ali sah mir an, dass das neu für mich war.

»Das ist jetzt hoffentlich alles Vergangenheit.« Ali tätschelte mir den Arm. »Sie war offensichtlich verknallt, und jetzt ist es vorbei.« Sie wandte sich an ihre Tochter. »Was für ein Glück, dass ihr alles bezeugen konntet.«

Ella presste die Lippen aufeinander. »Wir konnten doch nicht zulassen, dass so eine Tussi Callies Leben ruiniert.«

Ella hörte sich so angewidert an, dass mir fast unbehaglich wurde. Aber dann rief ich mir ins Gedächtnis, dass so Loyalität mit vierzehn aussah. Du fühlst dich so sehr mit dem anderen verbunden, teilst jedes Problem, dass der Feind des anderen auch dein Feind ist und du manchmal sogar die gleichen Sachen träumst.

Ich dachte an Joyce und daran, wie wir versucht hatten, unsere Gedanken telepathisch in den Kopf der anderen zu schicken. Wir waren dreizehn, als wir Knie an Knie auf Joyces Jeans-Bettwäsche saßen, die Augen fest geschlossen, und uns auf unsere Gedanken konzentrierten. Wenn wir es nur genügend wollten, würde es passieren. Wenn wir wirklich daran glaubten, würde es wahr werden.

»Du denkst an Hass«, sagte ich zu Joyce. »Du hasst Phil Collins.«

»Das stimmt«, flüsterte Joyce. »Aber das ist es nicht.«

Das war unser Hyazinthenmädchen-Sommer, als Joyce mir das Gedicht zeigte und es mit getragener Stimme rezitierte. »›Sie nannten mich das Hyazinthenmädchen‹«, las sie vor. »›Doch als wir wiederkamen aus dem Hyazinthengarten, es war schon spät, du hattest die Hände voll, dein Haar war naß, da konnte ich nicht mehr sprechen, ich sah auch nichts mehr, ich fühlte mich weder tot noch lebendig, und alles war weg.‹«

Joyce packte sich an den Hals, als sie sagte »konnte ich nicht mehr sprechen«, und wir grübelten über den Versen. Wir wussten nicht, wer das Hyazinthenmädchen war, oder was genau ihr passiert war. Aber die Bilder, die einem in den Sinn kamen, hatten etwas Romantisches und Gruseliges. Wir beschlossen, uns Wasser auf die Haare zu spritzen, sodass es auf unsere T-Shirts tropfte. Dann liefen wir durch Joyces Garten, pflückten Gräser und Löwenzahn und gaben vor zu weinen, um Dinge zu trauern, die wir noch gar nicht verloren hatten. Wir waren Hyazinthenmädchen, die Arme voller Blumen. Wir waren Opfer mit gebrochenem Herzen, aber bald wurde dieses Spiel langweilig. Wir brauchten mehr Action, mehr Gewalttätigkeit, deshalb beschlossen wir, die Hyazinthenmädchen zu Heldinnen zu machen. »Dazu wenden wir unsere übersinnlichen Fähigkeiten an«, sagte Joyce, was das Ganze noch viel befriedigender machte.

Wir dachten uns Leute aus, die gerettet werden mussten. Wir stellten uns entführte Babys in schmutzigen Windeln vor, kleine Mädchen, die in Brunnen steckten. Wir erfanden ganze Armeen von Opfern, die wir verteidigen mussten, Feinde, die uns angriffen und deren niederträchtige Pläne uns noch enger zusammenschmiedeten. Wir wurden erschossen, erwürgt, in winzige Kisten gesperrt. Wir wurden von Klippen geworfen, dann jedoch von unserem Hyazinthenpartner gerettet.

Wir hätten wissen müssen, wie es aussehen würde, wenn wir herumrannten und uns die Seele aus dem Leib schrien, aber wir waren so vertieft in unser Spiel, dass wir nicht merkten, dass wir beobachtet wurden.

Curtis lehnte am Maschendrahtzaun und krümmte sich vor Lachen. Schlimmer noch, auch seine Freundin war dabei. Lara packte ihn am Arm.

Ich brauchte Joyce nicht anzusehen, um zu wissen, dass sie vor Scham am liebsten im Boden versunken wäre. Ich selber stand da wie erstarrt, die Arme noch hoch in der Luft.

»Verdammt«, japste Curtis, »werdet ihr Mädels angegriffen?«

Hinter mir murmelte Joyce etwas. Ich ließ die Arme sinken und trat verlegen in den Staub, beschämt über unser Kinderspiel. Aber dann schien Lara Mitleid mit uns zu haben. Sie stupste Curtis an. Mit ernstem Gesicht fragte sie uns, ob wir mit zum Strand gehen wollten.

Später durfte ich meine übersinnlichen Fähigkeiten an Lara ausprobieren, und sie war wirklich die perfekte Kandidatin. Ich stellte mir ihre Gedanken wie flauschige weiße Wolken vor, die ich mit den Händen greifen konnte. »Du hast Hunger … auf Pommes frites.« »Du willst ein Schmetterlings-Tattoo«, verkündete ich. Und ganz gleich, was ich sagte, Lara zwinkerte und antwortete, ich hätte den Nagel auf den Kopf getroffen.

Lara war in jenem Jahr fünfzehn, genauso alt wie mein Cousin. Sie war groß und sah mit ihren schwarzen Kampfstiefeln und den dunkelroten Haaren, die über den Kragen ihres T-Shirts hingen, aus wie eine Göttin. Manchmal, wenn man versuchte, mit ihr zu reden, zuckte sie bloß mit den Schultern oder schüttelte den Kopf, aber wie ich erfuhr, machte sie das nur, um ihr Stottern zu verbergen. Sie konnte auf einmal mitten im Satz stecken bleiben, und statt dann zu versuchen weiterzusprechen, presste sie einfach die Lippen zusammen und sah einen an. Wenn das passierte, griff Curtis manchmal ein, aber er wirkte nie verlegen oder unangenehm berührt. Wenn er wusste, worüber sie redete – zum Beispiel darüber, wie man einer Gitarre Geräusche wie einem Motorrad entlocken konnte –, dann brachte er einfach ihren Satz zu Ende, als hätte er selbst die ganze Zeit geredet.

Manchmal jedoch, wenn nur wir vier zusammen waren, dann versuchte er, das Satzende aus ihr herauszulocken. Er streichelte ihr über die Haare und sagte: »Na komm, Lara. Nur nicht so hastig.« Dann fing sie vielleicht wieder von vorne an, mit sehr leiser Stimme, und wenn sie erneut an derselben Stelle stecken blieb und erschreckt lachte, was wie »huh« klang, dann spürte ich ihre Frustration in meinem eigenen Brustkorb aufsteigen. Am liebsten wäre ich dann für sie eingesprungen und hätte den Satz für sie zu Ende gebracht. Aber das war Curtis' Aufgabe. Er war immer bereit. Sogar wenn sie in unterschiedlichen Zimmern waren, wusste ich, dass er zuhörte und auf sie aufpasste, damit er für sie da war, wenn sie Hilfe brauchte.

Joyce und ich sahen Lara in Curtis' riesigem dunkelblauen Sweatshirt herumlaufen. Sie roch nach seinem Rasierwasser, und uns kam es so vor, als trüge sie seinen warmen Schutz überall mit sich herum. Ich hatte sie einmal dabei beobachtet, wie sie an den Ärmeln schnüffelte, und ich konnte die Schmetterlinge in ihrem Bauch, die Hitze in ihrer Brust beinahe spüren. Ich wünschte mir glühend, eines Tages auch so jemanden zu haben.

»Hast du gesehen, wie er ihr Gesicht berührt hat?«, fragte Joyce.

»Er schenkt ihr einen Ring. Vor-Verlobung.«

»Glaubst du, wenn ich stottern würde …«, überlegte sie.

»Joyce«, warnte ich sie. »Lass das!«

Ich wusste genau, was sie dachte, und ich wollte das nicht. Joyce war in Curtis' Gegenwart anders, vor allem, wenn Lara nicht dabei war. Sie griff nach seiner verspiegelten Sonnenbrille, die er sich auf die dichten, schwarzen Haare geschoben hatte, und ich sah, wie sie auf seine Waden starrte, wenn er in Shorts auf dem Boden saß. Auch Curtis war manchmal komisch in Joyces Gegenwart. Er neckte sie, bis sie durchdrehte. Und wenn Lara früh nach Hause ging, legte Curtis seinen Arm um Joyces Schultern.

Eines Tages waren wir drei ohne Lara am Strand. Joyce und ich hatten ein geheimes Hyazinthenmädchen-Spiel gespielt, als Curtis an meine Tür klopfte. Wir versuchten, die Gedanken einer ermordeten Frau zu channeln, damit wir ihren Mörder überführen konnten. Aber als Curtis den Strand erwähnte, sagte Joyce zu, ohne sich mit mir abzusprechen.

Jetzt sah ich zu, wie Curtis Joyce aus dem Wasser hob und einen Arm unter ihre Knie schob. Und Joyce ließ sich von meinem Cousin tragen, den Arm um seinen Hals geschlungen. Zusammen waren wir die Hyazinthenmädchen, aber alleine auf meinem Strandhandtuch kam ich mir vor wie ein Nichts, und das alles wurde noch komplizierter für mich, weil ich plötzlich ein prickelndes Verlangen spürte. Ich wollte diejenige sein, die von Curtis gerettet wurde, ich wollte seine warme, nasse Haut unter meinen Fingern spüren, und ich wollte ebenfalls diejenige sein, die Joyce in den Armen hielt und vor Mördern bewahrte. Wir mussten einander näher sein als alle anderen, weil unsere Gedanken auf immer miteinander verbunden waren, aber wenn sie Curtis lieber hatte als mich, dann würde sich alles verändern.

Wenn wir tatsächlich übersinnliche Fähigkeiten besaßen, dann wäre es jetzt an der Zeit, sie anzuwenden. Ich sah, wie Joyce meinen Cousin mit Sand bewarf, und schickte ihr ein SOS. *Ich brauche Hilfe – jetzt! Komm in dieser Sekunde zu mir zurück.* Und als das nichts nützte, starrte ich aufs blaue Meer hinaus. Wenn ich so weit hineinging, wie ich konnte, und mich von der Flut hinausziehen ließ, würde Joyce mich dann hören? Würde sie rechtzeitig angeschwommen kommen, um mich zu retten? Ich stellte mir vor, wie sie über meinem Leichnam schluchzte und mit ganzen Armen voller Blumen ankam. Sie hatte mich nicht genug geliebt – und jetzt würde dieses Hyazinthenmädchen weg sein. Ich war dreizehn Jahre alt. Ich dachte, mein Leben wäre vorbei. Aber genau in diesem Moment kam Joyce über den Sand auf mich zugerannt. Sie legte mir ihre kalte, feuchte Hand in den Nacken, und es war eine ungeheure Erleichterung. Gefühle überfluteten mich, weil sie zurück war und zu mir gehörte.

»Hast du mich gehört?«, fragte ich.

Joyce nickte lächelnd.

Dallas' Dad zündete die Petroleumfackeln rund um den Pool an, die Musik wurde lauter und alle begannen zu singen: »Happy Graduation to You!« Schuhe wurden abgestreift, und die Mädchen begannen unter den angestrahlten Bäumen zu tanzen. Ich beobachtete Callie, die mit fließenden Bewegungen zwischen den einzelnen Mädchengruppen hin und her glitt, lachend und scherzend, und ich sagte mir, es mache mir nichts aus, allein hier zu sitzen und den Unterhaltungen zu lauschen.

Ich versuchte, Eltern zuzulächeln, die ich kannte, manche, weil ich ihre Zähne gereinigt hatte. Sie schenkten mir ein strahlendes Lächeln, bezogen mich aber nicht in die Unterhaltung ein. Sie redeten von Unterricht in Mandarin. Golfturnieren. Und ich kam mir primitiv vor. Ich hörte raues Gelächter, und als ich mich umdrehte, fiel mir der Mann auf, der alleine, mit einem Bier in der Hand, am Grill stand. Er starrte auf die Mädchen, die mit hocherhobenen Armen versuchten, Glühwürmchen zu fangen. Ich hatte ihn noch nie zuvor gesehen. Ich hätte mich bestimmt an ihn erinnert. Im Gegensatz zu den anderen Vätern trug er enge schwarze Jeans, und seine ganze Aufmerksamkeit galt den Mädchen. Er war völlig vertieft. Ich beobachtete ihn eine Zeit lang, um sicherzugehen, dass ich es mir nicht nur einbildete, aber meine Haut begann zu prickeln, und ich wusste, dass es real war. In seinen Augen waren diese Mädchen schutzlos, aber niemandem schien es aufzufallen. Die anderen Eltern unterhielten sich lachend, ohne zu merken, dass er ihre Töchter verfolgte. Ohne den Blick abzuwenden, hob er die Flasche an den Mund, und ich wusste genau, was er dachte. Ich musste handeln.

Er reckte den Hals, um an mir vorbeizuschauen, als ich mich ihm mit gestrafften Schultern in den Weg stellte. Es war meine Absicht, ihm die Sicht zu versperren. Unsere Mädchen zu schützen. Ich kniff die Augen zusammen, als er verächtlich das Gesicht verzog, aber es schien ihn nicht zu beeindrucken. Also tippte ich ihm auf den Arm. »Wessen Dad sind Sie?«

Er sah mir nicht in die Augen. Ich war über dreißig, unfickbar. Nicht wie diese jungen Mädchen, die brandneu und zart waren. Wenn es sein musste, würde ich seinen Namen herausfinden und ihn demütigen. Dafür sorgen, dass Callie ihm nie wieder über den Weg lief.

Er schüttelte den Kopf. »Ich bin der Dad von niemandem. Ich bin nur wegen Dougie hier.«

Dallas' Dad – Doug Price – war nirgendwo zu sehen. Der Mann fuhr sich mit der Hand durch sein welliges Haar. Er stellte sich mir nicht vor. Ich würde ihm auch nicht meinen Namen nennen. Ich würde hier stehen bleiben und ihm den Weg versperren. Ich würde ihm auch folgen, wenn es sein musste, um mich zu vergewissern, dass er seine Hände bei sich behielt. Ich hasste die Tatsache, dass unsere Mädchen jetzt für solche Männer so sichtbar waren. Dass man sie anstarren, anschmachten und abschätzen konnte. Mit vierzehn versuchten sie gerade erst herauszufinden, wer sie waren und mit sich selbst ins Reine zu kommen, aber der Blick eines Mannes konnte das alles ändern. Es konnte sie schrumpfen lassen und ihnen die Kraft nehmen.

»Woher kennen Sie Doug denn?«, fragte ich, als Dallas an uns vorbeirannte. Der Mann ignorierte meine Frage und wandte den Kopf, um Dallas zu beobachten. Er streckte die Hand nach ihr aus und machte eine Geste, als wolle er sie fangen.

»Entschuldigung!«, sagte ich, aber meine Stimme wurde von seiner übertönt.

»Oh, dein Höschen steht in Flaaammmen!«

Dallas wirbelte herum und beugte sich vor, wobei sie den Stoff auf ihrer Brust berührte. Und ich stellte mir vor, wie ich ihm zwischen die Beine trat und ihn anbrüllte, er solle sofort verschwinden. Was ich jedoch stattdessen tat, war rein impulsiv und leicht falsch zu interpretieren. Eine der Frauen, die es gesehen hatten, dachte, wir würden flirten. Und später kommentierte eine Mom höhnisch, ich sei aber sehr vertraut mit dem Rockstar gewesen. Erst da wurde mir klar, dass der Mann, den ich bedroht hatte, in Wirklichkeit Dougs Prominenter gewesen war. Aber ich sah keine andere Möglichkeit. Manchmal muss Arroganz herausgefordert werden.

Ich packte ihn an der Schulter, zog ihn auf Augenhöhe herunter, presste meine Lippen auf seine Haare und flüsterte in sein Ohr: »Ich weiß, was du denkst. Lass sie in Ruhe!« Der Mann riss seinen Kopf weg, und ich sah ihm an, dass er wütend war, weil das Hyazinthenmädchen ihm diese Worte ins Ohr gezischt hatte. Ich sah, wie er die Party verließ und spürte meine Macht – wie eine Dreizehnjährige, die gerade gemerkt hat, wozu sie fähig ist.

ALLE MEINE KONTAKTE MIT ROBYN DOBLAK, NR. 3

Für Rebecca / von Callie

Von: R.Doblak@sparkon.com
An: C.McKenzie@chronomail.com
Betreff: Schläfst du?
Gesendet: Donnerstag, 25. Dezember 2008, 23:18:02

Heyyyy Callie!
Ich habe mein Pitbull-Armband bestellt. Ich wollte dir eine IM schicken, aber du bist ja NIE online. Also wollte ich fragen, ob du fröhliche beschissene Weihnachten hattest. Mein Weihnachten war beschissen und nicht sehr fröhlich. Ich habe keinen Hund gekriegt. Alle haben so getan, als sind sie gut gelaunt, und ich hätte am liebsten WEIHNACHTEN GETÖTET! DEN BAUM NIEDERGEBRANNT!!!! Ich hatte das Gefühl, als ob alle sich so benahmen, falls mein Dad zusehen würde, als ob alles nur Sonnenschein und Gummibärchen sein müsste, total gespielt! Aber wenn es mir Scheiße geht, kann ich das nicht verstecken. Ich meine, wie können wir glücklich sein, wenn wir alle ständig nur an Dad denken?

Meine Freunde und so kapieren das nicht. Sie finden, ich

müsste schon DARÜBER HINWEG sein, und weil das nicht so ist, denken sie, ich wollte damit nur mehr Aufmerksamkeit. Miss Baranski hat gesagt, es wird leichter, aber es SOLL NICHT leichter werden. Ich will nicht glücklich sein, und ich bin es LEID, traurig zu sein. Ist es für dich auch so? Du wirkst immer glücklich. Hoffe, dein Weihnachten war nicht so schlimm wie meins.

XoRobyn

Von: C.McKenzie@chronomail.com
An: R.Doblak@sparkon.com
Betreff: Schläfst du?
Gesendet: Freitag, 26. Dezember 2008, 8:42:47

Robyn,
tut mir leid, dass dein Weihnachten beschissen war – ich weiß schon, was du meinst. Ich habe mich auch immer so gefühlt, wenn alle da gesessen und mich beobachtet haben. Es war so, als ob ich ihnen echt leidtue weil sie dachten, sie wüssten ALLES über mich. Als ob sie meine ganze Geschichte schon im Voraus entschieden hätten und es ihnen egal wäre, ob sie sich irrten. In einem Jahr bin ich richtig durchgedreht. Ich habe gewartet, bis alle ihre Geschenke auspackten. Dann ging ich in die Küche und habe UNMENGEN Ketchup über meine Haare und mein Gesicht geschmiert, sodass es wie Blut runtertropfte, und dann bin ich um den Baum herumgerannt und habe Sachen über Satan geschrien. Sie sollten denken, dass ich den Teufel anbete, deshalb habe ich gechantet und gesungen. Ich sagte, ich wäre Evil McFrenzy und habe ein großes Pentagramm direkt neben den Baum gezogen!!!! Sie sind fast durchgedreht, völlig fertig wegen dem, was ich da tat, und sie haben nicht mehr an die Vergangenheit gedacht, und ich so: Jaaaaaa! ENDLICH!!!!!

C.

4

Als ich Mitte Juli Callie eines Nachmittags abholte, fiel mir auf, dass ihre Haare feucht waren. Auf ihrem T-Shirt hatte sie nasse Flecken vom Badeanzug. »Sie haben dich endlich ins Wasser gekriegt!«, rief ich aus und klopfte ihr auf die feuchte Schulter. Ich stellte mir vor, wie sie in Ellas See herumplantschte und fröhlich ihre Phobie überwand.

»Ich war nicht schwimmen«, korrigierte Callie mich. »Sie haben mich nur nassgespritzt.«

Jedes Kind hat seine eigenen Macken, und Callie behauptete steif und fest, Wasser zu hassen. Pools, das Meer, unschuldige, plätschernde Bäche. Sie schwor, nicht schwimmen zu können, obwohl ich mich daran erinnerte, wie Joyce es ihr beigebracht hatte. Ich hatte ihr unzählige Male Schwimmunterricht angeboten, aber sie weigerte sich hartnäckig.

»Wäre es nicht cool, wenn du Privatunterricht nähmest?«, fragte ich, als wir rückwärts aus Ellas Einfahrt heraussetzten. »Eines Tages könntest du deine Freundinnen dann mit deinen Künsten überraschen.«

»Ich schwimme nicht.« Callie ließ ihre Kaugummiblase platzen. »Meld mich bloß nicht an. Ich gehe sowieso nicht.«

»Du brauchst doch einfach nur die Grundzüge zu lernen. Zu deiner eigenen Sicherheit. Was, wenn du auf einmal aus Ellas Kanu stürzt? Du kannst dich nicht immer darauf verlassen, dass deine Freundinnen dich retten.«

Callie zerrte heftig an ihrem Sicherheitsgurt, als wolle sie aus dem Auto springen. »Ich setze mich nicht ins Kanu. Das habe ich seit Jahren schon nicht mehr gemacht.«

»Aber ich möchte gerne, dass du das kannst. Ich will nicht, dass du etwas verpasst.«

»Warum machst du dir so viele Gedanken? Das ist einfach blöd.«

Sie drückte den Kopf an die Scheibe auf der Beifahrerseite und hinterließ ein feuchtes Netzmuster. Mir war klar, dass ich das Thema besser fallen lassen sollte, bevor es in einen Streit ausartete. Wir hatten uns nach dem Zwischenfall auf Dallas' Party gerade erst wieder vertragen. Anscheinend hätte ich mich besser nicht mit dem Rockstar angelegt – dem königlichen VIP. Callie fand, ich hätte überreagiert, und obwohl ich ihr sein ekelerregendes Starren bis in die kleinste Einzelheit beschrieben hatte, beschuldigte sie mich, ich hätte die Party ruiniert, indem ich sie und mich in Verlegenheit gebracht hätte.

»Hör mal, ich will dich nicht ins Wasser zwingen«, sagte ich. »Aber für mich bedeutet Sommer eben schwimmen. All die Tage, an denen deine Mom und ich an den Strand gingen und Handstand im Wasser machten.«

»Das ist sowieso eklig«, sagte sie. »Ihr *wusstet* doch, was im Wasser war.«

Ich dachte, sie sprach von den Abwässern, die regelmäßig in den Long Island Sound eingeleitet wurden.

»Dieses Mädchen, von dem ihr dachtet, sie sei gekidnappt worden«, fuhr sie fort. »Wie hieß sie noch mal?«

Autumn Sanger war die letzte Person, die die Hyazinthenmädchen zu retten versuchten. Wir waren dreizehn damals, als Laras Freundin verschwand.

»Hast du deshalb Angst vor dem Wasser?« Ich bedauerte, Callie die Geschichte erzählt zu haben. Manchmal konzentrierte sie sich einfach auf die falschen Details und veränderte so die Botschaft, die ich ihr zu vermitteln versuchte.

»Ich habe keine Angst«, sagte sie. »Aber ich weiß, dass Menschen im Wasser sterben.« Ich roch den Pfefferminzgeruch ihres Kaugummis, den sie heftig zwischen den Zähnen zermalmte.

»Menschen sterben überall«, sagte ich vorsichtig. »Du kannst nicht alles meiden.«

»Nur weil du gerne geschwommen bist, muss ich es ja noch lange nicht. Deine Kindheit war auch nicht so perfekt. Das Schlimme vergisst du immer.«

»Hör mal, Miss Neunmalklug, ich habe gar nichts vergessen. Aber selbst die schlechten Dinge waren gar nicht so schlecht. Wir waren ziemlich sorglos, alles schien uns möglich.«

»Deshalb habt ihr auch den alten Typen beschuldigt, sie entführt zu haben, und seid in seinen Keller eingebrochen.«

Ich trat eine Spur zu heftig auf die Bremse. Heute war sie aber wirklich schlecht drauf. Die Freuden der Pubertät.

»Du erinnerst dich nicht richtig an die Geschichte. Ich bin niemals bei irgendeinem Typen in den Keller eingebrochen. Wir waren nicht einmal fünf Minuten in seinem Haus.«

»Aber ihr seid da eingedrungen«, sagte sie. »Wahrscheinlich habt ihr ihn zu Tode erschreckt.«

»Wir haben nur versucht, das Richtige zu tun. Wir waren erst dreizehn.«

»Ihr habt ihn völlig ohne Grund belästigt«, sagte sie barsch. »Weil ihr so sorglos wart.«

Damals war es uns nur folgerichtig erschienen. Ich weiß noch, wie Lara überhaupt nicht mehr aufhören konnte zu weinen. Autumn war ihre Freundin. Unsere Gründe erschienen uns mutig und über jeden Zweifel erhaben.

Ich antwortete Callie nicht und ließ sie in ihrem frostigen Schweigen schmoren. Aber nach ein paar Minuten versuchte sie, unser Gespräch wieder aufzunehmen.

»Erinnerst du dich noch an ihren Namen?«, fragte sie leise. »Auch wenn du sie nicht kanntest?«

»Ja«, antwortete ich. »Sie hieß Autumn Sanger.«

Lara kam an jenem Tag weinend zu uns. Sie merkte nicht einmal, in was für eine Situation sie gerade hineinplatzte. Curtis hatte Joyce am Zopf gezogen und über die weichen Haare gestreichelt, aber als er sie sah, ließ er sie so schnell los, dass Joyces Kopf zur Seite ruckte. Ich sah, dass sie ein wenig die Stirn runzelte, als sie ihre Haare glättete.

»Habt ihr gehört?« Laras Lippen zitterten. »Autumn Sanger ist verschwunden.«

Curtis ließ uns zwei auf der Couch zurück, wo er zwischen uns gesessen hatte, und Joyce ließ ihre Hand über das Polster gleiten, das noch warm von seinem Hintern war. Sie hatten schon den ganzen Morgen über geflirtet, und ich hatte versucht, sie daran zu hindern. Ich hatte immer wieder meine Gedanken an Joyce geschickt, aber sie weigerte sich, etwas zu hören. »Wie meinst du das? Ist sie weggelaufen?« Curtis legte einen Arm um Lara. Ich hatte noch nie von Autumn Sanger gehört, aber mein Herz begann zu rasen. Etwas Schreckliches war passiert – es elektrisierte mich.

»Man glaubt, sie ist entführt worden.« Lara redete, als

wäre sie die ganze Strecke hierher gerannt, atemlos, mit kleinen Keuchlauten dazwischen. Der Deckenventilator drehte sich langsam über unseren Köpfen, als ginge das Leben weiter wie immer, aber Joyces Knie begannen auf und ab zu wippen, als wollte sie weglaufen.

»Mädchen, geht in Rebeccas Zimmer«, befahl Curtis.

»Was? Warum?«

Als wir uns nicht von der Stelle rührten, führte Curtis Lara weg, damit sie unter vier Augen miteinander sprechen konnten. Aber die Türen und Wände im Haus waren so dünn, dass wir vom Flur aus zuhören konnten. Curtis glaubte, dass Autumn weggelaufen war. Jedenfalls sagte er das zu Lara. Er glaubte nicht, dass sie entführt worden war – Autumn hatte davon geredet, nach Kalifornien trampen zu wollen. Aber Lara sagte, sie wüsste es, wenn sie weggelaufen wäre. Und Autumn hätte sich nicht von ihr verabschiedet.

Dann erwähnte sie Mr Hort, und Curtis sagte: »Nein, auf keinen Fall.«

Mr Hort war ein alter Mann, der in unserer Nachbarschaft wohnte. Es hieß, er würde Nutten dafür bezahlen, dass sie Kinderkleider anzogen. Ein Mädchen aus der Schule hatte mir einmal erzählt, sie hätte sie in Mr Horts Garten tanzen sehen. Sie hatten Nuckel im Mund und sich die Haare zu Babylöckchen gedreht.

»Er ist viel zu alt und schwach, um irgendwas zu machen«, sagte Curtis. Dann tippte mir jemand auf die Schulter. Tante Bea stand hinter uns, einen amüsierten Ausdruck im Gesicht. Sie trug immer noch das T-Shirt, in dem sie schlief. Es reichte ihr nur bis zu den Oberschenkeln. Ich roch Rauch in ihrem Atem, als sie ihr Ohr an die Tür presste.

»Sagt bloß nicht, dass sie es schon wieder miteinander

treiben.« Sie hämmerte an Curtis' Tür. »Hey, du hast Publikum hier draußen.«

Joyce wurde knallrot, und ich versuchte, Tante Bea die Sache mit Autumn zu erklären. Aber statt mich nach Details zu fragen, schickte sie uns in mein Zimmer.

»Wir müssen Kontakt zu ihr aufnehmen«, sagte Joyce, als wir nebeneinander auf meinem Bett lagen. Ich hatte schon das Licht ausgeschaltet, weil ich hoffte, so Geister anzuziehen. Joyce griff nach meiner Hand und drückte sie. »Glaubst du, Mr Hort hält sie irgendwo fest?«

»Frag sie«, sagte ich. »Wir rufen sie jetzt einfach.«

»Autumn Sanger«, flüsterten wir immer wieder, bis die Wörter miteinander verschmolzen und unsere Stimmen träge wurden. Uns tat beiden der Hals weh.

Dann hörte ich eine kleine, klare Stimme in meinem Kopf. »Keller«, sagte sie.

Ich bekam Gänsehaut. »Keller!«, verkündete ich Joyce.

»Wessen Keller?«

Ich überlegte einen Moment lang. »Der von Mr Hort!«

Plötzlich war ich an Autumns Stelle, eingesperrt in seinem Keller. Ich zitterte in der Dunkelheit, nackter Beton unter meinem Rücken. Es war kalt. Meine Kehle brannte. Über mir hörte ich Schritte. Dann klopfte jemand an meine Zimmertür.

Lara schaltete das Licht an. »Rebecca, kannst du mir einen Gefallen tun? Leihst du mir deine Sales-Club-Unterlagen?«

Joyce und ich hatten in jenem Sommer über einen Mail-Order-Sales-Club Grußkarten an der Tür angeboten. Wir schleppten den schweren Katalog durch die Gegend, klingelten an Haustüren und zeigten Muster. Ich sprang sofort auf, um den Katalog für Lara zu holen. Ich dachte, sie wollte Autumns Eltern eine Karte mit Kerzen oder Kreuzen schicken, aber Joyce war misstrauisch und fragte, warum Lara ihn haben wollte.

Lara ignorierte sie. »Wie macht ihr das für gewöhnlich? Klingelt ihr einfach an der Haustür und zeigt die Broschüre?«

»Es ist ein Katalog, keine Broschüre«, bemerkte Joyce.

»Wir sagen den Leuten, dass wir vom *Sunshine Sales Club* kommen«, erklärte ich. »Und wir fragen, ob sie Karten oder Geschenkpapier brauchen.« Eigentlich war Joyce diejenige, die redete; sie konnte sehr überzeugend sein.

»Du kannst ihn nicht einfach haben. Wir müssen schon mit dir gehen«, sagte Joyce.

»Ich bringe ihn sofort wieder zurück.«

»Du musst uns mitnehmen«, beharrte Joyce. Und so kamen wir schließlich in Mr Horts Haus.

Lara ließ uns versprechen, dass wir Curtis nichts erzählten, und dass wir ihr das Reden überließen. Und ganz gleich, was passierte, wir würden nicht hineingehen. Wir marschierten die Straße hinunter und um die Ecke, bogen an der Kreuzung links ab und gingen dann auf die andere Straßenseite zu dem gepflegten weißen Haus mit dem blauen Briefkasten davor. An der Seite stand ein frisch gestrichenes Spalier, und die Hecken unter den Fenstern waren ordentlich gestutzt. Der Rasen war gemäht. Wie ein Mini-Trupp traten wir drei an die Tür. Wir Hyazinthenmädchen waren bereit, eine von uns zu retten.

Auf dem Weg hatte Lara uns von Autumn erzählt. Sie hatte uns mit folgenden Fakten versorgt: Autumn umrandete gerne ihre Augen mit so viel Schwarz, dass es aussah, als würde sie tief aus einem Loch herausgucken. Die beiden waren schon seit über zwei Jahren miteinander befreundet und tauschten Kassetten im Tank, dem Flur der Highschool, wo die Metal-Fans abhingen. Lara drückte sich die Finger auf die Augen, um ihre Tränen zurückzudrängen, und ich spürte, wie sich ihr Kummer auf mich übertrug.

Dann standen wir vor seiner Tür, und Lara läutete. Die Tür ging auf, und Mr Hort stand da.

Er war klein und dünn und hatte eine nasse, nuschelige Aussprache. »Ja? Hallo?« Seine Augen blickten unter schweren schwarzen Augenbrauen hervor. Lara hielt den Katalog in der Hand, und Joyce hatte ihr die Verkaufsrede beigebracht, aber Lara brachte kein Wort heraus. Sie starrte ihn einfach nur mit ernstem Gesicht an. Ich berührte sie am Arm. Ich wusste nicht, was ich tun sollte. Ich dachte, sie würde wieder einmal in ihrem Stottern feststecken. Dann trat Joyce vor. »Hallo«, sagte sie herzlich. »Wir sind vom *Sunshine Sales Club*, und wir wollten fragen, ob …«

Lara fing plötzlich an zu keuchen, als versuchte jemand sie zu ersticken. Ihr pfeifendes Rasseln klang beängstigend, und eine Sekunde lang glaubte ich, sie würde sterben.

»Wasser«, krächzte sie und packte mich an der Schulter. »Wasser!« Sie beugte sich vor, und ich spürte, wie sich ihre Fingernägel in meine Haut bohrten.

Mr Horts Augen traten alarmiert hervor, aber kaum war er von der Tür verschwunden, hörte Lara auf zu würgen. Er wollte ihr Wasser holen, aber es war alles nur ein Trick gewesen. »Ihr bleibt hier«, zischte sie uns zu und drückte Joyce den Katalog in die Arme. Dann stieß sie die Tür weiter auf, verschwand im Flur und ließ uns auf der Treppe zurück.

»Das hat sie uns vorher nicht gesagt«, sagte Joyce leise. »Was sollen wir jetzt machen?«

»Ich weiß nicht. Wir reden einfach auf ihn ein.«

Aber dann kam keiner von den beiden zurück. Wir warteten mindestens zwei Minuten. Unsere Hände begannen zu schwitzen, und auch unsere Gesichter wurden heiß. Joyce legte die Hand auf den Metalltürgriff. »Nein, nicht«, sagte ich. Aber es war schon zu spät. Joyce hatte die Tür schon geöffnet.

Als Erstes fiel mir der Geruch auf. Es roch irgendwie medizinisch, wie nach Hustensaft und Anti-Pilz-Spray. Und außerdem nach Nutten, fand ich, und als ich mich umsah, erwartete ich beinahe, dass eine Frau in den winzigen Shorts und dem bunten T-Shirt eines Kindes auftauchte. »Joyce!«, zischte ich und folgte ihr. »Joyce!«

Ich kam mir vor wie unter einem Zauberbann, als würde ich immer tiefer und tiefer hineingezogen, und bald würde ich nie mehr entkommen können. Wir gingen durch den Flur und dann ins Wohnzimmer, wo ein dunkelblauer Vorhang vor dem Fenster hing. Auf einmal hörte ich etwas rascheln. Er. Mir wurde ganz schwach.

»Wo ist die Kranke? Was tut ihr hier?«, fragte er. Jetzt klang seine Stimme nicht mehr nuschelig. Er hielt einen Becher in einer Hand und fixierte uns aus seinen dunklen, unheimlichen Augen.

Ich blickte mich im Zimmer um. Eine Tischlampe aus Glas stand da, eine geschnitzte Puppe mit spitzem Kopf, die mich an Voodoo erinnerte. Ich streckte die Finger aus. Ich würde einfach irgendetwas packen und ihn damit schlagen. Ich würde auf seinen Kopf zielen, auf die Schläfe. Oder auf seine Augen.

Wir hörten eine Tür zuknallen, und als Mr Hort sich umdrehte, nutzte ich die Gelegenheit. »Autumn! Autumn! Autumn!«, schrie ich, und dann fiel auch Joyce ein. Er beobachtete uns voller Entsetzen, oder vielleicht auch Hass oder Angst – ich hätte es nicht sagen können.

Mr Hort jagte uns nicht zur Tür hinaus, aber schließlich drehten wir uns um und rannten von selber aus dem Haus.

»Sag Cheese!« Ich hob die Kamera und richtete sie auf Callie. Ohne zu lächeln streckte sie träge die Arme über den Kopf, während ich ein Foto nach dem anderen machte. Es war Ende Juli, und wir saßen in Mrs Romeros Garten in der Sonne – um die Lavendelblüten summten die Bienen, ein Spatz zwitscherte in den Büschen. Ich machte sieben oder acht Fotos. Callie blickte ruhig in die Linse, und als ich fertig war, wollte sie nicht wissen, wie sie aussah; stattdessen wollte sie über Autumn reden.

»Glaubst du, sie hat es gemacht, um bekannt zu werden? Weil sie Aufmerksamkeit wollte?«

Wir hatten seit dem Tag, an dem ich geglaubt hatte, Callie sei schwimmen gewesen, ein paarmal über Autumn gesprochen. Vielleicht war das ihre Taktik, um mich davon abzuhalten, sie wegen Schwimmunterricht zu nerven.

»Ich glaube nicht.« Ich schaltete meine Kamera aus. »Man sagte, sie sei betrunken gewesen und hätte es spontan gemacht.«

»Aber sie hat keinerlei Hinweise hinterlassen. Sie muss doch gewollt haben, dass man nach ihr sucht.«

»Vielleicht hat es Hinweise gegeben und sie sind nur zuerst nicht entdeckt worden.«

Callie schwang ihre Füße über den Rasen. »Noch nicht einmal ihre Freunde?«

»Autumns Freunde dachten ja, sie wäre entführt worden. Sie hatte ihnen nichts erzählt. Deshalb waren ja auch überall Suchmannschaften unterwegs.«

»Aber Autumn konnte doch schwimmen, oder?«

Ich betrachtete Callies Sommersprossen, ihre Haare, die in der Sonne schimmerten. Sie hatte die Augenbrauen konzentriert zusammengezogen. Ich wollte ihr keine Details erzählen, die sie bei Auseinandersetzungen gegen mich verwenden konnte, aber ich nickte trotzdem. Ja, Autumn konnte schwimmen.

Neben diesen Fragen über Autumn redete Callie über ihr neues Lieblingsthema in diesem Sommer: Naturschutz. Die Bedrohung durch die Erderwärmung. Drei Tage in der Woche arbeitete sie ehrenamtlich im Naturreservat, und jeden Abend, wenn sie den Schlamm von ihren Stiefeln kratzte, berichtete sie mir von den Schmuckschildkröten und den Waldfröschen, die sie für ihre Studien gezählt hatten. Als die Hitzewelle des Julis auch im August anhielt, hielt sie mir Vorträge über sterbende Fischpopulationen, Algenwachstum und die Anzahl der Spezies, die vom Aussterben bedroht waren. Ich willigte ein, nur noch drei Minuten lang zu duschen, wir legten eine Komposttonne an, und Callie bestand darauf, mit dem Fahrrad zu ihren Freundinnen zu fahren, damit ich kein Benzin verschwendete. Ich wartete darauf, dass sie einknicken und die Klimaanlage einschalten würde, aber die Temperaturen schienen sie nicht zu stören, wenn sie in unserem Garten hockte und Blätter sammelte. Ich sah ihr vom Küchenfenster aus zu, wie sie methodisch einen Baumstamm vermaß, und ich war beeindruckt, aber auch irritiert. Wie lange mochte das noch so weitergehen?

In der letzten Ferienwoche fuhr sie zu meiner Tante Bea. Sie hatte sich schon den ganzen Sommer über auf diesen Besuch gefreut, und bevor sie fuhr, druckte sie alle möglichen Rezepte für die Verarbeitung von Blaubeeren, Rote Bete und Äpfeln aus dem Internet aus – Nahrungsmittel, die angeblich gesund sein sollten für Leute mit Lungenkrankheiten. Meine Tante hatte seit Jahren ein Lungenemphysem, und obwohl wir uns weder nahestanden noch besonders gut miteinander auskamen, fühlte ich mich verpflichtet, ihre Beziehung zu Callie zu unterstützen.

Bea hatte keine Fotos von Curtis im Haus, zumindest hatte ich niemals eines gesehen, und ich hatte über die Jahre den Eindruck gewonnen, dass sie nicht über ihren Sohn reden wollte. Sie hatte alles, was ihm gehörte, weggeworfen, und es war nur noch das kleine Einzelbett unter dem Fenster geblieben. Das Bett in Curtis' ehemaligem Zimmer, in dem Callie schlafen würde. Callie warf ihre Taschen einfach auf den Boden – es störte sie nicht. Ich sollte nach Hause fahren, mir nicht so viele Gedanken machen. »Ich mache mir aber gerne Gedanken«, zog ich sie auf, aber sie winkte schon. »Tschüss!«, schrie Callie. »Tschü-hüss!« Und ich wollte sie nicht verlassen, aber es war ja nur für eine Woche.

Nachdem Callie weg war, war es viel zu still im Haus. Ich schaltete das Radio ein und dann den Fernseher, während ich Eiweiß in einer Schüssel zu Schnee schlug. In diesem Monat wollte ich lernen, Macarons zu backen, dieses delikate französische Kleingebäck. Aber so sehr ich mich auch bemühte, die Arbeit in der Küche lief nicht gut. Ich spritzte mir heißen Zuckersirup auf die Hand, als ich versuchte, ihn in das Eiweiß zu heben, während ich es schlug. Nachts und nachmittags schwitzte ich in der Küche, aber mit jedem Mal wurden die Plätzchen schlechter. Die Schale war zerborsten, klumpig oder flach. Sie sahen aus wie hässliche braune Steine. Und aus Scham fühlte ich mich verpflichtet, sie zu essen, als müsste ich alles vertilgen. Eines Nachmittags zerbrach ich aus Unachtsamkeit eine Schüssel voll mit karamellisiertem Zucker. Aber statt die Scherben aufzuheben, steckte ich mir ein weiteres Macaron in den Mund.

Ich musste aus dem Haus, weg von diesem Geruch nach verbranntem Zucker, deshalb fuhr ich zur Hauptstraße, um einen Einkaufsbummel zu machen. Ich schlenderte durch die Boutiquen und Geschenkläden, in denen teure Sojakerzen brannten. Ich blieb an der Modern-Art-Gallery an der Ecke stehen, um eine Skulptur aus rotem Licht zu betrachten. Unter lauter Reichen zu leben färbte manchmal auf einen ab, der Geschmack und die Mode, das Verlangen nach bestimmten Dingen. Ich hätte unsere Wände auch gern in diesem Grauton gestrichen und eine dieser Skulpturen gekauft, und auch die Seidenbluse im Schaufenster, die mehr kostete als mein Laptop. Man fragte sich wirklich, wie diese Geschäfte bei solchen Wucherpreisen überleben konnten, aber Dr. Rick predigte uns immer, dass die Leute hier eben Geld hatten. Die Termine in der Praxis waren seit Mai zurückgegangen, es kamen weniger Patienten, und er hatte uns bei der letzten Personalversammlung gewarnt, dass möglicherweise unsere Stundenzahl gekürzt werden müsste. Wir sollten versuchen, das Geschäft anzukurbeln, wenn gerade kein Patient da war, und Bettelanrufe wegen Halbjahreschecks machen. Aber es waren immer unsere wohlhabendsten Patienten, die sich über unsere Preise beklagten, missbilligend mit der Zunge schnalzten oder erklärten, »pleite« zu sein, weil sie das Haus renovieren mussten. Wir wussten nicht genau, was Dr. Rick vorhatte, und fragten uns, ob wir gemeinschaftlich die Last tragen mussten oder ob eine von uns das Pech haben würde, ihren Job zu verlieren.

Ich war zum anderen Ende der Grünfläche gewandert, wo die französische Bäckerei ihre Waren feilbot, und betrachtete die Macarons mit ihren spektakulären pastellfarbenen Schalen. Ein dicklicher Mann in handgenähten Schuhen kam mit einer großen weißen Tüte und einem zufriedenen Gesichtsausdruck aus der Tür. Ich berührte die Brandnarbe an meiner Hand und lächelte ihm kurz zu. Ein Auffahrt-Mann? Ein Macaron-Liebhaber? Er würdigte mich keines zweiten Blicks, als er an mir vorbeiging. Dann hörte ich, wie jemand mit lauter Mädchenstimme meinen Namen rief.

Dallas trug in jeder Hand eine Einkaufstüte und kam grinsend über die Straße auf mich zu. Ihr Tanktop war nabelfrei, und sie hatte die Haare zusammengedreht und festgesteckt. Ich hatte Dallas den Sommer über kaum gesehen. Callie fuhr ja neuerdings überall mit dem Fahrrad hin, und unsere Wohnung war so klein, dass es sich nie anbot, sie einzuladen.

»Dallas, du siehst toll aus!«, rief ich aus. »Was machst du gerade?«

Sie sagte, sie wären shoppen gegangen, weil bald die Schule wieder anfinge. Ella probierte gerade eine Jeans in einem Laden an. Sie hob die Tüten und begann die Sachen zu beschreiben, die sie gekauft hatte – eine Kette, ein Pullover, Ohrringe – aber plötzlich wurde sie ernst. »Geht es Callie gut?«

Sie erklärte, sie würde ihr ständig simsen, aber Callie antworte nicht.

»Sie ist diese Woche auf Familienbesuch«, sagte ich. »Wahrscheinlich hat sie da nicht so guten Empfang.«

Ich hatte gerade erst vor ein paar Stunden mit Callie telefoniert, und wir hatten keinerlei Probleme mit dem Empfang gehabt, aber es hörte sich plausibel an, und Dallas schien erleichtert.

»Ich dachte, sie ignoriert mich vielleicht«, sagte sie lächelnd, als sei allein schon der Gedanke lächerlich. Amüsiert betrachtete sie ihre zwei Tüten. Dallas war kräftiger gebaut als Callie oder Ella; sie war stark und athletisch, aber wenn sie den Kopf hängen ließ, sah man einen Rest von Babyspeck.

»Sie ignoriert dich ganz bestimmt nicht. Ich sage ihr, sie soll dich anrufen.«

»Dann sag ihr bitte auch, dass wir sie sehr vermissen«, antwortete sie. »Wir können es kaum erwarten, dass sie zurückkommt.«

Ich fragte Dallas nach ihren Wochenendplänen, und sie erwähnte, dass sie um die Thimble-Inseln segeln wollten. »Ich hätte Callie dazu eingeladen, aber ich weiß ja, wie sie zu Wasser steht.«

In Dallas' Augen stand Mitgefühl – ich konnte nur hoffen, dass es kein Mitleid war. Das waren unschätzbare Erfahrungen, und Callie nahm nicht daran teil.

»Sie kann schwimmen«, sagte ich empört. »Sie weigert sich nur. Ich kann es mir nicht erklären.«

»Ich glaube, es ist ihr peinlich«, sagte Dallas. »In allem anderen ist sie praktisch perfekt. Aber beim Schwimmen …« Sie biss sich auf die Unterlippe. »Spektakuläres Chaos.«

»Sie müsste mehr üben«, sagte ich. »Aber sie will keinen Unterricht nehmen.«

»Ich und Ella haben versucht, es ihr beizubringen. Es war so, als würde eine Katze Wasser treten.«

»Ihr habt sie zum Schwimmen gebracht?« Ich erinnerte mich an den Tag mit dem nassen Badeanzug.

»Nur einmal. Letzten Monat. Sie sah ziemlich übel dabei aus. Aber uns ist egal, wie sie aussieht; wir machen ja schließlich keine Fotos.«

»Wenigstens habt ihr sie ins Wasser gekriegt. Das kann ich nicht von mir behaupten.«

»Wir würden sowieso nicht zulassen, dass ihr etwas passiert, aber sie will uns nicht vertrauen.«

Dallas hatte eine selbstbewusste Art zu sprechen, bei der man vergessen konnte, dass sie erst vierzehn war. Sie hatte eine solche Präsenz, sie hätte im Fernsehen auftreten können.

»Callie vertraut euch«, versicherte ich ihr. »Sie weiß, dass ihr auf sie aufpasst. Du und Ella, ihr habt ihr ja auch bei diesem schrecklichen Mädchen in der Schule geholfen.«

»Robyn.« Dallas berührte einen ihrer Ohrringe. »*Die* war wirklich komisch.«

»Habt ihr sie seitdem nicht mehr gesehen?«

»Ich wäre wahrscheinlich weggerannt, wenn sie mir begegnet wäre.«

»Wichtig ist nur, dass ihr zu Callie gestanden habt, als es nötig war.«

»Das war nicht schwer.« Dallas schüttelte den Kopf. »Robyn konnte sowieso keiner leiden.«

»Na ja, warum auch? Ein Mädchen, das solche Dinge tut …«

»Das habe ich zu Callie auch gesagt.« Dallas zog anmutig ihre Nase kraus. »Aber sie kapiert einfach nicht, was passieren kann, wenn jemand dich hasst.«

»Vermutlich lernt sie es noch«, sagte ich dankbar zu Dallas. »Jetzt hat sie es gelernt.«

Am nächsten Tag rief Tante Bea mich auf der Arbeit an. »Mir geht es nicht gut«, sagte sie. »Du musst sie holen kommen.« Ich fuhr nach Cansdown in die Gegend, in der ich aufgewachsen war, und als ich die Tür zu Beas einstöckigem Fertighaus öffnete, rechnete ich mit dem Schlimmsten. Ich stellte mir vor, Bea läge umgeben von

Sanitätern und Notärzten da, während Callie schluchzend in der Ecke hockte. Aber Bea saß in ihrem Lehnsessel und aß Kartoffelchips. Ihr Sauerstoffschlauch steckte in ihren Nasenlöchern, und Callie war gar nicht zu Hause.

»Sie ist mit dem Fahrrad unterwegs«, sagte Bea kurz angebunden.

Ich war überstürzt von der Arbeit aufgebrochen, nachdem Bea angerufen hatte, da ich dachte, dass etwas wirklich Ernstes passiert sein musste. Ich hatte vergessen, dass meine Tante gar nicht wusste, was es bedeutete, einen Job mit Verantwortung zu haben.

»Was ist passiert?«, fragte ich.

»Ich habe es dir doch gesagt.« Bea verzog schmollend den Mund. »Ich werde nicht mit ihr fertig. Ich nehme sechzehn verschiedene Medikamente. Versuch du doch mal, mit so vielen Pillen ein Kind zu versorgen.«

Wenn Bea die Stirn runzelte, sah sie mit ihren eingefallenen Wangen aus wie ein Skelett. Ihre Haare hingen zottelig um ihren Kopf, und obwohl sie erst in den Fünfzigern war, sah sie eher aus wie siebzig. Trotz ihres Aussehens war meine Tante jedoch keine Erwachsene für mich. Sie war eher ein schlecht gelaunter Troll, mit dem man besser nicht diskutierte. Ich tat mein Bestes, um mein Gesicht in mitfühlende Falten zu verziehen.

»Habt ihr gestritten?«, fragte ich.

»Ich habe ihr gesagt, sie müsse wieder fahren, und das gefiel ihr nicht. Du hättest sie gar nicht so lange hierlassen sollen.«

»Ja«, sagte ich langsam. »Aber sie hat sich wirklich auf ihren Besuch bei dir gefreut.«

»Nun, es ist keine gute Zeit«, sagte Bea. »Und ich habe nicht darum gebeten.«

Ich wies sie nicht darauf hin, dass sie *doch* darum gebeten hatte. Ich wählte Callies Handynummer, aber sie ging nicht dran. Bea schaltete den Fernseher ein, als hätte das alles nichts mit ihr zu tun. Bea und Curtis hatten mit mir und Mom zusammengewohnt, bis ich vierzehn war, und als sie auszog, war mir klar geworden, wie kleinkariert und verantwortungslos sie sein konnte. Sie war hierher gezogen, nachdem es ihr endlich gelungen war, einen Job so lange zu behalten, dass sie sich die Miete leisten konnte, aber in den letzten sechs Jahren war sie zu krank gewesen, um zu arbeiten, und hatte sich auf die Wohlfahrt und meine Mom verlassen, um ihr Leben zu finanzieren.

»Wie lange ist sie schon weg?«

»Ich weiß nicht«, sagte Bea. »Eine Stunde vielleicht?«

Ich nahm ihr das Versprechen ab, mich sofort anzurufen, wenn Callie vor mir zurückkam, und dann sprang ich in mein Auto. Ich bemühte mich, nicht in Panik zu geraten. Ich würde einfach langsam durch die Gegend fahren, bis ich sie sah, und ich würde auch keine große Sache daraus machen, mit dramatischen Tränen und Vorwürfen. Sie war vierzehn Jahre alt – sie konnte schließlich tagsüber mal für eine Stunde verschwinden, auch wenn sie nicht an ihr Handy ging, worum ich sie eigentlich gebeten hatte. In Cansdown war es eigentlich ziemlich sicher, wenn auch nicht so sicher wie in Pembury, und manchmal hatte Callies Handy keinen Saft mehr oder sie hörte es nicht. Ich fuhr die gewundenen Vorstadtstraßen der Südseite entlang, und dann fuhr ich die Strandstraße hinunter, und als ich sie dort immer noch nicht entdeckte, umklammerte ich das Lenkrad fester.

Nicht weit von Mr Horts Haus kam ich an einem Ort vorbei, den ich kaum wiedererkannte. Auf dem ehemals leeren Parkplatz stand ein großes Terrassenhaus. Vor zwanzig Jahren war hier alles voller Unkraut und Glasscherben gewesen. Hier hatten Joyce und ich Lara eingeholt, als wir aus Mr Horts Haus gerannt waren.

»Ihr Blödies«, schrie Lara uns an. »Ich dachte schon, ich müsste wieder zurück und euch holen.« Sie zog uns in die Arme, während wir noch keuchend nach Luft rangen. Wir waren beide ganz aufgeregt von dem, was wir getan hatten. Ich schmiegte mich an Lara und vergaß, dass Autumn immer noch vermisst wurde. Vergaß, dass wir drei eigentlich zu viert sein sollten. Wir stießen unsere Schuhe aneinander, unsere Knöchel berührten sich beruhigend, und dann zündete Lara eine Zigarette an und nahm einen tiefen Zug.

»Ich habe seinen Keller und alles durchsucht.« Sie schob sich die verschwitzten roten Haare hinter die Ohren. »Autumn war definitiv nicht da.«

»Er könnte sie ja weggebracht haben«, sagte Joyce.

Er könnte sie getötet haben, dachte ich. Dann blickte ich Lara an. Hatte ich gerade ihre Gedanken gehört?

Ich nahm die Zigarette, die sie mir reichte, und paffte zum ersten Mal. Eine Mischung aus Stolz und Zugehörigkeit erfüllte mich: Ich war Teil dieser schrecklichen Tragödie. Was für ein Idiot ich doch war, was für Idioten Kinder sein können. Sie sehnen sich nach Emotionen, die nicht ihre sind: Verzweiflung und Trauer. Sie glauben, ein Unglück macht sie zu Erwachsenen – wie das Paffen einer Zigarette oder ein Schluck Wein.

Eine Viertelstunde, nachdem ich wieder bei Bea angekommen war, hörten wir die Haustür gehen. Bea sah immer noch völlig gleichgültig fern, und ich kaute an meiner Nagelhaut, ein nervöses Wrack. Callies Flipflops klatschten laut auf den Boden, und dann stand sie in der Tür zum Wohnzimmer und blickte uns aus hellen, klaren Augen an. Ihre Wangen waren gerötet und verschwitzt von der Hitze und vom Fahrradfahren, und ich nahm alle vertrauten Details, die mir in den letzten Tagen gefehlt hatten, in mich auf. Wie ihre Haare an der Stirn fast stachelig hochstanden, bevor sie sich dann an den Kopf schmiegten. Die helle Narbe quer über ihr Knie, die sie sich geholt hatte, als sie damals in der Turnhalle in der Schule vom Trampolin gefallen war. Ihre hellblau lackierten Zehennägel und ihre breiten, sommersprossigen Schultern, die sich perfekt an meinen Arm schmiegten.

»Wo zum Teufel hast du gesteckt?«

Callie verschränkte die Arme und blickte mich an. »Ich war nur mit dem Rad unterwegs.«

»Du bist zu viel für mich«, sagte Tante Bea gnadenlos. »Ich bin an Kinder nicht mehr gewöhnt.«

Callie zuckte zusammen und wandte den Kopf, als erwartete sie einen weiteren Schlag. Sie zog ihre Haare über eine Wange, und ich warf Bea einen Blick zu. Sie schien es nicht einmal zu merken. Sie raschelte mit der Chipstüte auf ihrem Schoß. Hoffentlich sagte sie nichts mehr. »Du hast mir so gefehlt«, sagte ich und zog Callie in eine Umarmung. »Du kannst doch nicht einfach so verschwinden.« Ihr schlanker Körper war heiß und starr. Sie berührte meinen Rücken und löste sich von mir.

»Bist du gekommen, um mich abzuholen?«

»Bea fühlt sich nicht gut, deshalb hat sie mich angerufen«, erklärte ich. »Ich bin durch den ganzen Ort gefahren und habe nach dir gesucht. Warum bist du nicht an dein Handy gegangen?«

»Ich habe es nicht gehört«, sagte sie und warf Bea einen frustrierten Blick zu. Meine Tante steckte sich einen weiteren Chip in den Mund. Callie drehte sich um und schlurfte aus dem Zimmer.

»Hast du ihr denn nicht gesagt, dass du sie nach Hause schicken willst?«, fragte ich, als ich hörte, wie die Schlafzimmertür zuschlug.

»Doch, habe ich ihr gesagt«, sagte Bea.

»Nun, sie schien es aber nicht zu wissen.« Ich merkte, wie Wut in mir aufstieg. »Wie viel Geld hast du noch übrig?« Ich hatte Bea einen Umschlag mit Bargeld gegeben, damit sie diese Woche für Callie bezahlen konnte. Wenn sie sie jetzt schon nach Hause schickte, dann konnte sie es ja auch zurückgeben.

»Es ist weg«, sagte sie säuerlich.

Ich ging, ohne mich zu verabschieden. Als Callie nach draußen kam, legte ich den Arm um sie.

»Bist du okay, Callie?«

Sie antwortete nicht.

»Ich weiß, wie schwer das ist, aber du solltest es nicht persönlich nehmen.« Ich bemühte mich um Mitgefühl. »Du weißt ja, dass sie Schmerzen hat, und sie ist einfach kein glücklicher Mensch.«

Callie blinzelte. Dann schüttelte sie den Kopf, als lohne es sich nicht, darüber zu reden.

ALLE MEINE KONTAKTE MIT ROBYN DOBLAK, NR. 4

Für Rebecca / von Callie

Weißt du noch, Rebecca, als ich fünf war und eine Zeit lang nicht mehr geschlafen habe? Ich war bei Grandma Susanna und Grandpa Pat, und abends wartete ich immer auf Mom. Ich lauschte auf den Klang ihrer Schlüssel, und dann ging irgendwann die Schlafzimmertür auf und ich sah sie im Dunkeln da stehen. Ihre Jacke roch nach kalter Luft, und sie flüsterte: »Bist du noch wach?«

Manchmal durfte ich mich im Bett aufsetzen, und dann zeigte ich ihr, wie Grandpa Pat mir beigebracht hatte, durch die Zähne zu pfeifen, oder ich zeigte ihr Schorf, der sich auf meiner Hand gebildet hatte. An anderen Abenden erzählte sie mir, wie es war. Sie erzählte mir von den Käfern und Würmern und den Gängen unter der Erde, und es machte mir keine Angst. Sie sollte wissen, dass es mir keine Angst machte. Ich wartete jede Nacht und blinzelte in die Dunkelheit, bis ich ihren Schlüssel hörte, und dann konnte ich mich entspannen. Ich wollte mit ihr gehen.

Grandma und Grandpa hörten mich durch die Wand reden und fragten mich, was los sei. Dann sagten sie, ich würde das nur erfinden und mir etwas vorspielen. Ich schrie, und sie schickten mich in mein Zimmer. Ich dachte schon, Mom würde nicht mehr kommen. Aber an jenem Abend wartete und wartete ich, und schließlich kam sie doch. Dann wurde Grandma Susanna krank, und du zogst bei uns ein.

Weißt du noch, wie du von Moms Besuchen gehört hast und mit mir reden wolltest? Du blicktest mir direkt in die Augen und fragtest, was Mom gesagt hätte, und wie sie aussähe. Ich merkte dir an, dass du dich zusammennahmst, um nicht zu aufgeregt zu sein, und ich beschloss, dir nicht zu sagen, dass Mom einfach ihre normale Jacke anhatte. Stattdessen sagte ich, sie trüge ein langes funkelndes Kleid mit silbernen Schuhen und einen Schleier. Dann hast du gefragt, ob du in dieser Nacht bei mir im Zimmer schlafen könntest.

Ich weiß noch, dass du mir die Zähne mit Zahnseide sauber gemacht und mir meine Lieblingsgeschichte über Kaninchen vorgelesen hast. Dann hast du dich auf das Ausziehbett in meinem Zimmer gelegt. Manchmal, als wir noch im alten Haus gewohnt haben und Mom abends zum Unterricht gegangen ist, hast du in meinem Zimmer gesessen, falls ich schlecht träumte. Damals an dem Abend konnte ich dich genauso atmen hören, und ich wusste auf einmal nicht mehr, wo ich war. Ich dachte, wenn ich dort hingucken würde, würde da das blaue Bücherregal mit den Aufklebern sein, und wenn ich danach da hinblicken würde, würde dort auf einmal die Kommode mit dem aufgemalten gelben Hund sein. Aber als ich hinschaute, waren sie nicht da, und mir fiel ein, dass ich ja in einem anderen Zimmer war, und sogar das Fenster war an der falschen Stelle. Ich wälzte mich im Bett hin und her und hörte, wie sich jemand umdrehte.

»Ist alles in Ordnung?«

Ich setzte mich auf. »Mom?«

»Ich bin es, Rebecca.«

Ich legte mich wieder hin, und die Matratze quietschte. Ich blickte auf den schmalen Lichtstreifen unter der Tür und wartete auf ihre Schritte und das Geräusch ihres Schlüssels. Ich wusste, dass du auch wartetest.

»Manchmal kommt sie spät«, sagte ich.

»Ist sie glücklich, wenn du sie siehst?«

»Ja. Sie kichert oft.«

»Manchmal stelle ich mir auch gerne was vor«, sagtest du. Dann fingst du an, mir zu erzählen, wie es in dem einen Jahr war, als du und Mom noch auf der Highschool wart und ihr genau hier in diesem Zimmer gewesen wärt und Musik gehört hättet. Mom hätte da gelegen, wo ich jetzt lag, und du hättest auf dem Ausziehbett gelegen, und als Mom eingeschlafen war, hättest du aus dem Fenster auf genau das gleiche Stück Himmel geschaut.

»Sie fehlt mir«, sagtest du.

»Du musst nach dem Geräusch ihres Schlüssels hören«, sagte ich.

»Okay.«

Ich weiß noch, dass ich aus dem Fenster geschaut habe und mir auf einmal ganz warm geworden ist. Ich habe am Halsausschnitt von meinem Schlafanzug gezogen, und meine Decke ist zu Boden gerutscht. Mom war immer noch nicht gekommen. Ich wusste, wie sehr du auf sie wartetest, und ich konnte spüren, wie sehr du es versucht hast. Du warst die Einzige, die mir glaubte, und als du mir diese Fragen über Mom gestellt hast, kam es mir so vor, als ob du mich für älter und klüger hieltest als jeden anderen, den du kanntest. Ich hatte gespürt, wie wichtig meine Antworten waren, aber jetzt war Mom nicht hier, und ich hatte auf einmal dasselbe Gefühl wie immer, wenn ich log oder versuchte jemanden hereinzulegen. Alles war klebrig und juckte. Ich wollte dich am liebsten aus dem Zimmer jagen, als wäre es deine Schuld, dass Mom nicht kam. Ich tastete nach dem Lichtschalter, und der Lampenschirm raschelte.

»Was ist los?«

»Sie kommt nicht.«

»Ach, Süße.« Lange Zeit atmetest du einfach nur ein und aus. Als du schließlich sprachst, war deine Stimme belegt. »Wenn wir schlafen, besucht sie uns vielleicht in unseren Träumen, und morgen früh können wir uns gegenseitig alles erzählen, was sie gesagt hat.«

Ich glaube, damals, als ich fünf Jahre alt war, ist mir klar geworden, dass ich nicht tun konnte, was du wolltest. Du wolltest, dass wir logen und so taten als ob. Damals verstand ich, dass das, was ich vorher gefühlt hatte, ein Trick gewesen war – ein Trick, den ich mir selber gespielt hatte. Mom konnte nicht kommen, weil sie auch vorher nicht gekommen war. Tot war tot, und tot hieß weg. Das sagten doch immer alle. Ich ließ das Licht lange an, und du sagtest mir nicht, ich solle es ausmachen. Ich beschloss, nie wieder mich selber oder einen anderen hereinzulegen.

Aber dann änderte ich letztes Jahr an Weihnachten meine Meinung, nachdem ich diese Mail von Robyn bekommen hatte:

Von: R.Doblak@sparkon.com
An: C.McKenzie@chronomail.com
Betreff: RE: RE: Schläfst du?
Gesendet: Sonntag, 28. Dezember 2008, 23:18:02

Ich liege seit etwa achtzehn Stunden im Bett, und meine Mom fragt die ganze Zeit: WAS TUST DU DA? NIMMST DU AN EINEM WETTBEWERB IM AN-DIE-DECKE-STARREN TEIL? Und ich so: ICH GEBE AUF!!! ICH ERTRAGE DIE WELT NICHT MEHR!!! Dann fiel mir die Geschichte mit dir und dem Ketchup ein, und ich fühlte mich ein kleines bisschen besser. Es ist so, als ob die Leute uns ansehen und glauben, sie würden alle unsere Geheimnisse kennen. Sie meinen das sogar schon, noch bevor sie uns überhaupt kennenlernen. Blablabla. ›Sie übergibt sich.‹ Aaaarme Robyn! Ich wäre lieber böse, so wie du, oder vielleicht auch ein Pitbull. Alles ist besser, als sich so jämmerlich zu fühlen. Ich sagte meiner Mom, wenn wir einen Hund hätten, würde ich mich nicht so beschissen fühlen, und sie so: ›Robyn, weißt du denn nicht, dass dein Dad das gar nicht ernst gemeint hat?‹ Ja, ich weiß ja, aber trotzdem. Mein Dad hatte diesen Plan. Als er richtig krank war, beschloss er, einen Weg zu finden, um zurückzukommen. Er würde als Hund wiedergeboren oder in einen hineinfahren, irgendwie so. Er sagte, wir sollten ihn in einer Zoohandlung kaufen und ihn Papa nennen. Wir sollten ihm viele Steaks zu essen geben und die Mets im Fernsehen laufen lassen, wenn sie spielten. Er würde den ganzen Tag im Haus herumliegen, die Familie beschützen, und obwohl ich natürlich wusste, dass es nicht ernst gemeint war, habe ich mir geschworen, es zu tun.

xoRobyn

5

12. September 2009

Am neunten Jahrestag von Joyces Tod, in diesem Jahr ein Samstag, packte ich den Rosenstrauch, die Hyazinthenzwiebeln und eine kleine Schaufel in den Kofferraum. Dann ging ich hinein, um French Toast zu machen.

French Toast war eines meiner Lieblingsgerichte. Ich briet ihn in Butter, so wie Joyce es mir beigebracht hatte. Es roch nach Zimt und trägen Sonntagvormittagen. Joyce stand im Sweatshirt neben dem Herd und schnitt das gebratene Brot in kleine Stückchen, die Callie mit den Fingern ergreifen konnte. Ich mochte noch immer den süßen Geschmack des billigen, künstlich hergestellten Ahornsirups, und ich drückte auf die Plastikflasche, sodass ein schwerer brauner Strom sich über meine Toastscheibe ergoss. Aber ich war nicht wirklich hungrig und bekam nur ein paar kleine Bissen hinunter.

Als ich gegen acht an Callies Tür klopfte, schlief sie noch, tief unter ihrer Decke vergraben. Ich schaltete das Licht ein und blieb zögernd in der Tür stehen, während sie mich verschlafen anblinzelte.

»Hey, Schätzchen, ich habe French Toast gemacht.«

Sie stöhnte. »Ich kann mich nicht bewegen.«
»Bist du erschöpft?«
»Ich glaube, ich bin krank.«
Ich trat an ihr Bett und legte ihr die Hand auf die Stirn. Ihre Haut war kühl und leicht körnig, als habe jemand direkt unter die Oberfläche Sand gerieben.
»Was tut dir denn weh?«, fragte ich.
»Alles. Mein Bauch. Ich kann nicht aufstehen.«
Sie verzog das Gesicht und schloss die Augen, als würde sie an einer schrecklichen, qualvollen Krankheit sterben. Pest oder vielleicht schwarze Pocken. Als Callie kleiner gewesen war, hatte sie manchmal Krankheiten vorgetäuscht, um mehr Aufmerksamkeit zu bekommen. Ihr tat der Zeh weh, das Ohr, der Ellbogen. Einmal hatte sie sich sogar darüber beklagt, dass ihre Haare wehtäten. Joyce streichelte ihr dann immer über den Kopf und machte großes Aufheben um sie. Sie gab ihr kleine Stücke Schokolade, die sie zu Medizin erklärte.
»Du lieber Himmel«, sagte ich. »Hast du Schmerzen?«
»Hmm.«
»Zeig mir, wo dein Bauch wehtut.«
Callie wedelte vage mit der Hand über die Bettdecke.
»Ist es rechts unten? Das könnte der Blinddarm sein.«
»Nö.«
»Ich hole das Fieberthermometer«, sagte ich und eilte hinaus, als zählte jede Sekunde.

Während Callie das Thermometer unter der Zunge hatte, schaute ich mich in ihrem Zimmer um. Auf den Regalen über ihrem Schreibtisch lagen Pinienzapfen, Samenkapseln und kleine Zweige und Rindenstücke. Auf dem obersten Regal stand eine offene Blechdose mit Federn und kleineren, nicht identifizierbaren Klumpen, die sie im Naturschutzgebiet gesammelt hatte. Eine Honigwabe, etwas Graues, Stacheliges. Sie beschriftete alles, und ich wusste, dass sie jedes Exponat sorgfältig ausgewählt und positioniert hatte, organisiert nach einer komplexen wissenschaftlichen Ordnung, die ich nicht verstand.

Das Thermometer piepste. Callies Temperatur war normal. »Lass mich mal deinen Puls fühlen«, sagte ich tröstend.

Ich hielt ihr schlaffes Handgelenk in meiner Hand und zählte, während ich auf meine Armbanduhr blickte. Auch der Puls war normal.

»Hmm. Ein bisschen schnell«, sagte ich. »Merkst du das?«

»Ja.«

»Versuch einfach mal, dich zu entspannen. Ich hole dir eine Tasse Tee, um deinen Magen zu beruhigen.«

Ich stellte ein Tablett für sie zusammen mit einem Teller warmem French Toast, zwei Tylenol und einer Tasse Ingwertee. Kurz fragte ich mich, ob sie wohl lächeln würde, wenn ich eines dieser weißen oder rosa umhüllten Lakritzbonbons darauflegen würde, die Joyce immer als Medizin ausgegeben hatte, aber ich hatte keine, deshalb rührte ich nur extra viel Zucker in ihren Tee. Ich hoffte immer noch, dass wir uns vor zehn auf den Weg nach Cansdown machten, wenn ich ihr nur genug Mitgefühl schenkte.

Callie saß im Bett, als ich mit dem Tablett hereinkam. Sie hatte das gleiche zerknitterte T-Shirt an, das sie am Tag zuvor getragen hatte. Vorne drauf war ein Foto von Jimi Hendrix auf einem Snowboard. Sie hatte es gebraucht gekauft, für drei Dollar, aber ich durfte es nicht waschen. Sie war in der zweiten Woche auf der Highschool und versuchte, so rätselhaft wie möglich auszusehen. Zu cool, zu zynisch oder abgebrüht, um zu ihrer ersten Einführungsparty die Schulfarben zu tragen. »Das spielt keine Rolle«, hatte sie zu mir gesagt, als ich den Schulgeist erwähnt hatte. »Welche Farbe ich trage, ist ohne Bedeutung.«

Jetzt blickte sie auf meinen French Toast und runzelte die Stirn. »Das kann ich nicht essen.«

»Oh, dann lass es einfach liegen. Meinst du, ich sollte den Arzt holen?«

Sie zuckte mit den Schultern, hob die Tasse an die Lippen und trank einen Schluck Tee.

»Wie ist er?«

»Okay.«

»Hast du gestern irgendetwas Komisches gegessen? Könntest du eine Lebensmittelvergiftung haben?«

»Es ist wahrscheinlich bloß eine Erkältung«, sagte sie. »Ich muss nur schlafen.«

»Also, wenn du krank bist, fahre ich heute nicht. Wenn du dich nicht wohl genug fühlst, um mitzukommen, dann bleibe ich bei dir zu Hause.«

»Ich kann alleine hierbleiben. Ich bin vierzehn. Ich bin ständig allein zu Hause.«

»Aber wenn es nun schlimmer wird? Dann muss ich doch hier sein, um den Arzt holen zu können ... oder um im Krankenhaus anzurufen«, sagte ich.

»*So* schlimm ist es nun auch wieder nicht, Rebecca.«

»Aber ich weiß doch, dass du den Tag heute nicht verpassen würdest, wenn du nicht krank wärst. Wir legen es einfach auf einen anderen Termin und bringen ihr die Blumen an einem anderen Tag.«

»Warten wir ab, wie es mir nach dem Tee geht«, sagte Callie.

»Okay. Aber wenn du dich dann immer noch so schrecklich fühlst, fahren wir nicht. Es wird ja wohl nicht das Ende der Welt sein, wenn wir den Tag heute verpassen, oder?«

Zwanzig Minuten später hörte ich die Dusche, und ich wusste, dass sie gleich kommen würde. Kurz vor zehn fuhren wir in Richtung Cansdown, und obwohl Callie immer noch dasselbe schmuddelige T-Shirt trug, verlor ich kein Wort darüber.

Meine Mom billigte unsere halbjährlichen Besuche auf dem Friedhof nicht. Sie fand, dann könne man sich genauso gut einen traurigen Film anschauen oder Bilder von verhungernden Waisenkindern betrachten; sie hielt es für unnötig morbide und sagte, es würde ein schlimmes Ende mit uns nehmen. Ihr war nicht klar, dass wir sowieso jeden Tag an Joyce dachten. Das war keine Entscheidung, und es war auch nicht immer traurig. Es war nur eine Art, sich zu erinnern, damit umzugehen und sie irgendwie am Leben zu halten.

Callies ehemalige Therapeutin hatte als Erste vorgeschlagen, dass wir Briefe an Joyce schreiben sollten. Die McKenzies hatten Callie von der Beerdigung ferngehalten, weil sie fanden, sie sei noch zu klein, um zu verstehen, aber als ich ein Jahr später ihr Vormund wurde, war mir sofort klar, dass der Schmerz nicht geringer war, nur weil man die Wahrheit vor ihr verborgen hatte. Die Therapeutin erklärte, Briefe zu schreiben würde Callie dabei helfen, endlich zu trauern und eine neue Art von Beziehung zu Joyce aufzubauen. Wenn wir ihr schrieben, lebte sie in unseren Worten fort. Wenn wir an sie dachten oder über sie sprachen, war sie nicht weg. Sie war zwar nicht da, aber es gab Wege, um sie lebendig zu erhalten.

Gemeinsam legten wir einen herzförmigen Stein auf Joyces Grab und schoben unsere ersten Briefe darunter. Ich fühlte Ruhe in mir, wenn ich Joyces Grab betrachtete, weil es zu diesem Zeitpunkt nicht mehr so übersät mit allen möglichen Dingen war.

In den ersten Monaten nach Joyces Beerdigung hatte ich mich aufgeregt, weil ständig irgendwelcher Müll auf ihrem Grab abgelegt worden war. Billige Tankstellensträuße, schmutzige gelbe Kerzen, eine Nikolaus-Figur mit Silberhaken an der Mütze. Jemand hatte eine Babypuppe dort hingelegt, die vom Regen durchweicht wurde, und eine Tüte mit orangefarbenen Erdnüssen – die sie nie gegessen hatte. Es machte einfach keinen Sinn, und jeder der vorbeikam, musste einen völlig falschen Eindruck bekommen. Man hätte meinen können, Joyce sei eine Art sentimentales Dummchen gewesen. Aber ich wusste, dass sie nur die Augen verdreht hätte, wenn sie den Müll gesehen hätte. Und über die billigen Blumen hätte sie gelacht.

Nach ihrem Tod waren in der Lokalzeitung ein paar Artikel erschienen, und ich konnte es mir nur so erklären, dass irgendwelche wohlmeinenden Fremden über sie gelesen und beschlossen hatten, bedeutungsloses Zeug auf ihr Grab zu legen. Keiner, der Joyce wirklich gekannt hatte, hätte je versucht, sie so zu beleidigen. Eines Tages sammelte ich das ganze Zeug ein und warf es in die Mülltonne an der Ecke des Parkplatzes. Auch die Plastikblumen und die Fotos von Babys, die ich nicht kannte, wanderten dort hinein. Als ihr Grab sauber war, fühlte es sich wieder mehr nach ihr an.

Als Callie und ich den herzförmigen Stein auf ihr Grab legten, störten mich die ausgefransten rosa Schleifen und Stofftiere nicht mehr so sehr. Ich wusste ja, dass ich sie wie gewöhnlichen Müll entsorgen konnte. Mit den Jahren wurde es weniger, und schließlich hörte es ganz auf. Aber wir kamen immer noch regelmäßig, um Joyce unsere Briefe zu hinterlassen.

Nachdem ich in Cansdown von der Autobahn abgefahren war, nahm ich den Weg, den ich immer zum Friedhof fuhr. Ich kam an einem heruntergekommenen Hotel vorbei, vor dem ein einzelner Truck parkte, an niedrigen Industriegebäuden, Großhändlern und leeren Parkplätzen, auf denen Müll herumlag. Cansdown war nicht schlimmer als in meiner Kindheit, aber seitdem ich in Pembury lebte, kam es mir irgendwie schäbiger vor. Die endlosen Autohändler, das Unkraut, das aus dem Asphalt wuchs, die düsteren Läden, in denen man Schecks einlösen konnte. Die Rezession machte es nicht besser, aber ich wusste, dass die blaue Plane vor dem Zaun des Gebrauchtwagenhändlers schon seit Jahren da hing.

Die Friedhofstore standen offen, und ich fuhr auf den Parkplatz. Callie begann sich zu rühren. Sie hatte während des größten Teils der Fahrt gedöst, und auf ihrer Wange war ein hellroter Fleck, wo sie sie gegen die Tür gedrückt hatte. Sie warf den Kopf zurück und schüttelte die Haare aus. Dann rollte sie die Schultern und streckte ihre langen Beine. Manchmal stockte mir der Atem, wenn sie mit einem Schulterzucken oder einem Gähnen haargenau wie ihre Mutter aussah. Es freute mich, dass sie heute mitgekommen war; ich war erleichtert, nicht allein zu sein.

»Okay, Cal, dann wollen wir deiner Mutter mal die Rosen bringen.«

Der Rosenbusch war im Kofferraum angewelkt. Weiße Blütenblätter bedeckten den Boden. Callie hatte ihn am Tag zuvor ausgewählt. Ich hatte ihr gesagt, sie könne kaufen, was sie wolle, und als sie im Gartencenter verschwunden war, hatte ich einen Sack Hyazinthenzwiebeln ausgesucht. Danach schlenderte ich durch die Reihen und fand sie schließlich bei den Rosenbüschen.

»Rosen sind eine sehr gute Idee«, hatte ich gesagt.

Erst da fiel mir die Farbe der Blüten auf, die sie ausgesucht hatte. Sie waren rötlich braun, fast schwarz. Sie waren schrecklich. Sie sahen hässlich und tot aus.

»Glaubst du, deiner Mom gefallen schwarze Rosen?«, fragte ich vorsichtig.

Callie schürzte die Lippen. »Ich glaube, das ist ihr egal.«

Ihre Mundwinkel zuckten leicht, als wolle sie lächeln, und erst da merkte ich, dass sie sich über mich lustig machte. Oder über Joyce. So oder so zeugte es von einem Mangel an Respekt. Aber dann schien es ihr klar zu werden, und sie versuchte es wiedergutzumachen. Sie trat zu dem weißen Rosenbusch und blickte mich fragend an. Als ich ihn jetzt aus dem Kofferraum hob, fiel mir ein, dass es möglicherweise verboten war, etwas so Großes auf dem Friedhof einzupflanzen.

Callie ließ die Schaufel gegen ihr Bein schlagen, als wir zum Grab gingen. Der Friedhof war der größte in Cansdown. Hier lagen Reiche wie Arme, Außenseiter und Leute von der Südseite. Joyces Mutter war kaum ein Jahr nach ihrer Tochter an einem Schlaganfall gestorben und lag ebenfalls hier. Auch Autumn Sanger war hier begraben. Ich hatte ihr Grab einmal besucht. Als wir an Autumns Reihe vorbeikamen, erinnerte ich mich daran, wie ich damals von ihrem Tod erfahren hatte. Sie war schon seit einigen Tagen vermisst, und Joyce und ich versuchten ständig, sie heraufzubeschwören. Wir flüsterten ihren Namen ins Gras und lauschten im Surren der Rasensprenger nach ihrer Stimme. Wenn sie uns doch nur sagen würde, in *wessen* Keller wir einbrechen mussten, um sie zu retten. Dann fand uns Tante Bea im Garten. Sie verschränkte die Arme vor der Brust und sagte: »Sie haben sie gefunden. Sie ist ertrunken. Sie ist heute früh unter die Docks gespült worden.«

Callie war vorausgelaufen, und ich beeilte mich, um sie einzuholen. Ich legte den Rosenbusch vor Joyces Grab, und in der Sonne schienen die Grabsteine zu flirren, wurden erst ganz scharf, dann undeutlich. Blinzelnd schaute ich zu, wie Callie die Schaufel in den Boden steckte und rechts von Joyces Grabstein begann, ein Loch auszuheben. Sie sprach sich nicht mit mir ab – sie fing einfach an. Ich holte meinen Stapel Briefe heraus und sah zu, wie Callie die Erde aushob. Ihre Haare klebten verschwitzt in ihrem Nacken, und sie schien sich in ihrem übergroßen Shirt nicht wohlzufühlen.

»Lass mich mal«, sagte ich, aber sie hörte nicht auf mich. Die Erde ging leicht heraus. Ich kniete mich auf den Boden, in der Hand die Briefe, die wir für Joyce geschrieben hatten. Dann hob ich den herzförmigen Stein und öffnete die Plastikmappe darunter. Und in diesem Moment sah ich die rote Tinte.

»Was zum Teufel ist das?«

»Was ist los?«

Auf rosa liniertem Papier stand in roter Schrift:

Deine Tochter verletzt Menschen. Sie hat die Farbe verspritzt und das Foto verschickt. Callie verdient zu sterben wie du.

Wenn ich damit gerechnet hätte, hätte ich es vielleicht versteckt, aber ich konnte nicht so schnell reagieren. Ich hatte seit Wochen, vielleicht sogar länger, nicht an Robyn Doblak gedacht.

Callie hatte mit dem Graben aufgehört, als sie mich nach Luft schnappen hörte.

Die rote Schrift sah böse aus. Sie drang bis auf die Rückseite durch. Ich ließ das Blatt Papier zu Boden fallen, als sei es mit Anthrax eingestäubt, aber als Callie sich danach bückte, versuchte ich es wieder aufzuheben.

»Cal!«, sagte ich. Aber sie hielt es bereits in der Hand.

Im hellen Sonnenlicht stand sie wie erstarrt da. Ihr Gesicht war blass, als läge ein feiner Staubfilm darauf. Ich riss ihr das Papier aus den Händen. Sie schwankte und begann in sich zusammenzusinken. Sie schrie nicht auf, sie sank einfach nur zu Boden. Dann zog sie die Knie an und ließ die Handgelenke lose darüber baumeln.

»Steck den Kopf zwischen die Beine«, riet ich ihr, weil ich an meine Schwindelanfälle von früher dachte.

Sie ließ den Kopf sinken, und ich rieb ihr in kleinen Kreisen über den Rücken. »Ich gehe zur Polizei«, verkündete ich. »Damit lasse ich sie jedenfalls nicht davonkommen. Versuch einfach zu atmen. Tief durchatmen, Liebes.«

Ohne den Kopf zu heben, murmelte sie: »Ich habe dir doch gesagt, ich bin krank. Ich sollte gar nicht hier sein.«

Ich streichelte ihr übers Haar. Es glitt mir durch die Finger, und ich sah, wie ihr Rücken sich mit jedem Atemzug hob und senkte. Natürlich war es ein Schock herauszufinden, von jemandem gehasst zu werden, und zwar so sehr, dass dieser Jemand das Grab deiner Mutter ausfindig machte.

»Es tut mir so leid«, sagte ich. »Ich verstehe einfach nicht, was hier vor sich geht.«

»Mom hätte nicht gewollt, dass ich komme, wenn ich krank bin!«

»Callie, hat Robyn so etwas schon einmal getan?«

Mit dem Gesicht zwischen den Knien sah sie aus wie ein ganz kleines Kind, das Verstecken spielt und bis hundert zählt, damit der andere sich verstecken kann.

Sie schüttelte den Kopf.

»Hat sie in der Zwischenzeit versucht, Kontakt zu dir aufzunehmen?«

»Nein.«

»Ich bringe dich jetzt nach Hause«, entschied ich. »Kannst du aufstehen?«

»Was ist mit den Rosen?«, murmelte Callie zwischen den Knien hervor.

»Vergiss sie.« Ich blickte auf den Busch.

»Nein«, sagte sie mit schwacher Stimme. »Das ist nicht richtig.«

Ich steckte den Zettel in die Tasche und ergriff den Spaten. Als ich ihn in die Erde stieß, stellte ich mir Robyn hier am Grab vor, wie sie auf und ab marschierte und auf Joyces Stein spuckte. Was für ein Kind tat so etwas? Wenn sie Callie auch nur ein Härchen krümmte, dann würde *ich* ihr etwas tun. Ich grub immer schneller, aber als ich versuchte, den Busch einzupflanzen, war das Loch noch nicht tief genug. Langsam begann ich zu schwitzen. Callie hatte immer noch das Gesicht zwischen den Knien, und ich wusste, was Joyce sagen würde, wenn sie uns jetzt sehen könnte: FAHRT EINFACH NACH HAUSE! Sie hatte Rosen nicht einmal besonders gemocht. Meine Hände brannten, aber schließlich war das Loch groß genug für den Wurzelstock. Als der Busch jedoch schließlich eingepflanzt war, sahen die cremefarbenen Blüten schmutzig aus, und die Zweige kamen mir dünn und mickrig vor. *Reiß ihn einfach wieder raus*, dachte ich. Aber das konnte ich nicht vor Callie tun. Ich musste sie nach Hause bringen, und es blieb keine Zeit mehr für die Hyazinthen.

ALLE MEINE KONTAKTE MIT ROBYN DOBLAK, NR. 5

Für Rebecca / von Callie

Chat 29. Dezember 2008, 12:45:52

12:36:21
LithoCALpus: Robyn? Lebst du noch?
12:36:40
robynroarxo: Ich tu so.
12:37:10
LithoCALpus: Ok, was tust du?!!!!! Lässt du dir Dreads wachsen und wirst ein Eremit?
12:38:09
robynroarxo: Ich fühle mich 😑 blaaaarrr
12:38:33
LithoCALpus: 😑 Blaaarrr? WARUM?
12:38:54
robynroarxo: Mein ganzer Körper schreit neeeeeeiiiiiin!
12:39:16
LithoCALpus: Kannst du für 5 Minuten aufstehen? Vie leicht fühlst du dich dann besser.
12:40:12

LithoCALpus: Iss ein bisschen Müsli & guck Zeichentrickfilme. Denk dir neue Möglichkeiten aus, Weihnachten zu töten. 😉
12:40:33
robynroarxo: Weihnachten ist nicht das Problem
12:41:06
robynroarxo: Ich will einfach, dass alles vorbei ist. 😬
12:41:29
LithoCALpus: Robyn, hast du irgendwas gemacht?
12:41:35
robynroarxo:?????
12:41:45
LithoCALpus: ((dich verletzt))
12:41:51
robynroarxo: Kann dir das nicht egal sein?
12:41:58
LithoCALpus: Offensichtlich nicht!!!
12:42:09
robynroarxo: Nein ... nichts.
12:42:15
LithoCALpus: Ist auch besser so!!!
12:42:27
robynroarxo: Ok. Vergiss es einfach.
12:42:40
LithoCALpus: OMG!!! Es vergessen?!!!!
12:42:50
robynroarxo: Ich mach schon nichts.
12:43:07
LithoCALpus: Woher soll ich wissen, dass du nicht lügst?
12:43:53
robynroarxo: Ich schwöre bei meinem Leben.
12:44:18
LithoCALpus: Schwör bei Miss Baranskis.
12:44:32

robynroarxo: Ich schwöre bei Miss Baranskis Leben.
12:44:40
LithoCALpus: Jetzt steh auf.
12:44:45
robynroarxo: Gleich ...
12:45:22
LithoCALpus: JETZT ROBYN OHNE SCHEIß
12:45:36
robynroarxo: Was macht das bitte für einen Unterschied?
12:45:43
LithoCALpus: AUF DER STELLE
12:45:52
LithoCALpus: Sonst komm ich zu dir!!!
12:46:45
robynroarxo: 😃😃😃
12:46:45
LithoCALplus: Oder ich besorg mir einen besessenen Hund, damit er dir in den Arsch beißen kann. 😉
12:47:10
robynroarxo: Hey erzähl das niemandem – mit meinem dad und dass er in einem hund wiedergeboren werden wird
12:47:24
LithoCALpus: weiß ich. Mach ich nicht.
12:47:35
LithoCALpus: ABER NUR WENN DU JETZT ENDLICH AUF-STEHST!!!
12:47:53:
robynroarxo: Ok ist ja gut. Ich bin aufgestanden.
12:48:26
LithoCALpus: wirklich? Beweis es!
12:48:55
robynroarxo: ich zieh meine socken an
12:49:11

LithoCALpus: Siehst du, ist gar nicht schwer. Hör einfach auf, so viel nachzudenken.
12:49:19
robynroarxo: Machst du das so?
12:49:38
LithoCALpus: Ja, ich denke überhaupt nicht nach. ☺

6

»Haben Sie irgendwelche SMS, E-Mails oder Telefonnachrichten von ihr?«, fragte Detective Serrano und hob die Ecke der Nachricht mit seinem Stift an.

Er seufzte, als ich den Kopf schüttelte. Halbherzig machte er sich Notizen, während ich den Zwischenfall mit der Farbe auf der Mittelschule beschrieb. »Das ist eine direkte Drohung«, beharrte ich. »Sie kann nur von Robyn gekommen sein.«

»Was ist mit dem Foto, das Ihre Tochter geschickt hat?«

»Was?«

»Sie hat die Farbe verspritzt und das Foto verschickt«, las er vor.

»Sie spinnt – Gott weiß, was sie sonst noch erfunden hat. Sie weiß, dass Callie es nicht getan hat, aber sie kann ihre eigene Schuld nicht zugeben. Sie will unbedingt einem anderen die Schuld in die Schuhe schieben.«

»Tja, ohne Beweise erreichen Sie gar nichts, schon gar kein Kontaktverbot. Sie müssen alles belegen. Notieren Sie jede Kontaktaufnahme von ihr. In neunundneunzig Prozent aller Fälle versuchen diese Kinder nur, einander Angst zu machen.«

Ich versuchte mir einzureden, dass er recht hatte, als ich von der Polizeiwache nach Hause fuhr. Robyn spielte sich bloß auf, stieß haltlose Drohungen aus. Teenager und ihre Widersprüche. Ihr Verlangen nach Drama, ihre grandiose Selbstüberschätzung, ihr Glaube, dass nichts, was sie tun, Auswirkungen auf andere hat. Joyce und ich waren genauso an dem Tag, als Autumn beerdigt wurde.

Wir durften nicht mit zur Beerdigung gehen, aber wir sahen zu, wie Curtis sich fertig machte. Er trug einen dunkelblauen Blazer und verließ schon früh, nach Seife duftend, das Haus. Er erschien mir auf einmal älter, mit gestrafften Schultern, energisch vorgerecktem Kinn, als ob er an einen Ort führe, den ich nie kennenlernen würde. Ich stellte mir Trauer wie einen großen weißen Raum vor, voller durchsichtiger Vorhänge, die sich im Wind bauschten, wo Männer an die Decke blickten und die Zähne zusammenbissen, um gegen ihren Schmerz anzukämpfen.

Joyce hatte das neue Foto von Autumn noch nicht gesehen, deshalb rannte ich los, um die Zeitung zu holen. Autumn hatte vor der Kamera die Augen zusammengekniffen, und es sah so aus, als wolle sie lachen. Sie hatte die Lippen dramatisch geschürzt, und ihr Pony kräuselte sich nach oben.

»Sie ist hübsch«, sagte Joyce. »Mir gefällt, wie sie sich die Augen geschminkt hat. Vielleicht könnten wir es auch einmal versuchen«, fuhr sie fort. »Einfach nur, um zu sehen, wie es aussieht.«

Im Badezimmer fand ich einen Kajalstift in Tante Beas grüner Schminktasche. Joyce setzte sich auf den Toilettendeckel, und ich fuhr mit dem schwarzen Stift unter ihren hellen Wimpern entlang. Die andere Hand legte ich an ihre Schläfe. Ich konnte die Poren auf ihrer Stirn sehen, und die weichen, feinen Härchen an ihrem Kinn. Vorsichtig ließ ich den Stift hin und her gleiten. Die Haut wurde immer dunkler, und als ich ihr in die Augen blickte, sah ich all die unterschiedlichen Farben. Gelbe und braune Flecken in der graublauen Iris.

»Deine Augen sehen aus wie Teiche in Afrika«, sagte ich. Wasser, Erde, Sonne und Steine.

Joyce lachte. »Was soll das denn heißen?«

»Keine Ahnung.« Kichernd wandte ich den Blick ab.

Sie nahm mir den Kajalstift aus der Hand und begann, mein Gesicht zu bearbeiten. Als sie fertig war, lehnten wir uns an das Waschbecken, um das Ergebnis aus der Nähe im Spiegel zu bewundern. Der Effekt war alarmierend, aber wir zuckten nicht zurück und wandten uns auch nicht ab. Unsere Augen waren glasig. Neben den dunklen Linien wirkte unsere Haut blass. Wir spielten mit unseren neuen Gesichtern, verzogen den Mund und blinzelten uns selber zu, und wir kamen uns vor wie andere Personen. Wir hätten Autumns Freundinnen sein können, die in einem Raum voller Vorhänge weinten. Wir hätten genauso verschwinden können wie sie.

Da niemand zu Hause war, brauchten wir uns auch nicht in Acht zu nehmen. Wir konnten in den Garten gehen und Gänseblümchen für Autumn pflücken. Joyce und ich bewegten uns übertrieben langsam, ließen traurig die Köpfe hängen, begierig darauf, ihre Tragödie zu spüren, hungrig nach mehr Gefühlen. Joyce sank im Schatten auf die Knie, und ich blieb neben ihr stehen. Mit fremder Stimme sagte sie zu mir: »Und wenn sie verliebt war?«

Ich blickte durch den Garten zum Maschendrahtzaun, der in der Sonne schimmerte. Die einzigen Geräusche, die zu hören waren, kamen von Autos und von Grillen. In der Ferne brummte ein Rasenmäher.

»Wenn sie vielleicht in Curtis verliebt war und wusste, dass sie ihn nicht haben konnte, dann ist sie vielleicht deshalb ins Meer gegangen.«

Ich blickte Joyce an und erschauerte, obwohl die Sonne noch immer heiß auf uns herunterbrannte. Ihre Augen sahen so anders aus. »Ich bin sie und du bist Lara«, sagte sie.

Sie stand auf und begann durch das Gras zu gehen, als würde sie durch Wasser waten. Dann schwankte sie und stolperte und kämpfte gegen die starke Strömung. Joyce drehte sich um und winkte mir zu, und sofort traf mich die Trauer mit Wucht.

»Warte, geh nicht!«, schrie ich. Ich hörte die Wellen brausen, und der Nachthimmel war so schwarz und leer, und ich fasste mir an die Kehle.

»Ich liebe dich«, schrie ich ihr nach. Sie warf die Arme hoch, als die Wellen sie herumwarfen, und strampelte heftig mit den Beinen. Ich hielt immer noch die Blumen in der Hand, als ich beobachtete, wie sie zu sinken begann.

»Nein!«, rief ich, aber sie starb bereits. Ich rannte zu ihr und begann sie zu schütteln. Die Blumen flogen zu Boden, als ich ihren Kopf auf meinen Schoß zog und sie wiegte. »Autumn! Autumn! Bitte, wach auf!«

Es fühlte sich real an, und ich begann zu schluchzen. Sie war tot, und ich war allein. Ich küsste ihr Gesicht, streichelte über ihr Haar, hob die Blumen wieder auf und legte sie auf ihre Brust. Ich begann zwar nicht absichtlich zu stottern, aber der Moment überwältigte mich so, dass Laras holpernde Stimme aus mir herauskam. »W-w-wie konntest du das tun?«, stieß ich jämmerlich hervor. »I-i-ich w-wollte d-dich retten.« Sie öffnete nicht die Augen, aber dann weinte auch sie. Sie war tot. Es war vorbei. Ein fünfzehnjähriges Mädchen. Wir weinten heftig und lange, und ich hielt mir den Hals wie ein echtes Hyazinthenmädchen. Meine Stimme war weg, ich konnte nicht mehr sprechen.

Wir wussten nicht, dass uns jemand zuschaute. Sie sollten ja eigentlich alle auf der Beerdigung sein. Aber dann hörte ich ein Geräusch und sah sie nebeneinanderstehen.

»Arschlöcher!«, schrie Lara. Joyce setzte sich auf und wischte sich mit dem Handrücken über ihr verlaufenes Make-up. Lara schrie uns an, wir sollten aufstehen.

Mein Schluckauf war vergangen, und ich fühlte, wie ich schrumpfte, als könnte ich austrocknen und wegfliegen wie ein Löwenzahnsamen.

»Das ist kein Spiel«, schimpfte Curtis uns aus. »Steht jetzt sofort auf!«

Er hatte Lara festgehalten, als wolle er sie daran hindern, auf uns loszustürmen, aber jetzt ließ er sie los, und sie öffnete den Mund. »Bestien!« Und an diesem Tag versagte ihre Stimme nicht, sondern die Laute kamen schnell und heftig. Dann drehte sie sich um und marschierte davon. Wir hatten keine Zeit, ihr alles zu erklären, ihr zu sagen, wie wahr unsere Gefühle gewesen waren. Ihr zu sagen, dass wir uns nie über sie lustig machen würden – wir wollten doch nur an ihrer Stelle sein. Wir sahen ihr nach, wie sie über den Rasen verschwand. Ihre Haare leuchteten hell vor ihrem T-Shirt, und es war bereits zu spät. Der Verlust, den wir uns vorgestellt hatten, wurde real.

Curtis schaute uns einen Moment lang an, und als er Joyce betrachtete, wurde sein Blick weich. »Du solltest die Schminke abwaschen«, sagte er. »Sie passt nicht zu dir.«

Ich war immer noch nicht aufgestanden. Meine Gelenke waren heiß und schmerzten. Als ob ich aus Scham bestünde, die mehr wog als Blei oder Gold. Ich hielt mich an Joyce fest. Das war unser letztes Spiel als Hyazinthenmädchen. Das letzte Mal, dass ich mich für größtenteils gut hielt.

»Du hattest heute absolut recht«, sagte ich zu Callie. »Es tut mir leid, dass ich dich mitgenommen habe, obwohl du krank warst.«

Callie lag auf dem Bett und trank Ginger Ale. Sie hatte die Vorhänge wegen der Sonne zugezogen, aber die Geräusche des Samstagnachmittags drangen durch das Fenster. Ein Hund bellte, in irgendeiner Küche klapperte Besteck und klirrten Gläser. Es war ziemlich offensichtlich, dass Callie nicht krank war, aber sie hatte ein bisschen Zuspruch verdient.

»Manchmal verstehe ich solche Sachen falsch, aber du musst mich eben einfach daran erinnern, okay?«

Sie stellte ihr Glas auf den Nachttisch. »Du hörst ja nie zu.«

»Wenn ich nicht zuhöre, dann sag einfach: ›Wach auf! Erde an Rebecca!‹, und dann höre ich zu. Okay?«

»Das werde ich nicht sagen.«

»Wir könnten ein geheimes Passwort erfinden – Banane zum Beispiel –, und immer wenn ich dir nicht zuhöre, könntest du ›Banane‹ sagen!«

Sie verdrehte die Augen. Ihre Sommerdecke raschelte, als sie sich im Bett bewegte. Ich wollte sie nur aufheitern – ihr zeigen, dass wir uns keine Sorgen zu machen brauchten –, deshalb begann ich, ihr das Gespräch mit Detective Serrano vorzuspielen. Ich schob die Unterlippe vor und war ganz mürrische Autorität. Ich machte meine Stimme tief und männlich und tat so, als müsse ich mein imaginäres Abzeichen polieren.

»Ach ja, und er hat mich nach dem Foto gefragt. Du weißt schon, auf dem Zettel hat ja gestanden, du hättest das Foto verschickt.«

»Ich habe ihr gar nichts geschickt«, sagte Callie ernst.

»Vielleicht hast du ja ein Foto von ihr gemacht?«

»Nein, nein. Banane, Rebecca, Banane.«

»Ich wusste, dass du ihr nichts geschickt hast«, beruhigte ich sie. »Könnte sonst jemand den Zettel geschrieben haben?«

»Ich weiß nicht.« Sie rieb sich mit dem Finger über die Lippe.

»Also, weißt du, ich glaube, Folgendes ist passiert: Robyn versucht immer noch, uns davon zu überzeugen, dass sie das Opfer ist. Vielleicht ist sie sogar selbst davon überzeugt, dass alles so passiert ist, wie sie es sagt. Sie will schuldlos sein, deshalb versucht sie, dir die Schuld in die Schuhe zu schieben, aber es ist wirklich wichtig, dass du dir diesen Schuh nicht anziehst.«

Callie nickte. Wie eine blasse Prinzessin lag sie im Bett.

»Na ja, ich will nicht gemein klingen«, fuhr ich fort, »aber ich will aufrichtig mit dir sein. Du weißt ja, wie die Kinder bei dir auf der Schule Robyn geärgert haben. Möglicherweise haben sie gespürt, dass sie nicht ganz richtig war. Vielleicht hatte sie eine schlechte Ausstrahlung, eine unheimliche Ausstrahlung oder so, und sie haben gespürt, dass sie zu so etwas fähig ist.«

»Es ist so, wie wenn sich jemand für ganz normal hält«, sagte Callie, »aber er ist es nur für sich selbst und sonst für niemanden.«

»Für manche Leute kann es ganz schön hart sein«, sagte ich, als ich die steile Falte zwischen ihren Augenbrauen bemerkte. »Aber das gibt ihnen noch lange nicht das Recht, dich anzugreifen.«

In jener Nacht konnte ich nicht schlafen. Immer wenn ich die Augen schloss, gingen sie von selber wieder auf, und obwohl ich in diesem Monat lernte, Schmalzgebackenes zu machen, hatte ich keine Lust, in die Küche zu gehen. Um drei Uhr morgens dachte ich an die Autobahn. Um diese Uhrzeit war sie leer und kalt, der Himmel war noch schwarz, und die Straße verschwand in der Ferne, bis ich den rotweißen Schornstein vor der Ausfahrt nach Cansdown sah. Ich wollte noch einmal in die Plastikmappe schauen. Ich glaubte, ich hätte etwas übersehen. Und ich machte mir Sorgen um die alten Briefe an Joyce. Robyn konnte sie stehlen. Sie konnte Callies Worte an ihre Mutter lesen. Der Himmel wusste, was sie mit diesen Informationen anfangen würde. Wahrscheinlich würde sie sie ins Internet stellen.

Als ich vor dem Friedhof hielt, war es kurz nach sechs. Die Tore waren verschlossen, deshalb parkte ich am Straßenrand und ging um die niedrige Steinmauer, die den Friedhof umgab, herum, bis ich eine Stelle fand, an der die Mauer eingestürzt war. Ich kletterte über den Steinhaufen und lief über den Rasen zu Joyces Grab. Als ich näher kam, sah ich den zerzausten Rosenbusch und fragte mich, ob Cerise Doblak wohl auch mitgemacht hatte. Wie sonst wäre Robyn hierhergekommen?

Ich kniete an Joyces Grab und langte unter die flache Ecke des Herzsteins. Auf ein paar alten Umschlägen stand Joyces Name in meiner Schrift, und auf allen anderen stand »Mom«. Ich sagte mir, dass ich Joyce die Briefe ja nicht wegnahm. Ich schützte nur ihre Tochter. Joyce würde es verstehen. Ich würde es ihr nicht erklären müssen.

Ich kniete auf dem Boden und wünschte mir, wir könnten nur für eine Minute zusammen sein. »Lass uns hier verschwinden«, würde ich sagen.

»Gibt es *Delrio's* noch?«

Ja, das gab es noch, und wir würden Pfannkuchen miteinander essen, als wäre es keine große Sache. Wir würden noch nicht einmal viel aufzuholen haben. Joyce würde sich in die Nische setzen und mit den Finger auf die in Plastik eingeschweißte Speisekarte tippen, und wir würden sofort anfangen, über irgendetwas Belangloses zu reden ... die besten Pfannkuchen-Toppings aller Zeiten. Geröstete Mandeln? Erdbeeren? Keine Bananen! Sahne? Ich wusste genau, was sie bestellen würde: Buttermilchpfannkuchen – ein kleiner Stapel, mit Orangensaft. Wir konnten den Schlaganfall ihrer Mutter überspringen, die Depression ihres Vaters und seine Entscheidung, mir die Vormundschaft zu übertragen. Wenn unsere Teller kämen, würde Joyce nach dem Ahornsirup greifen, und ich würde sie einen Moment lang beobachten. Joyce mit ihrem kleinen braunen Muttermal, wie sie den ersten Bissen in den Mund steckte.

Ich bekam nicht einmal mit, dass die Tore aufgegangen waren. Erst als der grüne Truck an der Seite des Grasweges anhielt, merkte ich, dass ich nicht mehr allein war. Ein Mann stieg aus und beobachtete mich, als ich mir das Gras von den Knien klopfte. Dann kam er auf mich zu. Mir war klar, dass ich noch nicht hier sein durfte. Wenn ich versuchte wegzulaufen, würde ich nicht sehr weit kommen. Ich umklammerte meinen Autoschlüssel fester und bereitete mich darauf vor, mich gegen ihn zu wehren. Ich konnte nicht zulassen, dass es hier passierte. Als er noch etwa zwei Meter weg war, blieb er plötzlich stehen, und ich sah, dass er nicht besonders groß war. Wenn ich mein Knie richtig platzierte, kam ich vielleicht davon.

»Sind Sie okay?« Seine Stimme war heiser, und ich prägte mir rasch sein Aussehen ein. Normale Figur, blaue

Baseballkappe, Ende zwanzig. Nicht sehr groß, vielleicht eins siebzig, Sweatshirtjacke mit Reißverschluss, dunkelblonde Bartstoppeln, hellbraunes Haar.

»Ja-a.«

Ich sah, dass er die Schlüssel in meiner Hand bemerkte. Er trat einen Schritt zurück. Ich blickte zu seinem Truck, und mir wurde klar, was ich schon vorher hätte sehen müssen. Er arbeitete hier, und ich war widerrechtlich eingedrungen. Ich stahl Dinge von Joyces Grab. Ich hielt immer noch die alten Briefe in der linken Hand.

»Ich wollte sie gerade für meine Freundin hierlassen«, sagte ich hastig. »Es ist alles in Ordnung.«

Er blickte auf die Briefe, die offensichtlich alt waren, und einer seiner Mundwinkel zuckte und die Falten um seine Augen wurden tiefer, als wolle er mich auslachen. Ich hockte mich hin und hob den Nachrichtenstein an. Mit brennenden Wangen legte ich die Briefe zurück.

»Hey, kein Problem.« Er drehte sich um und ging zu seinem Wagen zurück. Ich blickte ihm nach, als er am Parkplatz vorbeifuhr und in das baumbestandene Gebiet hinter dem Friedhof einbog. Dann zog ich Joyces Briefe wieder hervor und steckte sie in die Tasche. Ich hätte ihm einfach die Wahrheit sagen sollen: Wir wurden belästigt. Vielleicht hätte er uns helfen und Ausschau nach Robyn halten können. Ich begann in die Richtung zu gehen, in die er gefahren war. Plötzlich hatte ich das Bedürfnis, ihm unsere Situation zu erklären. Ich war noch nicht weit durch das Wäldchen gegangen, als ich ein Steingebäude sah. Der Truck parkte vor einer großen Garage, und ich drückte auf die Klingel am Eingang. Nach einem Moment ging die Tür auf.

Der Mann stand vor mir. Seine grauen Augen wirkten schläfrig, und er lehnte sich an den Türrahmen. »Hey.«

»Hi.«

Er wartete darauf, dass ich mehr sagte, aber als ich den Mund aufmachte, kam nichts heraus. Ich wusste nicht, wo ich anfangen sollte. In meiner Tasche waren gestohlene Briefe. »Ich … ich möchte erklären.«

Ich biss mir auf die Lippe und starrte auf meine Füße. Die richtigen Worte würden alles aufklären, aber mein Gehirn stotterte und funktionierte dann gar nicht mehr. Ich hatte auf einmal solches Lampenfieber, dass ich am liebsten sofort zu meinem Auto zurückgerannt wäre.

»Möchten Sie einen Kaffee?«

Ich folgte ihm in ein kleines Büro mit einem alten Metallschreibtisch und einem dazu passenden Aktenschrank. Er bot mir einen quietschenden Drehstuhl an, und ich setzte mich und sah ihm zu, wie er durchs Zimmer ging, den Wasserkocher mit Wasser füllte, sich nach einem Löffel umschaute, Instantkaffee in zwei Becher gab. Etwas an ihm erinnerte mich an die Jungs, die auf dem College Footbag gespielt hatten. Seine Bewegungen waren von einer konzentrierten Energie, als ob er der Typ Mann wäre, der einem das Zelt im Wald aufbaut oder ein Lagerfeuer ohne Hilfsmittel zum Brennen bringt. Eine stumme Frau, die Briefe von einem Grab gestohlen hatte, beeindruckte ihn nicht.

Ich versuchte mich zu entspannen. Wenn ich so tat, als sei dies hier nur ein kleines Problem, und vielleicht sogar ein bisschen mit ihm flirtete, dann reagierte er vielleicht mitfühlender. Ich schlug die Beine übereinander und lehnte mich auf dem Stuhl zurück.

Er goss heißes Wasser in die Becher und begann zu reden, als sei alles in Ordnung.

»Ich trinke morgens immer zwei Tassen Kaffee – sonntags sogar drei. Eine bevor ich aufbreche und eine, wenn ich hierherkomme. Zucker, ein bisschen Milch. Wir haben nur halb und halb, ist das okay?« Er hielt eine Plastikflasche Kondensmilch hoch. »Meine Sechsjährige liebt dieses Zeug. Sie findet sie besser als Milch. Wenn sie sieht, dass ich mir einen Kaffee mache, dann sagt sie immer: ›Kann ich ihn für dich kremieren?‹ Oh, okay. Meinen Kaffee kremieren. Sie weiß nicht, warum ich lache, wenn sie das sagt. Ich sage es ihr, wenn sie älter ist. Was soll man machen?«

Er rührte die Kaffees um und blickte mich über seine Schulter an. Ich rang mir ein kleines Lächeln ab, als er mir die Tasse reichte. Dann umklammerte ich den warmen Becher mit meinen Fingern und holte tief Luft.

»Meine beste Freundin liegt da draußen.« Ich starrte in die braune Flüssigkeit. »Und sie halten es vielleicht für verrückt, aber jemand belästigt uns – mich und ihre Tochter –, und ich hatte Angst, wer auch immer das tut, kommt hierher zurück und stiehlt unsere Briefe.«

Er trank seinen Kaffee nicht, sondern hörte nur zu. Er trug keinen Ehering. Seine Augen waren fest auf meine gerichtet.

»Ich konnte letzte Nacht nicht schlafen, weil ich etwas auf ihrem Grab gefunden hatte.«

Ich begann Robyns Zettel zu beschreiben, und ich spürte, wie er mich beobachtete. Er hatte einen geduldigen, stetigen Blick, und er drängte mich nicht zur Eile. Ich hatte mich schon lange nicht mehr ausgesprochen, und jetzt erzählte ich viel zu viel, erklärte, dass wir sie häufig besuchten, und wie wichtig das sei. Als ich erwähnte, dass Callie zusammengebrochen war, presste er die Lippen aufeinander. Dann schüttelte er den Kopf, als könne er nicht glauben, was für schreckliche Dinge manche Leute taten.

»Sie hat beide Elternteile verloren, und sie hat schon viel durchgemacht. Aber stellen Sie sich nur vor, jemand wünscht Ihnen, Sie sollen sterben wie Ihre Mutter.«

Er fragte mich, wie Joyce ums Leben gekommen sei, und ich erzählte ihm die Wahrheit, obwohl ich Callie seit Jahren belog und ihr sagte, sie sei bei einem Unfall umgekommen. Ich weiß nicht, warum ich es ihm erzählte. Ich kannte noch nicht einmal seinen Namen. Es war wie in einer Art Neverland, schwerelos und verträumt, wo ich Kaffee mit Fremden trinken und Wörter wie *ermordet* sagen konnte.

»Oh, Scheiße!«, sagte er. »Der Vater auch?«

»Nein.« Ich griff nach meinen Haaren. »Curtis hat Selbstmord begangen.«

ALLE MEINE KONTAKTE MIT ROBYN DOBLAK, NR. 6

Für Rebecca / von Callie

Rebecca, weißt du noch letzten Januar, als ich dir sagte, ich müsse einen Bericht über Sojourner Truth schreiben? Und dann bin ich mit einer großen Tüte voller Schals in die Bibliothek gegangen. Ich hatte Robyn ein kleines Geschenk gekauft. Wir haben keinem erzählt, dass wir uns getroffen haben. Und da keiner je in den Keller der Bibliothek kam, war das sicher der cleverste Ort. Da unten roch es nach Heizungsstaub, alten Büchern und Fleischwurstbrötchen. Ich hatte mal Lateinunterricht in dem Keller, deshalb wusste ich, dass es sicher war. Aber trotzdem war ich nervös, als ich hinging, so als würde etwas Schlimmes passieren, obwohl das Treffen meine Idee gewesen war. Ich wollte sie aufheitern.

Robyn saß ganz hinten an einem Tisch, immer noch mit Mütze und Mantel. Ich versuchte mich an sie heranzuschleichen, aber sie hörte meine Schritte und meinen schnellen Atem. »Buh!«, sagte ich und schwang meine Tasche auf den Tisch. Robyn blickte an mir vorbei, als wäre ich nicht diejenige, auf die sie wartete. Oder als hätte sie jemand anderen mitgebracht, der sich jetzt hinter den Regalen versteckte.

»Ich wusste nicht, ob du wirklich kommst«, sagte sie.

»Warum sollte ich nicht kommen? Schließlich habe ich dir doch vorgeschlagen, dass wir uns hier treffen.«

Robyn blickte auf den Tisch. Sie stützte den Kopf auf den Daumen und zwei Finger wie ein schläfriger Bär, der am liebsten wieder in seine Höhle kriechen möchte.

»So.«

»Ja.«

»Kalt draußen.«

»Echt kalt.«

»Ich friere immer noch am ganzen Leib.«

»Ich auch.«

Ich setzte mich an den Tisch, aber behielt ebenfalls den Mantel an. Ich dachte, vielleicht gehe ich ja in ein paar Sekunden wieder, wir vergessen das Ganze hier und reden nie wieder miteinander.

Sie kam mir unheimlich vor, wie eine Fremde, aber es war schlimmer als nur eine Fremde, weil wir uns schon einiges voneinander erzählt hatten. Es war nur so komisch, wenn man sich gegenübersaß.

Robyn zeigte auf meine Tasche. »Ist das mein Geschenk?«

Weißt du, was die traurigste Geschichte ist, die ich je gehört habe? Diese Geschichte über Robyns Dad. Nicht, dass er Leukämie bekommen hat und gestorben ist, sondern wie er geplant hat, wiedergeboren zu werden. Stell dir nur mal vor, er hätte es geschafft. Er kommt zurück, um bei Robyn zu sein. Aber dann bekommt ihn irgendein anderer Typ, weil sie keinen Hund haben darf. Als ich mit Dallas und Ella in der Mall war, habe ich immer noch darüber nachgedacht. Robyns Dad wollte unbedingt bei seiner Tochter sein, aber mein Dad war irgendwie anders. Schließlich bin ich in der Mall in den Tierladen gegangen und habe mir die Welpen angeguckt, obwohl ich wusste, dass das nicht geht, und ich hatte auch gar nicht genug Geld. Aber als ich mich gerade zum Gehen wandte, sah ich das Aquarium voller lebendiger Muscheln.

Robyn stand neben mir, als ich den Plastikbehälter auswickelte. Ich hatte so viele Schals wie möglich darumgeschlungen, damit ihm nicht kalt wurde. Aber dann krampfte sich mir der Magen zusammen. Wie sollte ich es ihr bloß sagen? Ich hätte es ihr vorher mailen und so tun sollen, als wäre es nur ein Witz. *Hier ist ein Einsiedlerkrebs, lol. Und weißt du was? Es ist Papa!* Aber es so zu sagen, kam mir viel zu blöd vor. Ich blickte auf den Behälter. »Äh, ja. Für dich.«

Robyns Wimpern tanzten auf und nieder wie schimmernde Spinnen. Sie tippte auf das Plastik, und er zog seine Beine ein.

»Ich dachte mir, du könntest ihn Papa nennen.« Ich schluckte. »Du weißt schon, statt eines Hundes.«

Die Heizung klapperte. Robyn schien nachzudenken. Dann lächelte sie und öffnete ihre Hand. Ich hob seine kalkig weiße Muschel hoch.

»Papa«, wiederholte sie.

»Ja, wenn du willst.«

Ich schob ihre Finger zurück, damit ihr Handteller flach war, und dann legte ich ihn ihr auf die Hand und zeigte ihr, wie sie ihn halten musste. Sie kicherte, als er seine Beine herausstreckte – sie waren irgendwie geknickt. Dann bewegte er seine beiden schwarzen Fühler, als würde er überlegen, wer sie wohl war. Wir setzten uns auf den Boden, und Robyn ließ ihn über den Teppich krabbeln. Sie zog ihren Mantel aus und legte sich auf den Bauch. Auf einmal war alles Komische weg, als wir begannen, einen Hindernisparcours zu bauen. Wir legten überall Bücher auf den Fußboden, und Papa kroch um sie herum, und wir beschrieben wie Sportmoderatoren jede seiner Bewegungen. »Kann er es schaffen? Schafft er es? Er ist auf der anderen Seite angekommen!«

»Juhu! Papa! Gold geht an Papa!«

Wir amüsierten uns großartig, und Robyn zog ihre Stiefel aus, und ich machte Papas Stimme nach und ließ ihn wie Santa Claus klingen. »Robyn, warst du auch ein braves Mädchen?«

»Oh ja, Papa.«

»Pinkelst du auch nicht in die Badewanne?«

»Nein, niemals!«

Wir begannen wie die Irren zu lachen, und schließlich wurde Papa müde, deshalb legten wir ihn in seinen Behälter zurück und fingen an, die Gänge entlangzurennen. Über uns liehen sich die Leute Bücher aus, tippten in Computer und suchten Romane aus, aber hier unten schoben wir die Rollwagen herum und kletterten auf Stühle und Tische. Robyn stemmte die Hände in die Hüften, als würde sie ihr Königreich überblicken, und ich konnte ihre Haare riechen, weil sie mir gerade ihre Mütze aufgesetzt hatte. Dann kletterte ich neben sie auf den Tisch, und Robyn legte den Kopf auf meine Schulter. Sie kuschelte sich an mich wie ein Hund auf ein Kissen, nur dass meine Schulter nicht so weich war. »Aua, knochig!« Dann raste etwas durch uns hindurch, und wir mussten weitermachen, solange wir konnten. Sie zog mir ihre Stiefel an, ich band ihr meinen Schal um die Taille. Wir lachten und schnaubten, weil wir diesen Keller nie verlassen würden. Wir würden uns Kleider aus Papier machen, den Kleber von den Buchrücken lecken, wir würden von den Brötchenresten leben, die die Leute unter die Regale warfen. Wer brauchte schon Sonnenlicht, wenn wir die Königinnen des Untergeschosses waren? Robyns Augen funkelten aufgeregt, und dann sprang sie vom Tisch, um nach Papa zu sehen.

»Alles okay?«

Sie nahm ihn in die Hand und ließ ihn auf ihr Handgelenk zukrabbeln.

»Robyn«, sagte ich in seiner Stimme, »du brauchst mich nicht mehr zu vermissen.«

Sie sah mich nicht an, und ich wünschte, ich hätte es nicht gesagt. Ich wollte sie nicht zum Weinen bringen. Ich legte meine Hand auf ihren Arm.

»Vermisst du deinen Dad nicht?«, fragte sie, und ich musste den Kopf schütteln. Dann versuchte ich, ihr etwas zu erzählen, was ich schon fast vergessen hatte.

»Als ich klein war, fuhr ich mit dem Bus jeden Tag an einem Friedhof vorbei, und alle Kinder hielten den Atem an, damit die Toten sie nicht holen kamen. Wenn man nieste und niemand ›Gesundheit‹ sagte, dann stahl ein Geist deine Seele. Und ich machte es immer extra, weil ich meinen Dad sehen wollte. Zuerst machte ich diese winzigen Baby-Nieser, damit mich niemand hörte. Und dann wurde ich lauter und lauter, aber niemand kam.« Ich schob mir die Haare aus dem Gesicht. »Zum Glück hat es nicht funktioniert. Ich kannte ihn gar nicht.«

Robyn sah mich traurig an. Ihre Augen waren wie schmelzende Schokolade, und am liebsten wäre ich wieder herumgerannt. Ich wollte nicht voll derart intensiver Gefühle sein. Ich versuchte albern zu sein, tat so, als hätte Papa gepupst. Dann fragte ich mich laut, wie es wohl sein mochte, in einer Muschel zu leben. Ich machte nur Witze, aber Robyn nahm mich ernst. Sie sagte kein Wort und stellte sich hinter mich. Dann schlang sie die Arme um mich und legte ihr Kinn auf meine Schulter. Ihr Gesicht war direkt neben meinem, und ich versuchte nicht, sie wegzuschieben. »So fühlt es sich an«, sagte sie, und dann drückte sie mich noch fester.

7

»Ich habe von Autumn geträumt«, sagte Callie, als ich vom Friedhof nach Hause kam. Sie lag noch im Bett, ihre Stimme klang kindlich und verschlafen.

»Was?«

»Ich habe gesehen, wie sie sie getötet haben.«

Ich legte meine Hand auf ihre Stirn – sie war warm, aber nicht heiß. An ihren Wimpern klebte noch Schlafsand.

»Sie sind an den Strand gekommen. Nachdem sie sie unter Wasser gedrückt haben, haben sie es aussehen lassen wie einen Selbstmord. Oder einen Unfall. Egal. Und sie haben auch ihre Sachen weggeräumt.«

Schläfst du noch?, fragte ich mich. *Von wem redest du?* Die Ereignisse von gestern standen mir noch lebhaft vor Augen.

»Hast du Angst, dass Robyn dir etwas tut?«

Sie schüttelte den Kopf, die Lippen fest zusammengepresst: *Darum geht es nicht!* Aber ihr neu erwachtes Interesse an einem Verbrechen aus der Vergangenheit schien etwas mit der Gegenwart zu tun zu haben.

»Ich will nicht, dass du dir über Leute Gedanken machst, die dir etwas tun«, sagte ich. »Hast du mir etwas zu erzählen?«

»Ich glaube, sie ist gemobbt worden, und die, die sie gequält haben, haben sie auch getötet.«

Ich dachte an das mit Farbe bespritzte Mädchen. »Kanonenkugeln!«, sagten sie immer wieder. »Kanonenkugeln!«

»Du redest von …«

»Autumn.« Wütend schlug sie gegen die Wand. »Ich versuche mich zu erinnern.«

Ihre Hand hatte keinen Abdruck hinterlassen, aber ich starrte die Wand trotzdem neugierig an. So ein Ausbruch sah Callie gar nicht ähnlich.

»Liebes, das ist nicht gesund. Ich will nicht, dass du dir ständig über Autumn Gedanken machst. Bringst du sie ins Spiel, weil du glaubst, *Robyn* könnte dir gefährlich werden?«

Callie verdrehte übertrieben die Augen. »Jeder ist gefährlich. Oder zumindest könnte es jeder sein. Du siehst es den Leuten nicht an. Bei Menschen ist das genauso wie bei Pitbulls.«

Ich begann nachzufragen, kam aber nicht weiter. *Warum, glaubst du, war sie am Grab deiner Mom?* Keine Ahnung. *Woher wusste sie, wo deine Mom beerdigt wurde?* Weiß ich nicht. *Hast du in der Schule häufig mit ihr geredet?* Fast nie.

»Dallas sagte, sie wäre in dich verliebt gewesen; glaubst du, das stimmt?«

Bei der Erwähnung des Wortes Liebe wand sich Callie, wie immer.

»Sie wollte mich wahrscheinlich nur beeindrucken.«

Sie klang so, als sei sie es leid zu versuchen, Robyns Motive zu erklären. Ich verhörte sie, als vertraute ich ihr nicht, und tappte somit direkt in Robyns Falle. Mir wurde klar, dass Robyn schlau war. Auf jeden Fall verschlagen und gerissen genug, um eine Schuldirektorin zu täuschen, und wenn sie bei mir Misstrauen Callie gegenüber hatte wecken wollen, war der Zettel am Grab schon einmal ein ganz guter Anfang. Ob Robyn nun gefährlich war oder nicht, ich musste vorsichtig sein. Callie machte sich offensichtlich Sorgen, träumte von Morden und vermissten Mädchen. Ich erzählte ihr, ich hätte den Friedhofsgärtner getroffen, und er hätte versprochen, auf Joyces Grab zu achten. Dann erwähnte ich, dass ich alle unsere Briefe vom Grab genommen hätte.

»Warum das denn? Sie sind privat!« Sie sprang auf.

»Ich weiß. Deshalb habe ich sie ja auch mitgenommen, damit sie sie nicht lesen kann.«

Callie schüttelte den Kopf, und mir wurde klar, dass ich einen Fehler gemacht hatte. Ich hätte es ihr nicht erzählen sollen. Sie wollte, dass ihre Briefe bei ihrer Mom blieben.

»Was willst du denn damit machen? Sie wegwerfen?«

»Nein, Liebes, sie sind in meinem Auto im Handschuhfach.«

»Mir ist schlecht«, sagte sie und sank zurück auf ihr Bett.

Ich ließ sie am Montag zu Hause bleiben. Zwar glaubte ich nicht, dass sie wirklich krank war, aber sie hatte eine Menge durchgemacht. Wenn sie sich zu Hause sicherer fühlte, sollte sie hier bleiben. Ich würde sie eine Weile umsorgen, bis es ihr wieder besser ging. Ich rief meine Mutter an, und sie reagierte erschreckt, als ich ihr von Robyns Zettel erzählte. »Das ist ja schrecklich«, sagte Mom. »Sie hört sich an, als wäre sie nicht ganz bei Verstand.«

Ich erwähnte auch, wie sich Callie darüber geärgert hatte, dass ich die Briefe von Joyces Grab genommen hatte, und die hohe, kratzige Stimme meiner Mutter wurde vor

Misstrauen gleich eine Oktave tiefer. »Was hat sie denn zu verbergen? Ich würde sie lesen, wenn ich du wäre.«

Es war nicht ungewöhnlich für meine Mutter, so paranoid zu reagieren. Sie suchte auch in ganz normalem Verhalten nach verborgenen Motiven. Ein Blumenstrauß bedeutete, dass der Mann einen betrog; eine verlorene Brieftasche bedeutete Spielsucht. Aber Callie hatte ein Recht auf Privatsphäre, wenn sie ihrer Mutter schrieb. Ich stellte mir vor, dass ihre Briefe herzzerreißend aufrichtig und traurig waren. Ich würde auch nicht wollen, dass jemand anderer las, was ich Joyce geschrieben hatte.

»Ich habe früher immer deine Tagebücher gelesen«, sagte Mom kühl.

»Nein, das hast du nicht.«

»Oh doch, habe ich. Woher sollte ich sonst über alle deine Schwärmereien Bescheid wissen?«

Sie sagte das so hämisch und stolz, dass ich am liebsten aufgelegt hätte. Die Erinnerung schien sie zu beleben: wie sie mich als liebeskranken Teenager ausspioniert hatte.

»Und ich kannte diese Frau«, sagte Mom, »mit der sechzehnjährigen Tochter, die eine Einser-Schülerin war und ihr nie irgendwelche Probleme gemacht hat. Und dann sah sie eines Tages diese E-Mail, weil das Mädchen den Computer angelassen hatte, und es stellte sich heraus, dass ihre Tochter insgeheim als Prostituierte arbeitete.«

»Das war eine Fernsehserie, Mom«, sagte ich angewidert. »Und aus genau diesem Grund habe ich dir nichts erzählt.«

»Deshalb musste ich ja auch dein Tagebuch lesen«, sagte sie. »Du erzählst mir ja nie etwas.«

Ich bot Callie an, ihr Lieblingsessen zu kochen – Makkaroni mit Käse überbacken –, und als es fertig war, kam sie in die Küche. Sie begann, die welken Blüten aus dem Strauß Chrysanthemen zu zupfen, der in einem Keramikkrug auf dem Tisch stand. Wir setzten uns hin, um zu essen, und sie fing an herumzualbern. Zerlaufener Käse fiel auf den Ärmel ihres Bademantels, und sie lutschte ihn ab. »Lecker!« Als ich aufstand, um die Küchenrolle zu holen, begann sie, an ihren Haarspitzen zu saugen. »Käsehaare«, sagte sie. Sie nahm die Papierserviette, tupfte ihren Ärmel ab und leckte dann über die Serviette. Dabei sah sie mich unverwandt an. »Mmmm. Lecker Käse.« Sie blickte mich an und fing an zu kichern, und eigentlich hätte ihr Benehmen mich irritieren müssen, aber ihr Kichern war ansteckend. Sie trank einen Schluck Wasser und prustete ihn im nächsten Moment beinahe über den Tisch. Ich legte meine Gabel hin. Die Tränen liefen mir übers Gesicht; es war das erste Mal seit Robyns Brief, dass wir lachten. Offensichtlich fühlte sie sich gut genug, um herumzualbern, und jedes Mal, wenn unser Kichern in Seufzen überging, blickte sie mich an und ermunterte mich weiterzulachen.

»Du warst nicht wirklich krank, oder?«, fragte ich.

Eine Stunde später übergab sie sich im Badezimmer.

Am Dienstag machte ich nach der Arbeit einen Termin beim Arzt. Zwar war es wahrscheinlich nur eine Magenverstimmung, aber langsam machte ich mir doch Sorgen. »Ich glaube, es ist nur die Grippe«, sagte sie. »Ich brauche einfach Ruhe.« Ich brauchte auch Ruhe, aber meine Gedanken kreisten ohne Ende. Ich dachte über Cerise und Robyn Doblak nach. Dann wieder über Autumn, Lara und Joyce. Ich war mir nicht sicher, ob es richtig gewesen war, dass ich dem Mann auf dem Friedhof erzählt hatte, wie Joyce gestorben war. Er hatte mir fest die Hand geschüttelt, als ich ging, und ich hatte seine Schwielen an meiner Handfläche gespürt, als er mir seinen Namen sagte. Danny, hatte er gesagt. Ich war rot geworden und hatte ihm meine Telefonnummer gegeben. Er hatte gesagt, er werde mich anrufen, wenn es etwas Neues zu berichten gebe, und insgeheim wartete ich darauf, seine Stimme zu hören. Er war natürlich kein Auffahrt-Mann – es sei denn, die Auffahrt führte zum Friedhof. Oder in eine noch kleinere Wohnung als unsere, in der es wahrscheinlich nach Hackfleischbrötchen roch. Okay, das war versnobt. Wer wusste schon, was Danny gerne aß? Mein Fettgebackenes würde ihm bestimmt schmecken – ich hatte den ganzen September daran gearbeitet. Mittlerweile bekam ich den Teig hin, und die Kartoffelpuffer waren großartig geworden: locker und knusprig, ohne auseinanderzufallen.

Die Idee gefiel mir. Ich würde Danny Fettgebackenes an die Arbeit bringen. Ich konnte ja sagen, ich wollte rasch nach Joyces Grab schauen und mich bei ihm bedanken. Allerdings kein süßes Gebäck. Nichts mit Ananas oder Orange; ihm schmeckte etwas Würzigeres bestimmt besser. Ich begann den Teig zu rühren und stellte mir vor, wie ich ihm auf dem Friedhof begegnen würde. Ich würde ihm in das Steinhaus folgen und langsam den Reißverschluss meiner Jacke aufziehen. Natürlich wusste ich, dass ich keinen Freund haben konnte. Ich musste mich auf Callie konzentrieren. Aber meine Fantasie ging weiter, und ich fütterte ihn mit Fettgebackenem. Seine Lippen öffneten sich. Seine Augen waren schläfrig und ernst. Und dann kaute und schluckte er, und seine Zähne streiften meine Finger.

Während ich am nächsten Tag in der Arztpraxis wartete, klingelte mein Handy. Callie war alleine zu Dr. Bishop hineingegangen, und ich zupfte nervös an den Härchen auf meinem Arm. Normalerweise ging sie nicht ohne mich zum Arzt, aber jetzt hatte sie beschlossen, sie sei alt genug. Mit vierzehn konnte man das schon alleine. Ich kam mir vor wie eine Köchin, die aus ihrer eigenen Küche verbannt wurde und sich dann vorstellt, dass alles überkocht. Es kostete mich all meine Kraft, nicht einfach in das Behandlungszimmer hineinzuplatzen. Natürlich tat er Callie nichts, aber sie erzählte ihm vielleicht nicht alles. Er stellte vielleicht auch die falschen Fragen. Ich hätte vielleicht noch etwas hinzuzufügen. Es kostete mich Willenskraft, ruhig sitzen zu bleiben, aber meine Hilfe wurde nicht gewünscht. Dann klingelte mein Telefon, und ich hörte die Stimme eines Mannes.

»Spreche ich mit Rebecca?«

Ich lächelte. Auf einmal war ich bester Laune. Auf dem Boden spielten Kinder und ließen Murmeln über eine altmodische Klickerbahn laufen.

»Ich bin es, Danny, vom Friedhof«, sagte er, als würde ich mich nicht erinnern. »Ich möchte Ihnen keine Angst machen.«

»Nein«, sagte ich ermutigend. Ich weiß nicht, was ich dachte – dass er mich um ein Date bitten würde? Dass er einfach nur Hallo sagen wollte?

»Ich habe etwas gefunden«, sagte er. »Es wird Ihnen nicht gefallen.«

Ich nahm Latexhandschuhe und verschließbare Plastiktüten mit zum Friedhof. Callie hatte ich vorher zu Hause abgesetzt. Ich hatte mein Gespräch mit Danny gerade beendet, als sie aus Dr. Bishops Zimmer kam. Sie lächelte und lachte über etwas, was der Arzt sagte. »Ich bin okay«, formte sie mit dem Mund in meine Richtung. Dr. Bishop sagte etwas über einen Magen-Darm-Virus. Heute hatte sie sich nicht mehr übergeben, sodass sie morgen wieder zur Schule konnte. Ich sagte ihr, ich müsse rasch noch etwas erledigen und fuhr nach Cansdown.

Danny wartete am Friedhof auf mich. Als er am Nachmittag nachgeschaut hatte, hatte er einen Zettel unter Joyces Stein gefunden. Robyn hatte den roten Stift so fest aufgedrückt, dass sie beinahe Löcher in die Seite gemacht hatte.

Niemand versteht mich oder kümmert sich um mich auf diesem beschissenen Planeten. Wenn ich nun gar nicht hier sein sollte und jeder sähe, dass ich ein Irrtum bin? Jeden Tag laufe ich herum, höre sie lachen und lachen, und wir alle wissen, dass ich tot sein sollte. Ich war ein beschissener Fehler, und ich bin bereit, ausgelöscht zu werden. Ich möchte aufblicken und der Himmel wird DRECK sein.

Danny legte den Kopf schräg, damit er mich unter dem Schirm seiner Kappe sehen konnte. Unter seinen Armen waren Schweißflecken, und sein Körper strahlte Hitze aus. Mir stieg das Blut in die Wangen, als hätte jemand einen Stöpsel gezogen.

»Man hat mir gesagt, sie sei in Callie verliebt.«

»Ich habe sie noch nicht einmal hier gesehen.«

»Sie versucht immer verzweifelter, unsere Aufmerksamkeit zu erlangen.

Danny lehnte sich dicht an meine Schulter, um auf den Zettel blicken zu können. »Es klingt … echt.«

»Ich weiß. Das will sie offensichtlich.«

»Glauben Sie nicht, dass das ein Hilfeschrei ist?«

»Ich glaube, sie will, dass Callie sich schuldig fühlt, so als habe sie alles verbockt. Dieses Mädchen ist äußerst manipulativ. Wer weiß, was sie wirklich fühlt?«

Danny trat einen Schritt zurück, weg von meiner Schulter. Nett. Ich klang wie ein Arschloch, diskreditierte ein selbstmordgefährdetes Kind.

»Sie müssen so etwas aber ernst nehmen. Kinder handeln manchmal spontan, aus einer Laune heraus.«

Ich überlegte, ob Robyn etwas über Callies Vater wusste. Wenn ja, dann war sie sogar noch grausamer, als ich bisher gedacht hatte. Sie wollte sie richtig aufwühlen.

»Ich rufe ihre Mutter an«, sagte ich und legte eine Hand auf Dannys Arm. »Ich sage ihr, dass wir uns Sorgen machen. Aber ich habe einfach das Gefühl, dass auch sie mit uns spielt, als ob das alles dazugehören würde.«

ALLE MEINE KONTAKTE MIT ROBYN DOBLAK, NR. 7

Für Rebecca / von Callie

Ich kann es nur wie Symbiose erklären, wie im Wissenschaftsunterricht, als wir das mit den Mikroben gelernt haben, die auf unseren Körpern leben. Es gibt Billionen davon – auf den Wimpern, der Haut, im Mund und im Magen –, und es ist so, als würden all diese geheimen Lebewesen in uns wachsen. Sie brauchen uns, um zu überleben, und wir brauchen sie, aber wir können sie nicht sehen, und niemand sonst weiß, dass sie da sind. So war es, glaube ich, mit Robyn und mir. Als wir im Januar wieder in der Schule waren, hingen wir nicht zusammen ab. Wir saßen nicht zusammen in der Cafeteria und warteten auch nicht vor unseren Klassenzimmern aufeinander. Robyn blieb bei ihrer Gruppe, und ich blieb bei meiner, aber manchmal trafen sich unsere Blicke, und wir lächelten kurz.

Wir redeten jeden Abend, erzählten einander Dinge, die niemand sonst wusste. Über ihren Dad. Meine Mom. Das Leben, das wir führen wollten. Ich wollte Ökologin werden, und Robyn würde eine berühmte Bloggerin werden, und wir würden zusammenwohnen und jede Menge Hunde adoptieren. Im Alter würden wir in ein Pflegeheim ziehen und nebeneinander im

Schaukelstuhl sitzen, bis wir beide schließlich am selben Tag starben.

Chat 22. Januar 2009 15:16:21

15:06:41
robynroarxo: Ich kann heute gar nicht aufhören, an dich zu denken ☺☺☺
15:06:55
LithoCALpus: Wie oft?
15:07:28
robynroarxo: Wahrscheinlich über 1000 Mal ... als mein Wecker geklingelt hat, als ich die Rollläden hochgezogen habe, als ich den Himmel gesehen habe, als ich mir die Zähne geputzt habe ... calliecalliecallie
15:08:31
LithoCALpus: ☺ Ich habe auch an dich gedacht.
15:08:40
robynroarxo:?
15:09:24
LithoCALpus: Ich habe letzte Nacht irgendwie von dir geträumt. Wir haben unter einem Baum geschlafen, und du hast meine Hand gehalten. Und als ich aufgewacht bin, war meine Hand offen, als hätte ich dich gerade erst losgelassen.
15:13:18
robynroarxo: ♥♥♥ Ich würde nie loslassen.
15:13:40
LithoCALpus: ((fest drück))
15:14:00
robynroarxo: Lasse. Nicht. Los.
15:14:25
robynroarxo: Ich wünschte, du wärest jetzt hier.
15:14:30

LithoCALpus: Das wünschte ich auch.

15:14:49

robynroarxo: Wenn du jetzt deine Hand auf mein Herz legen würdest, würdest du nicht glauben, wie schnell es schlägt.

15:14:59

LithoCALpus: Doch, glaube ich. Ich kann es hören.

15:15:12

robynroarxo: Es sagt: Ich ☺☺☺ dich.

15:15:45

robynroarxo: Ich fühle es wirklich Callie. Liebe Liebe Liebe

15:15:58

LithoCALpus: Ich weiß. Ich auch.

8

»Soll das ein Witz sein?«, sagte Cerise Doblak, nachdem ich ihr an jenem Abend den Zettel über das Telefon vorgelesen hatte. »Das klingt überhaupt nicht nach Robyn.«

»Es war mit *roter Tinte* geschrieben«, sagte ich. »Holperige Schrift auf rosa liniertem Papier.«

»Ja, und?«

»Das ist nicht die erste Nachricht, die sie für Callie hinterlassen hat.«

Und dann musste ich von der Drohung erzählen, die wir am Wochenende zuvor gefunden hatten.

»Ach, hören Sie doch auf. Beschuldigen Sie sie etwa, Callie jetzt auch noch zu bedrohen?«

»Wer sonst würde ihr die Schuld für die rote Farbe geben?«

»Und wie sollte Robyn dorthin kommen? Wie sollte sie den Friedhof finden, auf den Sie gehen?«

»Vielleicht hat es ihr jemand gesagt«, sagte ich. »Der Punkt ist doch, dass sie Hilfe braucht. Ich hätte gar nicht angerufen, wenn ich mir nicht Sorgen machen würde. Ich weiß ja, dass wir nicht gerade Freundinnen sind, aber ich bin ernsthaft besorgt.«

»Klar, Sie haben sich ja auch von Anfang an so um sie

gekümmert. Als ich *Sie* wegen dem, was Callie getan hat, angerufen habe, da schienen Sie *wirklich* sehr besorgt.«

»Wenn ich an Ihrer Stelle wäre, würde ich es begrüßen, dass jemand es mir sagt. Ich wäre dankbar für die Chance, ihr helfen zu lassen.«

»Ja, ich bin Ihnen wirklich dankbar«, sagte Cerise schneidend. »Sehr dankbar. Vielen Dank auch!«

»Nicht jeder versteht eine Warnung«, sagte ich. »Nicht jeder findet es rechtzeitig heraus – wenn Robyn depressiv ist, könnte das ein Hilferuf sein.«

»Es ist äußerst unwahrscheinlich, dass Robyn ausgerechnet Ihnen oder Callie einen Hilferuf hinterlässt.«

Als wir aufgelegt hatten, fragte ich mich, ob sie recht hatte. Vielleicht war Robyn gar nicht selbstmordgefährdet. Vielleicht kannte Cerise ihre Tochter so gut, dass es richtig war, meine Warnung in den Wind zu schlagen. Aber mir kam es nachlässig und stur vor, diese Möglichkeit zu ignorieren. Wenn sie sich irrte, was Gott verhüten möge, wie würde sie sich dann wohl fühlen, wenn etwas passierte?

»Rebecca!«, sagte Callie. »Wo warst du denn?«

Sie hatte nicht geklopft und stand in der Tür zu meinem Zimmer. Ihre Haare fielen ihr tropfnass vom Duschen auf die Schultern. Sie blickte auf die Plastiktüte in meiner Hand. Die rosa Linien und die rote Tinte waren deutlich zu sehen. Ich versteckte die Tüte hinter meinem Rücken, aber es war bereits zu spät.

»Ist sie noch einmal da gewesen?«

»Hast du mit Robyn in Kontakt gestanden?«

»Nein – ist das?« Sie trat einen Schritt vor, aber ich wollte nicht, dass sie es las.

»Die gute Nachricht ist, dass sie dich nicht bedroht hat«, sagte ich, öffnete die Schublade und schloss sie ab, nachdem ich die Plastiktüte hineingelegt hatte. »Robyn ist depressiv. Und nur darüber hat sie geschrieben.«

»Depressiv? Wie meinst du das?« Callie blickte mich neugierig an.

»Ich weiß nicht, ob sie es wirklich ernst meint. Vielleicht will sie auch nur Aufmerksamkeit. Auf jeden Fall habe ich ihrer Mom Bescheid gesagt.«

Callies Augen leuchteten auf. »Und was hat ihre Mom gesagt?«

»Ich glaube, sie war verwirrt. Hoffentlich redet sie heute Abend mit Robyn.«

Callie drückte das Wasser aus ihren Haaren und beobachtete, wie es an ihrem Arm heruntertröpfelte. »Und wenn ihr nicht geholfen werden kann?«

»Ich glaube ...« Ich machte eine Pause. »Ich glaube, jedem kann geholfen werden.«

»Vielleicht ist ihr Leben hoffnungslos, und sie weiß, dass es nicht mehr gut wird.«

Ich fragte mich, ob Callie an ihren Vater dachte. Wir hatten ihr seinen Tod nie ganz erklärt. Alle Therapeuten rieten uns, nur zu sagen, dass Curtis »traurig« gewesen sei. Genau genommen war das keine Lüge, es ließ nur fast alles aus. Und rückblickend erschien es ein wenig skrupellos, gerade *das* einem Kind zu erklären. Als wäre es gefährlich und führte zum Tode, wenn man traurig war.

»Viele Leute haben das *Gefühl*, keine Hoffnung mehr zu haben, aber bei keinem ist es wirklich hoffnungslos«, sagte ich zu ihr. »Und wenn Leute dich warnen, dann deshalb, weil sie dir helfen wollen.

»Vielleicht will sie ins Wasser gehen.«

Ich blickte sie an, in ihrem Shortie-Pyjama. Ihre Knie waren nackt. Die Lippen hatte sie zusammengepresst. »Wie kommst du darauf?«

»Wie Autumn.« Callie blickte mich an, und ich bedauerte, es ihr erzählt zu haben. Sie wurde in Tragödien hineingezogen, die nichts mit ihr zu tun hatten. Sie kannte Robyn doch kaum, und keiner von uns kannte Autumn, aber beide Geschichten besaßen eine große Anziehungskraft. Callie setzte sich auf mein Bett, und ich sagte zu ihr, das Leben sei nie so schlimm, wie es sich die Leute vorstellten. Aber wenn jemand depressiv war, dann wirkten die Dinge schlimmer, als sie waren. »Es ist so, als ob man eine Brille trägt, die alles schrecklich aussehen lässt«, sagte ich, und dann erzählte Callie mir von einem Film, in dem der Böse depressiv war. Erst später fiel mir auf, dass sie ihre Meinung über Autumn geändert hatte. Sie hatte aufgehört, über eine Ermordung zu spekulieren und akzeptierte jetzt, dass es Selbstmord gewesen war.

Manche sagten, Autumn Sanger habe sich nach der Trennung von ihrem Freund umgebracht. Ich fragte mich manchmal insgeheim, ob sie den Kummer so gespielt hatte wie wir, wenn wir die dramatischen Szenen, die uns in den Sinn kamen, ausführten.

In meiner Vorstellung war Autumns Tod für immer mit Lara verbunden. Mit einer Art nostalgischer Sehnsucht, die ich empfand, wenn ich sie mit meinem Cousin sah. Ich sehnte mich ständig danach, alles zu vergessen, unsere alte Freundschaft wieder aufleben zu lassen. Aber Lara war unerbittlich; sie konnte mir nicht mehr vertrauen. Mir gegenüber war sie distanziert und kurz angebunden, als sei ich ihr völlig fremd. Und wenn ich versuchte, mich zu entschuldigen, starrte sie durch mich hindurch. Ich war eine Ratte, ein Floh. Etwas, wofür sie keine Zeit hatte. Und doch schien es mir unmöglich, dass sich unsere Beziehung in Luft aufgelöst hatte, keine sichtbaren Zeichen auf unseren Körpern hinterlassen hatte, keine Spur der Gefühle, die wir einst für den anderen empfunden hatten.

»Du hast doch immer noch mich«, sagte Joyce. »Was kümmert dich Lara?«

Joyce war meine beste Freundin geblieben. Sie beeinflusste mich am meisten, mehr als meine Mutter, meine Tante oder sogar mein Cousin. Am deutlichsten wird das, wenn ich ein Spiel beschreibe, das wir als Kinder immer gespielt haben. Wir waren zwölf damals, saßen uns gegenüber und bewegten uns gleichzeitig, wobei wir versuchten, die nächste Bewegung des anderen vorauszusehen. Wenn Joyce ihre Haare mit der linken Hand zurückschob, tat ich wie ihr Spiegelbild das Gleiche mit der rechten Hand. Gleichzeitig zogen wir die Augenbrauen zusammen, streckten die Zungen heraus, wackelten mit den Fingern und drückten die Sohlen unserer Füße zusammen, bis wir die winzigste Zuckung bereits in dem Moment, bevor sie erfolgte, spürten. Wir waren jeder das wahrere Ich der anderen. Sogar auf der Highschool veränderten wir uns synchron. Wir wurden weniger albern und impulsiv. Gemeinsam wurden wir pragmatischer, lernten für gute Noten. Wir planten unsere Studiengänge, schrieben College-Aufsätze und bewarben uns an den gleichen Universitäten. Ich folgte ihr und sie mir. Gelegentlich, wenn ich sah, wie Joyce die Arme um die Taille irgendeines Jungen legte oder ihr Kinn an seine Schulter drückte, gab es einen Moment, in dem ich mich ein wenig verloren fühlte. Dann sah sie mich an und zog eine Augenbraue hoch, als wäre dies nur ein weiteres Spiel, das wir beide spielten. Und ich entspannte mich und wandte mich dem Jungen zu, mit dem ich gerade zusammen war. Ich berührte kurz seinen Arm, lachte ein bisschen über das, was er sagte, und fühlte mich sicher, weil ich mit ihr Schritt hielt. Joyce würde mich nicht zurücklassen.

Als ich aufs College ging, war Curtis mit Lara verlobt, und als ich nach meinem ersten Jahr nach Hause kam, sollte nur sechs Monate später ihre Hochzeit stattfinden. Ich hielt meine Tage als Hyazinthenmädchen für Vergangenheit, all diese kindischen Heldentaten, aber dann begann ich mir Szenarien vorzustellen, in denen Lara und ich wieder zusammenkamen. Sie würde ihren Verlobungsring verlieren, und ich würde ihn finden. Sie hätte eine Panne auf dem Highway, und ich würde sie abholen. Oder ich würde mit einer Pistole bedroht, und Lara würde die Polizei rufen und an der Tür stehen, wenn sie die Wohnung stürmten. Danach würden sich unsere Blicke begegnen, Opfer und Retter, alles verziehen, und unsere Freundschaft würde zu neuem Leben erwachen.

Am Ende war es nichts Sensationelles. Ich war zu ihrer Wohnung gefahren, um Curtis zu besuchen. Mein Cousin trug noch die dunkle Uniform, in der er wie ein Cop aussah: schwarze Polyesterhose, schwerer Gürtel, kurzärmeliges Hemd mit einem Abzeichen, das auf die Brusttasche aufgenäht war. Er war seit seinem Highschoolabschluss vor drei Jahren Sicherheitsbeamter bei Gericht, und er erzählte mir gerade eine Geschichte von einem Mann, der versucht hatte, eine Waffe in den Gerichtssaal zu schmuggeln. »Es war ein Sorgerechtsfall«, sagte er. »Und natürlich geht der Alarm an, als er hereinkommt. Er war schon alt – in den Dreißigern – und wurde oben auf dem Kopf schon ein bisschen kahl.« Curtis fuhr sich lächelnd durch sein eigenes, volles Haar. »Ich stehe also da, will ihn gerade fragen, ob er etwas in den Taschen hat, als er so mit seiner Hand hineingreift.« Curtis tat so, als wolle er rasch in seine Tasche greifen. »Und dann zieht er – kein Witz – ein

Messer mit einer zwölf Zentimeter langen Klinge aus der Tasche. Er hält es so, als müsste er erst überlegen, was er als Nächstes tun soll – als wäre es vielleicht eine gute Idee, mir die Klinge in die Brust zu rammen –, und ich denke so, SCHEISSE, weil mein Kumpel Andre gerade auf Toilette ist. Ich bin also ganz alleine, lege eine Hand auf den Schlagstock, bereit, ihm BÄNG! eins überzuziehen, aber gleichzeitig bin ich ganz gelassen, als ob ich gar nicht merke, dass irgendwas nicht stimmt, und ich sage: ›Sir, würden Sie Ihre Waffe bitte hier auf das Tablett legen?‹«

Während er die Geschichte erzählte, war Lara hereingekommen. Sie trank ein Glas Eistee.

»Und der Typ«, fuhr Curtis fort, »er lässt es sofort fallen. Er legt das Ding einfach auf das Gummitablett, als ob es ein Schlüsselbund oder so etwas wäre.« Curtis schüttelte den Kopf. »Das ist ein Sorgerechtsfall, und der bringt eine Waffe mit ins Gericht? Was hatte er vor? Wollte er mich erstechen, um seine Kinder zurückzukriegen?«

»Er hat doch das Sorgerecht nicht gekriegt, oder?«, fragte ich atemlos, und Curtis versicherte mir, nein, er habe es nicht bekommen.

Vielleicht hatte ich gerade den richtigen Ton getroffen. Besorgt und aufrichtig. Oder es war genug Zeit vergangen, sodass die alten Wunden langsam begannen zu heilen. Jedenfalls fragte Lara, ob ich auch einen Eistee wolle. Und sie gab mir auch einen Untersetzer. Eine Woche später fing sie unvermutet an, mir von ihrer Hochzeit zu erzählen. Zögernd und aufgeregt überschüttete ich sie mit Fragen, und sie erzählte mir, dass sie als Motiv Weihnachten hätten, und sie werde eine Pelzstola um die Schultern tragen.

»Du bist ja so hibbelig wie ein Schulmädchen«, sagte Joyce, als ich es ihr erzählte. »Ich weiß nicht, was du dir erhoffst.«

Sie glaubte, Lara benutzte mich nur, um besser in meine Familie hineinzukommen. Aber meine Tante mochte Lara sowieso lieber als mich, deshalb wusste ich, dass Joyce sich irrte. Ich versuchte ihr zu erklären, warum Laras Freundschaft mir so viel bedeutete, aber dann redete ich auf einmal von Autumn, und alles geriet ein bisschen durcheinander. Wenn Autumn sich nicht selbst umgebracht hatte und wirklich gekidnappt worden wäre, hätten wir die Szenen gar nicht nachgespielt und Lara damit auch nicht verletzt. Es hätte keine Beerdigung gegeben, von der sie nach Hause gekommen wäre, und Lara hätte mich nicht stottern gehört. Ich hätte nicht entdeckt, wie grausam ich sein konnte, und wir alle fünf wären Freunde geblieben. Joyce, Lara, Curtis, ich und vielleicht auch Autumn.

»Das ist aber ziemlich weit hergeholt«, meinte Joyce.

»Bedauerst du nicht, was passiert ist?«

»Das Einzige, was ich bedauere, ist, dass sie deinen Cousin heiratet.«

Dass Joyce in Curtis verliebt war, war ein ständiger Witz geworden. Als wir ihm im Juli an den Wellenbrechern begegneten, tat sie so, als würde sie verhaftet, damit sie ihn bei Gericht besuchen konnte. Sie begann, ihn Officer Blödmann oder Officer Freundlich zu nennen, und Curtis lachte und kniff die Augen zusammen, als versuchte er, etwas beinahe Unsichtbares zu sehen. Aber dann meinte er, er müsse gehen. Lara warte zu Hause auf ihn.

Ich hielt es immer noch für einen Witz. Deshalb glaubte ich ihr auch nicht, als sie eines Tages in dem Mini-Markt auftauchte, wo ich Nachmittagsschicht hatte.

»Etwas Großes«, sagte Joyce und stützte sich mit den Ellbogen auf die Theke. »Ich und Curtis.«

Die Kaffeemaschine gurgelte, und ich hörte, wie draußen auf dem Highway die Autos und Trucks vorbeifuhren.

»Wir sind zusammen.«

Ich starrte auf das kleine braune Muttermal unter ihren Wimpern.

»Nein, das seid ihr nicht.«

Joyce zog eine Augenbraue hoch und behauptete, sie hätte ihn angerufen. Sie wären in seinem Auto weggefahren. Dann hätte er eine Decke auf dem Rücksitz ausgebreitet.

Ich schlug ihr mit der Handkante auf den Arm. »Blödsinn.«

Die Glocke über der Ladentür bimmelte, und Joyce ergriff ein Twinkie, während ich Lotterielose für einen Kunden ausdruckte. Das war bestimmt gelogen. Genauso gut hätte sie hereinkommen und behaupten können, sie würde Crack rauchen und fände es toll. Es musste ein Witz sein, ein Test, um zu sehen, wie ich reagieren würde.

Sie sagte, sie hätten es auf dem Rücksitz getan. Zweimal. Lara dachte, er sei mit Freunden unterwegs.

»Ach, wirklich«, sagte ich.

»Anschließend sind wir oben auf das Dach der Snackbar geklettert – am Strand. Er hat mich hochgezogen, damit wir die Sterne sehen konnten.«

Der Schmerz in meinen Beinen kam plötzlich. Er schoss in meine Schenkel, ein heißes Prickeln, wie mit Nadeln, und am liebsten hätte ich mit den Füßen auf den Linoleumboden aufgestampft. Joyce ließ das Twinkie in das Plastikgestell zurückfallen, und mir wurde klar, dass sie die Wahrheit gesagt hatte. Ich schob meine heißen Füße hin und her und zwang mich, sie anzusehen. Am liebsten hätte ich ihr eine runtergehauen.

»Du bist so egoistisch«, sagte ich.

Joyce tat so, als hätte sie mich nicht verstanden. Sie sah auf einmal aus wie eine Fremde, mit einem hochroten Gesicht. Ich fragte mich, wie rot ihre Haut noch werden konnte, wenn ich ihr eine Ohrfeige verpassen würde.

»Ich dachte, du würdest dich für mich freuen.«

»Es ist nicht richtig, Joyce!«

Ich ergriff den Glasreiniger, der auf der Theke stand, und begann zu sprühen. Ich war am Abend zuvor bei Lara gewesen. Sie hatte mir Blumenarrangements gezeigt. Weiße Rosen und rote Ilexbeeren, sehr winterlich und elegant. Ich hatte mich vor dem Moment gefürchtet, wenn sie stottern würde, nervös darüber, wie wir beide reagieren würden, als könnte dann die Erinnerung an meinen Auftritt vor sechs Jahren wieder hochkommen. Lara redete gerade über Wacholderkränze, als sie plötzlich die Lippen aufeinanderpresste. Ich erkannte die Zeichen, aber ohne zu zögern sprang ich ruhig ein, um ihren Satz zu Ende zu bringen. *Es wird so festlich sein mit all den roten Bändern.* Und Lara nickte, als habe ich ihre Gedanken gelesen.

»Was ist mit Lara?«, zischte ich Joyce zu. »Hast du auch nur einen Gedanken an sie verschwendet?«

»Ach, komm! Jetzt mal im Ernst, sie ist doch nicht wirklich deine Freundin.«

Ein Schauer überlief mich, und dann begann ich zu zittern. Die Klimaanlage war plötzlich eiskalt auf meiner heißen Haut, und ich überlegte ernsthaft, ob ich mich hinter der Theke auf den Boden setzen und meine Sneakers und die kochend heißen Socken ausziehen und einfach darauf warten sollte, dass sie ging. Wenn ich mit Lara zusammen war, fühlte ich mich wie erlöst. Es schmeichelte mir, dass sie sich mir anvertraute. Sie war so erwachsen und doch immer noch verletzlich, und ich wünschte, ich hätte Joyce das erklärt. Wenn sie sie nur verstanden hätte, hätte sie das sicher nicht getan. Heftig begann ich, über die Theke zu reiben, und riss immer mehr Papiertücher ab. Warum musste sie es mir unbedingt sagen? Warum musste sie mich da hineinziehen? Weil sie wusste, dass ich sie Lara vorziehen würde – ich musste an ihrem Verrat teilhaben. Aber wenn Joyce und Curtis sich ineinander verliebten, wo blieb ich dann? Ich wäre allein, würde hinterherlaufen, ohne sie jemals einholen zu können. Ich würde alle drei verlieren; sie waren schon meilenweit weg.

Plötzlich hatte ich Angst, Joyce anzusehen. Ich wusste, dass ihre blonden Haare sich bei der feuchten Luft aus ihrem Pferdeschwanz ringelten, und ohne auch nur einen Blick auf sie zu werfen, hätte ich ihr Profil mit dem Finger auf die Resopalplatte der Theke zeichnen können, die Krümmung ihrer Nase, die Rundung ihrer Lippen. Wenn ich sie verlor – wenn ich schon dabei war, sie zu verlieren, dann war es schlimmer, als ich es mir vorgestellt hatte. Schmerzhafter als Wespenstiche und einsamer, als lebendig begraben zu sein. Ich konnte nicht leben. Ich würde aufhören zu atmen. Ohne sie würde ich alles verlieren. Wenn sie und Curtis sich liebten, würde ich sterben. Ich würde sterben.

Joyces Stimme durchdrang meine Gedanken. »Bist du eifersüchtig oder was?«

Ich biss die Zähne zusammen, damit sie nicht klapperten, und als ich den Mund wieder aufmachte, sagte ich ihr, sie solle den Laden verlassen.

Wir redeten vier Wochen lang nicht miteinander. Ich vermisste sie jede einzelne Sekunde, und es gab nie die Frage, was ich tun sollte. So gerne ich Lara mochte, Joyce war ein Teil von mir. Ich beschloss, Lara nicht anzulügen, aber ich konnte ihr auch nicht die Wahrheit sagen. Ich musste sie einfach meiden, unsere Freundschaft beenden. Ich schrieb Lara keinen Brief und erklärte ihr auch nichts. Ich war bloß auf einmal nicht mehr da, und als sie schließlich nach mir suchte, war ich schon längst weg. Es schmerzte mehr, als ich erwartet hatte, als hätte ich einen Teil von mir ins Meer geworfen. Einen Teil, den ich doch gerade erst wiedergefunden hatte und behalten wollte. Ich wusste nicht, ob Lara traurig, wütend oder nur gleichgültig war. Ich verabschiedete mich nie von ihr. In dieser Hinsicht war ich wie Autumn.

»Meinen Sie, ich sollte die Polizei rufen?«

»Ja, vielleicht«, sagte Danny. »Ich weiß nicht. Klingt extrem.«

Ich rief Danny an, nachdem ich mit Robyns Mutter gesprochen hatte. Ich wollte ihn wissen lassen, dass ich das ernst nahm. Es war richtig gewesen, dass er so besorgt reagiert hatte. Das zeigte, dass er sich in andere hineinversetzen konnte, und er sollte auch mich für einfühlsam halten.

»Cerise wäre wahrscheinlich außer sich vor Entsetzen, wenn die Polizei bei ihr zu Hause auftauchte.«

»Hmm. Das wäre nicht cool.«

»Aber vielleicht kapiert sie es einfach nicht anders«, sagte ich. »Sie erinnert sich nicht mehr, wie es sich anfühlt. Wenn man sich in diesem Alter verirrt, dann kommt es einem vor wie das Ende der Welt.«

Wir redeten eine Zeit lang über meine Verantwortung. Ich sagte, wenn das Haus meiner Nachbarin brennen würde, würde ich ja auch die Feuerwehr anrufen, selbst wenn meine Nachbarin behaupten würde, sie hätte alles unter Kontrolle. Ich müsste ja sicherstellen, dass sich das Feuer nicht ausbreitet, und ich würde mich erst dann sicher fühlen, wenn die Flammen gelöscht wären. Aber Danny fand, es sei etwas ganz anderes, überhaupt nicht wie ein Feuer. Er sagte, wenn ich ein Kind mit Streichhölzern spielen sähe, würde ich den Eltern Bescheid sagen. Aber es wäre noch viel zu früh, um die Feuerwehr zu rufen. Er meinte, ich solle Cerise die Chance geben, mit dem Problem alleine fertig zu werden. Dann sagte er, wenn Robyn seine Tochter wäre, würde er jetzt mit ihr reden. Da erst merkte ich, dass ich wahrscheinlich mitten in die Schlafenszeit geplatzt war – ich hatte ganz vergessen, dass er ja Kinder hatte.

»Sie leben bei meiner Ex«, sagte er. Dann begann er mir zu erzählen, was passiert war. Er war im vergangenen Frühjahr eines Tages von der Arbeit nach Hause gekommen, und alle ihre Sachen waren weg. Sein Leben war abrupt auseinandergerissen worden. Seine Freundin hatte ihn ohne ein Wort verlassen und war mit seinem Sohn und seiner Tochter mehr als hundertfünfzig Kilometer weit weggezogen. Er sah sie zweimal im Monat, was wirklich nicht genug war. Ich stellte mir vor, wie er an einem öden Tisch saß, leere Stühle auf jeder Seite. »Ich versuche, mit ihnen am Telefon zu reden, aber sie sind ja noch klein«, sagte er düster. »Sie wollen nach zwei Sekunden schon wieder auflegen.«

»Tja, ich will nicht auflegen«, sagte ich, und dann redeten wir fast eine Stunde lang.

Am nächsten Morgen stand Callie rechtzeitig vor der Schule auf, ohne dass ich an ihre Tür hämmern musste. Ich hörte die Dusche laufen, dann ihren Haartrockner, und als sie in die Küche kam, sah sie genauso aus wie immer. Sie war geschminkt und trug ihre roten Stretchjeans. Ihr Shirt war neu – wir hatten es im Sommer in der Mall gekauft. Sie aß eine Schüssel Frühstücksflocken, ohne sich zu beklagen, dass ihr übel sei, und spülte sogar ihr Geschirr aus, bevor sie aus dem Haus ging. Jedes Detail bestätigte mir, dass alles wieder normal war – und wenn ich mir Sorgen wegen Robyn machte, verdrängte ich sie.

Aber als ich mich durch meine morgendlichen Zahnhygiene-Termine arbeitete, begann ich, über Cerise Doblak nachzudenken. Als sie mich letzten April angerufen hatte, hatte sie gesagt, dass Robyn jeden Tag weinend nach Hause gekommen sei. Sie hatte *gewusst*, dass Robyn unglücklich war. Sie hatte sie deswegen ja sogar aus der Schule genommen. Robyn hatte sich wegen der Vorgänge in der Schule ihrer Mutter anvertraut. Das Mobbing, die Schimpfwörter, die Kommentare über ihren Busen. Wenn Robyn depressiv war, musste Cerise das doch wissen. Würde sie sich dann nicht bemühen, ihrer Tochter irgendwie zu helfen? Ich kam einfach nicht dahinter, und je länger der Tag dauerte, desto unfreundlicher wurde ich. Dann saß ein kleines Mädchen mit schwerer Zahnfäule in meinem Behandlungszimmer.

Das Mädchen war vier Jahre alt. Ihre Mom blickte kurz von ihrem Handy auf und rief aus: »Das sind doch nur Milchzähne!« Ich versuchte ihr zu erklären, wie sehr die Karies auch die bleibenden Zähne schädigen könne. Außerdem könne sie sich ausbreiten und einen Abszess verursachen, aber die Mutter wirkte völlig desinteressiert, und ich dachte an Cerise Doblak und geriet in Wut.

»Sie müssen dabeibleiben, wenn sie sich die Zähne putzt!«

»Das tue ich doch! Ich passe doch auf!«

»Das kann niemand sonst tun! Das liegt in Ihrer Verantwortung!«

Sie bekam rote Flecken am Hals. Der Mund ihrer Tochter war ein winziges *o*, und ich konnte mir dieses Mädchen mit vierzehn vorstellen: schiefe Zähne, entzündetes Zahnfleisch. Die Zunge dick mit Bakterien belegt, und ihre Mutter würde immer noch nur mit den Achseln zucken. Ich wollte nicht so bevormundend sein. Aber es gab da draußen Eltern, die ihre Kinder wirklich nicht *betreuen konnten*. Joyce, Danny. Was würden sie dafür geben, jeden Abend für ihre Kinder da zu sein, sie ins Badezimmer zu scheuchen und zum Zähneputzen zu veranlassen? Rückblickend hätte ich natürlich ruhiger und verständnisvoller mit der Mutter umgehen können. Ich hätte freundlich danach fragen können, was für einen Saft sie vor dem Schlafengehen noch trank, hätte vorschlagen können, dass sie die zuckerhaltigen Zwischenmahlzeiten ein bisschen einschränkt. Aber sie kam mir so unbesorgt vor, und ich loderte vor selbstgerechtem Zorn. Ich konnte noch nicht erkennen, dass wir eigentlich vom gleichen Schlag waren.

Dr. Rick musste gehört haben, wie ich wütete. Er kam hereingerauscht wie ein netter alter Onkel. »Rebecca?«, sagte er. »Alles okay?«

Dr. Rick war Ende fünfzig und das ganze Jahr über Bermudas-gebräunt. Nach jeder Untersuchung zog er sich mit einem scharfen Plopp die Handschuhe aus. Immer betonte er, wie schön unsere Patientinnen seien, und manchmal bot er ihnen die Wange zum Kuss; mit den Männern ging er jovial und vertraut um – selbst wenn ein Patient zum ersten Mal kam. Angesichts der schlechten Wirtschaftslage tat er, was er konnte.

»Hat Rebecca dich gut behandelt?«, fragte Dr. Rick und streichelte dem kleinen Mädchen über die Locken.

Für die restlichen Termine war ich beurlaubt. Der Vorfall würde in meiner Personalakte vermerkt werden. Als ich ging, begann ich ein Dutzend Entschuldigungen zu murmeln. *Entschuldigung, Entschuldigung, Entschuldigung*, als sei ich die pflichtvergessene Mutter. *Entschuldigung, Entschuldigung, Entschuldigung*, als würde ich verstehen, warum diese Dinge geschehen konnten. *Entschuldigung, Entschuldigung, Entschuldigung*, als würde mir dieser Nachmittag noch leidtun, als ich den Anruf aus Callies Schule bekam und die Sache mit der Schokolade erfuhr.

Callie wurde für zwei Tage vom Unterricht suspendiert. Ich schloss mich auf der Personaltoilette ein und hörte zu, als der Direktor der Highschool mir beschrieb, wie Callie ihre Sozialkundelehrerin beschimpft habe, bevor sie aus der Klasse gerannt sei. »Sie hat das F-Wort benutzt«, sagte Mr Wattis. »Sie sagte zu Miss Laing: ›F … dich.‹« Callie war daraufhin aus dem Gebäude gerannt und hatte versucht, das Schulgelände zu verlassen, ehe ein Sportlehrer sie aufgehalten hatte. Und bevor all das passierte, hatte sie eine Tafel Schokolade auf ihrem Pult verschmiert.

»Schokolade?«

»Ja«, sagte Mr Wattis. »Es war eine ziemliche Schweinerei.«

Er sagte mir, der Ausbruch sei von niemandem provoziert worden, als laufe sie regelmäßig fluchend herum. Als wäre sie eins dieser Kinder, die Eier auf die Nachbarn werfen. Dieses Mal stritt ich mich nicht mit ihm herum. Ich erwähnte auch nicht ihre Auszeichnungen in Natur und Technik oder ihre Zeit auf der Ehrenliste der besten Schüler. Ich wollte jeden Fakt und jedes Detail hören. Ich musste verstehen, was vor sich ging. Wenn ihr jemand wirklich etwas anhängen wollte, dann brauchte ich zuerst Beweise.

ALLE MEINE KONTAKTE MIT ROBYN DOBLAK, NR. 8

Für Rebecca / von Callie

Eines Tages wackelte Robyn im Kunstunterricht mit den Augenbrauen und streckte ihren Arm aus. Sie trug ein Pitbull-Armband ums Handgelenk, das gleiche wie ich. Ein anderes Mal teilte sie Aquarellbilder aus, und als sie an meinen Tisch kam, sagte sie meinen Namen. Sie hielt mir mein Bild hin und blickte mir in die Augen, als wartete sie auf irgendwas. Online konnte ich es, ich war gewichtslos und schwebte. Ich konnte über Wolken und Berge springen. Aber wenn Ella neben mir saß, war es unmöglich. Ich hatte das Gefühl sterben zu müssen, wenn ich mich nur einen Zentimeter bewegte. Ich starrte auf meine Hände, und Robyn ließ mein Bild einfach fallen, und Ella so: »Totaler Spasti.«

Chat 28. Januar 2009 19:40:28

19:34:02
robynroarxo: Das ist wegen deiner Freunde, oder? ☹
19:35:12
LithoCALpus: Nicht nur. Ich will nicht, dass alles anders wird.

19:36:16
robynroarxo: Aber es ist anders, deshalb ist es doch dumm, so zu tun, als würden wir uns nicht kennen. Ich will, dass wir echt sind. Ich will in der Schule mit dir zusammen sein.
19:36:31
LithoCALpus: Ich glaube, es war vorher besser.
19:37:39
robynroarxo: 😮 Bevor wir uns kannten?
19:37:58
LithoCALpus: Das meine ich nicht ...
19:38:13
robynroarxo: Was denn?
19:38:54
LithoCALpus: ☺ Ich möchte einfach so mit dir weiterreden.
19:39:19
Robynroarxo: Aber du bist in der Schule ganz anders. Du sagst ja nicht mal Hi.
19:39:24
LithoCALpus: Ich kann nicht. OK?
19:39:49
robynroarxo: Wenn Leute ein Problem damit haben, sind sie keine echten Freunde. Du bist sowieso nicht wie sie. Du solltest sein, wie du bist.
19:40:28
LithoCALpus: Lass mich darüber nachdenken. Bedräng mich nicht.

Dann, ich glaube, es war im Februar. Ich weiß nicht, was passiert ist. Eines Tages hat sie wohl beschlossen, dass alles sich ändern müsse. Robyn stand in der Cafeteria in der Schlange zum Frühstück, als ich mit meinen Freundinnen hereinkam. Wir hatten unsere Morgenrunde gemacht, unsere Handys ausgetauscht und der anderen Lippenstiftflecken auf die Schulter gemacht. Wir hüpften und kicherten, klatschten einander auf den Hintern, und das Letzte, was ich erwartet hätte, war, dass Robyn winken würde.

»Callie«, rief sie. »Ich habe Papa dabei.«

Sie trug eine violette Nylontasche ums Handgelenk, die hin und her schwenkte, als sie mir winkte. Sie deutete auf die Tasche. »Papa«, sagte sie.

Dallas stieß mich an. »Redet sie mit dir? Hat sie gerade ›Papa‹ gesagt?«

Ella hob den Kopf von Dallas' Schulter. »Ist ihr Dad nicht tot?«

Robyn ließ langsam die Hand sinken, als ihr klar wurde, dass ich nicht zu ihr kommen würde.

9

Callie zupfte an der Ecke eines Sofakissens, während wir an jenem Abend über den Vorfall redeten. Wir saßen im Wohnzimmer, und ich hatte einen Teller mit Bananenchips auf den Tisch gestellt, die keiner von uns anrührte. Sie log mich an. Sie lag auf dem Sofa, während ich im Sessel saß und zusah, wie sich die blaugrünen Fasern meines Kissens unter ihren Fingern lösten.

»Ich musste zur Toilette. Deshalb bin ich rausgerannt.« Ihre Stimme klang trocken, gepresst.

»Du bist doch aus der Schule gelaufen. Du warst gar nicht auf der Toilette.«

»Ich habe mich vertan.«

»Wie kannst du den Ausgang mit der Toilette verwechseln?«

Callie schloss die Augen und bohrte einen Finger ins Kissen. Etwas Schweres schien sie zu umgeben wie eine Schlechtwetterwand und mich auszuschließen.

»Hat Miss Laing irgendetwas gesagt, worüber du dich aufgeregt hast?«

»Nein.«

Sie ließ den Kopf sinken und mied meinen Blick. Ich hatte schon gefragt, ob jemand sie dazu angestiftet hatte.

Ich hatte sogar laut überlegt, ob sie vielleicht ihre Periode bekam. Callie zog einen kleinen Tuff weiße Füllung aus dem Kissen.

»Erzähl mir noch mal von der Schokolade«, drängte ich.

Callie starrte auf die weißen Fasern in ihrer Hand. »Die Schokolade war schon da, als ich hereinkam.«

»Meinst du, dass das eine von Robyns Freundinnen gemacht haben könnte? Diese Lucinda vielleicht?«

Callie schnaubte empört. »Nein, Rebecca.«

»Wie willst du das denn mit Sicherheit sagen – wenn du nicht weißt, wer es war?«

Sie antwortete nicht, und ich verspürte plötzlich den heftigen Drang, sie zu schütteln. Ich machte das nicht besonders gut. Alles, was sie sagte, machte mich noch hoffnungsloser. Es war, als befände ich mich in einem Labyrinth aus Hecken und sie führte mich immer weiter vom Eingang weg, bog absichtlich falsch ab und gab vor, genauso desorientiert zu sein wie ich.

»Du musstest also zur Toilette – gut«, sagte ich. »Vielleicht hast du dich nicht wohlgefühlt. Aber warum um alles in der Welt beschimpfst du deine Lehrerin?«

Callie begann ihre dünnen Arme zu kratzen. Ihre Nägel hinterließen weiße Linien auf ihrer Haut.

»Ich weiß nicht.« Sie starrte auf die Linien auf ihren Armen. »Es ist mir einfach so rausgerutscht.«

»Nichts rutscht einfach so heraus. Callie, du hast dich doch unter Kontrolle. Natürlich darfst du auch Fehler machen, aber das sieht dir gar nicht ähnlich.«

Das Kissen sank in ihren Schoß, als sie sich plötzlich vorbeugte. »Hör auf, die Finger daraufzupressen.«

Ich blickte auf meine rechte Hand. Sie lag unterhalb meines Schlüsselbeins. Dort war mein Tattoo unter meiner Bluse verborgen, aber Callie wusste, dass es da war. Eine violette Hyazinthe, zu Ehren ihrer Mutter. »Das tust du immer«, brach es aus ihr heraus. »Als würdest du meinetwegen gleich einen Herzinfarkt kriegen. Aber ich weiß, was du denkst.«

Ich ließ meine Hand in den Schoß sinken. Verächtlich zog sie die Lippen zurück, und dann sprang sie auf und stampfte in die Küche. »Ich bin nicht wie meine Mom! Vielleicht bin ich mehr wie *er*!«

Ich folgte ihr in die Küche und sah ihr zu, wie sie den Wasserhahn aufdrehte. Sie stand vor der Spüle, die Arme über dem Bauch verschränkt. Für gewöhnlich redeten wir nicht über Curtis – sie hatte ihn seit Jahren nicht erwähnt. Sie zuckte merkwürdig zusammen, als ich sie an der Schulter berührte.

»Was ist los?«

Callie hielt ihre Finger unter den Wasserstrahl, sodass es gegen das Becken spritzte. »Ich habe die Schokolade verschmiert, weil ich Lust dazu hatte. Man muss nicht für alles einen Grund haben. Manchmal sind wir eben einfach GEWISSENLOS.«

»Du bist nicht gewissenlos«, murmelte ich. »Und dein Dad war es auch nicht.«

Sie schüttelte das Wasser ab, und ich bemerkte, wie ihre Hand zitterte. »Nie lässt du mich in Ruhe«, sagte sie. »Dabei will ich einfach nur das: Dass du mich in Ruhe lässt!«

Sie rannte in ihr Zimmer, und ich folgte ihr dorthin. Sie sprang mit den Schuhen ins Bett und zog sich die Decke übers Gesicht. Ich atmete tief durch.

»Wie kommst du darauf zu sagen, du seiest gewissenlos?«

Sie antwortete nicht.

»Wenn du etwas über deinen Dad gehört hast, solltest du es mir sagen, weil es wahrscheinlich nicht wahr ist.«

Die Decke bewegte sich nicht, und ich fühlte tiefe Verzweiflung in mir aufsteigen. Ich wollte endlich wieder eine Verbindung zu ihr aufbauen. Darauf bestehen, dass sie alles falsch verstanden hatte. Sie war alles, was ich hatte, und ich hatte geschworen, alles für sie zu tun, aber wo sollte ich anfangen, wenn sie nur in Ruhe gelassen werden wollte?

Am nächsten Tag hielt Callies Direktor uns die Tür auf. Sein sorgsam beherrschter Gesichtsausdruck schien jedes freundliche Geplauder auszuschließen. Er hatte dünnes Haar, und er schüttelte mir die Hand, bevor er uns bat, uns zu setzen. Ich hatte Mr Wattis zuletzt am Einführungsabend für die Eltern der neuen Schüler gesehen, wo er über die außergewöhnlich hohe Zahl von ehemaligen Schülern gesprochen hatte, die anschließend auf die besten Colleges gegangen waren. Ich hatte Callies Arm gedrückt, als ich an die Zukunft dachte. Eines Tages würden wir durch die Tore eines dieser Colleges fahren und die efeubewachsenen, prachtvollen Gebäude bewundern. Ich hätte mir nie träumen lassen, dass wir jetzt hier saßen wie zwei Übeltäter, die Mr Wattis streng anblickte.

Er bat Callie zu erklären, was sich im Unterricht zugetragen hatte, und sie hielt den Blick gesenkt, als sie mit leiser, wenig überzeugender Stimme zu sprechen begann. Sie wiederholte die gleiche Geschichte, die sie bereits mir erzählt hatte, nur dass sie jetzt behauptete, die Schokolade sei auf ihr Pult heruntergefallen, und sie habe sie unabsichtlich verschmiert. Es war kein grober Unfug gewesen, sondern nur ein Unfall. Ihr Kinn sank beinahe auf die Brust, und ihre Schultern fielen herunter. Unbewusst begann ich ihre Haltung nachzuahmen, aber als ich es merkte, straffte ich sofort die Schultern. Ich spürte, dass Mr Wattis mich beobachtete, und ich fragte mich, wie oft ihm Schüler wohl ins Gesicht logen.

Mir wurde klar, dass ich es Joyces Dad erzählen musste. Er hatte mir die Vormundschaft übertragen, als er vor acht Jahren an seinem Tiefpunkt angekommen war. Er hatte seine Frau und seine Tochter verloren, war völlig überfordert mit der Situation, und ich benahm mich wie eine Expertin. Zu diesem Zeitpunkt hatte ich Joyce bereits zwei Jahre lang unterstützt, Callie großzuziehen, und ich kam sofort angerauscht, um ihm zu helfen, als sei ich eine Autorität auf dem Gebiet der Kindererziehung. *So* bekommst du sie morgens angezogen – *das* musst du tun, wenn sie ihr Frühstück nicht essen will. Er begriff nicht, dass ich nur die Dinge nachahmte, die Joyce mir beigebracht hatte. Er dachte, wenn es um Callie ging, wüsste ich instinktiv und natürlich Bescheid, und ich ließ ihn in dem Glauben, obwohl ich wusste, dass es nicht stimmte.

»Ich habe mich verlaufen«, behauptete Callie. »Ich wollte zur Toilette, bin aber stattdessen nach draußen gelaufen.«

Mr Wattis warf mir einen scharfen Blick zu.

»Ich wollte gerade zurückgehen, als ich merkte, wo ich war«, sagte Callie. »Aber da packte mich dieser Mann und brachte mich hierher.«

Sie sah so hoffnungslos und verunsichert aus. Ich dachte daran, wie andere Eltern in Pembury ihre Kinder verteidigten. Wenn es um ihre Sprösslinge ging, boten sie jeder Autorität die Stirn.

»Sie hat solche Probleme noch nie zuvor gehabt«, sprang ich ihr zu Hilfe. »Aber es gibt einige Dinge, die Sie wissen sollten.«

Sie blickten mich beide an, und mir wurde meine Verantwortung bewusst.

»Ihre Mutter ist verstorben.« Ich blickte Mr Wattis in die Augen. »Und an diesem Wochenende war ihr neunter Todestag. Wir waren beide ziemlich durcheinander. Ich meine das nicht als Entschuldigung. Es ist einfach ein wesentlicher Faktor.«

Callie beugte sich vor, und ich sah, dass sie die Zähne zusammenbiss. »Du hast meinen Dad vergessen«, sagte sie. »Mein Dad ist auch tot.« Ihre Stimme klang herausfordernd, als sei das ein Wettstreit. Dann lehnte sie sich auf ihrem Stuhl zurück, verschränkte die Arme und starrte die Wand an.

Mr Wattis räusperte sich, und ich hob zu einem Erklärungsversuch an.

»Callies Eltern sind beide tot. Ihr Vater war mein Vetter. Ich bin ihr Vormund.«

Der Direktor verzog mitfühlend die Lippen, und mir wurde klar, dass er das alles bereits wusste. Es stand schließlich alles in Callies Schulakte. Sie starrte weiter finster an die Wand, und Mr Wattis redete von einem Verhaltensvertrag, und benommen wurde mir bewusst, dass ich Joyce besser nicht erwähnt hätte. Ihr Tod war kein Talisman, den man in schwierigen Zeiten hervorziehen konnte. Fremde ließen sich damit nicht beeindrucken. Es würde uns keine Sympathie einbringen, und Callie würde auf jeden Fall bestraft. Zwei Tage Ausschluss vom Unterricht. Eine schriftliche Entschuldigung für Miss Laing.

Danach, im Auto, sagte ich kein Wort zu ihr. Ich schnallte mich einfach an und wäre am liebsten allein gewesen. Ich wollte alles vergessen und an meine zukünftige Küche denken, die gebeizte Eichendielen auf dem Boden haben würde und einen schmalen Magnetstreifen an der Wand, an dem japanische Messer klebten. Auf der Fensterbank würden Kräutertöpfe stehen: Basilikum, Petersilie, Koriander. Die Wände würden mit weißen, schimmernden Fliesen bedeckt sein. Callie hatte ihre Finger in den Ventilator gehalten. Ihre Stimme verlangte Aufmerksamkeit.

»Du erzählst jedem von Mom, aber nie von Dad. War er so schlimm?«

Ich würde ein ganzes Regal voller Gläser mit Bio-Honig und selbst gekochter Marmelade haben.

»Rebecca!«

»Natürlich nicht.«

»Ist es, weil er Selbstmord begangen hat?«

Ich schüttelte den Kopf. Kuchenplatten aus Glas.

»Hat er sie getötet?« Wütend kaute sie auf ihrer Unterlippe, und auch ich schmeckte Blut. Die makellose Küche verschwand. »Hat er meine Mom umgebracht?«

Nach Joyces Geständnis mied ich Curtis ebenso wie Lara. Aber in der letzten Augustwoche kam Curtis kurz vor Ende meiner Schicht in den Laden. Der schlurfende Gang des Jugendlichen war solide und zielgerichtet geworden. Auf seinem T-Shirt schimmerten Regentropfen. Draußen nieselte es seit Stunden, und auch die Stoppeln auf seinen Wangen waren nass. Als er im Neonlicht vor mir stand, wirkte seine Haut grün.

Seine Stimme klang brüchig. »Du weißt das von Joyce und …«

Ich nickte und blickte auf die nassen schwarzen Haarsträhnen, die an seiner Stirn klebten.

»Ich muss mit dir reden.«

Ich ging hinter ihm her, wobei ich mir vorkam wie eine Geisel, die ihrem geistesgestörten Kidnapper folgt.

Im Schein der Laternen auf dem Parkplatz sah man die Regenschleier, und wir saßen bei eingeschalteten Scheibenwischern im Auto, obwohl wir nirgendwohin fahren wollten. Im Auto war es kühl und feucht, es roch nach nassen Haaren und Lederschuhen, und ich blickte auf den Rücksitz. Aber die Scheibenwischer waren wie Zauberstäbe; sie verhexten mich und wischten den Regen weg, sodass ich die roten Bremslichter der Autos auf dem erhöhten Highway sehen konnte.

»Ich muss unbedingt wissen«, murmelte Curtis, »ob Joyce mit jemand anderem schläft.«

Ich fuhr mit der Hand durch meine tropfnassen Haare und drehte einzelne Strähnen um den Finger. Die Scheibenwischer winkten mir zu, hielten kurz inne und gingen dann wieder hoch. Es war seltsam. Hier saßen wir wieder, nur wir beide, und teilten Geheimnisse. Ich spürte, wie Curtis darauf wartete, dass ich etwas sagte, und ich konnte mir vorstellen, wie Lara sich fühlen musste.

»Liebst du sie?«

»Joyce?« Er klang überrascht. »Nein, Mann, nein. Ich habe einfach nur Scheiße gebaut.«

Curtis' Knie begann zu zittern, und ich senkte den Blick auf die Stelle, wo unsere Beine aneinanderstießen.

»Es war ein Fehler. Ich bin noch nie fremdgegangen; Lara würde mich umbringen. Ihr Dad hat ihre Mom betrogen, und das ist das Schlimmste, was ich ihr jemals antun könnte. Ich liebe sie. Du weißt doch, dass ich das eigentlich nie tun würde, es war einfach ein Fehler. Ein einmaliger Ausrutscher.«

Ich verspürte schreckliche Erleichterung, als ich hörte, dass er Joyce nicht liebte.

»Du weißt doch, was Joyce sagt«, fuhr er fort. »Keine Ahnung, ob sie das erfindet – um mich zurückzubekommen oder so –, aber sie behauptet, ich hätte sie geschwängert.«

Ich stieß die Wagentür auf, und es begann hereinzuregnen. Draußen rauschte der Verkehr an uns vorbei, und ich spürte die frische Nässe der Luft. Ich musste raus aus dem Auto, aber Curtis beugte sich über mich und zog die Tür wieder zu. Er klammerte sich an meinen Ärmel, als stünde er auf einem schwankenden Boot, und ich blickte zum Rücksitz. Er war leer und eng. Ich konnte mir nicht vorstellen, wie Joyce nackt da lag. Aber ich wusste, dass sie eine Schwangerschaft nicht erfinden würde. »Rebecca?«, fragte er angespannt.

Joyce hatte mit niemandem geschlafen, nicht seit Februar.

»Joyce hat mit keinem anderen geschlafen«, sagte ich. »Sie würde dich in diesem Punkt nie belügen.«

Curtis stützte die Stirn aufs Lenkrad und ließ meinen Ärmel los. Er stöhnte theatralisch auf, und kurz erwog ich, aus dem Auto zu springen. Ich könnte mich übergeben und dann zu meinem eigenen Wagen rennen und wegfahren. Seine Schulterblätter zogen sich zusammen, während er kleine, raue Laute von sich gab. Mein Cousin war fast einundzwanzig – zu alt für so etwas, fand ich, zumal er im Dezember heiraten wollte. Während er zitterte und stöhnte, beschloss ich, kein Bedauern für ihn zu empfinden. Plötzlich wollte ich grausam sein.

»Curtis«, unterbrach ich ihn, »wirst du es Lara erzählen?«

Langsam hob er den Kopf. »Du wirst mir helfen, das in Ordnung zu bringen.«

Vier Monate nach Curtis' Hochzeit kam ich vom College zurück und stellte meinen Wagen im Parkhaus des

St. Luke's Hospital ab. Ich hatte mir vorgestellt, eine zentrale Rolle bei der Aktion zu spielen: Ich würde an Joyces Bett stehen, ihr etwas zu trinken oder Eiswürfel bringen und ihre Hand halten. Wie sich herausstellte, rief Mrs McKenzie mich jedoch erst, als das Baby bereits auf der Welt war. Ein kleiner Teil von mir fragte sich, ob Curtis wohl im Krankenhaus auftauchen würde. Ich hinterließ eine Nachricht bei Tante Bea, und als ich die langen Flure entlangging, hielt ich Ausschau nach seinem dichten Haar oder der glatten Form seiner Schultern. Als ich ihn das letzte Mal gesehen hatte, trug er einen geliehenen Hochzeitssmoking, und als ich ihn umarmte, wirkte er so steif, dass ich nach seinem Jackett griff und so tat, als müsse ich ein unsichtbares Haar entfernen, nur um ihn noch eine Sekunde halten zu können. Ich hatte nicht getan, worum er mich gebeten hatte: Ich hatte nicht mit Joyce über Abtreibung geredet.

Curtis besuchte Joyce nicht im Krankenhaus. Er sah Callie nicht als Neugeborene, nicht, als sie ihren ersten Zahn bekam, und auch nicht, als sie anfing zu krabbeln. Gelegentlich, sehr selten, hörte ich, dass er Joyce ein bisschen Geld schickte, aber es war nie sehr viel – er hatte Angst, dass Lara es herausfinden könnte. Er hatte Lara die Sache einen Monat vor der Hochzeit gestanden, und als er am Hochzeitstag seine Braut küsste, waren die Prellungen und blauen Flecken in seinem Gesicht so gut wie verheilt. Lara hatte ihn eine halbe Stunde lang fast bewusstlos getreten, und er hatte auf dem Badezimmerboden gelegen und sich nicht gewehrt. Er musste ihr versprechen, Joyce nie wiederzusehen und nichts mit dem Baby zu tun zu haben. Auch mit mir brach er jeden Kontakt ab. Lara war sich sicher, dass ich den beiden beim Fremdgehen geholfen hatte. Während der Trauung saß ich neben meiner Mutter in der Kirchenbank und bewunderte die weiße Pelzstola, die sich um Laras Schultern schmiegte, und die glänzenden Korkenzieherlocken, die sich um ihre Silbertiara kringelten. Ich hatte versprochen, ihr auf dem Empfang aus dem Weg zu gehen. Eigentlich hatte sie mich gar nicht dabeihaben wollen.

Nach der Hochzeit sah ich Curtis kaum. Unsere Besuche an Weihnachten überschnitten sich nicht, und wir feierten auch nicht Thanksgiving zusammen. Wir tauschten keine Geburtstagsgrüße aus, es gab keine freundlichen Anrufe. Er zog mit Lara aus Cansdown fort, und ich dachte, dass es ihn bestimmt freute, von vorne anfangen zu können. Aber wenn ich Callie im Arm hielt oder ihr meinen kleinen Finger in den Mund steckte, um sie zu beruhigen, verstand ich die Dinge wie nie zuvor. Mein Cousin hatte uns etwas Unverzeihliches angetan, nicht nur mir und Joyce, sondern auch seiner Tochter. Er war weggegangen, als würde es keinen Unterschied machen, ein Kind zu haben, aber mit der Zeit begann ich zu begreifen, dass ein Kind die Welt bedeuten konnte.

Wenn ich Callie zuschaute, wie sie auf allen Vieren durch das Wohnzimmer der McKenzies krabbelte, dann dachte ich an meinen eigenen Vater und daran, was für ein Monster er gewesen sein musste, eine Zweijährige so ohne Weiteres zu verlassen. Früher war ich nie wütend gewesen, weil er mich verlassen hatte, aber jetzt war ich es auf einmal. Mein Vater war egoistisch und gedankenlos weggegangen, als sei mein Leben nichts wert. Er hatte sich verhalten, als sei ich irrelevant, und jetzt zeigte Curtis mir, was für ein Mensch mein Vater gewesen sein musste.

Joyce gegenüber verurteilte ich ihn. Ich dachte, sie wüsste meine Loyalität zu schätzen, aber als ich ihr sagte, Curtis sei das Allerletzte, schaute sie mich nur betreten an. Ich stellte mir vor, ihn zu beschimpfen, ihn zum Weinen zu bringen, ihn zu zwingen, alles zu erklären – zugleich aber fiel mir nie eine gute Erklärung ein.

Im Winter vor Callies zweitem Geburtstag hatte Lara ihre erste Fehlgeburt. Ein paar Wochen später rief Mom mich aufgebracht auf dem College an.

»Hast du Curtis Fotos vom Baby geschickt?«

»Nein.«

»Er hat Lara gesagt, du wärst es gewesen. Wenn sie dich anruft, solltest du sagen, dass du es warst.«

»Wovon redest du?«

»Lara hat Fotos gefunden, die er vor ihr versteckt hat – von Callie. Er sagte, du hättest sie ihm an die Arbeit geschickt. Meinst du, er trifft sich wieder mit Joyce?«

Joyce stritt es ab, als ich sie fragte. Sie sagte, sie hätte ihn nicht gesehen und sie hätte auch keine Fotos geschickt.

Nach meinem Abschluss zog ich wieder nach Cansdown, fand einen Job in einer Klinik und begann zu sparen, um mit Joyce und Callie in eine Wohnung ziehen zu können. Joyce kaufte eine Lucky-Bamboo-Pflanze, die aus einem Glas wuchs, und stellte sie als Sinnbild unseres Dschungelmotivs auf das Regal in der Küche. Dann begann unser neues Leben. Es machte mich glücklich, helfen zu können, monatlich einen Lohnscheck nach Hause zu bringen und Callie Zöpfe zu flechten, als sie größer wurde. Ich hielt ihre kleine weiche Hand fest, wenn wir als Drei-Personen-Kette die Straße überquerten, und wann immer ich mit meiner besten Freundin reden wollte, dann war sie da, saß mir gegenüber am Küchentisch und ermunterte ihre Tochter, noch eine grüne Bohne zu essen.

Mir erschien das Arrangement normal – es war nichts anderes als das, was Mom und Tante Bea gemacht hatten, als sie mich und Curtis großgezogen hatten. Aber es war Mom, die mir deswegen das Leben schwer machte. »Was passiert, wenn du oder Joyce einen Freund habt?« Ich antwortete, wir seien beide im Moment viel zu beschäftigt für Freunde, und sie sagte: »Ach, *so* ein Arrangement ist das also.«

Es war nicht so, wie sie dachte, aber es machte mir auch nichts aus, keinen Freund zu haben. Ich hatte jetzt eine Familie.

Lara hatte ihre dritte Fehlgeburt, als Callie vier war. Mittlerweile ging Joyce in die Abendschule, um Rechtspflegerin zu werden. Eines Abends brachte ich Callie gerade zu Bett, als das Telefon klingelte.

Zuerst herrschte langes Schweigen. Fast hätte ich schon wieder aufgelegt, weil ich dachte, es sei ein Verkaufsanruf, aber dann hörte ich jemanden atmen.

»Hallo?«

»Ist Curtis da?«

Es war Lara. Ich hatte seit Jahren kaum ein Wort mit ihr gewechselt. Als sie zur Beerdigung meiner Großmutter kam, hatte sie ihren Beileid-Satz gemurmelt, ohne mir dabei in die Augen zu sehen. Sie erinnerte sich noch an das, was ich getan hatte.

»Lara?«, fragte ich. »Ist alles okay?«

»Ja …« Dann war wieder eine lange Pause.

»Ich habe ihn nicht gesehen«, sagte ich. »Aber ich habe gehört, was passiert ist. Tut mir leid.«

Sie gab einen Laut von sich, als hätte ihr jemand gerade einen Schlag in den Magen versetzt. Er erinnerte mich an die panischen Laute, die sie machte, wenn sie nicht sprechen konnte. Ich suchte nach mitfühlenden Worten, als sie plötzlich losschrie.

»Sie hat es mir angetan.« Das Telefon surrte in meiner Hand. »HURE!«

Von diesem Tag an kamen Laras Anrufe regelmäßig. Sie rief immer abends an, für gewöhnlich mindestens einmal in der Woche, wenn Curtis nicht da war. Wenn Joyce abnahm, belegte Lara sie mit Schimpfwörtern, bis Joyce den Hörer aufknallte. Wenn ich dranging, wollte Lara wissen, wo Joyce war. Ich nahm an, dass Curtis fremdging, aber ich wollte ihr klarmachen, dass das nichts mit uns zu tun hatte. Manchmal versuchte ich sie zu überzeugen, dass Joyce nicht daran beteiligt war. Ich sagte: »Sie sitzt hier direkt neben mir.« Oder: »Sie ist in der Schule.« Wenn Joyce da war, verdrehte sie die Augen und sagte lautlos »Irre«, aber mir tat Lara leid. Mom erzählte mir, ihre letzte Fehlgeburt habe auf der Arbeit begonnen, und danach habe Lara nicht mehr den Mut aufgebracht, dorthin zurückzugehen. Ich dachte daran, wie ich sie im Stich gelassen hatte, nachdem sie mir eine zweite Chance gegeben hatte, und ich beschloss, am Telefon zu bleiben und alles zu versuchen, um sie zu beruhigen.

Vielleicht war ich auch einsam. Zwischen mir und Joyce hatte sich einiges geändert. Unsere Gespräche drehten sich fast ausschließlich um Callie. Wir alberten abends nicht mehr herum, machten Witze oder vertrauten uns Geheimnisse an, und wenn ich ihr zu viele persönliche Fragen stellte, konnte Joyce plötzlich sehr kalt werden. Ich verstand nicht, warum, aber sie errichtete neue Grenzen. Dann fielen mir auf einmal Kleinigkeiten auf – Joyce roch plötzlich anders. Sie kam spät nach Hause, nach Rasierwasser riechend, und wenn ich sie fragte, wo sie gewesen sei, behauptete sie, ihr Unterricht habe länger gedauert. Oder es habe Stau gegeben. Oder sie musste irgendwelche zusätzlichen Recherchen machen und habe vergessen anzurufen. Eines Abends fiel sie aufs Sofa und sagte, sie sei Pizza essen gewesen, aber sie hatte so ein Schimmern, das meine Haut zum Prickeln brachte. Es war ihre Sache, wenn sie sich wieder mit Männern verabreden wollte, aber warum erzählte sie mir nichts davon? Wie konnte sie sich so sehr auf mich verlassen und mich dann anlügen?

»Es ist nichts«, sagte Joyce. »Sei nicht paranoid.«

Ich fragte mich, ob Curtis zu Lara dasselbe sagte, wenn er stundenlang verschwand. Lara hatte mich früher am Abend angerufen, und ich überlegte, ob ich es erwähnen sollte. Ich konnte ja einfach ihren Namen fallen lassen und dann auf Joyces Reaktion warten. Aber Joyce war nicht in der Stimmung für Fragen; sie wollte nur noch ins Bett. Als sie an mir vorbeiging, stieg mir ein leichter Moschusduft in die Nase. Es war der gleiche Männerduft, der mir schon früher aufgefallen war. Süßlich frisch wie eine Meeresbrise. Männlich, beschützend. Ich schnupperte, als Joyce an mir vorbeiging, und roch Curtis.

Auf dem Parkplatz hinter der Pembury High log ich Callie an. Ich log sie genauso an, wie ich selbst belogen worden war. Ich sagte mir, ich wolle sie beschützen, und sie könne es sowieso nicht verstehen. Wahrscheinlich hat sie das Gleiche gedacht, als sie mich angeschwindelt hat.

»Und warum hat er es getan?«, fragte sie. »Warum hat er sich umgebracht?«

Ich dachte an das Klingeln des Telefons. An das Geräusch von Laras Atem in meinem Ohr.

»Selbst wenn ich die Gedanken deines Dads lesen könnte, wüsste ich nicht warum«, sagte ich. »Wenn Menschen so etwas tun, verstehen sie es manchmal selber nicht. Und wenn jemand dir sagt, jemand habe *das* getan, weil *das und das* passiert ist, dann ist das nur eine Vermutung. Die Leute setzen Unmengen von Fakten zusammen und stoßen trotzdem nicht auf die Wahrheit.«

»Er hat sich also die Pulsadern aufgeschnitten«, sagte Callie leise.

Ich legte ihr die Hand auf die Schulter. Woher sie das hatte, wusste ich nicht.

»Nein, Liebes. Es waren Tabletten. Er hat eine Überdosis Tabletten genommen.«

ALLE MEINE KONTAKTE MIT ROBYN DOBLAK, NR. 9

Für Rebecca / von Callie

Ich glaube, mein Leben würde jetzt ganz anders aussehen, wenn ich Robyn in der Cafeteria zugewinkt hätte. Ich hätte zu ihr gehen und mit Papa spielen können, ohne mich darum zu kümmern, was die anderen dachten. Aber Robyn ließ die Hand sinken, als sie merkte, dass ich nicht zu ihr herüberkam. Dann begann Ella zu kichern. »Trägt sie ihren Papa in dieser Tüte herum?«

»Seine Asche. Nein, seine Knochen«, gackerte Dallas.

»Eine Tüte mit Daddy-Knochen! Callie, wohin willst du?«

Ich lief zur Eingangshalle, weil ich weg musste, aber meine Freundinnen blieben mir dicht auf den Fersen. Dallas lachte.

»Ist das deine neue beste Freundin? Habt ihr einen Club gegründet?«

»Ich kenne das Mädchen nicht. Sie hat jemand anderen gemeint.«

»Oh, trauriges Gesicht! Bist du dem Toter-Dad-Club beigetreten? Der Tote-Daddies-Club. Der Club der toten Dads.« Dallas kaute auf jedem Wort herum, testete es, und dann fiel Ella ein. Gemeinsam sagten sie: »Der Club der toten Daddies!«

Das war ein Spaß, so lustig – OMG, wie lustig! Ich kriegte mich nicht mehr ein. Ich lächelte irgendwie, während mir der Schweiß den Rücken hinunterlief, und dann wurde mir klar, dass das alles Robyns Schuld war.

»Sie glaubt, ihr Dad lebt in einem imaginären Hund«, sagte ich. »Sie ist so ein Freak.«

Ich wusste nicht, dass ich das sagen würde, bis es mir herausrutschte. Und dann war es zu spät, um es ungeschehen zu machen. Ella und Dallas lachten.

»Habt ihr das Shirt gesehen, das sie anhat?«, japste Ella. »Unterirdisch.«

»Sie hat bestimmt ihren BH vergessen«, sagte Dallas. »Man konnte ihre Nippel sehen.«

»Sie sind wie Kanonenkugeln«, stimmte ich zu. »So eklig.«

10

»Wissen Sie, was Ihnen jetzt gut täte?«, sagte Danny. »Ein Stück Kuchen!«

Ich hockte im Bett und hielt das Handy in der Hand. Ich hatte ihn schon wieder angerufen, aber es schien ihn nicht zu stören.

»Das tue ich immer, wenn ich mich beschissen fühle«, sagte er. »Kennen Sie das *Elaine's*? Wenn Sie da sagen, Sie hätten Geburtstag, kommen alle Kellner und Kellnerinnen an Ihren Tisch und singen ›Happy Birthday‹. Sie lächeln und applaudieren, und Sie bekommen ein kostenloses Dessert. ›Happy birthday, liebe Rebecca, happy birthday to you.‹«

»Ich glaube nicht, dass mir Kuchen hilft«, sagte ich.

»Das wissen Sie erst, wenn Sie es ausprobiert haben.«

Ich stellte mir vor, ins Auto zu steigen, nach Cansdown zu fahren und mit ihm zu Abend zu essen. Ich dachte an den festen Griff seiner schwieligen Hände und stellte mir die Milchdöschen auf dem Tisch vor, die kleinen rosa Zuckerpäckchen. Ich begann bereits mit mir zu verhandeln. Vielleicht konnten wir ja nur gute Freunde sein. Wenn Callie achtzehn wäre, wäre ich achtunddreißig und vielleicht immer noch Single. Wir könnten es langsam angehen lassen. Wir würden uns in Diners und Cafés treffen und schlechten Kaffee trinken.

»Ich wünschte, ich könnte dorthin kommen, aber ich kann Callie nicht alleine lassen.«

Er schwieg einen Moment lang. »Ich hatte in der Schule auch öfter Probleme«, sagte er. »Ich bin häufig suspendiert worden, weil ich mich mit den anderen gestritten und geprügelt habe. Ich war wie ein Vulkan; wenn jemand mich nur anstieß, explodierte ich. Bei mir war alles nur, ›Du willst Probleme mit mir? Ich gebe dir Probleme.‹ Die Hälfte der Zeit schlug ich auf die falschen Leute ein – irgendein Kind machte mich blöd an, und als Nächstes warf ich irgendwelches Zeug nach dem Lehrer.«

Ich stellte mir Danny als wütenden Lockenkopf vor, der mit geballten Fäusten in der Gegend herumrannte. Im Gegensatz zu Callie waren seine Motive simpel wie in einem Comic.

»Ich weiß nicht, ob das auf sie auch zutrifft«, sagte ich. »Sie prügelt sich nicht, und dieses Austeilen ist ganz neu für sie. Sie hat mich nach ihrem Dad gefragt. Ich glaube, dass dieses ganze Verhalten zum Teil aus Trauer resultiert.«

»Wie lange ist es her? Neun Jahre?«

»Für manche Leute ist es schwer vorstellbar«, sagte ich. »So lang sind neun Jahre nicht.«

»Hat sie Ihnen erzählt, was ihre Lehrerin gesagt hat, bevor sie sie beschimpft hat?«

»Sie behauptet, sie durfte nicht zur Toilette gehen.«

»Manches, was in der Highschool so abgeht, kann jeden veranlassen, durchzudrehen. Manches würden Sie nicht glauben – es bringt heute noch mein Blut in Wallung. Und wenn Sie auf der falschen Seite stehen, dann vergessen Sie es – dann sind Sie dran«, sagte er.

»Ich meine, ich bin in Cansdown aufgewachsen. Ich weiß, wie es sein kann, aber wo wir wohnen …«

»Und Kinder sind Geheimniskrämer – sie wollen nicht, dass Sie alles wissen –, vor allem, wenn es mit ihren Freunden zu tun hat.«

Unwillkürlich hatte ich das Gefühl, er würde mich beurteilen. Er merkte, wie schlecht ich darin war – wie unmütterlich –, und er versuchte, mir etwas von seinem instinktiven elterlichen Wissen abzugeben, aber für mich fühlte es sich so an, als würde er mir aus einem Elternratgeber vorlesen. Ich hatte diese Pamphlete gelesen: So schütze ich mein Kind vor Mobbing, vor Drogen, vor geringem Selbstwertgefühl. Sie waren voller absolut nützlicher Informationen, aber in diesem Fall hatten sie nichts mit Callie zu tun.

»Ihre Freundinnen sind ihre größten Verteidiger«, erzählte ich ihm. »Sie haben sie vor Robyn geschützt.«

Danny schwieg und wartete auf eine weitere Erklärung. Ich dachte daran, wie ich mich in seinem Büro gefühlt hatte, und beschloss, es ihm zu sagen.

»Wissen Sie, sie war dabei, als ihre Mutter umgebracht wurde. Callie war fünf Jahre alt, als es passierte. Uns wurde gesagt, sie könne nichts gesehen haben, weil sie auf dem Rücksitz von Joyces Auto geschlafen habe. Aber langsam frage ich mich, ob das stimmt. Vielleicht hat sie so eine Art Flashback. Hätte der Lärm sie nicht aufwecken müssen? Die Lichter und die Sirenen? Alles passierte nur wenige Meter vom Auto entfernt, in dem sie schlief. Und vielleicht hat Robyns Botschaft, sie solle sterben wie ihre Mutter, ihre Erinnerung ausgelöst.«

Danny atmete leise aus. »Warum fragen Sie sie nicht?«

Aber er verstand nicht, wie unmöglich das war.

»Wo ist Mommy?«, fragte Callie immer, wenn Joyce in der Abendschule war.

»Sie lernt auf dem College«, sagte ich zu ihr.

»Mit dem Mann?«

»Was für ein Mann?«, fragte ich und hockte mich auf Augenhöhe zu ihr.

Callie verzog hinreißend das Gesicht und zuckte mit den Schultern. Nachdem ich weiter in sie drang, nannte sie die Namen ihrer Lieblingscartoons. Als ich das Joyce gegenüber erwähnte, fiel mir auf, dass sie sofort den Kopf abwandte und so tat, als müsse sie Krümel vom Tisch wischen.

»Sie hat eine lebhafte Fantasie«, sagte Joyce.

»Lara hat auch wieder angerufen.«

»Warum gehst du überhaupt noch dran? Du musst sie ja wohl nicht auch noch ermutigen.«

Sie warf die Krümel in den Abfalleimer. Dann wischte sie sich den Schweiß von der Oberlippe. Sie war nicht geschminkt, aber ihre Wangen waren rosig.

»Wenn etwas im Busch ist, dann sagst du es mir doch, oder?«

»Du liebe Güte, Rebecca! Nichts ist im Busch.«

Dann sah ich Curtis eines Tages in Cansdown. Er tankte gerade. Breite Schultern. Schnelle Bewegungen. Seriös aussehender Gürtel. Ich ging über den Vorplatz auf ihn zu, nicht so ganz sicher, was ich tun wollte. Sollte ich ihn umarmen oder nur anstupsen? Sollte ich wegen Callie mit ihm schimpfen? Ich hatte ihn so lange nicht gesehen, dass ich nicht wusste, wie wir zueinander standen.

»Hey, du«, begrüßte ich ihn.

Curtis schien überrascht, aber er wies mich nicht ab. Seine Stimme war nicht eisig; er lächelte sogar ein bisschen. Sein Gesicht war ein wenig voller als früher, und er hatte seine Koteletten abrasiert. Wir begannen über seine Mutter zu reden; Tante Bea hatte Probleme mit der Lunge. »Die Ärzte haben ihr gesagt, sie solle aufhören zu rauchen«, sagte Curtis. »Aber du kennst ja meine Mom.« Er begann nachzumachen, wie sie Kette rauchte, indem er zwei Finger schnell hintereinander an den Mund führte, und er kam mir so sehr vor wie der Mann aus meiner Erinnerung, wie der Junge, mit dem ich aufgewachsen war, dass ich ihm in seine dunklen Augen blickte und mich fragte, wie er so etwas tun konnte.

Ich klimperte mit dem Schlüsselbund in meiner Tasche. »Wusstest du, dass Lara bei uns anruft?«

»Ja, das habe ich gehört«, sagte er und drückte noch ein letztes Mal auf den Zapfhahn.

Er wirkte so arglos, dass ich deutlicher werden musste.

»Sie weiß, dass etwas im Busch ist. Ihr solltet vorsichtig sein.«

»Klar.« Er blickte auf die Tanksäule. »Es ist ja sowieso nur ab und zu.«

»Da ist nichts«, schwor Joyce, als ich sie am Abend darauf ansprach. »Er besucht nur Callie.« Curtis hatte gedacht, ich wüsste Bescheid. Warum sollte meine beste Freundin es mir nicht erzählen?

»Ich wusste nicht, wie du es aufnehmen würdest«, behauptete sie. »Du benimmst dich, als würdest du ihn hassen. Außerdem hast du immer mit Lara geredet. Ich wollte nicht, dass du sie anlügen musst.«

Sie sagte nicht, dass sie glaubte, ich sei eifersüchtig. Das brauchte sie auch nicht auszusprechen.

Wie oft? Wo trafen sie sich? Wie organisierten sie es?

Alle vier Wochen holten sie sich ein Eis und gingen am Strand spazieren. Joyce hatte seine Nummer im Gericht; sie riefen einander an der Arbeit an. »Rebecca, es tut mir leid«, sagte sie. »Ich dachte, du *wolltest* es nicht wissen.«

Und was war mit all den Malen, wo sie nach dem Unterricht spät nach Hause gekommen war? Ich dachte an den Glanz ihrer Augen und ihrer Haut, als sie sich auf die Couch geworfen hatte.

Joyce reagierte gereizt. »Ich bin nicht dein Eigentum. Ich kann ausgehen, mit wem ich will.«

Nach der Arbeit am Freitag kaufte ich Strudel. Himbeere, Callies Lieblingsstrudel, und ich stellte mir vor, wie wir bei einer Tasse Tee redeten und den Kuchen verputzten. Sie hatte den zweiten Tag ihrer Unterrichtssuspendierung hinter sich gebracht, und ich beschloss, mehr aus ihr herauszubekommen. Ich würde sie nicht nach der Vergangenheit fragen, sondern mich auf ihr Problem in der Schule konzentrieren. Ich stellte mir vor, wie wir im Schein der Lampe über dem Küchentisch die Köpfe zusammensteckten; ein Mädchen mit goldenen Haaren umarmte seinen liebevollen Vormund. Sie würde mir das mit der Schokolade endlich erklären, und ich würde in Erwägung ziehen, ihren zweiwöchigen Stubenarrest zu reduzieren. Und wenn sie Erinnerungen an die Vergangenheit erwähnte, würde ich ihr sagen, dass nichts davon ihre Schuld war.

Als ich eintrat, saß Callie im Schneidersitz auf dem Sofa und aß ungeputzte Karotten aus der Tüte. Anscheinend war sie völlig in eine Reality-Show über Models vertieft, und zwar ohne sich von Handy oder Computer ablenken zu lassen. »Robyn hat etwas für uns dagelassen«, sagte sie, ohne den Blick vom Bildschirm zu wenden.

Das Blatt lag oben auf dem Poststapel auf dem Sideboard an der Haustür. Das pink linierte Papier war in der Mitte gefaltet.

SONNTAGNACHT, 1 UHR, DIE BRÜCKE ÜBER DIE FLINT STREET. ICH SPRINGE.

»Woher hast du das? Hast du sie gesehen?«

»Nein. Es lag im Briefkasten, als ich nach Hause kam.«

Sie sagte, das Blatt sei nicht in einem Umschlag gewesen. Meine Beine begannen zu zittern. Sie wusste, wo wir wohnten.

»Sie muss wissen, dass sie unsere Aufmerksamkeit geweckt hat«, sagte ich. Ich schaltete den Fernseher aus und legte die Kuchenschachtel auf den Tisch. »Sie weiß, dass ich ihre Mom angerufen habe. Aber warum sollte sie hierherkommen? Woher weiß sie, wo du wohnst?«

Callie begann die Schachtel mit dem Strudel zu öffnen und zerrte die weiße Schnur über die Ecken. »Vielleicht hat es ihr jemand gesagt. Wer weiß?«

»Also, das ist eindeutig Belästigung«, sagte ich. »Auch wenn sie es nicht ernst meint. Sie will dir Angst machen. Du sollst denken, dass sie von dieser Brücke springen wird. Warum sonst sollte sie das machen? Warum ausgerechnet jetzt?«

Callie gelang es endlich, die Schachtel zu öffnen. Sie betrachtete den Strudel.

»Rache«, sagte Callie gleichmütig. »Um mir eine Lektion zu erteilen.«

Um ihr eine Lektion zu erteilen, dachte ich. Was für wundervolle Lektionen! Robyn spritzt Farbe auf ihre Bluse und gibt Callie die Schuld. Sie geht zu Joyces Grab und hinterlässt eine Nachricht, dass Callie sterben soll. Und jetzt droht sie damit, sich selbst umzubringen und von der Brücke zu springen. Was sind das für Lektionen? Lektionen in Psychopathie? Lektionen über das, was passiert, wenn du die Zuneigung einer Geisteskranken nicht erwiderst?

»Sie kann dir überhaupt keine Lektionen erteilen«, stieß ich aus. »Keine einzige!«

Callie fuhr mit dem Finger in die Kruste des Strudels und blickte mich dann schuldbewusst an, als erwartete sie, ermahnt zu werden, sie solle sich einen Teller und ein Messer holen. »Wenn sie springen will, sollte jemand dorthin gehen«, sagte sie zögernd. »Am Sonntag zur Brücke. Du hältst sie auf, ja?«

»Nein«, sagte ich. »Ich rufe ihre Mutter an und setze dem Ganzen jetzt ein Ende.«

Callie ließ mich nicht aus den Augen, als ich mein Handy aus der Tasche zog und Cerises Nummer wählte. Ich hinterließ eine Nachricht auf der Mailbox, sie solle mich zurückrufen. Dann rief ich noch einmal an und berichtete ihr von Robyns Absichten. »Sonntagnacht«, sagte ich. »Lassen Sie sie nicht aus den Augen.«

Callie pickte am Strudel herum. Sie zog mit den Fingern ein Stück Kruste ab. Ich blickte auf ihre klebrigen roten Finger, als sie sich das Gebäckstück in den Mund steckte.

»Lassen Sie sie nicht aus den Augen«, äffte sie mich nach, als ich aufgelegt hatte.

»Was ist daran falsch?«

»Du hast geklungen, als wärst du übergeschnappt. Ich wette, ihre Mom hört sich das nicht mal an.«

»Was soll ich denn stattdessen sagen?«, fragte ich. »Ich kann noch einmal anrufen und eine andere Nachricht hinterlassen.«

»Oh, toll«, murmelte sie. »Warum benutzt du nicht einfach deine übersinnlichen Fähigkeiten?«

Ich errötete. Ich hasste persönlichen Sarkasmus. Aber innerlich zählte ich bis zehn; die Nachricht hatte sie offenbar provoziert.

»Hör mal, ich will nicht, dass Robyn etwas passiert. Aber im Moment bist du mir wichtiger. Ich will nicht, dass *du* dich darüber aufregst. Das lasse ich nicht zu.«

»Aber du willst sie nicht aufhalten.«

»Ich habe gerade ihre Mutter angerufen.«

»Niemand macht sich etwas aus ihr«, sagte Callie düster. »Ihre Mutter wird ihr nicht helfen. Sie hat *uns* diese Nachricht geschickt, und jetzt wissen wir, was sie tun will.«

»Du hast eben gesagt, sie habe das getan, um sich an dir zu rächen. Wir wissen gar nicht, ob das alles echt ist – oder ob Robyn es überhaupt geschrieben hat.«

»Wer sonst?«, sagte Callie. Sie zog sich eine Haarsträhne über die Augen. Ich konnte ihr Shampoo riechen – Zitronenverbene.

»Du weißt es nicht mit absoluter Sicherheit. Du hast sie nicht gesehen.«

»Ich weiß es trotzdem.« Sie zog sich noch mehr Haare übers Gesicht. »Wegen dem, was ich getan habe.«

Ich starrte sie für einen langen Moment an. Vielleicht war ich ja blöd und blind. Bei den Menschen, die ich am meisten liebte, sah ich es nie kommen. Callie wirkte so wie immer, das Licht fiel in Flecken auf sie; sie sah genauso aus wie Joyce. Genau wie ihre Mutter.

»Was hast du getan, Süße?«

»Ich bin nicht deine Süße«, sagte sie.

Ich klappte das Handschuhfach meines Wagens auf und zog die Briefe heraus. Ich öffnete jeden einzelnen der vergilbten Umschläge, die an »Mom« adressiert waren. Sie kam nicht schreiend aus dem Haus gerannt, um mich aufzuhalten. Sie riss sich auch nicht in zwei Teile wie Rumpelstilzchen. Vielleicht ahnte sie ja nicht einmal, was ich hier in meinem Auto tat. Oder vielleicht war es ihr mittlerweile egal, was ich von ihr dachte.

Hi, Mom, gibt's was Neues? Oh ja, nichts. Wahrscheinlich sollte ich mir vorstellen, dass du mit den ganzen toten Promis abhängst. Da ist ein riesiger Bildschirm, und ihr versammelt euch darum, als ob es Super-Bowl-Sonntag wäre, und du schaust dir mit deinen Promi-Freunden alles an, was ich so mache. Aber dann fangen sie an zu schreien: »Neeeiiiin! Ach, komm! Was hat das Mädchen für ein Problem?« Und du so: »Das ist nicht meine Tochter! Jemand hat einen anderen Kanal eingestellt!« Und dann bedauerst du, dass so jemand wie ich jemals aus deinem perfekten Körper gekommen ist.«

Ich ließ die Scheibe herunter. Das hatte Callie letzten Mai geschrieben – sie hatte den Brief mit farbiger Tinte auf ihrem Tintenstrahldrucker ausgedruckt. Wir hatten Joyce am Muttertag besucht – etwa einen Monat, nachdem Robyn die Schule verlassen hatte. Etwa einen Monat, nachdem Callie zum ersten Mal beschuldigt worden war, andere Kinder zu mobben. Ich legte das Blatt auf den Beifahrersitz, denn ich musste mich kurz erholen. Dann sah ich ihre älteren Briefe durch. Ich las über eine Papiereule, die sie im dritten Schuljahr gemacht hatte, und darüber, wie sie sich mit Dallas zusammen die Nägel hatte machen lassen. Es waren bessere, unschuldigere Briefe, aber ich konnte mir nicht lange etwas vormachen.

Ich weiß, dass du perfekt bist – Rebecca redet STÄNDIG über dich. Sie weiß wahrscheinlich, dass ich mich nicht erinnern kann, deshalb versucht sie, dich in mein Hirn zu drücken.

Impulsiv griff ich nach einem anderen Brief und betrachtete einen Weihnachtsbaum, den sie mit Buntstiften gemalt hatte. Auf jedem Zweig saßen goldene Klebesternchen. Callie hatte über den Zoo geschrieben, dass sie Pinguine gesehen hatte. Ich weiß noch, wie wir am Geländer gestanden und zugeschaut hatten, wie sie durch ihr Gehege watschelten. Sie hatte ihnen zum Abschied Küsse zugeblasen, und ich hatte versprochen, dass wir bald wieder hingehen würden. Warum hatten wir das nicht gemacht? Wo war die Zeit hin? Ich ergriff ihren Brief von vor vier Monaten.

Und wenn du wirklich so bist, wie sie sagt, dann will ich gar nicht so sein wie du, und du würdest mich auch nicht mögen. Deshalb haben wir beide wohl Glück gehabt, dass du tot bist.

ALLE MEINE KONTAKTE MIT ROBYN DOBLAK, NR. 10

Für Rebecca / von Callie

Nachdem Dallas es überall erzählt hatte, fingen alle an, Robyn ›Kanonenkugeln‹ zu nennen, und als ich am Abend versuchte, mit ihr zu chatten, antwortete sie mir nicht. Ich konnte mich nicht entschuldigen, weil ich nicht zu ihr durchkam, und in der Schule konnte ich ihr nicht in die Augen sehen, weil sie niemanden ansah.

Rebecca, du hast immer gesagt, du wärst stolz auf mich, und du fändest mich gut. Ich weiß, ich habe es nicht verdient, aber ich dachte, eines Tages ändere ich mich vielleicht. Eines Tages höre ich auf, so schlechte Entscheidungen zu treffen, und tue etwas Wundervolles, und dann könnte ich endlich stolz auf mich sein. Dann wäre ich so gut, wie jeder gehofft hat.

Ich wusste, was ein guter Mensch tun würde, als sie anfingen, Robyn blöd anzumachen. Sie steckten sich Bleistifte unter die Shirts und rieben die Spitzen, wobei sie schrien: »Kugeln! Kugeln!« Eine echte Freundin würde nicht dasitzen, mit einem kranken Lächeln im Gesicht – sie würde aufstehen und die anderen anschreien. Sie würde jemandem was an den Kopf werfen. Ich wusste, wenn ich mir etwas aus ihr machte, würde ich hingehen und die Dinge ändern. Ich würde mithelfen, Robyn zu beschützen, und ihre Muschel werden. Aber ich tat nichts. Ich saß nur da und wusste nicht, was ich empfand. Ich wollte nichts mehr mit ihr zu tun haben und vermisste sie doch die ganze Zeit. Ich hinterließ Nachrichten in ihrem Schließfach. Ich textete. Ich sah sie mit hängenden Schultern in ihrem weiten Mantel durch die Gänge eilen. Nach außen hin war ich die Mega-Bitch, aber im Inneren hämmerte mein Herz, und ich fragte mich, was passieren würde, wenn ich auf einmal umkehrte. Es passierte im Kunstunterricht letzten April. Robyn trug ihren Mantel nicht.

»Kugeln«, rief Ella. »Ooh, deine Kugeln sind so hart!«

Miss Dimmock war draußen im Gang und schrie Adam Liebowitz an, und sie hatte die Tür hinter sich geschlossen, so dass Robyn ungeschützt war. Wir haben an jenem Tag Masken gemalt. Vor jedem von uns lag eine Papiermaschee-Maske, die wir bearbeiten sollten, und Miss Dimmock hatte alle Fenster geöffnet, weil die Farbdämpfe so stark waren. Als Ella »Kugeln« rief, tat Robyn so, als hätte sie nichts gehört. Robyns Haare fielen ihr ins Gesicht, und sie war über ihre Maske gebeugt. »Kugeln«, hörte ich wieder, und mein Pinsel rutschte aus. »Kugeln«, sagte Ella, und ich zog die Lippen zurück.

»Warum bist du so gemein?«

Ella erstarrte. »Wie bitte?«

Ich schob meinen Stuhl zurück, und plötzlich zitterten meine Beine. Konnte ich Ella wirklich verlassen? Sie war schon so lange meine beste Freundin, aber mein Herz klopfte heftig, und es sagte mir, ich müsse aufstehen.

»Blödi«, zischte Ella, als ich den ersten Schritt machte.

Ich taumelte nach vorne, die Augen fest auf Robyn gerichtet, wusste aber nicht genau, was ich eigentlich vorhatte. Mein Puls raste, weil mir klar war, dass es kein Zurück mehr gab. Wenn ich mich neben Robyn setzte, würden es alle wissen. Ich würde Dallas und Ella verlieren und alle meine Freunde und alle meine Geheimnisse. Ich würde nichts anderes sein als ein Fisch, der freiwillig den Haken geschluckt hatte. Aber es war mir egal. Ich trat noch einen Schritt näher.

Robyn malte noch, den Kopf tief über die Maske gesenkt. Sie trug eine weiße Bluse und hatte ihren Arm wie einen Zaun um sich gelegt. Bei all der Unruhe hatte sie mich nicht bemerkt. Ich blieb vor ihrem Tisch stehen, und alle schauten zu.

»Robyn«, sagte ich leise. Sie blickte nicht auf. Sie hatte schwarze Schnurrhaare gemalt und hielt jetzt ihren Pinsel still.

Zwei Jungs schrien etwas, und ich warf ihnen einen finsteren Blick zu. Ich brauchte einen Stuhl. Ich musste irgendwo sitzen. Aber Robyn hatte mich immer noch nicht gesehen. Vielleicht wusste sie nicht, dass ich da war. »Robyn«, sagte ich lauter, und dann richteten sich die Härchen auf meinen Armen auf.

Ihre Augen waren kalt und nass, und ihr Mund stand ein wenig offen. Ich konnte einige ihrer Zähne sehen, als sie die Lippen bewegte. Mein Gesicht brannte, und dann explodierte mein Inneres, und ich spürte, wie die Kugel mich traf und auseinanderriss. Ich sah totalen Abscheu auf ihrem Gesicht. Sie würde mich nie wieder lieben. Es hätte nicht schlimmer wehtun können. Ich hatte meine Freunde wegen nichts verlassen, und wie sollte ich jetzt wieder zurückgehen? Ich war eine Million Meilen von der Erde entfernt, kalt und tot und leer. Ich fiel aus einem Flugzeug, und es konnte nur noch nach unten gehen. Meine Hand hob sich, und ich sah, was sie hielt. Eine Flasche mit Farbe, mit der ich gerade an meiner Maske gemalt hatte.

»Kugeln!«, sagte ich. Es war leuchtendes Blutrot.

11

Wir hatten nicht viel Zeit. Es fing bereits an. In etwas mehr als achtundvierzig Stunden würde ein Mädchen versuchen, sich das Leben zu nehmen. Sie war von ihren Klassenkameraden verspottet worden, war niedergedrückt von Trauer und Verlust, und als ich die Treppe zu unserem Haus hinaufstieg, hatte sie ihre Entscheidung bereits getroffen. Ihre Geschichte würde nicht enden wie die von Autumn Sanger, mit einer Beerdigung voller tränenüberströmter Trauergäste. Was sie deutlich machen wollte, würde schnell von der Presse verzerrt werden. Noch konnte ich mir die rachsüchtigen Pläne dieses todunglücklichen Teenagers nicht vorstellen, aber wenn ich auch nur die leiseste Ahnung gehabt hätte, hätte ich drei Stufen auf einmal genommen.

Callie lag im Bett, einen Arm übers Gesicht gelegt. Mehr als Wut oder Schuldgefühle überwältigten mich Wellen des Mitgefühls. Du denkst, du kennst jemanden. Du hältst das für selbstverständlich. Du kannst dir nicht vorstellen, dass die Dinge, die du gesagt hast, dem anderen Schmerz oder Unsicherheit verursachen. Ich habe ihr Geschichten über Joyce erzählt; wie sie mich rettete, wie mutig und gut sie war. Wahre Geschichten, aber sie hatten natürlich auch noch eine andere Seite. Wie konnte Callie jemals den glorifizierten Heldentaten ihrer toten Mutter gerecht werden? Sie konnte es nicht, sie hatte gelitten, und das Bild, das ich projiziert hatte, war noch nicht einmal wahr.

Callie nahm den Arm vom Gesicht, und ich zeigte ihr ihren Brief. Dann sagte ich ihr, was ich getan hatte, dass ich ihre Briefe im Auto gelesen hatte. Sie schrie mich nicht an, sie warf auch nichts durchs Zimmer, und sie beschimpfte mich nicht, weil ich ihre Privatsphäre verletzt hatte. Sie lag stumm und still da, wie ein entkommener Sträfling in einem Maisfeld.

»Siehst du dich so? Hast du wirklich geglaubt, es täte uns leid, dass du zur Welt gekommen bist?«

Sie verzog das Gesicht. Tränen stiegen ihr in die Augen.

»Ich werde das nie und nimmer bedauern; das kann einfach nicht passieren. Aber deine Mutter war nicht perfekt, und das erwarte ich auch nicht von dir.«

Ich reichte ihr Taschentücher, und Callie rieb sich schniefend die Augen. Das Gesicht wischte sie sich an den Armen ab. Sie schwankte leicht. »Ich muss es aus deinem Mund hören. Hast du Robyn mit Farbe bespritzt?«

Sie nickte, ja, und ich dachte an das, was Cerise zu mir gesagt hatte: *Callie demütigt sie jeden Tag*. Hier ging es um mehr als nur um Farbe. Hier ging es um ein Mädchen, das gemobbt worden war. Sie war zur Lügnerin erklärt und beschuldigt worden, sich die Farbe selber übergekippt zu haben, und letztendlich war sie gezwungen gewesen, die Schule zu verlassen. Callie hatte ihr das Gefühl gegeben, wertlos zu sein, und ich hatte sie noch darin bestärkt. *Sie hat sie schikaniert,* hatte Mrs Jameson gesagt, aber was war der Auslöser gewesen? Wie konnte man einen definitiven Grund ausmachen und sich absolut sicher sein? Lag es an unserer Stadt, an meiner Erziehung, an ihren Freunden, an dem Verlust ihrer Eltern? An der Gesellschaft? Oder war da etwas anderes tief in ihr? Ein Drang, der in uns allen steckte, weil keiner von uns unschuldig war, und jeder dazu fähig, einen anderen zu verletzen oder sogar zu zerstören.

»Wenn das dir passiert wäre, wie hättest du dich dann gefühlt?«

»Hoffnungslos«, sagte Callie langsam. »Ich hätte mich gefühlt, als wäre mein gesamtes Leben ruiniert.« Ungefragt brach ein Strom von Empathie aus ihr heraus. »Ich hätte mich gefühlt, als ob jeder mich hasste und nichts jemals wieder gut würde.« Sie blinzelte und zerknüllte Taschentücher, und ich ließ sie einen Moment in Ruhe. Ich dachte, sie müsse die Qual verstehen, die Robyn empfunden hatte. »Ich hätte mich gedemütigt gefühlt und hätte sterben wollen.« Sie putzte sich die Nase.

»Hättest du es verdient?«

»Nein.« Callie saugte die Tränen von ihren Lippen, und ihr Bedauern kam mir echt vor. Vorher hatte sie mich angelogen und getäuscht, aber das hier fühlte sich absolut aufrichtig und echt an. Mütterlich oder nicht, meine Instinkte waren richtig. Ihr Kummer war nicht gespielt, und ich bin froh, dass ich nicht an ihr gezweifelt habe. In diesem Moment hätte ich sie am liebsten umarmt und ihr versichert, dass sie kein Quälgeist war. Am liebsten hätte ich ihr versprochen, dass es nur ein einmaliger Fehler gewesen war und wir es in Ordnung bringen würden. Aber stimmte das? Konnte es so leicht ungeschehen gemacht werden? Und was war mit den angeblichen Zeugen? Hatte Callie sie alle zum Lügen gezwungen?

»Das war ich nicht«, sagte sie. »Meine Freundinnen haben sie darum gebeten.«

Wir waren jetzt beide verantwortlich. Ich dachte an Callies tränenverschmiertes Gesicht an jenem Tag, als Mrs Jameson mich angerufen hatte. Ich war so erleichtert gewesen, dass sie niemanden gemobbt hatte. Ich hatte jedes Wort aus ihrem Mund akzeptiert. Bereitwillig hatte ich die Geschichten ihrer Freundinnen jedem weitererzählt, der sie hören wollte. Ich hatte mich mit Mrs Jameson gestritten. Ich hatte mich mit dem Unterschied zwischen Tinte und Farbe aufgehalten. Mein Magen zog sich zusammen, als mir die Schülerin einfiel, die alles gesehen hatte: Lucinda Berry. Sie hatte ihre Geschichte am Tag danach geändert. Gerade wollte ich weiter in Callie dringen, um auch die letzte Missetat aus ihr herauszuholen, als Callie ihr gerötetes Gesicht hob und mir erzählte, sie seien befreundet gewesen.

»Ich und Robyn.«

Mir blieb der Mund offen stehen.

»Niemand wusste es«, flüsterte sie. »Wir haben immer miteinander gechattet, aber dann hat sie mich geblockt.«

»Du hast *Robyn* Nachrichten geschrieben?«

Sie bejahte meine Frage. Ich wartete darauf, dass sie rot wurde oder zögerte, über ihre Geschichte stolperte – und so aufdeckte, dass es eine Lüge war. Aber wenn es nun stimmte? Robyn hatte gewusst, wo Joyces Grab war. Sie war zu uns nach Hause gekommen, um diese Nachricht für Callie zu hinterlassen. Wenn nun Robyn diese Nachrichten geschrieben hatte, weil wirklich etwas zwischen ihnen war? Eine zerrissene Freundschaft. Ein Grund, um sich zu kümmern.

»Ich muss sehen, was ihr euch geschrieben habt«, sagte ich. »Alles, was zwischen euch gewesen ist. Und ich will die ganze Geschichte hören, das Gute und das Schlimme.«

»In meinem Kopf geht alles durcheinander«, sagte Callie. »Ich glaube nicht, dass ich es laut aussprechen kann.«

»Dann schreib es für mich auf. Fang mit dem Anfang an.«

Das ganze Wochenende über versuchte ich Cerise zu erreichen. Die Nachrichten, die ich hinterließ, müssen immer verzweifelter geklungen haben. »Ich möchte nur helfen. Es tut mir leid, dass Callie zu dem Ganzen beigetragen hat. Wir wollen beide sichergehen, dass es Robyn gut geht.« Es wäre eine Katastrophe, wenn Robyn sich etwas antun würde. Es wäre ein absolutes Desaster: ein Mädchen, dessen Zukunft gedankenlos grundlos zunichtegemacht worden war. Eine Familie zerstört, ein Leben vernichtet. Und all das nur wegen eines Verrats zwischen zwei Freundinnen. Es war nicht so, dass ich das nicht verstehen konnte. Es war tausendmal schlimmer, wenn eine Freundin dich verletzte, wenn der Mensch, der erklärt hatte, dich zu lieben, dich plötzlich anlog und wie Müll behandelte. Ohne ihn verlorst du völlig die Orientierung. Du verlorst dein Vertrauen in alles. Alles war nur noch Schatten und Abschied, letzte Momente, letzte Atemzüge. Ich wollte Robyn festhalten und ihr erklären, dass das nicht ewig so weitergehen würde. Sie würde neue Freunde finden, ihr Schmerz würde nachlassen, und sie würde wieder zu sich finden. Ich hinterließ eine Nachricht nach der anderen für Cerise, aber sie rief mich nicht zurück.

Robyns Sicherheit war eine Sache, aber ich machte mir natürlich auch Sorgen um Callie. Wenn Robyn der Selbstmord gelang, würde das Schuldgefühl sie niederdrücken. Was man als Kind getan hatte, durfte sie doch nicht für den Rest ihres Lebens belasten. Ein paar gedankenlose

Momente der Grausamkeit konnten doch nicht für immer alles verändern. Robyn war Callies Freundin gewesen, und Callie hatte sie verletzt, aber sie hatte sich doch nicht vorstellen können, dass es so ausgehen würde. Robyns Leben am seidenen Faden und ihre eigene Zukunft in Gefahr.

Am Samstag hing Callie in einer kokosnussduftenden Wolke im Haus herum, aß Frühstücksflocken aus der Schachtel und druckte ihre Chat-Protokolle mit Robyn aus. Sie wirkte bedrückt und schien sich auf einmal bewusst zu sein, was auf dem Spiel stand. Ihr Kopf sank leicht herunter, als sie mir die ersten beiden Seiten gab. Ich blickte auf den Titel. »Alle meine Kontakte mit Robyn Doblak.« Dann las ich, wie Callie Robyn kennengelernt hatte, als sie auf die Sozialarbeiterin der Schule wartete. Robyn hatte angefangen zu weinen, und Callie hatte ihre Tränen getrocknet. Eine Sekunde lang meldete sich mein inneres Warnsystem. Würde Callie wirklich einer Fremden die Tränen abwischen? Es klang sehr nach den Geschichten, die ich ihr über Joyce erzählt hatte. Aber nachdem ich ihren ersten Chat gelesen hatte, begannen sich meine Zweifel zu lichten. Hier saßen offensichtlich zwei Mädchen im selben Boot. Sie beide hatten Eltern verloren. Und IMs vom letzten Dezember konnte Callie nicht fälschen.

Callies orangefarbene Flipflops klatschten über den Fußboden, als sie von ihrem Zimmer in die Küche ging. Aus ihrem Zimmer drang keine Musik. Sie fragte auch nicht, ob sie den Fernseher einschalten könne. »Ich muss sie noch alle in die richtige Reihenfolge bringen«, sagte sie. »Hat ihre Mom sich schon gemeldet?«

Ich schüttelte den Kopf. Ich konnte nur hoffen, dass Cerise meine Warnung ernst nahm. Entweder war sie mit

Robyn bereits auf dem Weg ins Krankenhaus, oder sie löschte alle meine Nachrichten.

»Vielleicht sollten wir dorthin fahren«, sagte Callie.

»Das ist wahrscheinlich keine gute Idee.«

»Aber ich muss ihr sagen, dass es mir leidtut. Ich möchte sie sehen, bevor es zu spät ist.«

Wir fuhren durch den historischen Teil von Pembury, vorbei an den alten viktorianischen Wohnhäusern, wo es in jedem Dezember um die Weihnachtszeit Kerzenlicht-Touren gab. Auf schmalen, gewundenen Straßen ging es vorbei an den roten Farmhäusern, die für teures Geld renoviert worden waren, vorbei an der einzigen Weide, auf der noch Kühe grasten. Ich fuhr langsamer, als wir die kleine Brücke über die Flint Street überquerten.

Robyn wohnte auf einer weißen Ranch am Rand der Stadt. Im Garten lagen gelbe Blätter. Wir gingen zur Haustür, und ich drückte auf die Klingel. Callie kaute am Daumennagel. Sie hielt sich eng an meiner Seite und trat nervös von einem Fuß auf den anderen. Wir warteten darauf, dass die Tür aufging, aber sie blieb fest geschlossen. Die Vorhänge waren zugezogen, und von drinnen kam kein Geräusch.

»Sie sind nicht zu Hause.« Stirnrunzelnd zog Callie sich eine Haarsträhne über den Mund.

Ich klopfte an die Tür. »Cerise?«, rief ich. »Robyn?«

Dann zog ich mein Handy aus der Tasche und wählte ihre Nummer. »Cerise«, sagte ich, als ihr Anrufbeantworter ansprang. »Callie möchte sich bei Robyn entschuldigen. Sie hat alles zugegeben. Wir möchten uns nur vergewissern, dass Robyn okay ist.«

Callie schlang die Arme um sich, dann erschauerte sie, als ob ihr kalt sei.

»Haben Sie die Polizei verständigt?«, fragte Danny. Ich hörte Autos im Hintergrund. Offensichtlich arbeitete er gerade draußen auf dem Friedhof.

»Sie haben gesagt, sie schicken einen Streifenwagen zu ihrem Haus, aber ich weiß, dass sie nicht da ist. Wir waren gerade dort. Ich glaube nicht, dass sie mich ernst genommen haben.«

»Ich habe das Grab Ihrer Freundin noch mal überprüft. Sie war nicht wieder hier.«

Ich begann Danny von der Freundschaft zwischen Callie und Robyn zu erzählen. Ich hatte ihre ersten fünf Gespräche gelesen und nervös beobachtet, wie ihre Bindung stärker geworden war. Aber Callie hatte Robyn angelogen. Sie hatte eine Geschichte erfunden, die nie stattgefunden hatte, und Joyces Spitznamen, Evil McFrenzy, zu ihrem eigenen gemacht. Callie hatte geschrieben, sie sei es leid gewesen, immer bemitleidet zu werden, und deshalb habe sie sich mit Ketchup überschüttet, sei um den Weihnachtsbaum gerannt und habe den Teufel angerufen. Die gesamte Ausrichtung der Geschichte war verändert. Callie hatte niemanden gerettet. Sie hatte das Ganze nur erfunden, damit sie wild klang. Aber vielleicht begriff ich es ja nur nicht richtig. Vielleicht wollte sie sich und auch Robyn helfen, indem sie mit ihr mitlitt. Robyn glaubte ihr natürlich. Warum auch nicht? Sie wollte auch Evil sein, und von da an wurden sie immer enger. Ich wusste, wie sehr Mädchen einander gleichen und ähnliche Gefühle teilen wollten. Wie sehr sie sich gemeinsam darüber aufregen wollten, dass niemand sie verstand. War es gut, wenn sie in dieser virtuellen Welt zusammenkommen und sich selbst so erschaffen konnten, wie sie sich wünschten zu sein? Robyn schien es zu helfen – zumindest anfangs. Sie war über Weihnachten sehr deprimiert gewesen, und

Callies Geschichte hatte sie aufgemuntert. Als sie dann anfing, von Selbstmord zu reden, wurde Callie zu ihrer Therapeutin. Sie hatte Robyn geraten, sich Zeichentrickfilme anzuschauen und aus dem Bett aufzustehen. Ich war stolz, als ihre Ermutigung funktionierte, aber dann fiel mir ein, was später passiert sein musste. Callie hatte ihr zuerst geholfen und sie dann zutiefst verletzt. Sie hatte ihre Freundin angegriffen. Wir mussten etwas tun. Aber was?

Danny räusperte sich. »Soll ich mit ihnen zur Brücke fahren?«

Ich hatte schon gedacht, er würde niemals fragen.

Wie konnte man eine Vierzehnjährige davon abhalten, von einer Brücke zu springen? Am Sonntagabend traf ich mich mit Danny auf einem Restaurant-Parkplatz in der Nähe der Brücke über die Flint Street. Er hatte Taschenlampen und eine Thermosflasche mit Kaffee mitgebracht. Er trug eine kurze Jacke mit ausgefransten Ärmeln. Callie hatte gefragt, ob sie mitkommen könne, aber ich hatte mich dagegen entschieden. Ich wollte nicht, dass sie irgendetwas Traumatisches erlebte.

Danny folgte mir in seinem Truck bis zur Brücke und parkte hinter mir am Straßenrand. Es war schon kurz nach Mitternacht, und die Luft war kühl, als wir den gepflasterten Fußweg zur Brücke hinaufgingen. Ich hielt mich dicht hinter ihm. Ein einzelnes Auto fuhr vorbei und wirbelte Schotter auf. Es hielt nicht an. Dannys Baseballkappe flog ihm vom Kopf, und seine zerzausten braunen Locken rochen nach Rauch. Er beugte sich dicht zu mir und reichte mir die Thermosflasche. Mitten auf der Brücke blieben wir stehen und blickten hinunter. Wir befanden uns mindestens zehn Meter über der Straße. Es gab keine wirklichen Barrieren, die ein Kind davon abhalten konnten zu springen. Unten rauschten hin und wieder Autos in beide Richtungen vorbei. Ihre Scheinwerfer durchschnitten die Dunkelheit, aber wir konnten nicht alles sehen, und einen Moment lang befürchtete ich, Robyn läge bereits auf der Straße. Sie konnte ihre Pläne geändert oder gelogen haben, und vielleicht hatte sie ja vor, sich vor einen Wagen zu werfen, während wir von oben zusahen.

»Wie wollen wir sie aufhalten?«

»Sie gehen auf eine Seite, und ich nehme die andere«, sagte Danny.

»Und wenn wir sie sehen, was machen wir dann? Uns zurufen?«

»Ja. Und versuchen, sie zu beruhigen.«

»Ich weiß nicht, wie groß sie ist. Ich bin nicht sicher, ob ich sie festhalten kann.«

»Rufen Sie mich einfach, dann komme ich angerannt.«

Ich trank einen Schluck von dem heißen, bitteren Kaffee. Dann nahm auch Danny einen Schluck und wischte sich den Mund mit dem Handrücken ab. Er musste gespürt haben, wie ich ihn anstarrte, denn plötzlich beugte er sich näher zu mir. Der Himmel war wolkenverhangen, und sein Atem stand in einer kleinen weißen Wolke vor seinem Mund. »Fühlen Sie sich verantwortlich?«, fragte er.

»Ja. Callie hat sie verletzt.«

»Ganz gleich, was heute Nacht passiert, Sie sollten sich auf keinen Fall die Schuld daran geben.«

Plötzlich lagen seine Lippen auf meinen. Nur für eine Sekunde. So schnell war es vorüber. Ich war seit Jahren nicht geküsst worden – Münder betrachtete ich nur klinisch. Zähne, Zahnfleisch, Zahnstein. Aber Dannys

Mund war heiß – ein bisschen sauer. Seine Nase berührte meine, seine Lippen kitzelten. Dann wandte er sich ab und ging zum anderen Ende der Brücke.

Danny blinkte mit der Taschenlampe, um mir zu signalisieren, dass an seinem Ende alles in Ordnung war, und ich signalisierte ebenfalls. Immer noch betastete ich mit einer Hand meine Lippen. Eine seltsame Ruhe überkam mich, als ich den Strahl meiner Taschenlampe an meiner Seite der Brücke entlanggleiten ließ, hier einen sich bewegenden Schatten anleuchtete, dort einen Ast, der im Wind schwankte. Es fühlte sich so an, als leere sich die Zeit aus, oder vielleicht stand sie auch einen Moment lang still. Der silberne Zeiger an meiner Armbanduhr hielt inne und tickte dann weiter. *Wissen Sie, wo Ihre Kinder sind? Wissen Sie, wer sie sind? Wissen Sie, zu was sie fähig sind? Ist noch Zeit, sie zu retten?* Ich rieb meine Arme und blickte mich wachsam um, wartete darauf, dass Robyn auftauchte. Mir wurde klar, dass ich noch gar nicht überlegt hatte, was ich überhaupt sagen wollte. Ich kannte Robyn nicht, war ihr noch nie begegnet, und sie würde nicht wissen, wer ich war. Ich würde alles schnell erklären müssen. Ich war Callies Vormund. Ich war gekommen, um mich bei ihr zu entschuldigen. Ich wollte mich für Callie entschuldigen. Ich wollte mich für die Farbe entschuldigen. Ich wusste, wie es sich anfühlte, alleine und verzweifelt zu sein – sich von einer Freundin verraten zu fühlen. Es konnte einen verrückt machen.

Beim Abendessen hatten Callie und ich über Robyns Motive gesprochen. Callie hatte versprochen, alles aufgeschrieben zu haben, wenn ich nach Hause kam. Ich wusste immer noch nicht genau, wie das mit der Farbe passiert war – ich hatte erst bis letztes Jahr Weihnachten gelesen.

»Ich glaube, sie will sich rächen«, sagte Callie. »Wenn sie uns die Schuld gibt, sind wir Mörder. Und wir werden es nie vergessen können. Sie wird für immer ein Teil von uns sein. Wie Autumn Sanger«, fügte sie hinzu, und einen Moment lang überlief mich ein Schauer. Ich dachte daran, wie sie Autumn erwähnt hatte, nachdem wir Robyns erste Nachricht gefunden hatten. Sie hatte gesagt, Autumn sei gemobbt worden, und ihre Quälgeister hätten sie umgebracht.

»Nun, ich lasse nicht zu, dass sie springt«, sagte ich zu Callie. »Also wird niemand ein Mörder sein.«

Während ich auf Robyn wartete, kaute ich an meinen Knöcheln. Dann blickte ich wieder auf die Straße hinunter, hatte Angst, ihren Körper dort liegen zu sehen. Es konnte so schnell passieren. Man sah es nicht immer kommen. Manchmal verlor man alles, bevor einem klar wurde, was auf dem Spiel stand. Unwillkürlich musste ich an Joyce denken. Auch ich hatte eine Freundin verloren – und ich hatte sie zuerst betrogen.

In der Nacht, als Joyce starb, rief Lara mich an.

»Rebecca?« Lara klang verwirrt. »Hat Curtis mit dir gesprochen?«

»Oh, Lara, hey.« Ich wusste nicht, was ich sagen würde, wenn sie anrufen würde. Joyce und Callie waren vor etwa zwanzig Minuten aufgebrochen, um Curtis zu treffen. Zum ersten Mal taten sie es offen und hielten die Besuche nicht mehr vor mir geheim. Joyce hatte Callie gedrängt, sich schnell die Schuhe anzuziehen, und hatte ihr auf einem imaginären Walkie-Talkie Kommandos gegeben. »Agent Callie, können Sie mich hören?« Sie machte das Rauschen und Knistern nach, und ich versuchte, nicht zu wehmütig zu werden, weil ich alleine zurückblieb.

»Hat mein Mann dich angerufen?«, fragte Lara noch einmal.

»Nein. Warum?«

»Ich habe gerade an unserem Telefon auf die Wahlwiederholung gedrückt, und jetzt rede ich mit dir.«

»Okay, aber ich habe schon seit einer Ewigkeit nicht mehr mit Curtis gesprochen. Das muss ein Irrtum sein.«

»Ist Joyce da?«

»Klar«, sagte ich, und dann bedauerte ich es sofort. Ich hätte sagen sollen, sie sei gerade Milch kaufen.

»Kann ich mit ihr sprechen?«

»Sie ist beschäftigt.«

»Sie ist beschäftigt? Was tut sie denn?«

Ich geriet in Panik. Ich erstarrte. Dann legte ich auf.

Ich hatte noch nie aufgelegt, wenn Lara angerufen hatte. Das Telefon begann zu klingeln. Es klingelte, dann hörte es auf. Es klingelte und klingelte immer wieder. Mir wurde bewusst, dass das für Lara der Beweis sein würde. Ein weiterer Verrat. Ich lag auf dem Sofa und verfluchte meine eigene Dummheit. Schließlich hörte das Telefon auf zu klingeln. Ich dachte, es sei vorbei. Aber dann, fünfzehn Minuten später, wurde an die Wohnungstür gehämmert.

Lara stand vor unserer Wohnungstür und hielt sich den Bauch. Sie verzog unglücklich das Gesicht, ihre Augen waren rotgerändert vom Weinen. Aber ihre Stimme war stark. Bitter wie Kaffee.

»Du hast mich angelogen, nicht wahr? Sie schläft mit Curtis.«

Lara beugte sich plötzlich vor, als wolle sie sich auf unsere Fußmatte übergeben. Aber stattdessen drang ein schmerzliches Heulen aus ihrem Mund. Ich blickte mich im hell erleuchteten Hausflur um, weil ich erwartete, dass

Nachbarn aus ihren Wohnungen treten und sich über den Lärm beschweren würden, aber niemand kam heraus. Laras Heulen schwächte sich zu einem Stöhnen ab, und ich machte eine Handbewegung, als wolle ich sie berühren, aber ihre Haare waren ungewaschen, und sie sah so aus, als hätte sie nicht geschlafen.

»Lara, nein. Hör mir zu.«

Sie hob den Kopf und blickte mich an. »Was habe ich dir jemals getan?«

Hier stand das coole, schöne Mädchen, das ich einst bewundert hatte, krümmte sich, als sei auf sie geschossen worden, und suchte bei mir Hilfe.

»Es ist nicht so, wie du denkst«, sagte ich und versuchte, die Türöffnung mit meinem Körper zu versperren.

»Du hast mich nie leiden können«, jammerte sie. »Es ist genau dasselbe wie beim letzten Mal. Du tust so, als wärst du meine Freundin, damit sie sich treffen können.«

Laras Hände fuhren in ihre Taschen, und ich erkannte die Geste. Sie zog ein Päckchen Zigaretten heraus und versuchte, eine herauszuklopfen. Ihre Finger waren ungeschickt. Im Saum ihres T-Shirts war ein kleines Loch. Sie knipste ihr Feuerzeug an und nahm einen tiefen Zug.

»Du irrst dich«, sagte ich mit fester Stimme. »Sie ist nur Milch kaufen gegangen.«

»In welchen Laden?«, wollte Lara wissen.

»Das weiß ich nicht. Du darfst hier nicht rauchen.«

»Dann muss ich eben einfach hier warten, bis sie nach Hause kommt.«

Mit finsterem Gesicht rauchte sie weiter. Was würde sie wohl tun, wenn Joyce nach Hause kam? Wie würde sie reagieren, wenn sie Callie leibhaftig vor sich sah? Einerseits konnte ich sie verstehen. Bis vor Kurzem hatte ich Joyce ebenfalls verdächtigt. Ich hatte mir einen Betrug vorgestellt, der viel schlimmer war als die Realität. Ich wusste, wie sich Lara fühlte, und ich hätte es so leicht ändern können. Aber ich hatte Joyce versprochen, ihr Geheimnis zu wahren.

»Ich glaube, das alles ist ein Missverständnis.« Ich räusperte mich. »Willst du einen Moment hereinkommen?«

Lara folgte mir in die Wohnung, wobei sie die Asche ihrer Zigarette sorglos auf den Boden schnippte. Sie stolperte über den Teppich und bewegte sich wie ein Tier im Käfig. Sie blickte auf unsere fleckige braune Couch. Neben der Tür standen Callies Gummistiefel. Lara bekam Schluckauf.

»Sie betrügen dich nicht«, sagte ich zu Lara. »Callie ist mit ihr unterwegs. Wenn sie mit Curtis herummachen würde, hätte sie wohl kaum ihre Tochter dabei.«

Wir standen vor der Couch. Lara machte keinerlei Anstalten, sich hinzusetzen. Sie musterte mich aus zusammengekniffenen Augen, als ob das ein Trick wäre.

»Callie ist nicht hier?«

Ich schüttelte den Kopf und wies auf das leere Schlafzimmer.

»Er betrügt mich immer noch.« Lara sank auf unsere Couch, und dann sagte sie das Allerelendeste. Später würde ich mich fragen, ob sie es überhaupt so gemeint hatte. Sie kannte mich gut genug, um die Worte so zu wählen, dass sie mich mitten ins Herz trafen. Sie erinnerte sich an meine Zeit als Hyazinthenmädchen und war sich meiner Schwäche bewusst.

»Ich bringe mich um«, sagte sie. Dann begann sie den Strick zu beschreiben, den sie sich zurechtgelegt hatte. »Ich will, dass er mich findet, wenn ich mich neben dem Bett erhängt habe.«

Laras Drohung war melodramatisch, aber ich glaubte ihr sofort. Sie würde unsere Wohnung verlassen, nach Hause gehen und es tun. Sich eine Schlinge um den Hals legen und auf einen Stuhl steigen. Kurz wanderten meine Gedanken zu Autumn, und ich dachte daran, dass ich ihr unbedingt hatte helfen wollen – als ihre private Verzweiflung wie Gas in mein Leben gedrungen war. Mein Herz klopfte heftig, und vielleicht wusste Lara genau, was sie tat: Sie lud mir ihr Elend auf, um mir eine letzte Chance zu geben, alles gutzumachen. Glaubte sie, ich könnte sie retten? Ich könnte jeden retten? Dass ich den Strick, den sie uns gerade beiden um den Hals gelegt hatte, durchschneiden könnte?

Robyn kam zu spät, oder ihre Mutter hatte sie aufgehalten. Es war schon ein Uhr fünfzehn, und sie war noch nicht da. Der Zeiger an der Uhr war vorwärtsgesprungen, als ich den Strahl meiner Taschenlampe auf die Büsche richtete, und ich fragte mich, ob sie uns beobachtete, darauf wartete, dass wir gingen. Wir konnten nicht die ganze Nacht hierbleiben, aber ich sagte mir, ich müsse Geduld haben, denn wie würde Callie sich fühlen, wenn Robyn sprang?

Ich hatte mir immer noch nicht verziehen, was mit Joyce passiert war. »Dein Mann betrügt dich nicht«, hatte ich zu Lara gesagt. »Er besucht Callie. Sie essen Eis am Strand, mehr nicht.«

Nachdem Lara an jenem Abend gegangen war, öffnete ich alle Fenster, als würde dadurch die Angst abziehen, die immer noch in der Luft hing. Sie hatte mir geglaubt. Sie hatte geweint. Sie hatte aufgehört, von Selbstmord zu reden. Ich stimmte ihr zu, dass sie es ihr besser erzählt hätten, statt es heimlich zu tun. Lara trank den Tee, den ich ihr machte. Sie sagte, sie würde jetzt nach Hause gehen und schlafen. Sie sagte das ganz aufrichtig, und ich brachte sie bis zur Haustür, als sie aufbrach.

Es war ein milder Septemberabend, und anscheinend war auf dem Parkplatz am Strand viel los. Aus Autofenstern drang Musik, und die Leute genossen die salzige Meeresluft. Curtis und Joyce bemerkten den blauen Chevy nicht, der in ihrer Nähe anhielt. Sie brachten gerade Callie ins Auto. Sie war nach einer ausgelassenen Stunde auf dem Spielplatz eingeschlafen, das Gesicht mit Eiscreme verschmiert. Curtis küsste sein schlafendes Kind und beugte sich über den Kindersitz, während Lara zuschaute und das Gefühl hatte, ihr Herz würde brechen. Hier war ihr Ehemann mit dem Kind, das sie ihm nicht geben konnte, mit der Frau, die seine Tochter geboren hatte. Er umarmte seine Tochter mit einer Zärtlichkeit, nach der Lara sich sehnte. Sie würde so etwas nie haben, und sie würden es nie gemeinsam erleben. Es war schlimmer als fremdgehen. Sie umklammerte mit beiden Händen ihren Hals. Sie würde es tun, und er würde sie erhängt finden. So würde sie es beenden. Aber statt nach Hause zu fahren, trat Lara das Gaspedal durch.

Ich hielt mein Handy in der Hand. Es war ein Uhr dreißig. Plötzlich verspürte ich das dringende Bedürfnis, Callies Stimme zu hören. Ich würde ihr sagen, sie solle schlafen gehen. Robyn kam nicht. Sie hatte bestimmt nervös gewartet und gehofft, dass ihre Freundin okay war. Unser Telefon zu Hause klingelte, aber sie nahm nicht ab, deshalb wählte ich die Nummer ein zweites Mal. Dann versuchte ich es auf ihrem Handy, wobei ich den Zugang zur Brücke fest im Auge behielt. Keine Antwort. Ich textete. Keine Antwort. Als unser Anrufbeantworter zum vierten Mal ansprang, begann mein Herz zu rasen. Was, wenn Robyn mich nur hierher gelockt hatte? Was, wenn sie wusste, dass Callie allein war? Ich blinkte mit der Taschenlampe S-O-S zu Danny herüber.

»Ich muss nach Hause«, schrie ich. »Callie geht nicht ans Telefon.«

»Soll ich mit dir kommen?«

»Nein. Du bleibst besser hier.«

Alles kippte in einem einzigen Augenblick. Ich rannte zu meinem Auto, wobei ich immer noch Callies Nummer wählte. Als Lara in sie hineinraste, saß Callie sicher im Auto und schlief fest. Und wir wollten auch nicht, dass sie es erfuhr – sie sollte sich nicht vorstellen können, wie es passiert sein musste. Ihr Vater wurde durch die Luft geschleudert, ihre Mutter verblutete auf dem Asphalt. Callie saß sicher im Auto, träumte von Eiscreme und Feen. Wir konnten nicht zulassen, dass sie sich schuldig fühlte. Wir konnten den Albtraum nicht noch schlimmer machen. Curtis war auf die Intensivstation gekommen und Joyce – wie konnte ich es ihr sagen?

Ich versuchte mich zu erinnern, wie Joyce ausgesehen hatte, als sie sich von mir verabschiedet hatte. War irgendetwas besonders gewesen? Ein Blinzeln, ein Lächeln? Hob sie die Hand, als sie meinen Namen sagte und warf dabei ihre goldenen Haare über eine Schulter? Ich konnte mich nicht mehr genau an ihre Worte, an ihren Gesichtsausdruck erinnern. Ich dachte daran, wie wir diesen Moment vor Jahren in meinem Garten geprobt hatten, und ich war gefangen in einem Ameisenbau. Kreisförmiges graues Verhängnis.

Ich besuchte meinen Cousin nur einmal. Ich hatte Angst, ihn zu sehen. Ich fühlte mich, als breche ich an den Säumen auseinander; ich hatte sie alle ausgeliefert. Ich blickte meinen Cousin an, meinen ehemaligen Beschützer, verletzt und bandagiert, und ich konnte ihm nicht gestehen, was ich getan hatte. Ich hatte geglaubt Lara zu kennen, aber ich hatte nicht gesehen, welche Gefahr von ihr ausging. Und sie hatte mich besser gekannt; sie hatte mich hereingelegt. Curtis wirkte gebrechlich, niedergeschlagen, und ich sagte es ihm nie. Hätte ich es getan, hätte er vielleicht mir statt sich selbst die Schuld geben können. Ich stand am Plastikgeländer am Fußende seines Bettes und erzählte ihm von Joyces Beerdigung. Ich fragte, ob er Schmerzen habe. Ich sagte ihm, Callie sei bei den McKenzies. Ich versprach wiederzukommen und ihn zu besuchen, aber dazu hatte ich keine Gelegenheit mehr. Als Curtis aus dem Krankenhaus entlassen wurde, zog er zu Bea, um gesund zu werden. Aber es ging schnell mit ihm bergab, weil er mit den Fakten nicht klarkam. Seine Frau hatte versucht, ihn zu töten. Sie würde ins Gefängnis kommen. Er hatte das Leben seiner Tochter in Gefahr gebracht. Und Joyce war tot. Eines Tages ging Curtis ins Badezimmer, öffnete eine Flasche mit Schmerztabletten und schluckte sie alle, bis er tot war.

Ich rannte unsere Treppe hinauf und öffnete die Wohnungstür. Es war still, und ich konnte die Chrysanthemen in der Küche riechen, als ich Callies Namen rief und durch die Räume hastete. Die Tür zu Callies Zimmer stand offen. Ich zog ihre Bettdecke herunter, hatte aber schon gesehen, dass ihr Bett leer war. Ihre Decke lag auf dem Boden, aber sie war nicht da. Dann rannte ich von Zimmer zu Zimmer, während ein hohler Jammerlaut aus mir herausdrang.

»Callie! Callie! Oh, mein Gott!«

Sie war nicht da. Sie war nicht zu Hause. Sie war weg.

Jemand hatte sie mitgenommen. Ich war wieder in eine Falle gegangen, und mit jeder Sekunde wurde ich tiefer hineingezogen.

Beinahe bemerkte ich ihr Handy auf dem Fußboden gar nicht. Es lag im Flur, auf dem Boden vor meinem Zimmer. Ich bückte mich, und der Lärm war brutal, wie Knochen, die in meiner Kehle zermalmt wurden.

Unter ihrem Handy lag ein einzelnes Blatt Papier.

Rote Tinte, rosa Linierung.

Tut mir leid, Rebecca. Ich war es. C.

CALLIE

Wenn du meinen Namen unter Wasser aussprechen würdest, könnte er klingen wie alles Mögliche.

Ein quakender Frosch. Ein singender Fisch. Grüne Blätter, die an einem Baum flattern.

Er könnte auch vertraut klingen, wie mein Kosename als Baby, den ich schon lange vergessen hatte. Oder erst vor einer Sekunde, weil Namen unter Wasser verschwinden.

Ich würde dich vielleicht hören, aber ich würde trotzdem untergehen. Ich kann nicht schwimmen.

Im See hinter Ellas Haus verschluckt der Schlamm alles – Blätter, Käfer, Pilze, Fischgräten, Vogelknochen, Schimmel und Staub. Letzten Juli stand ich im flachen Wasser und ließ meine Füße umspülen, während Ella und Dallas um die Wette schwammen. Ich pfiff mit der silbernen Pfeife und sah ihnen zu, wie sie das Wasser mit ihren Armen durchpflügten. Ella lag vorne. Sie gewann immer. Sie war Captain der Schwimmmannschaft unserer Mittelschule gewesen, und in ihrem Zimmer stand eine ganze Reihe von Trophäen, die ein hohles *Pling!* von sich gaben, wenn man darauf klopfte. Von ihrem Beinschlag wurde das braune Wasser weiß, und als sie die treibende Styroporkugel erreichte, die die Ziellinie darstellte, wartete sie Wasser tretend auf Dallas.

Sie schwammen nie direkt zu mir zurück. Sie trugen beide Schwimmbrillen, und ich konnte sehen, wie sie ins Wasser eintauchten, ihre Arme wie Hula-Mädchen bewegten und riesige silberne Blasen zum Himmel bliesen. Meine Zehen sanken neben weichen, glitschigen Tierhirnen ein, und ich wartete darauf, zu Stein zu erstarren. Die Haut meiner Füße wurde zu Sirup, und meine Knochen verwandelten sich in Fossilien, die tiefer und tiefer in den wässigen Abfall sanken.

»Du musst wenigstens lernen, dich auf dem Rücken treiben zu lassen«, sagte Ella, als sie schließlich dorthin zurückkamen, wo ich stand.

Sie zog ihre kleine Fuchsnase kraus, und weil ich sie schon mein ganzes Leben lang kannte, folgte ich ihr, bis mir das Wasser zur Taille reichte. In der Schule praktizierte Ella ihren typischen »Mir ist alles scheißegal«-Laufstegwalk – Schultern zurück, die Füße schnell im Takt einer Musik, die nur sie hören konnte –, aber hier im See glitt sie geschmeidig vor mir her.

Ich legte mich auf den Rücken, als sie sagte, ich solle es tun. Kaltes Wasser drückte mich hinunter; Hände hielten mich oben. Der Himmel breitete sich bis an den Rand des Universums aus, und ein dicker Schwall schwappte in meine Ohren.

Ich glaubte, Lachen zu hören, dann Worte. »Top russische Haarbüschel.«

Ich strampelte kurz und Wasser tröpfelte aus meinen Ohren.

»Was?«

»Verkrampf dich nicht.«

Ich ließ den Kopf zurücksinken. Ella hielt mich mit den Händen unter dem Rücken und ließ mich tiefer sinken. Ich wurde riesig und schwerelos zugleich: ein Eisberg, eine Arche, Algen, die in der Sonne trieben. Meine Finger lösten sich auf, und tausend lebendige Dinge glitten hindurch. Der Himmel reflektierte den See, der See reflektierte den Himmel. Ella lächelte auf mich herunter. Ich ließ mich von den kleinen Wellen tragen und schlief beinahe, als sie ihre Hände wegzog.

Ich schlug um mich, trat nach unten, sank. Schluckte schmutziges Wasser, sank. Ella war schon weit weg.

»Du musst zu uns schwimmen«, rief Dallas.

Mein Kopf neigte sich. Ich würgte. Mein Hirn kochte. Ich schlug mit den Armen wild um mich. Wörter wurden in meine Kehle hinuntergespült wie Schlamm, während Panik meine Beine lähmte und mich nach unten zog. Ich wurde gezogen, ich schluckte, tief, tiefer, am tiefsten.

Sie lachten immer noch, als ich zu treten begann. Ich zappelte und stieß, und dann berührte mein Fuß endlich den Boden. Schmutziges Wasser tröpfelte mir aus dem Mund, und den Rest der Strecke ging ich.

Ella und Dallas sahen nicht so aus, als ob es ihnen leidtäte.

»Ella«, schrie ich. Sie wandte mir den Rücken zu. Ihre Schultern bebten vor Lachen.

Ich bekam Schluckauf und rülpste Flüssigkeit. Dallas musterte mich aus zusammengekniffenen Schlangenaugen. »Du schwimmst wie Babykacke.«

»Babykacke«, keuchte Ella und lachte noch mehr. Dallas verzog das Gesicht und kniff die Augen fest zusammen, als säße sie auf dem Klo.

Ich wusste nicht, dass der Name an mir kleben bleiben würde. Babykacke. So nannten sie mich. Und ich wurde dazu.

Ich ging nicht nach Hause an jenem Nachmittag. Stattdessen lag ich im Gras bei den Löwenzahnblüten, den Ameisen und den Erdhaufen, während sie drei Bacardi Breezer aus dem Kühlschrank im Keller holten. Die süße Flüssigkeit prickelte in unseren Mägen, und als die Welt sich zu drehen begann, hielten wir das Gras fest in unseren Fäusten, damit wir nicht am Himmel und den Wolken vorbei zu den schwarzen eisigen Galaxien dahinter flogen. Ich trat mit einem Fuß in die Luft, und Ella griff nach ihm und betrachtete meine kleinen weißen Zehen. »Du hast Babyfüße«, sagte sie und lächelte.

Eine Minute lang ging es mir noch gut, doch dann zeigte Dallas auf meinen halb ausgetrunkenen Drink. »Magst du lieber Milch, Babykacke?«

Ich setzte die Flasche an die Lippen. Dallas war gut darin, dir bleibende Namen zu verpassen. Muschi-Monster, Doppelschwanz mit Käse, Tittenausschlag, Kugeln. Sie sagte es einem lächelnd ins Gesicht, bis es an dir klebte. Ihr Dad hatte eine Sendung im Radio, und als sie klein war, hatte er aufgenommen, wie sie über die roten Beeren geredet hatte, die wir auf Alex Penders von nebenan geworfen hatten. Sie nannte Alex »Schweinefraß«, weil er Hundefutter aß, und nachdem ihr Dad es im Radio gesendet hatte, bekam er so viele Anrufe, wie lustig Dallas sei, dass er beschloss, jede Woche über sie zu reden. Zwar hörte niemand aus unserem Bekanntenkreis Radio, aber Dallas sagte, ihr Dad habe mehr als eine Million Zuhörer, plus die Leute, die die Podcasts herunterluden. Wenn Dallas ihm also etwas erzählte, dann hörten das Millionen ihrer Fans.

Wie damals im siebten Schuljahr. Wir hatten ein Mädchen in der Klasse, Josie Dixon, der drahtige schwarze Haare aus dem Kinn sprossen.

»Sie hat schon einen Dreitagebart«, sagte Ella. »Dabei ist es nicht mal Nachmittag.«

»Diese bärtige Dame braucht einen Rasierapparat.«

»Hobo Joe«, sagte Dallas, und der Name passte so perfekt, dass er an ihr hängen blieb. Und dann wurde er mit Leben gefüllt.

Jedes Mal, wenn Hobo Joe in die Klasse kam, wartete ein Pappbecher auf ihrem Stuhl auf sie. Wir füllten ihn mit Kleingeld – was immer wir dabeihatten. Einmal legte Dallas sogar einen Dollar hinein, mit einer Nachricht daran. »Reiß sie aus. Versuch es mit Wachs. Hol dir endlich diese Kinn-Schamhaare RAUS!« Letztendlich entfernte Hobo Joe alle peinlichen Haare, aber es war bereits zu spät. Wir begannen, Einmal-Rasierer zu hinterlassen und dann eine Flasche Rasierwasser.

Josie erzählte einer Lehrerin, dass Dallas damit angefangen habe, aber Dallas wusste genau, wie sie damit umgehen musste. Blaue Augen voller Tränen, bebende Unterlippe und unschuldig hauchende Stimme. Sie bekam nicht einmal einen Verweis, und danach ging sie zu Josie. »Du solltest dir die Sendung von meinem Dad anhören«, sagte sie zu ihr. »Bald bekommst du eine öffentliche Danksagung.«

Als wir hörten, dass Hobo Joe auf eine andere Schule wechselte, hob Dallas ihre Hand zu einem High-Five.

»Anerkennung«, sagte ich und schlug gegen ihre Hand.

»Voll frontale Anerkennung«, sagte Ella und wackelte mit den Hüften. Und ich wusste, dass wir uns nicht schlecht vorkommen durften.

Wir nannten uns DH, was für Doppelte Hockeyschläger stand. Jeder von uns hatte ein scharfes Paar Schläger im Namen: DaLLas, ELLa, CaLLie. An uns kam man nicht vorbei. Wenn Ella während ihrer Periode hinten auf ihrer Hose durchblutete, kam keiner auf die Idee, sie »Fleckie« zu nennen. Wenn ich beim Volleyball nach hinten flog, statt den Ball nach vorne übers Netz zu bringen, lachte niemand – sie gaben mir einfach den Ball wieder, damit ich es noch einmal versuchen konnte. Zusammen waren wir DH, und wenn wir drei den Flur entlangmarschierten, war es so, als ob alle noch kleiner wurden. Sie wünschten sich, so zu sein wie wir, aber sie hatten auch Angst vor uns. Wir konnten alles Mögliche machen. Das wusste jeder, und wer es nicht wusste, der lernte es schnell. Frag die Kinder in unserer Jahrgangsstufe, frag Lehrer. Frag die Schulsekretärin – sie fand es heraus.

Am letzten Tag in der achten Klasse verlor Ella ihr Schuljahrbuch. Wie ich und Dallas hatte sie es am Morgen den Einser-Schülern und sogar einigen der Bla-Blas gegeben und sie gebeten zu unterschreiben. Danach hatte sie nachgeguckt, ob sie etwas Witziges geschrieben hatten. Die Lehrer spielten DVDs ab, die sich niemand ansah, deshalb gingen wir von Klasse zu Klasse, gaben unsere Autogramme, posierten für Fotos und aßen Süßigkeiten. Irgendwann am Nachmittag stellte Ella fest, dass ihr Jahrbuch nicht mehr da war. Als wir es nicht fanden, wo wir es vermutet hatten, war uns sofort klar, dass es jemand gestohlen haben musste.

Dallas errichtete eine Blockade im Flur, und wir ließen uns die Jahrbücher der anderen zeigen. Wir überflogen die erste Seite nach Ellas Namen, und klappten es wieder zu, wenn wir ihn nicht sahen. Manche Kinder hielten ihre Bücher auf, bevor wir überhaupt etwas sagten, aber einer von den Kleinen stopfte sein Jahrbuch in die Tasche und wollte es nicht für mich herausholen. Dallas stürmte hasserfüllt auf ihn los. »Was ist los mit dir? Bist du ein Dieb?«

Er starrte sie an und reichte es ihr. Als ich hineinblickte, sah ich, dass überhaupt niemand unterschrieben hatte. Nur sein eigener Name stand da. Ich klappte es zu und gab es ihm wieder.

»Vielleicht ist es ja gefunden und im Sekretariat abgegeben worden«, sagte Ella. Wir gingen zum Schulbüro, wo Mrs Lutz, die Schulsekretärin, gerade telefonierte.

»Wurde heute ein Jahrbuch gefunden?«, rief Dallas.

Mrs Lutz hob einen Finger, weil wir warten sollten, und Dallas warf ihr einen vernichtenden Blick zu. Die Sekretärin hatte keine Ahnung, mit wem sie es zu tun hatte; sie telefonierte immer noch.

»Äh, sie hat ihr Jahrbuch verloren, es ist ziemlich wichtig.«

Mrs Lutz legte eine Hand über die Sprechmuschel. Sie sah scheiße aus: Ihre Haut war pickelig, und die dicken Kunststoffgläser ihrer Brille gaben ihr das Aussehen eines Froschs. »Ihr müsst warten«, sagte sie.

»Sie müssen im Fundkasten nachgucken.«

Mrs Lutz wandte uns den Rücken zu und redete weiter. »So was von unverschämt«, sagte Dallas laut. Ella blickte an die Decke und rollte die Schultern, als machte ihr das Warten nichts aus; sie tanzte.

Eine Ewigkeit später legte Mrs Lutz auf und trat zu uns ans Fenster. »Was wolltet ihr?«

»Sie hat ihr Jahrbuch verloren, deshalb müssen Sie bei den Fundsachen nachgucken.«

Mrs Lutz blickte uns an. Ich erinnerte mich daran, wie sie Cupcakes bei uns in der Klasse beim Backwarenverkauf gekauft und jeden von uns strahlend angelächelt hatte, aber jetzt lächelte sie nicht. »Niemand hat ein Jahrbuch abgegeben. Warum schaut ihr nicht in euren Schließfächern nach?«

»Das haben wir getan. Deshalb sind wir doch hier. Aber Sie schauen ja nicht einmal nach«, sagte Dallas. »Vielleicht hat es jemand in den Kasten gelegt, als Sie am Telefon waren.«

»Mir gefällt dein Ton nicht.«

»Bitte, schauen Sie doch einmal nach, Mrs Lutz«, bat Ella.

Wenn Mrs Lutz Laseraugen gehabt hätte, hätte sie Dallas bestimmt auf der Stelle verbrannt. Sie hatte keine Ahnung, wer wir waren. Woher auch? Sie saß den ganzen Tag im Büro und hatte mit nichts etwas zu tun. Schließlich drehte sie sich um und steckte die Hände in die große Pappschachtel, auf der *Fundkasten* stand.

Als sie uns wieder ansah, waren ihre Wangen rot, und Ella kicherte.

»Ich habe euch doch gesagt, dass es nicht da ist«, zischte Mrs Lutz. »Geht einfach wieder in eure Klasse.«

Wir wären vielleicht auch gegangen – wären im Schulgebäude herumgelaufen und hätten die Jahrbücher der anderen Kinder überprüft –, aber genau in diesem Moment zog Dallas scharf die Luft ein und zeigte auf einen Stapel brandneuer Jahrbücher, die auf einem Stuhl in einer Ecke des Büros lagen.

»Wem gehören die denn?«

»Sie gehören alle jemandem«, sagte Mrs Lutz. »Sie sind bloß noch nicht abgeholt worden.«

»Kann ich mal einen Blick drauf werfen?«

»Ich muss euch jetzt bitten, wieder in eure Klasse zu gehen.«

»Woher wollen Sie wissen, dass sie nicht uns gehören? Ich will doch bloß mal hineinschauen.«

Wir sahen Mrs Lutz an, dass sie gleich explodieren würde. »Ich will NICHT am letzten Schultag den stellvertretenden Direktor holen müssen.«

Dallas begann zu lachen. Ella stimmte ein. Ich auch. Mrs Lutz trat ans Fenster.

»Ihr seid sehr ungezogen. Ihr müsst mir eure Namen sagen.«

Ella drehte ihr den Rücken zu. Sie schüttelte sich vor Lachen. Dallas schnaubte nur und wandte sich zum Gehen.

»Unsere Namen werden Sie wohl raten müssen, Irene Lutz!«

Ella und ich folgten Dallas und rempelten uns gegenseitig an, weil wir uns vor Lachen kaum auf den Beinen halten konnten. Als wir ein Stück den Flur entlanggegangen waren, schrie Dallas mit hoher Lutzy-Stimme: »Ich will am letzten Tag nicht den STELLVERTRETENDEN DIREKTOR rufen müssen!«

»Ihr müsst mir eure Naaaaamen sagen!«, kreischte Ella.

Lachend und kreischend rannten wir über den Flur. Wir waren DH. Das Gegenteil von der Lutz. Wir waren Ultra-Leute, scharf wie Hockeyschläger, während die blöde Lutzi-Butzi wahrscheinlich heulend und zitternd in ihrem Büro hockte und sehnsüchtig darauf wartete, nach Hause gehen und an ihren Pickeln herumdrücken zu können.

An dem Tag, als sie mich Babykacke nannten, dachte ich an Mrs Lutz. Ich dachte an Alex und Josie und all die anderen. Sie waren wie die Schlammklumpen, die ich geschluckt hatte. Sie blubberten in mir, drangen durch meine Poren, und ich fragte mich, was ich getan hatte, um so zu werden wie sie.

Von: C.McKenzie@chronomail.com
An: R.Doblak@sparkon.com
Betreff: (kein Betreff)
Gesendet: Donnerstag, 16. Juli 2009, 21:56:14

Robyn,
ich muss dir etwas sagen, auch wenn du mich deswegen hasst. Selbst wenn du mir deswegen am liebsten den Kopf abschlagen und auf einen rostigen Pfahl stecken möchtest.

Das mit deinem Namen war meine Schuld. Ich habe dich als

Erste Kugeln genannt. Und vielleicht fühlst du dich ja besser, wenn du hörst, dass ich mittlerweile auch einen Namen habe. Sie haben angefangen, mich Babykacke zu nennen. Aber ich wette, das ist dir ganz egal. Du wirst sagen, das geschieht mir recht, und du wirst dich freuen, dass ich fast ertrunken wäre.

Manchmal wünsche ich, wir könnten beide Evil McFrenzy sein, uns an all diesen Lügnern rächen, aber dann müsste ich mich auch an mir rächen, weil ich dich so angelogen habe. Diese ganze Geschichte mit Weihnachten stimmte nicht. Ich habe nie Ketchup über mich geschüttet und bin nie schreiend um den Baum herumgelaufen. Ich habe es dir nur erzählt, weil ich mir gewünscht habe, es wäre wahr. C.

Vielleicht hatten sie in jenem Sommer nur Langeweile, aber nachdem sie versucht hatten, mich zu ertränken, texteten sie mir trotzdem noch, wir sollten uns in der Mall treffen. Sie hatten ihre Handys geändert, und wenn ich textete, erschien mein Name als BABYKACKE auf ihren Displays. Sie wollten, dass ich es sah, und hielten ihre Handys hoch, während sie vor Lachen fast zusammenbrachen.

»Geil«, sagte ich, ohne zu lachen.

»Babykacke, dein Shirt ist wirklich süß«, gurrte Ella. Ich trug ein grünes Abercrombie-T-Shirt, das ich schon tausendmal angehabt hatte.

»Natürlich sieht es an ihr gut aus. Es hat ja die Farbe von Babykacke!«

Ella rollte sich lachend auf Dallas' Schoß, und dann beobachteten sie mich mit hungrigen Augen, um zu sehen, was ich als Nächstes tun würde. Ich steckte die Hände in die Taschen und drückte auf dem Stöckchen herum, das ich neuerdings bei mir trug.

»Mir ist die Farbe scheißegal«, sagte ich.

Dallas Zunge hing lose aus ihrem Mund, als sie mich nachäffte. »Scheißegal.«

Ich drückte das scharfe Ende des Stöckchens gegen meinen Daumen und wartete darauf, dass sie aufhörten zu lachen.

Als ich nach Hause kam, ging ich hinter den Schuppen im Garten, wo ein paar Bäume wuchsen. Das war mein Ort. Ich drückte meine Hand gegen den Stamm des größten Baums und wartete darauf, dass ich etwas fühlte. Keinen Herzschlag, aber ein Summen. Die kühle Ruhe, die von den tiefsten Wurzeln bis hinauf in den höchsten Wipfel wuchs. Ich drückte die Hand fest gegen die Rinde, und als ich meine Hand wegzog, waren Rillen auf meiner Haut. Käfer klickten in der Luft, und ich wartete darauf, dass die Luft zu meinen Lungen, die Erde zu meinem Körper wurde. Bäume nahmen Erde, Regen und Luft auf und verwandelten sie in Rinde, Äste und Blätter. Dann wurden sie wieder zu Erde. Ich wünschte, niemand könnte mich sehen. Ich trat zu dem kleinsten Baum und legte meine Hand um den kalten Stamm – er war so dick wie Dallas' Handgelenk. Ich drückte zu. Ich hob ein gelbbraunes Blatt aus dem Gras auf und steckte es in die Tasche.

Jedes Mal, wenn DH mich einlud mitzukommen, nahm ich einen Zweig und ein Blatt in meiner Tasche mit. Wenn sie ihre Münder aufrissen und vor Lachen sabberten, schob ich einen Finger in die Tasche und berührte die weiche Blatthaut, den pikenden Zweig. Ich konnte so stumm und blind wie ein Baum sein. Ohne Augen, um zu sehen, wäre ich nur die Sonne auf meinen Gliedmaßen, Blätter, die sich in der leichten Brise drehten, meine Wurzeln tief und feucht im Boden. Wenn zwei Mädchen mit einem scharfen Messer kämen und meinen Namen in meine Rinde schnitten, würde ich es kaum spüren. Manchmal würde ich sicher sogar vergessen, dass er dort stand.

Im Food-Court der Mall drückte Dallas ihre Finger in den dicksten Teil ihres Kinns. Während sie schwatzte, fragte ich mich, ob die kleinen Bäume in den Kübeln neben den Rolltreppen nach draußen gepflanzt würden, wenn sie zu groß wurden. Dallas sagte, sie wolle sich das Fett am Kinn absaugen lassen.

»Du siehst toll aus, aber eine OP würde dich wahrscheinlich noch besser machen«, sagte Ella. Sie schob die Spitze ihrer Fuchsnase hoch, um zu zeigen, wie sie aussehen würde, wenn sie erst einmal sechzehn war und sich die Nase korrigieren lassen durfte. Dann wandten sie sich an mich, um zu erfahren, was ich verändern würde.

Alles, aber ich wusste nicht, wie ich es sagen sollte. Im Operationssaal würde ein Arzt mit einem Metallwagen voller Ersatzteile stehen. Er würde Rinde über meine Hände und mein Gesicht nähen und dann Setzlinge in meine rasierte Kopfhaut pflanzen. Nach der OP würde ich in den Wald laufen und nie mehr wiederkommen.

»Ich finde, ihre Wangen sehen komisch aus«, meinte Ella.

Dallas kniff die Augen zusammen. »Sie sind schief. Und ein bisschen zu flach.«

»Wangenimplantate für Babykacke!«

Ich stand auf und ging zur Rolltreppe neben dem eingetopften Baum. Dallas kam mir hinterher. »Weißt du, was dein Problem ist, Babykacke? Du hältst dich für perfekt.«

Die Blätter waren an jenem Tag feucht vom Regen. Als ich hinter dem Schuppen stand und die Hand hob, um eines zu berühren, fühlte es sich an wie Robyns Wange. Ein anderes war ihre Hand, und ich hielt es eine Sekunde lang fest. Ich dachte daran, wie der Duschvorhang sich manchmal bauschte und so leicht meinen Rücken berührte, als wäre er die warmen Finger eines Menschen. Aber jetzt würde mich niemand berühren. Ich war Babykacke.

Als ich hineinging, war Rebecca zu Hause. Sie wischte die Arbeitsflächen ab, und auf dem Tisch stand ein Salat. Sie lächelte mich an. Sie war mein immer fröhlicher, Rollkragenpullover tragender, Cupcake liebender, Himbeertee trinkender, von Keimen besessener, möglicherweise lesbischer Vormund. Obwohl sie erst vierunddreißig war und damit jünger als die meisten anderen Eltern, benahm sie sich nicht jung. Sie ging nie aus und quälte mich gern mit erfundenen Regeln und schlechter Musik, wie Jazz aus den 1930ern. Als meine Direktorin sie wegen Robyn anrief, wäre sie fast gestorben. Sie konnte nicht glauben, dass ich irgendetwas falsch gemacht hatte. Sie fand meine Freundinnen wundervoll – einmal hat sie sogar gesagt, Dallas erinnere sie an Mom. Sie meinte es nicht böse, aber sie war völlig ahnungslos, wenn es darum ging, wie sie wirklich waren. Wenn ich es ihr erzählt hätte, hätte sie mir bestimmt zuerst nicht geglaubt, und dann wäre sie wahrscheinlich vor Entsetzen zerflossen. Beste Freundinnen bedeuteten ihr alles.

Sie nahm eine Grapefruit aus dem Kühlschrank und schnitt sie in zwei Hälften, während sie mich fragte, wie es Dallas und Ella ging. Im letzten Monat hatte ich sie von ihnen ferngehalten, indem ich erklärte, ich wolle mit dem Fahrrad fahren, um etwas für die Umwelt zu tun. Aber statt sie zu Hause zu besuchen, fuhr ich die meiste Zeit nur ziellos durch die Gegend.

»Ich habe nachgedacht, Liebes. Wenn du lieber die letzte Sommerferienwoche mit deinen Freundinnen verbringen möchtest, dann könnten wir den Zeitraum, den du immer bei Bea verbringst, sicher abkürzen.«

»Nein, das ist okay.«

»Ich weiß ja, wie es ist, wenn man vierzehn ist. Da will man ständig mit seinen Freundinnen zusammen sein.« Sie drückte sich zwei Finger auf die Brust, und ich wusste, sie dachte an Mom. Sie hatte eine stachelige violette Blume unter ihrem Schlüsselbein tätowiert, was nicht jeder wissen sollte. Sie berührte sie immer, wenn sie an Mom dachte, die ihre beste Freundin gewesen war.

»Ich habe Grandma versprochen, ihr zu helfen. Also werde ich definitiv zu ihr fahren.«

»Ich frage mich bloß, was du da den ganzen Tag über machst.«

Rebecca hatte einen totalen Hass auf Grandma, obwohl sie ihre Tante war. Wenn ich Grandma besuchte, kam sie kaum mit herein, und wenn sie mich abholte, schnüffelte sie an meinen Haaren und sagte, es sei ja in Ordnung, wenn Bea sich mit einer Million Zigaretten schneller umbringen wollte, aber sie hätte nicht das Recht, auch mein Leben in Gefahr zu bringen. Grandma konnte Rebecca auch nicht leiden. Hinter ihrem Rücken verzog sie immer das Gesicht und nannte sie den Vollstrecker.

»Ich habe gehört, der Vollstrecker hat dich diesen Sommer ohne Bezahlung arbeiten lassen«, sagte Grandma, als wir das letzte Mal miteinander telefoniert hatten. Ich hatte seit Juli Freiwilligendienst im Naturreservat geleistet, und eigentlich gefiel es mir, das Gewölle von Eulen auseinanderzunehmen und Amphibien zu zählen, aber das gab ich Grandma gegenüber nie zu. Sie wollte, dass wir beide von einem Schlag waren, und für meinen bevorstehenden Besuch hatte sie sich schon sämtliche Folgen der Vampir-Serie besorgt, die Rebecca viel zu grausig für mich fand. Grandma und ich liebten Süßigkeiten, und ich wusste, dass wir die meiste Zeit vor dem Fernseher in ihrem Wohnzimmer verbringen, Plätzchen und Schokolade essen und vielleicht hin und wieder ein Bier trinken würden. Bei ihr konnte ich mein Leben vergessen – ich konnte es kaum erwarten.

»Ich werde Grandma zu ihren Arztterminen begleiten«, sagte ich zu Rebecca. »Und ich werde auch für sie kochen.«

»Na ja, es ist ja schön, wenn du ihr helfen willst«, sagte sie. »Aber wenn du deine Meinung änderst, sag Bescheid. Es ist nie zu spät.«

Sie legte das Grapefruit-Messer beiseite und streckte die Hand aus, als wolle sie mir über die Haare streicheln, aber ich duckte mich im letzten Moment weg, und ihre Hand landete auf meiner Schulter. Sie rieb sie dreimal, als wäre ich ein violetter Glücksstein.

Hier ist etwas, über das ich viel nachgedacht habe. Wenn ich noch einmal zu dem Tag zurückgehen könnte, bevor ich zu Grandma aufgebrochen bin, würde ich:

a) nicht in die Mall gehen, als Dallas mich einlud,

b) in die Mall gehen, aber ihr Handy nicht anrühren,

c) das Gleiche tun, was ich tat, nur größer – ihr endlich das Steak aus Scheiße servieren, das sie verdient hatte.

Eine vierte Wahl (nämlich d) nichts von dem oben genannten, sondern stattdessen mein Leben ruinieren) ließ ich nicht zu, denn das hatte ich in Wirklichkeit getan.

DH saßen wieder im Food-Court der Mall und dachten sich Witze mit Babykacke als Pointe aus, während ich auf die eingetopften Bäume an der Rolltreppe starrte und mich fragte, ob jemand wohl eine Schale gebratenen Reis daraufgekippt hatte. Irgendwie sah es schmierig aus.

Dallas beugte sich vor und behauptete, das Sperma ihres Freundes schmecke wie warmes Essigwasser. Ich wartete auf die Pointe, als sie mit den Lippen schmatzte, aber stattdessen begann sie Ella zu zeigen, wie sie daran gewürgt hatte, und ich muss ziemlich entgeistert ausgesehen haben, denn Dallas deutete auf mich.

»Sieh dir Babykacke an. Sie hat Angst vor Schwänzen.«

Ich hatte keine Angst vor Schwänzen. Ich schob den Finger in die Tasche und berührte die gezackte Kante eines Blattes. In weniger als vierundzwanzig Stunden würde ich bei Grandma sein und Vampirfilme gucken. Bis dahin musste ich den verbrannten Dreck eben schlucken.

»Ella, das musst du dir ansehen«, sagte Dallas. Sie zog ihr Handy heraus und rutschte mit ihrem Stuhl näher.

Sie steckten die Köpfe zusammen und spuckten vor Lachen. Ich trank meine Coke und beugte mich auch vor, um etwas zu erkennen.

Dallas legte ihre Hand über ihr Handy. »Du nicht, Babykacke. Das ist nur für Erwachsene.«

Ich war mir sicher, dass etwas über mich auf dem Display zu sehen war.

»Was ist es denn? Kevins Schwanz?«

»Wenn du das wüsstest.« Sie warf ihr gebleichtes Haar über die Schulter, und ich lehnte mich auf meinem Stuhl zurück wie ein sehr schwacher Baum, der seit hundert Jahren bei Schnee und Regen ganz allein auf einem Feld stand und seine letzten paar Äste kaum noch aufrecht halten konnte.

Ella sagte, sie gingen zur Toilette, und ich sollte auf ihre Taschen aufpassen. Als sie weg waren, blickte ich auf Dallas Handy, das auf dem Tisch lag. Es hatte Tausende von Stunden unter ihren Fingerspitzen verbracht, an ihr Ohr gedrückt, in ihrer Tasche gelegen, unter ihrem Schreibtisch, unter ihrer Bettdecke. Es war das erste und das letzte, was sie jeden Tag berührte, wenn sie ihre Macht überprüfte und der halben Welt ihre Weisheiten mitteilte. Aber ihr Handy bestand nur aus Plastik, Silikon und Chemikalien, auf einem Fließband in einem fernen Land zusammengesetzt von jemandem, der sich nie vorgestellt hätte, dass es hier einmal auf einem Tisch in einer Mall liegen würde in einem Land, das er nur aus dem Fernsehen kannte. Ich schloss die Augen. Ich hing an einem Ast, und die Luft strich kühl über meine Kanten. Ich schwankte im Wind. Ich war entweder Doppelter Hockeyschläger, oder ich war tot. Ich ergriff das Telefon und begann durch die Bilder zu scrollen.

Dallas' Katzen. Kevin. Der Fuß von irgendjemandem. Kevin bei ihr zu Hause. Ella. Mein Daumen wischte immer schneller.

Dann Dallas, nackt und blöd, weiß wie eine geschälte Kartoffel, absolut krank. Sie hatte das Bild selbst vor einem Spiegel gemacht, den Rücken durchgebogen, um ihre Brüste größer wirken zu lassen, als sie tatsächlich waren. Den Kopf hatte sie zur Seite geneigt und die Lippen zu einem übertriebenen Schmollmund verzogen.

Das war der Moment, in dem ich mich für keine der oben genannten Optionen entschied und mein Leben ruinierte. Ich legte das Handy nicht auf den Tisch zurück. Ich wählte nicht »an alle senden«, um das Bild an alle ihre Kontakte zu schicken. Ich dachte noch nicht einmal daran, wie es wohl auf ihrer Facebook-Seite aussehen könnte. Das Multiple-Choice-Verfahren in meinem Gehirn verfiel in Winterschlaf, und als der Name Dad auftauchte, drückte ich auf Senden. Und damit war mein Leben vorbei.

Ich würde nie wieder Doppelter Hockeyschläger sein. Als nur Sekunden später Dallas' Handy zu klingeln begann, wurde mir klar, was sie sagen würden: dass ich ein Tittentroll und ein Fleischmonster war. Ein echt ekliger Fick. Wie ein Zombie stand ich auf und ging zur Rolltreppe. Gab es ein Wort für jemanden, der so hirntot war wie ich? Klar. Babykacke. Ein Haufen gelbgrüner Würstchen, die zerquetscht würden. Als ich nach Hause kam, hatten sie mir schon siebzehn SMS geschickt.

BABYKACKE WEINI WEINI?
STIRB SCHLAMPE STIIIIIIRRRRBBB!!!!
PERVY MERVY RANNTE WEG. PERVY MERVY IST EIN DRECK!

Bei jedem Summen meines Handys machte mein Magen einen Satz, als hätte ich zu viel Senf geschluckt. Ich rülpste und stellte es auf stumm, aber das Summen ging nicht weg. Es summte in meinem Kopf, während ich hin und her ging und die Hände an die Stämme der Bäume hinter dem Schuppen legte. Dallas würde wahrscheinlich fünf Minuten lang Probleme haben. Ihr Vater würde ein ernstes Gespräch mit ihr führen, und sie würde ihm irgendeine saftige Geschichte auftischen, und am Ende würde er glauben, ich hätte ihr die Kleider heruntergerissen und das Foto aufgenommen. Aber in den nächsten vier Jahren würde mein Leben auf immer neue und bösere Arten zerstört werden. DH war wie ein Virus, der stetig an Stärke und Gemeinheit zunahm, während ich immer schwächer und elender wurde. Ich setzte mich ins Gras und presste den Mund auf meine Knie. Ich war Babykacke. Babykacke war ich. Ich versuchte es leise und schüchtern zu sagen. Dann spuckte ich es aus. Ich hustete und schluckte es immer wieder, bis ich es schmecken konnte. Ich fand einen Zweig auf dem Boden und steckte ihn in den Mund, kaute und saugte an dem schmutzigen Ende. Kaute. Spuckte. Kaute. Spuckte. Der Druck in meinen Ohren baute sich auf, bis der Zweig weg war.

In jener Nacht bekam ich eine Nachricht von jemandem, der sich selbst Phoenix Drake nannte. Ihr Profilbild zeigte den Sensenmann, der unter einer schwarzen Kapuze hervor grinste.

Babykacke
Du hast keine Freunde, du stinkendes kleines Baby, und ich bin geholt worden, um dir deinen stinkenden hässlichen Arsch zu verbrennen. Pass gut auf, denn ich komme und entführe und töte dich. DU WIRST STERBEN.

Zuerst werde ich dich noch am Leben lassen und dir die Finger abschneiden und sie dir in den Hintern stecken, wie du es gerne hast. Das Kackeloch zustopfen, damit du nicht mehr so eine Schweinerei machst. Ich habe dich gewarnt.

Phoenixxxx

Phoenix Drakes Profil war leer, weil DH sie gerade erfunden hatte. Sie hatten bestimmt dafür gesorgt, dass man es nicht zu ihnen zurückverfolgen konnte. So fingen sie an, aber ich wusste, dass sie zu viel Schlimmerem fähig waren. Eine Minute lang wünschte ich, Phoenix wäre real. Dann könnte sie kommen, mich in Stücke schneiden und dem Ganzen ein Ende bereiten. Ich würde mir keine Sorgen machen müssen, was als Nächstes kam. Das Beißen, Verschlingen und Pulverisieren, das mit jedem Tag schmerzhafter werden würde.

Ich antwortete Phoenix nicht. Stattdessen googelte ich »Emphysem«. Wenn ich genug über Grandmas Krankheit wusste, konnte ich ihr helfen und vielleicht dauerhaft bei ihr bleiben – und auf eine neue Schule wechseln. Aber was ich las, gab mir den Rest. Wenn sie keine neue Lunge bekamen, wurden die Leute nicht mehr gesund. Das Google-Bild zeigte eine Lunge, die wie ein umgedrehter Baum im Brustkorb eines Mannes saß. Jeder Lungenflügel wies rosige Äste auf. Eine kranke Lunge jedoch sah anders aus. Sie war grau mit verfaulten schwarzen Blättern, die wie dicke Blasen am Ende jedes Zweigs saßen. Während ich auf die schwarzen Blätter starrte, atmete ich immer heftiger und heftiger, und ich hatte das Gefühl, wieder tief, tiefer, am tiefsten zu sinken.

»Du bist so still«, sagte Rebecca auf dem Weg zu Grandma. »Bist du sicher, dass du zu ihr möchtest?«

Ich sagte, ich würde mich sogar *extrem* darauf freuen, und dann zog Rebecca ihren Erdbeer-Labello aus der Tasche und fuhr sich zum zehntausendsten Mal an diesem Morgen damit über die Lippen.

»Bring mir ein bisschen Latein bei«, sagte sie.

Rebecca hatte mich zum Privatunterricht bei Miss Jarvis angemeldet, weil irgendjemand ihr erzählt hatte, dass ich damit eine höhere Punktezahl bei den Abschlussprüfungen erreichen konnte. Rebecca dachte, ich würde wahrscheinlich nach Yale gehen, und einmal war sie mit mir nach New Haven gefahren, um mit mir über den Campus zu spazieren. »Stell dir nur vor, du wärst hier Studentin«, sagte sie, als wir die Gebäude aus löwenfarbenem Sandstein betrachteten. »Du bist gerade auf dem Weg in die Vorlesung. Wie fühlst du dich?« Ich hasste es, wenn sie so etwas tat. Sie sah mich an, als könnte ich mich in jemand anderen verwandeln, und ich wusste, an wen sie dachte, und ich wusste, es würde nicht funktionieren. Aber ich hatte keine Ahnung, wie ich ihr das sagen sollte, deshalb antwortete ich einfach: »Es fühlt sich gut an.« Und ich ging weiterhin einmal in der Woche in die Bibliothek, um bei Miss Jarvis Latein zu lernen.

Rebecca tippte aufs Lenkrad und wartete darauf, dass ich Latein sprach. »Komm schon«, bat sie, »ich will etwas lernen.«

»*Corpus*«, sagte ich. »Körper.«

Rebecca nickte und wiederholte das Wort.

»*Oculus:* Auge.«

»Wie Oktopus.«

»*Manus*: Hand«, sagte ich. »*Donum*: Geschenk. *Laguna*: kleiner See.«

»Das weiß ich«, sagte Rebecca. »Und *caveat emptor:* Möge der Käufer sich in Acht nehmen.«

Sie wartete auf weitere Wörter, aber als ich schwieg, begann sie über Reisepässe zu reden. »Ich habe es schon wieder vergessen«, sagte sie. »Ich wollte Passbilder von dir machen lassen, damit wir den Antrag über den Sommer stellen können – es wäre zu schade, wenn du nicht mitfahren könntest, weil ich den Pass nicht rechtzeitig beantragt habe. Auf der Highschool werden so viele Reisen gemacht. Ich glaube, sie fahren nach England, nach Spanien und nach Frankreich. Vielleicht sogar auch noch in andere Länder. Vielleicht sollte ich mir auch einen machen lassen – weißt du, ich war noch nie im Ausland. Wäre es nicht lustig, wenn sie mich fragen würden, ob ich als zusätzliche Aufsichtsperson mitkommen will?«

Ich sagte nichts. Sie drehte die Kappe von ihrem Fettstift ab und fuhr sich erneut über die Lippen.

Das Gras vor Grandmas Haus war echt hoch geworden. Wenn DH es sehen würden, würden sie sagen, es sei ein Ghetto. Rebecca klopfte kurz an und öffnete dann die Haustür, ohne auf Antwort zu warten. Wir gingen an einem Sauerstofftank vorbei und dann ins Wohnzimmer, wo Grandma in ihrem Ruhesessel saß und mit einem dünnen Schlauch in der Nase fernsah. Grandma hatte es nicht so mit Umarmen und Küssen, aber ich trat trotzdem an ihren Sessel, und sie legte mir den Arm um die Taille. Rebecca ging sofort zum Angriff über.

»Bea, rauchst du immer noch?«

»Nein. Ich habe aufgehört.«

»Es riecht aber danach.«

»Das ist alter Rauch«, sagte Grandma. »Wenn du zwanzig Jahre lang rauchst, dann hängt der Geruch in der Luft.«

Bevor sie fuhr, nahm Rebecca mich beiseite. »Es ist wirklich gefährlich für sie zu rauchen, weil sie Sauerstofftanks im Haus hat. So fangen die meisten Brände an. Die Tanks könnten explodieren.« Rebecca packte mich am Arm. »Wenn sie sich eine ansteckt, dann lauf bitte sofort aus dem Haus und ruf mich an.«

Ich versprach es zu tun. Rebecca schlang die Arme um mich und drückte mich. »Wenn du deine Meinung über den Aufenthalt hier noch änderst, ruf mich an. Ich bin noch eine Zeit lang in der Gegend.«

Sie sagte nicht, dass sie zu Moms Grab fuhr, aber ich wusste genau, dass sie dort sein würde. Sie bekam einfach nicht genug davon – aber dieses Mal brauchte ich wenigstens nicht mitzukommen.

Kaum war Rebecca weg, zog Grandma eine Zigarette heraus. Sie hatte das Päckchen unter einem Kissen auf ihrem Schoß versteckt.

»Sie geht mir echt auf die Nerven«, sagte Grandma und knipste ihr Feuerzeug an. »So war sie schon immer, seit ihrer Geburt. Kleine Rotzgöre.«

Sie sog an ihrer Zigarette, und ich konnte den Blick nicht von der glühenden Spitze abwenden. Ich wollte nicht nach draußen rennen. Ich wollte dabei sein, wenn alles in einem riesigen Feuerball zerplatzte – eine rote Kugel, die mich verschlucken würde. Hitze und Rauch wie rote Planeten und Sternenlicht im Nebel. Tod durch Verbrennen. Das Ende all meiner Probleme. Wie gebannt blieb ich stehen.

»Keine Angst.« Sie schwenkte ihre Zigarette in meine Richtung. »Ich mache das schon lange so.«

»Ich habe keine Angst.« Mein Handy summte in meiner Tasche, und Dallas' Name erschien auf dem Display. Ich atmete Grandmas Rauch ein und wies auf das Päckchen. »Kann ich eine haben?«

Ich grinste, als Grandma anfing zu lachen, aber dann verwandelte sich das Lachen in Husten, und aus dem Husten wurde Keuchen. Ich stand auf und blickte auf mein Handy, das vielleicht nützlich sein konnte. »Soll ich Rebecca anrufen? Oder den Notarzt?«

Grandma schüttelte den Kopf. Sie hielt immer noch die Zigarette zwischen den Fingern, und ich wusste nicht, ob ich sie ihr nicht besser abnehmen sollte. Ihr ganzer Körper bebte, und ich kam mir so böse vor wie DH, als sie mir beim Ertrinken zugesehen hatten. Ich kniete mich vor sie und legte ihr die Hand auf das knochige Knie. Sie blickte mich nicht an; sie hielt die Augen fest geschlossen. Ich dachte, sie würde sterben. Ihr Brustkorb hob und senkte sich, und aus ihrer Kehle kam ein heißes, trockenes Geräusch, und wenn ich gewusst hätte wie, hätte ich sie an die Oberfläche zurückgeholt. Aber Grandma war nicht unter Wasser, deshalb rieb ich ihr Knie und beobachtete ihr Gesicht. Ungefähr eine Million Jahre später hörte das Husten und Keuchen endlich auf, und Grandma nahm einen Zug aus ihrer Zigarette.

»Tu mir einen Gefallen«, sagte sie. Ihre Augen waren wässerig. »Hol dir eine Cola aus dem Kühlschrank und bring mir ein Bier.«

Ich wusste, dass sie mich weghaben wollte, weil es ihr peinlich war, also nahm ich meine Hand von ihrem Knie und ging in die Küche. Ich hatte gar keinen Durst, aber ich ließ am Spülbecken kaltes Wasser über meine Hände laufen – ich wollte es ihr unmöglich machen, ohne mich zu leben. Deshalb begann ich alles zu lernen, was ich tun konnte. Die Klettverschlüsse an ihren Schuhen schließen; die Etiketten auf ihren Medizinfläschchen lesen, ihre drei Inhalationsgeräte suchen. Wenn Grandma morgens aufwachte und murrte: »Jesus Christus! Meine gottverdammten Bläschen!«, dann wusste ich, dass es ihrer Lunge schlecht ging. Ich lief in die Küche und machte ihr eine Schale Joghurt mit Banane. Ich wischte den Boden und schrubbte die Dusche, beides ohne sie vorher zu fragen. Grandma warf mir einen komischen Blick zu, als ich ihren Aschenbecher ausspülte, und mir wurde klar, dass ich mich viel zu sehr wie Rebecca benahm, die sie hasste. Um Grandma zu beweisen, dass ich keineswegs so war, spielte ich ihr Rebecca-Impressionen vor. Ich stampfte durchs Zimmer, tat so, als müsse ich nach dem Staub unter dem Bett sehen, und fuhr mit dem Finger über das Fensterbrett, wobei ich entsetzt aufschrie, als sich Staub auf meiner Fingerspitze sammelte. Mit überschwänglicher Stimme sagte ich: »Liebes, es gibt so viele Bakterien auf der Welt, aber wenn du hart arbeitest und sechsmal am Tag Zahnseide benutzt, dann ist alles in Ordnung.« So etwas hätte Rebecca nie gesagt, aber Grandma lachte.

Dann erzählte ich ihr, wie gerne Rebecca immer so tat, als sei alles perfekt. Ständig sagte sie: »Das Leben ist schön«, aber nachts hörte ich, wie sie im Badezimmer weinte.

»Blöder Vollstrecker«, sagte Grandma.

Manchmal schaute ich eine Stunde lang nicht auf mein

Handy. Ich guckte Fernsehen oder spülte Geschirr, und dann vergaß ich es minutenlang. Nach einer Stunde jedoch hielt ich es nicht mehr aus, ich musste einfach nachsehen. Manchmal versuchte ich es vor mir selbst in meinem Zimmer zu verstecken, aber am Ende lief ich so lange herum, bis ich es gefunden hatte. Ich musste es einfach wissen. Was dachten sie, was sagten sie, was sollte ich hören? Danach fühlte ich mich immer so, als seien meine Eingeweide mit einem Messer ausgekratzt worden. Ich war braun und grün und tropfte. Ein dicker, verschwitzter Tropfen aus Dreck, Rost und Asche, der kopfüber da hing und darauf wartete, von der Decke zu fallen.

Als Rebecca anrief, erzählte ich ihr, was Grandma mir aufgetragen hatte. Wir hatten hauptsächlich Müsli und Joghurt gegessen und stundenlang vor dem Fernseher gehangen, aber ich verstand es zu lügen.

»Wir hatten gerade Spaghetti und Salat«, sagte ich zu Rebecca. »Dazu gab es Knoblauchbrot.«

»Gehst du überhaupt raus, oder bleibst du den ganzen Tag im Haus?«

»Wir sind zur Mall gefahren. Wir kommen schon raus.«

Rebecca sollte nicht wissen, wie schlecht es Grandma ging, weil sie sonst wahrscheinlich überreagieren und mich zwingen würde, nach Hause zu kommen. Grandma bekam schon keine Luft mehr, wenn sie nur zur Toilette ging, also saßen wir zwei Tage lang im Wohnzimmer und schauten die Vampirserie, und jedes Mal, wenn ich das Klicken ihres Feuerzeugs hörte, sträubten sich mir die Nackenhaare, aber dann sagte ich mir: *Nein, es ist okay zu sterben.*

In vier Tagen fuhren wir nur zweimal mit dem Auto weg. Grandma zog ihre Jeansjacke und ihre bauschige Kappe an und band ihre dünnen grauen Haare im Nacken zu einem Pferdeschwanz zusammen. Sie sagte, ich könne mir aus ihrem Schmuckkasten nehmen, was ich wollte, und ich suchte mir ein Paar baumelnde Totenkopfohrringe aus, damit sie wusste, dass mir ihr Stil gefiel. Ich half Grandma, das tragbare Sauerstoffgerät ins Auto zu bringen, und dann saß ich im Wartezimmer, während sie bei ihrem Arzt war. An einem anderen Tag fuhren wir zum Supermarkt, und obwohl wir auf einem Behindertenparkplatz parkten, drückte Grandma sich keuchend die Hand auf die Brust, als wir endlich im Laden ankamen. Ich stellte ihre Sauerstoffflasche oben auf den Einkaufswagen, und wir blieben in der Gemüseabteilung, bis es ihr wieder etwas besser ging. Mir war es egal, ob uns die Leute anstarrten. Meinetwegen konnten sie den ganzen Tag lang Grandmas Schläuche angucken, das kümmerte uns nicht. Ich hatte vorsorglich mein Handy im Auto gelassen, und als ich mit Grandma langsam die Gänge entlangging, fühlte ich mich so gut wie früher mit DH. Ihr war es egal, was die anderen dachten, und deshalb war es auch mir egal. Grandma warf eine Tüte Starlight Mints in den Einkaufswagen, und ich durfte mir zwei Schachteln Cocoa Puffs nehmen. »Ich bin schrecklich gerne bei dir«, sagte ich. »Du verstehst mich viel besser als der Vollstrecker.«

»Erinnere mich bloß nicht an sie«, sagte Grandma.

»Ich könnte dir bestimmt eine Menge helfen, wenn ich bei dir wohnen würde.«

»Ach ja?«, meinte Grandma. »Willst du mein Sklave sein?«

Sie zeigte auf eine Schachtel Raisin Bran, damit ich sie für sie herunterholte. Ich nahm sie aus dem Regal, warf sie in den Einkaufswagen und sagte: »Klar, Herrin!«

Grandma lachte nicht. Sie wandte sich ab, um sich etwas anderes anzusehen, und auf dem Heimweg wusste ich, dass sie böse auf mich war. Als ich die Einkäufe eingeräumt hatte, sagte sie, ich solle rausgehen und ein bisschen frische Luft schnappen. Sie sagte, sie wolle eine Weile schlafen, und es klang so, als könne sie das nicht, wenn ich im Haus war. Ich wollte lieber drinnen bleiben, aber ich konnte es nicht riskieren, sie zu verärgern.

Ich ließ sie also in ihrem Ruhesessel und ging in die Garage. Grandma hatte gesagt, dort sei ein Fahrrad, mit dem ich ein bisschen herumfahren könne. Das Rad war prähistorisch, wie etwas, was man vom Grund eines Sees geborgen und dann in ein Museum gebracht hatte. Es war dreckverkrustet und die Reifen waren platt. Früher war es vielleicht einmal grün gewesen, aber es hätte genauso gut auch blau, rot, silbern oder schwarz sein können. Es hatte eine Stange, und mir wurde klar, dass es wahrscheinlich meinem Dad gehört hatte. Grandma wäre nie damit gefahren. Ich war mir nicht sicher, ob ich das schrottreife Teil überhaupt anfassen sollte, aber wenn ich hier wohnen wollte, brauchte ich ein Fortbewegungsmittel. Ich konnte damit sogar zum Einkaufen fahren oder Grandmas Medizin abholen – das konnte ich ihr sagen. Ich fand eine Luftpumpe und pumpte die Reifen auf. Dann schob ich das Fahrrad auf die Straße und setzte mich auf den Sattel. Es wackelte ein bisschen, als würde es jeden Moment in tausend Stücke zerfallen, aber dann trat ich in die Pedale, und es begann zu rollen. Und ich umklammerte die abgegriffenen Gummigriffe am Lenker.

Ich fuhr hin und her, gewöhnte mich an Büsche und Bäume, an Bürgersteige und Straßen. Ich trat schneller in die Pedale, atmete tief den Benzingeruch der Luft ein und begann die geheime Geschichte dieses Ortes zu schmecken.

Vor meinem Dad, vor den Telefonmasten und Straßenschildern war alles still. Eiszeit, Steinzeit, Vögel erhoben sich in die Lüfte. Ich radierte Häuser und Autos, Menschen und Rasenflächen aus. Es gab nur Wald, Moos, den Geruch von Steinen. Etwas, was ins Universum tröpfelte und mir sagte, ich könnte bleiben. Das würde mein Ort sein. Riesige Bäume. Gefrorene Seen. Ein wolliges Mammut mit dickem, vereistem Fell. Keine Sprache, nur Stille. Leise wie das flatternde Seufzen eines Mottenflügels.

Mein Handy klingelte, und ich bremste. Rebecca wollte wissen, wie es mir ging. Sie rief an jenem Tag schon zum zweiten Mal an. Wenn sie herausfand, dass ich bei Grandma bleiben wollte, würde sie sich die Augen ausweinen. Ihre Nase würde rot werden und meine auch, und ich würde sie eigentlich nicht verlassen wollen. Aber ich musste: Entkommen war für mich jetzt das Wichtigste.

»Ich bin Dallas begegnet«, sagte Rebecca. »Ich glaube, sie vermisst dich wirklich. Sie sagte, sie könne dich nicht auf dem Handy erreichen, deshalb habe ich ihr gesagt, ich würde dich bitten, sie anzurufen. Ich dachte, es wäre vielleicht nett, sie und Ella mitzubringen, wenn ich dich abholen komme.«

»Ist schon okay«, sagte ich und schluckte. »Du solltest das besser nicht tun.«

»Dallas klang so verloren ohne dich. Sie kann es gar nicht abwarten, bis du wieder da bist. Ich fand es süß.«

»Gibt es sonst noch was?«

»Ist jetzt ein schlechter Zeitpunkt?«

»Ich bin gerade draußen. Ich fahre Fahrrad.«

»Hast du einen Helm auf?«

»Hm-hm.«

»Ist mit Bea alles okay?«

»Ja. Sie ist toll. Ich bin echt gerne hier.«

»Gut, Süße. Na, dann ruf mich später an.«

Nachdem ich das Gespräch beendet hatte, radelte ich zurück zu Grandmas Haus. Als ich das Fahrrad zurück in die Garage stellte, las ich die letzte SMS von Dallas.

Du kannst weglaufen, aber du kannst dich nicht verstecken. Tote Babykacke hinterlässt Flecken.

Grandma schlief in ihrem Sessel. Ich setzte mich zu ihr. Es roch nach Rauch und Medizin, und ich sagte mir, dass dies hier mein Zuhause sei. Die langen, tiefen Falten auf ihren Wangen erinnerten mich an Ameisenpfade. Ich muss sie wohl angestarrt haben, als sie die Augen öffnete.

»Warum guckst du mich so an?«

Ich blickte auf mein Handy. Vielleicht konnte ich es ihr zeigen. Wenn sie ihre Nachrichten sah, musste sie mich hierbleiben lassen. Entweder das, oder sie würde sich fragen, was ich angestellt hatte, um so etwas zu verdienen. Dann müsste ich ihr die ganze Geschichte mit Robyn erklären und DH und das Nacktfoto, das ich verschickt hatte. Und dann sah mich Grandma vielleicht so an, als würde sie auch Babykacke riechen.

»Ich habe gerade nachgedacht«, sagte ich. »Glaubst du, dass Leute, die Probleme haben, sie manchmal verdient haben?«

Grandma verzog das Gesicht, als sei das eine blöde Frage. »Niemand verdient irgendetwas. Was passiert, passiert eben. So ist das Leben.«

Sie trug immer noch ihre Jeansjacke, und ich dachte an die schwarzen Blätter, die in ihrer Brust schwebten.

»Was wäre denn, wenn jeder dich mit einem Namen anreden würde, der gar nicht deiner ist? Also, wenn dich jeder Jennifer statt Bea nennen würde?«

»Was kümmert mich das? In der Welt gibt es größere Probleme.«

Meine Hand, die das Handy hielt, war ganz verschwitzt. Ich musste einen Weg finden.

»Fragst du dich jemals, wie es wäre, wenn ich hier in Cansdown wohnen würde?«

»Darüber kann ich nicht nachdenken, weil das nicht so ist. Und jetzt tu mir einen Gefallen: Hör auf zu theoretisieren und hol dir was zum Abendessen.«

Ich aß meine Cocoa Puffs, ohne das Thema noch einmal anzuschneiden, aber in jener Nacht konnte ich nicht schlafen. Das Zimmer hatte früher meinem Dad gehört, aber nach seinem Tod hat Grandma es umdekoriert. Die Wände waren einfach nur weiß, und sie hatte seine ganzen Sachen weggeworfen. Falls es noch echte Spuren von ihm hier drin gab – Schuppen auf der Matratze, abgeschnittene Zehennägel auf dem Teppich –, dann waren sie zu klein, als dass ich sie sehen konnte. Und ich war froh darüber, weil ich mir nichts vorstellen wollte, was nicht stimmte. Wenn da zum Beispiel ein Baseball-Handschuh wäre, würde ich vielleicht denken, er hätte gerne Baseball gespielt – vielleicht würde ich ihn mir sogar auf dem Platz vorstellen. Ich würde jeden Tag herumlaufen und denken, dass mein Dad Baseball gespielt hätte, bis ich mir einbildete, ihn wirklich gesehen zu haben, obwohl es gar nicht stimmte. Und dann käme vielleicht eines Tages jemand und würde sagen: *Eigentlich hasste dein Dad Sport, und den Baseball-Handschuh hat er einfach nur so gehabt.* Und ich müsste mir eingestehen, dass ich mir etwas vorgemacht hatte, und ich würde geloben, das nie wieder zu tun. Als Rebecca mir erzählt hatte, wie er mich verlassen hatte, indem er Selbstmord beging, sagte ich, ich wolle nie wieder etwas von ihm hören. Grandma hatte seine

Asche in einer Urne in ihrem Schrank, aber die wollte ich auch nicht sehen.

Von: C.McKenzie@chronomail.com
An: R.Doblak@sparkon.com
Betreff: (Kein Betreff)
Gesendet: Mittwoch, 26. August 2009, 23:47:05

Robyn,
ich habe dir das nie zuvor erzählt, aber mein Dad hat sich umgebracht, als ich fünf war. Als ich gefragt habe, warum er es getan hat, haben sie mir gesagt, er sei traurig gewesen. Ich fand das schon immer eine blöde Entschuldigung. Ultra-jämmerlich. Bloß weil du dich beschissen fühlst, bringst du dich doch nicht gleich um.

Aber in letzter Zeit denke ich mehr darüber nach, und ich beginne es zu begreifen. Da war zum Beispiel diese Autumn Sanger, die im Meer ertrunken ist. Sie ist eines Tages verschwunden, und alle haben geglaubt, sie sei entführt worden, deshalb haben sie verschiedene Leute beschuldigt, und Autumn wurde immer berühmter. Aber sie hat nur versucht zu entkommen, und ich glaube, das kann ich verstehen. Wir haben etwas gemeinsam, weißt du? Ich muss auch entkommen. C.

Ich wartete bis nach dem Frühstück am nächsten Morgen. Grandma saß in ihrem Sessel, sah sich eine Talkshow an und lutschte ein Zimtbonbon. Mir blieben nur noch vier Tage, bis die Highschool anfing, und wenn das hier nicht funktionierte, war mein Leben ruiniert. Ich malte die Zahl in meinen Notizblock. VIER. Ich ließ kleine rote Flammen daraus hervorzüngeln, und dann schrieb ich sie aus. Die Werbung kam, und ich musste es jetzt tun.

»Ich habe mir überlegt, ich könnte vielleicht hier bei dir

bleiben«, sagte ich. »Ich weiß, dass du meine Hilfe nicht brauchst, aber ich wäre eben für den Notfall in der Nähe.«

Grandma blickte auf den Fernseher. In der Werbung hielt ein dicker Mann einen Laptop in der Hand.

»Ich bin krank«, sagte sie schließlich. »Du kannst hier nicht wohnen.«

»Es ist nur … Ich habe Probleme mit meinen Freundinnen, deshalb will ich nicht hier weg. Ich kann nicht zurück nach Hause.« Ich blickte auf meinen Notizblock; die Wörter zitterten auf der Seite.

»Ich habe nur noch zwanzig Prozent Lungenfunktion, was bedeutet, dass achtzig Prozent nicht funktionieren«, sagte Grandma. »Deshalb sind mir deine Freundschaftsdramen ziemlich egal.«

»Bist du auf einer Transplantationsliste?«

»Was?«

»Um eine neue Lunge zu kriegen. Eine Transplantation.«

Grandma verzog das Gesicht und hielt sich ein Papiertaschentuch vor den Mund, um ihr Bonbon auszuspucken. »Ich lass mich nicht auf diese Listen setzen. Das ist doch nur Mist.«

Ich sah, wie sie begann, nach ihren Zigaretten zu suchen. Sie fuhr mit den Fingern an der Seite des Polsters entlang, auf dem sie saß.

»Sie nennen mich Babykacke«, sagte ich. »Meine Freundinnen.«

Grandma tat so, als habe sie mich nicht gehört. Sie steckte sich eine Zigarette in den Mund und knipste das Feuerzeug an. Ich beobachtete die Flamme. *Bumm!*, dachte ich. Lass uns beide in Rauch aufgehen. Wir hatten es verdient. Ein Feuer löscht die letzten Mitglieder unserer Familie aus. Hitze wie eine Welle. Ich würde zu Asche werden und auf die Bäume regnen. Und Grandma mit ihrer Zigarette wäre eine Mörderin.

Grandma blies den Rauch aus. »Ich bin im Endstadium, weißt du das? Weißt du, was *Endstadium* heißt?«

Ich nickte und begann zu weinen, weil auch ich im Endstadium war.

»Herrje«, sagte Grandma. Sie blickte mich an, und ich wusste, was sie dachte. *Kein Wunder, dass sie dich Babykacke nennen. Du bist ja auch ein großes Baby.* Ich starrte auf ihre Zigarette. *Bumm!*, dachte ich. *Bumm!*

Ich wollte zu Nichts werden, zu schlammigem Untergrund.

Ich wünschte, ich wäre an jenem Tag bei meiner Mom gewesen.

Kein Wunder, dass mein Dad sich umgebracht hatte – bei so einer Mutter.

Ich dachte es, sagte es aber auch, und dann begann ich so zu heulen, dass ich nicht einmal mehr ihr Gesicht sehen konnte. Ich rannte in die Garage und steckte mein Notizbuch hinten in meine Shorts, dann schwang ich mich auf das Fahrrad und fuhr blindlings drauflos. Durch den Tränenschleier sah ich alles so verschwommen, dass ich auch irgendwo an einem hellen Ort unter Wasser hätte sein können, wo sich Schilf und Tang in meinen Wimpern verfingen.

Ich durfte nicht hier sein. Ich fühlte es in meiner Haut, bis hinunter zu den kleinsten Knochen und meinem rasenden Herzen. Ich trat immer weiter in die Pedale, aber ich würde nicht rechtzeitig zurück sein; ich war nur ein Körper auf einem Rad, der an Häusern und einer Tankstelle vorbeifuhr. Ich zog die Schultern hoch und fuhr immer schneller, bis mir die Kehle schmerzte, bis kaum noch Häuser da waren, nur Gebäude und Zäune und Autowerkstätten, und ich würde bestimmt den Weg nicht zurückfinden, aber vielleicht konnte ich meinen Namen ändern, mir die Haare färben, mein Handy wegwerfen.

Dann konnte ich mich hinlegen und schlafen und üben, still und ein Niemand zu sein.

Erst als ich die Bäume vor mir sah, wurde mir bewusst, wo ich war. Moms Friedhof. Ich war noch nie mit dem Fahrrad da gewesen, weil ich immer nur mit Rebecca fuhr, aber dieses Mal hatte ich zum ersten Mal das Gefühl, wirklich an ihr Grab gehen zu wollen.

Ich schob mein Fahrrad durchs Tor und den Weg entlang. So viele Bäume standen hier, und sie waren alle unglücklich. Sie waren hier gepflanzt worden und konnten nicht weg. Tag und Nacht lebten sie hier. Schluckten Tränen und Wimpern, spendeten niemandem Schatten. Wurzeln, die zu tief in die Erde wuchsen, berührten die Toten, waren mit begrabenen Händen und Füßen verschlungen, die sie in die Welt unten hinunterzogen.

Am Rand des Parkplatzes ließ ich das Rad fallen, und plötzlich konnte ich mich selbst riechen, den staubigen Schweiß, der meine Waden bedeckte, die Nässe auf meinem Rücken. Meine Shorts waren hochgerutscht, aber da niemand in der Nähe war, zupfte ich an dem feuchten Stoff, als ich zu dem Stein ging, auf dem mein Nachname eingraviert war. Ich setzte mich nicht, und ich sagte auch nichts zu ihr. Nach zwei Sekunden wollte ich eigentlich wieder gehen, aber ich wusste ja nicht wohin. Ich würde hierbleiben müssen, mit den Bäumen und den Steinen und den Toten.

Dabei erinnerte ich mich kaum an sie. Ich wusste nur noch, dass sie lange Haare hatte, die mich wie Federn kitzelten, wenn sie sich über mich beugte, um mir einen Kuss zu geben. Und wenn ich mit der Zunge über ihre rauen

Knie leckte, schmeckte sie wie Milch. Sie tätschelte mir dann den Kopf und sagte: »Brave kleine Katze«. Ich fuhr mit der Hand über das Gras auf Moms Grab und fühlte mich ganz elend. Ich hatte sie nie gekannt, und sie würde nie wissen, was ich Robyn angetan hatte. Ich dachte daran, wie Dallas und Ella mich gecoacht hatten, nachdem ich die Farbe ausgedrückt hatte.

»Erzähl einfach jedem, Robyn hätte etwas Gemeines gesagt.«
»Sag, sie wollte dich umbringen.«
»Nein, Ella, sie sollte etwas Realistisches sagen.«

Es war das Realistischste, was ich mir vorstellen konnte, und nach dem, was ich getan hatte, fühlte es sich sogar wahr an. *Meine Mom ist gestorben, damit sie mich nicht ansehen muss.* Ich klappte meinen Notizblock auf, nur um zu sehen, wie sich die Worte anfühlen würden.

Deine Tochter verletzt Menschen. Sie hat die Farbe verspritzt und das Foto verschickt. Callie verdient zu sterben wie du.

Auf dem Boden war eine Ameise, und ich ließ sie auf meine Hand krabbeln. Ich spürte es nicht einmal, als sie zwischen meinen Fingern, über mein Handgelenk auf meinen Ellbogen zu krabbelte. Aber ich wusste, sie hatte keine Angst. Wir waren gleich. Unsere winzigen Herzen schlugen im Einklang, und meine Mom unter uns war tot. Ich kam mir vor wie ein Nichts, als ich den Zettel unter Moms Stein schob. Die Ameise krabbelte weg, und ich hörte einen Motor gehen. Als ich aufblickte, sah ich einen Mann, der den Rasen mähte. Langsam ging ich wieder zurück zu meinem Fahrrad, und dann sah ich all die Nachrichten auf meinem Handy.

Vor Grandmas Haus stand Rebeccas Auto, und ich wünschte, ich wäre eine Nonne. Dann könnte ich ein Schweigegelübde ablegen und bräuchte nie wieder zu sprechen.

Rebecca saß auf der Couch, und Grandma sah fern. Als sie mich sah, sprang Rebecca auf. »Wo zum Teufel hast du gesteckt?«

Wenn Rebecca anfing zu fluchen, wusste ich, dass es ernst war. Ich sagte, ich sei mit dem Fahrrad unterwegs gewesen, was ja zumindest stimmte. Ihr Gesicht war knallrot, und ich fragte mich, was Grandma ihr wohl erzählt hatte. Zum Glück hatte sie jedoch nicht gepetzt.

»Du bist zu viel für mich«, sagte Grandma. »Ich bin an Kinder nicht mehr gewöhnt.«

Sie sagte es nicht so, als täte es ihr leid. Sie wollte bloß, dass ich verschwand. Und die Geschichte mit Babykacke hatte sie wahrscheinlich längst vergessen. Rebecca verzog traurig das Gesicht, als täte es ihr schrecklich leid, und einen Moment lang hätte ich am liebsten Grandmas Fernseher kaputt geschlagen. Ihn mit der Faust in Millionen von winzigen Teilchen zersplittert. Aber ich ging nur in mein Zimmer und packte meine Sachen.

Ich sagte nichts zu Grandma, und als ich Rebecca nach draußen zum Auto folgte, legte sie ihren Arm um mich.

»Bist du okay, Callie?«

Als ich nicht antwortete, zog sie mich an sich. »Ich weiß, wie schwer das ist, aber du solltest es nicht persönlich nehmen. Du weißt ja, dass sie Schmerzen hat, und sie ist einfach kein glücklicher Mensch.«

Im Auto war es heiß wie im Backofen, als Rebecca mich hineinschob. Ich hatte das Gefühl, mich aufzulösen, und kam mir vor wie eine schläfrige, faule Schnecke, deren schleimiges Inneres sich hin und her bewegte, als wir losfuhren. Meine Arme schwollen an, und mein Kopf schlug ans Fenster. Ich versuchte mich zu erinnern. War es Salz, das Schnecken umbrachte? Konnte ich es auf meine Arme sprenkeln und dann zusehen, wie sie vor meinen Augen schrumpften?

Im Backofen waren Worte, zu fröhlich und scharf. Die Dame sprach zu schleimig.

»Sollen wir nicht anhalten und irgendwo ein Eis essen? Wir können uns ja eine Weile in einem Diner abkühlen.«

Die Schnecke sonderte Schleim ab. Sie wäre am liebsten an einem dunklen, stillen Ort gewesen. Keine Eiscreme: zu zuckerig und kalt für ihren glitschigen Bauch. Nicht in den Diner: zu hell für ihre blinzelnden verschleimten Augen. Alle würden sie anstarren.

»Ich will doch nur nett sein«, sagte die Dame. »Ich habe mich so darauf gefreut, dich zurückzuhaben.«

Die Schnecke sank tiefer in die Hitze hinein, wo alle Gedanken nur aus einzelnen Worten bestanden. *Ja. Nein. Nein. Ja.*

Aber die Frau hörte nicht auf zu reden. Sie wollte die Schnecke unbedingt in einen Raum schieben, wo sie nicht hingehörte. In einen Raum voller Sportklamotten und Notebooks, Orchesterproben und Bleichmittel. Lipgloss und Strumpfhosen. Nur noch dreieinhalb Tage. Die schleimige Schnecke rollte sich in sich zusammen. Sie konnte versuchen, ihre weichen Stellen zu schützen, aber sie bestand nur aus weichen Stellen.

Der erste Tag auf der Highschool. Haarreif, Ohrringe, Ring. Ankle Boots. Lidschatten und Wimperntusche.

Nichts davon würde helfen, aber vielleicht hatte DH es ja noch nicht jedem erzählt. Vielleicht interessierte es auch niemanden.

Die schleimige Realität.

Vor der Schule, auf der Rasenfläche, wo alle darauf warteten, dass sich die Flügeltüren öffneten, konnte ich keinen Platz finden. Ich wanderte vom Fahrradständer zu einer Stelle unter einem Fenster, und dann zu den Sträuchern, wo ich meinen Arm an einen Ast drückte. Wenn ich wie eine Krabbe in Bewegung blieb, bemerkte mich vielleicht niemand. Aber es gab bereits Tausende von Grenzen, die ich nicht überschreiten konnte. Arme, Nacken, Zunge, Zähne, Haare. Fremde. Vertraute Gesichter, hektisch verzogen. Wenn ich zu nahe an eine herankam, würde ich schrumpfen und sterben.

»Squishies«, schrie eine Gruppe von Mädchen, die sich umarmten. Zwei Schönheiten, mit denen wir immer zu Mittag gegessen hatten, lachten und rümpften die Nasen, als sie mich sahen. Mein schleimiges Inneres begann sich aufzulösen.

Ich blickte auf mein Handy. Ich hatte eine neue Nachricht von einer Nummer, die ich nicht kannte.

Warnung! Babykacke furzt in die Hose. ZIEH EINE WINDEL AN!

Ich ignorierte den Text und spielte *Mythical Maze* auf meinem Handy. Ich konzentrierte mich so sehr darauf, dass ich ganz vergaß, wo ich war. Als die Türen aufgingen, folgte ich der Menge in die Aula, wo ein großes blauweißes Banner von der Decke hing. *WILLKOMMEN JAHRGANG 2013.* Mein Stundenplan lag auf dem *M*-Tisch, und ich nahm ihn, setzte mich ganz an den Rand und spürte die Aufregung der anderen in meinem Körper. Als ich DH sah, rollte sich meine Zunge hinten in meiner Kehle zusammen.

Ella bemerkte mich als Erste. Sie lächelte flüchtig.

Dallas schürzte die pinken Lippen. »Babykacke!«
Ich blickte auf den Stundenplan.
»Babykacke! Ich rede mit dir!«
Ich wandte mich zum Ausgang, aber ich wusste, was ich eigentlich tun wollte. Ich wünschte, ich hätte ein Messer, damit ich mich umdrehen und sie erstechen könnte. Ich wünschte, sie hätten Asthma, damit ich ihre Inhalationsfläschchen auskippen und sie in einem luftleeren Raum einsperren könnte.
Ein Junge neben der Tür zischte »Schlafsack«, als ich vorbeiging.
Ich wusste nicht, wovon er redete, aber später an jenem Nachmittag wurde es mir klar. Dallas hatte ihren Status auf Facebook geändert.

So verdammt eklig! Ich werde meinen Schlafsack verbrennen müssen, nachdem ich ihn Callie McKenzie geliehen habe. Sagen wir's mal so: Jemand bräuchte dringend eine Windel. Riecht echt widerlich!

Ella hatte daruntergeschrieben:

Babykacke hat wieder zugeschlagen!

Dallas hatte 582 Freunde. Ich überlegte, was ich zurückschreiben konnte. *Die Gerüchte stimmen nicht.* Aber ich wusste, dass es eigentlich egal war. Ihre Worte hatten schon einen Fleck hinterlassen. Für 582 Leute war die Kacke im Sack.
In der Schule wollte kein Mädchen hinter mir in der Cafeteria-Schlange stehen. Ein Junge mit Emo-Frisur trat gegen meinen Stuhl, als er vorbeiging. Ein anderer tat so, als wolle er Schokoladenpudding auf meinen Hintern

schnipsen. Immer, wenn so etwas passierte, spürte ich, wie etwas in meiner Brust anschwoll, das keinen Raum für anderes ließ. Ich kniff die Augen zu Schlitzen zusammen und nahm mir fest vor, nicht zu weinen. Ich versuchte meine Gedanken auf eine Sache zu konzentrieren. Eine Pistole zum Beispiel. Würden Dallas und Ella mich erschießen, wenn sie es könnten? Würde ich sie erschießen? In einer verkehrten Welt würde ich diejenige sein, die lachte und darauf wartete, dass ich weinte. Ich würde lachen und meinen nächsten Schritt planen.

Das Toilettenpapier auf meinem Stuhl in Biologie? Das hätte ich selber da hinlegen können. Und als Babykacke rot wurde und versuchte, die Rolle unter ihrem Pult zu verstecken, hätte ich zugesehen, während die Klasse in Gelächter ausbrach. Alle lachten – sogar Lily Trager, deren Bruder Down-Syndrom hat und die vermutlich das netteste Mädchen in unserem Jahrgang ist.

Ich hätte auch diejenige sein können, die den schwarzen Edding mit in die Mädchentoilette im ersten Stock des B-Flügels mitgebracht hatte. Dort gab es einen Fries mit Tänzerinnen, die sich vor einem Regenbogen-Hintergrund drehten und wanden, und eines Tages malte jemand schwarze Würstchen, die aus einer dieser Tänzerinnen herauskamen. Ich hätte vielleicht zugesehen, wie Dallas den Pfeil losschickte, der die Tänzerin als Babykacke benannte. Oder vielleicht hätte ich es sogar selber getan.

Jedes Mal, wenn ich sie in der Eingangshalle sah, fühlte ich mich wie ein tollwütiger Hund. Ellas Arme tanzten in der Luft, als sie meinen Namen schrien, und ich zitterte am ganzen Körper. Ich wäre am liebsten über den Zaun gesprungen, hätte ihnen die Kehlen aufgerissen, den mondlosen Himmel angeheult. Ich machte mir selbst Angst. Ich war nicht wie meine Mutter. Ich hatte eine finstere Mitte, das Blut eines Killers. Und während ich mich in einer Toilettenkabine versteckte, wünschte ich mir, Dallas hätte eine Nuss-Allergie, sodass ich meine mit Erdnussöl getränkten Finger an ihr abwischen könnte.

Im Spanisch-Unterricht zeigte Señora Vallsay uns Dias auf dem Whiteboard. Sie war im Urlaub in Mexico gewesen und wollte, dass wir uns anschauten, wie sie mexikanisches Essen aß, durch die Straßen spazierte oder vor Museen stand. Unter meinem Pult faltete ich den Zettel auseinander, den jemand in meine Tasche gesteckt hatte. Es war ein Quiz:

Bist du der größte Loser der Schule?
Kreuze die richtige Antwort an.

Jeder nennt mich:
a) wundervoll
b) schön
c) Babykacke

Wenn ich kacken muss, mache ich es:
a) in meine Hose
b) in meine Windel
c) auf der Toilette und denke daran, abzuziehen

Herzlichen Glückwunsch, du bist offiziell der größte Loser der Schule. Warum stirbst du nicht einfach?

Ich wusste nicht, warum ich nicht starb. Ich wartete darauf, dass ich aufhörte zu atmen und mein Herzschlag endlich aussetzte. Ich war nichts. Ich sah die wechselnden Bilder von Mexico und wünschte, ich wäre etwas anderes. Die weiße Leere eines Blattes Papier. Das Limonengrün eines abgefallenen Blattes. Eine Plastikuhr, die am

Handgelenk eines Jungen tickte. Der mexikanische Esel mit den leeren Augen, der in der Diashow alleine dastand.

Nach dem letzten Bild schaltete Señora Vallsay das Licht an und sagte, wir sollten uns auf Spanisch der Klasse vorstellen. Auf einmal hielt ich es für möglich, den falschen Namen zu sagen. Ich bereitete mich innerlich auf das schnaubende Kichern und Johlen vor, aber als ich den Mund öffnete, konnte ich kaum sprechen. Meine Kehle war voller Schlamm, und einen Moment lang blickte Señora Vallsay mir in die Augen, als könne sie meine Gedanken lesen. Ihre Augen waren klar bis auf den Grund, und sie kannten mich, mein Leiden. Sie lächelte ein wenig, aber auch sie kannte mich. Und schließlich flüsterte ich: »Me llamo Callie.«

Nachdem ich in den ersten Tagen allein gesessen hatte, ging ich mittags nicht mehr in die Cafeteria. In der Schulbibliothek spielte ich Spiele am Computer, stöpselte meine Kopfhörer ein und zog mich zurück. Manchmal, wenn mein Magen knurrte und niemand in der Nähe war, zog ich einen Zweig aus der Tasche und nuckelte am schmutzigen Ende. Ich hielt ihn wie eine Zigarette und dachte über Grandma nach. Ich wusste, welche Sendungen sie jeden Tag sah, und ich stellte mir vor, bei ihr zu sein, auf dem Sofa zu sitzen und Cocoa Puffs zu essen. Manchmal sah sie zu mir herüber und sagte meinen Namen. Ich wusste nicht, ob sie mich wegen dem, was ich gesagt hatte, hasste. Ich hatte mich an jenem Tag nicht von ihr verabschiedet, und jetzt merkte ich, dass ich gerne mit ihr reden würde.

Ich schloss mich in einer Toilettenkabine ein und zog mein Handy aus der Hosentasche. »Grandma?«, sagte ich, als der Anrufbeantworter ansprang. »Grandma?« Ich wollte ihr Zeit geben, meine Stimme zu hören und dranzugehen. »Ich bin es. Callie.«

Sie nahm nicht ab, deshalb fuhr ich fort: »Was macht deine Lunge? Ist sie okay?«

Ich setzte mich auf die Toilette, nahm meinen Zweig heraus und legte ihn auf meinen Oberschenkel.

»Ich wollte dir nur sagen: Es geht mir jetzt besser. Was ich gesagt habe, tut mir leid.«

Ich fragte mich, ob sie wohl dasaß und mir zuhörte. Ich berührte den Zweig und wartete. »Ich habe es nicht so gemeint, und ich hätte es nicht sagen sollen.«

Ich gab ihr noch eine letzte Chance, den Hörer abzunehmen, und dann sagte ich, ich müsse jetzt aufhören. Ich nahm einen roten Stift aus meiner Tasche und blickte auf die glatten, sauberen Wände um mich herum. Ich konnte alles schreiben. Ich konnte der Welt mitteilen, dass Dallas eine Kannibalin mit Doppelkinn war, die zum Frühstück Penisse verschlang. Oder dass Ella eine geistig behinderte Vogelscheuche war. Ich konnte Bilder von beiden malen, wie sie auf dem Scheiterhaufen brannten – aber stattdessen zog ich meine Bluse hoch. Es gab nur ein Wort, das ich schreiben wollte. Babykacke. Ich schrieb es zuerst auf meinen Bauch. Dann öffnete ich den Reißverschluss an meiner Hose. Ich schrieb es auf jeden Oberschenkel. Ich zog den Kragen meiner Bluse herunter und schrieb es auf meine Schulter. Die Mine des Kugelschreibers war kühl, als ich sie auf meine Haut drückte und immer wieder neue Stellen fand. Es würde jetzt mein Wort sein. Es war das einzige, was ich hatte.

Von: C.McKenzie@chronomail.com
An: R.Doblak@sparkon.com
Betreff: (Kein Betreff)
Gesendet: Donnerstag, 3. September 2009, 19:22:14

Robyn,
heute bin ich so glücklich aufgewacht, weil ich vergessen habe, dass du mich hasst. Zehn wundervolle Sekunden lang waren wir wieder Freundinnen. Du hast mir geraten, Zeichentrickfilme zu gucken und Müsli zu essen, und als du meinen Namen gesagt hast, habe ich die Augen aufgeschlagen und gelächelt.

Es war nicht real. Ich bin wieder allein. C.

Rebecca war ganz aufgeregt wegen des ersten Freitags im Highschool-Jahr. »Schulgeist-Freitag«, erinnerte sie mich. »Weißt du schon, was du anziehst?«

Wir sollten in Blau und Weiß gekleidet in die Schule kommen, unseren Schulfarben. Es gab eine Motivationskundgebung, und von den neuen Schülern wurde erwartet, dass sie sich am meisten Mühe gaben und sich Gesichter und Arme halb blau und halb weiß anmalten. Es sollte uns helfen, uns mit unserer Schule zu identifizieren, aber ich wusste, es war eine Lüge. Unter der Farbe würde ich trotzdem noch Babykacke sein. Selbst wenn ich mich wieder in Doppelte Hockeyschläger zurückverwandeln könnte, würde es nichts bedeuten. Ich war leer. Es bedeutete nichts, und ich sagte Rebecca, was ich dachte.

»Aber willst du eure Schulmannschaften denn nicht unterstützen?«

»Welche Farbe ich dabei trage, macht doch keinen Unterschied.«

»Doch, es könnte sich darauf auswirken, wie du dich fühlst«, sagte Rebecca. »Als ich ein Kind war, gab es zum Beispiel diese Kettenbriefe in der Post. Die Nachricht fing immer gleich an: *Das ist kein Witz.* Für gewöhnlich stand darin, dass der Brief schon mindestens siebenmal um die Welt gegangen sei. Leuten, die ihn weiterleiteten, würde er Glück bringen, wohingegen die Leute, die die

Kette durchbrachen, sterben oder Geld verlieren könnten. Und Callie, ich wusste zwar, dass es wahrscheinlich alles nur erfunden war, aber ich schrieb ihn trotzdem für alle möglichen Leute ab, was echt viel Zeit in Anspruch nahm. Ich glaubte natürlich nicht, dass ein Stück Papier so viel Macht haben könnte, aber während ich den Brief abschrieb, fühlte *ich* mich mächtig – als ob das, was ich tat, etwas bedeutete. Und mir gefiel der Gedanke, dass ich Teil von etwas Größerem war und vielleicht dazu beitragen konnte, dass die Leute um mich herum Anteil nahmen.« Rebecca legte ihren Löffel hin und blickte mich an.

»Ich meine, ihr Kinder seid heutzutage nicht mehr so leichtgläubig wie wir. Mittlerweile gibt es nicht einmal mehr Ketten-*E-Mails*, oder? Ich kannte mal einen Jungen, der glaubte, er würde zehntausend Dollar bekommen, nur weil er an einen Namen auf einer Liste fünf Dollar geschickt hatte. Er sagte mir, er würde eine große Party am Strand feiern, wenn das Geld käme, aber natürlich kam es nie, weil das Ganze nur ein großer Betrug war. Aber eine Zeit lang fühlte er sich reich.«

»Das ist das Dümmste, was ich jemals gehört habe. Er muss sich ja ultrablöd vorgekommen sein.«

»Vielleicht.« Rebecca schloss für einen Moment die Augen. »Aber vielleicht brauchte er auch diese Lektion. Ich glaube, der Punkt ist, dass manche Rituale für dich gut sein können, selbst wenn das letztendliche Ergebnis nicht davon beeinflusst wird. Du hast was davon, auch wenn sie dir nicht das geben, was du erwartet hast.«

Ich blickte sie an, und mir wurde klar, dass sie mich am liebsten hirntot haben wollte, so wie sie selbst es war und alle anderen auch. Wir würden alle Zombies sein, die zusammen hirntote, bedeutungslose Dinge machten. Das war das Leben.

In der Schule fing ich an darauf zu achten. Wenn es klingelte, sprangen alle auf. Bei Motivationsveranstaltungen kreischte jeder. Im Klassenzimmer standen wir auf, wenn der Lautsprecher es uns sagte, und legten die rechte Hand aufs Herz. Der Direktor sprach den Fahneneid und ein paar Kinder murmelten die Worte mit, während die anderen nur die Lippen bewegten. Ein Junge in der ersten Reihe brüllte das Ganze und stand dabei so aufrecht da, dass man ihn in der Mitte hätte zerteilen können. Ich blickte auf die verschlissene Fahne, die über der Tür hing, und fragte mich, ob die Leute beim Leisten des Eides etwas fühlten. Glaubten sie daran? Dachte der Direktor wirklich darüber nach, was die einzelnen Worte bedeuteten? Oder war das nur eine weitere Zombie-Gewohnheit? Etwas, was wir alle im Kindergarten gelernt hatten, ehe wir alt genug waren, um zu entscheiden, was wir wirklich glaubten. Ich wusste, dass es falsch war, so zu denken. Aber was war denn, wenn niemand das fühlte, was wir fühlen sollten? Was war denn, wenn alle nur so taten als ob? Und was, wenn eines Tages eine völlig andere Fahne über der Tür hängen würde, ohne dass es einen interessierte?

Dann ertönte die Nationalhymne über den Lautsprecher und alle setzten sich, noch bevor der letzte Ton verklungen war. Niemand sang mit. Mrs Dobler blickte auf ihren Laptop und rieb sich den Lippenstift von den Zähnen. Im Grunde waren wir alle hirnlos.

Mein Mathelehrer gab mir einen Verweis, weil ich zu spät kam.

»Miss McKenzie, Sie müssen nach dem regulären Unterricht nachsitzen.«

Er wirkte stolz auf sich. Er verfuhr nach den Regeln. Alle in der Klasse schrieben eine Gleichung vom Whiteboard ab, und ich setzte mich auf meinen Platz und schlug mein Heft auf. Aber dann konnte ich nicht weitermachen. Ich konnte die Symbole nicht abschreiben. Die X und die Y. Ich konnte nicht so tun, als ob sie für mich von Bedeutung wären. Dass die Buchstaben Zahlen waren – Variablen, die sich in jeder Sekunde ändern konnten. Verliere an Wert, werde negativ, schrumpfe auf ein Nichts. Jeder würde versuchen, die Gleichung zu lösen, aber ich nicht. Ich brach die Spitze meines Bleistifts ab und blickte auf meine Handgelenke.

Wenn eine Zahl verschwinden konnte, wie sollte man dann beweisen, dass sie überhaupt je existiert hatte? Wie klein konnte sie werden, bevor sie völlig verschwand? Im wirklichen Leben gab es kein Zurück. X konnte nicht in der einen Minute -1000 und in der nächsten wieder 64 sein. Wenn man einmal seinen Wert verloren hatte, war auch alles andere nichts. Und vielleicht waren die Dinge, von denen man geglaubt hatte, sie hätten einen Wert, von vorneherein hohl gewesen.

Nach der Schule textete ich Rebecca, ich sei bei Ella. Ich ging zu *Shabbie Maggie's* auf der Hauptstraße und wanderte im Laden herum, berührte die Dinge, die andere Leute weggeworfen hatten. Ich wusste, dass ich zu Hause eine Nachricht von Phoenix Drake vorfinden würde. Am Abend zuvor war das Bild des Sensenmannes auf dem Bildschirm meines Laptops erschienen, und ich hatte gelesen, was DH mir zeigen wollte:

Babykacke! Bist du froh, dass du immer noch in der Gegend herumläufst, die Erde verunreinigst und bei jedem Schritt deine Schweinerei hinterlässt? Uns wird übel von deinem Gestank. Deine Kleider sehen aus wie Müll, den du in der Abfalltonne gefunden hast. Du bist eine schmutzige verdammte Küchenschabe, und ich werde dich zertreten.

Dallas hatte über sechshundert Freunde. Sie freundete sich mit neuen Leuten von der Schule an, während meine Freundesliste zur gleichen Zeit von 356 auf 322 zurückgegangen war. Und von diesen 322 hassten mich die meisten, und keiner war ein wirklicher Freund. Alles, was ich je gewesen war, war fort, und obwohl ich noch genauso aussah und mich noch genauso anzog wie sonst, war ich jetzt ein anderer. Ich war Babykacke.

Ich griff nach einem T-Shirt vom Männergestell. Vorne drauf war das Bild eines Schwarzen mit Afro, und das Shirt hatte die Farbe von Babykacke. Es fühlte sich weich und abgetragen an, und während ich es in der Hand hielt, fragte ich mich, wo es wohl herkam und warum. Die Ärmel hatten früher die Arme von jemandem umschlossen und dann losgelassen. Jetzt war es hier bei mir. Ich kaufte es für drei Dollar, und als ich nach Hause kam, zog ich es an, bevor ich meinen Computer hochfuhr.

Phoenix hatte mir keine weitere Nachricht geschickt, und auch Dallas und Ella hatten nichts Neues geschrieben. Ich rieb die weichen Ärmel meines Shirts – sie rochen nach Weichspüler –, und dann sagte ich meinen Namen: Babykacke. Wieder fühlte ich mich wie ein tollwütiger Hund. Ich wollte meine Zähne in etwas schlagen. Ich begann eine Nachricht an Phoenix Drake zu schreiben.

Dallas & Ella. Ich weiß, dass ihr es seid. Alles Liebe, Babykacke.

Kurz darauf erhielt ich eine Nachricht. Dallas hatte mich zu einer neuen Gruppe eingeladen. Sie hieß: *»Hast du Babykacke gerochen?«*

Ich klickte auf die Gruppe. In der linken Ecke war ein Bild von mir vom letzten Juni. Ich tanzte in meinem grünen Pyjama in Ellas Haus. Meine Haare waren zerzaust, und mein Mund war halb offen, und ich sah so aus, als würde ich keuchen oder versuchen zu kacken.

Diese Gruppe ist für Leute, die den schlimmsten Arschgeruch überhaupt gerochen haben – Babykacke. Teilt eure Fotos und Erfahrungen hier mit.

Phoenix Drake war als der Initiator der Gruppe aufgeführt. Es waren bereits sieben Leute darin, und Kevin Brunetti hatte einen Kommentar geschrieben.

Ich habe sie heute gerochen, und sie stank nach Kuhmist. ROFL

Ich blickte erneut auf das Foto von mir, und plötzlich bekam ich keine Luft mehr. Mein Brustkorb hob und senkte sich zwar weiterhin, aber es drang keine Luft mehr ein. Ich packte vorne an mein T-Shirt. Irgendetwas funktionierte nicht. Entweder lag es an der Luft oder an meinen Lungen. Alles wirbelte um mich herum, wie schwarze Blätter. Nein. Ja. Ja. Nein. Ich warf mich auf den Boden und wartete darauf, dass es vorbei war. Dass die Farben weggingen. Klar. Tief. Erstickend.

Jemand klopfte an die Tür. Ich atmete.

»Callie?«, sagte sie. »Was machst du auf dem Boden?«

Ein Zombie.

»Liebes? Alles in Ordnung?«

Unter meinem Bett lag eine gelbe Socke; ich streckte die Hand danach aus.

»Ich habe nach meiner Socke gesucht.« Die Socke sagte mir, ich solle aufstehen, also rappelte ich mich mit zitternden Beinen auf.

»Hier drinnen ist echt dein persönliches Bermuda-Dreieck.« Der Zombie hob eine Jacke auf und hängte sie an die Tür. »Du musst dieses Wochenende mal sauber machen. Staub wischen und so.«

Ich ließ die Socke auf mein Bett fallen und trat an meinen Schreibtisch. Ich klickte, damit der Bildschirm schwarz wurde. Der Zombie beobachtete mich.

»Hey, woher hast du das Shirt?«

»Von *Shabby Maggie's*.«

»Ich wasche es für dich. Es ist bestimmt nicht sauber.«

Sie hatten eine Gruppe über mich gemacht, und es wurde immer größer. Das Shirt schloss mich in die Arme, und ich schüttelte den Kopf. Nein. Ich wollte nicht, dass es sauber war. Es sollte so bleiben, wie es war, genau so, wie ich es vorgefunden hatte.

Als ich am nächsten Morgen aufwachte, hielt ich den Atem an, bevor ich nachschaute. Die Gruppe hatte jetzt elf Mitglieder. Ich hatte in meinem neuen-alten T-Shirt geschlafen, und es sagte mir: *Zieh dich nicht um.* Meine ungekämmten Haare fühlten sich richtig an, und dann flüsterte meine Haut: *Bitte, berühr mich nicht.* Also ließ ich Make-up und Lidschatten auf dem Beckenrand liegen.

»Neuer Look?«, fragte Rebecca, als ich in die Küche kam.

»Emo«, log ich.

»Emo? Bei uns hieß das ›Hippie‹.«

Vor der ersten Stunde sah ich Dallas und Ella den Flur entlangkommen. Wenn ich sie angeschrien hätte, hätten sie nur gelacht. Wenn ich sie gebeten hätte aufzuhören, hätten sie mir meine Worte wieder an den Kopf geworfen. Ich steckte die Hände in den Saum meines T-Shirts und machte mein Gesicht so glatt wie blaues Wasser.

»Ich glaube, da ist jemand sehr stolz, dass sie aufs Töpfchen gegangen ist«, rief Ella.

»Was für ein braves Mädchen, Babykacke«, sagte Dallas und klatschte in die Hände.

Ich dachte, ich schaffe es nicht bis ins Klassenzimmer. Meine Beine konnten nicht verstehen, warum sie dort hingehen sollten. Sie fanden, ich sollte weglaufen, mich im Wald verstecken, und als ich das nicht tat, drohten sie mir, sie würden zusammenbrechen. Sie sagten, ich müsse hier, mitten im Flur, liegen, während jemand den Krankenwagen rief, und was sollte ich dann tun? Also kniff ich sie und ging weiter.

Als ich mich den Flur hinunterquälte, spürte ich, wie sie sich um mich bewegten. Die ganzen Zombies, die mich hassten, diese ganzen Hohlköpfe, die an der Jagd auf mich teilnahmen. Ich war ein Baum im Wald, und sie waren die Dorfbewohner, die mich mit Äxten, Sägen und Messern umringten, bereit von allen Seiten auf mich einzustechen. Sie hatten das Wort gesehen, das in meine Rinde eingeritzt war, und jetzt wollten sie mich umbringen. Ich ließ meine zerzausten Blätter hängen und ging schneller. Ich sah niemanden an.

In der Klasse hörte ich ein würgendes Geräusch. Der Mathelehrer war noch nicht da, und alle beobachteten mich. »Lächeln!« Ashton Davies hielt sein Handy hoch. *Klick! Klick!*

»Sehr schön.« Er drehte es so, dass seine Freunde etwas sehen konnten, und ich hielt den Kopf gesenkt, während immer mehr Handys klickten.

»Babykacke«, flüsterte eine Stimme, und ich wusste, sie warteten darauf, dass ich durch den Dreck kroch und mit schleimigem Lächeln für ihre Fotos posierte. Ich presste den Kopf gegen meinen Arm. Ich hörte, wie Mr Gimble hereinkam, und als er sich zum Whiteboard wandte und »Quadratwurzeln« sagte, hob ich den Kopf. Ich konnte auf einmal nicht mehr aufhören, es mir vorzustellen. Quadratwurzeln: wie Kästen unter einem Baum. Sie konnten rot oder schwarz sein, Samen, Blätter oder geschrumpfte Menschen enthalten. Und vielleicht waren Quadratwurzeln ja nicht nur unter Bäumen, sondern auch in Leuten drin. Wie ein Kasten hinter den Rippen, der das Allerkleinste von dir, multipliziert mit sich selbst, enthielt. Ich malte das Quadratwurzel-Symbol in mein Heft und setzte Ellas Namen darunter.

In ihrer Kiste war ein Paar scharfer Stöcke. Hockeyschläger oder Zahnstocher. Aber ich war mir nicht sicher, ob sie leer war, wenn ich sie herauszog. Ich dachte daran, wie sie geweint hatte, als wir *Der Junge im gestreiften Pyjama* geguckt hatten, und wie sie meine Tasche getragen hatte, als ich mir in der sechsten Klasse den Knöchel verstaucht hatte. Sie hatte mir meine Lieblingsohrringe geschenkt und war eine Zeit lang Vegetarierin geworden, nachdem ich ihr erzählt hatte, dass Schweine so klug waren wie vierjährige Kinder. Aber wenn ihre Quadratwurzel nicht nur böse war, was war dann die Lösung?

Und jetzt, wo meine Hockeyschläger weg waren, wie konnte ich mich selbst lösen? Die Wurzel in mir war schwer zu verstehen, aber manchmal fühlte sie sich an wie ein Zweig, wie eine braune Schnecke oder ein glatter Stein mit einem Namen darauf. Oder vielleicht war es auch etwas, was ich noch nicht sehen konnte. Etwas Helleres und Kleineres. Ein Wort. Eine Klaue. Ein glänzender schwarzer Samen, aus dem etwas Neues und Echtes wachsen würde.

Als ich von der Schule nach Hause kam, hatte *»Hast du Babykacke gerochen?«* vierzehn Mitglieder. Ich scrollte durch die neuen Kommentare.

Habe sie heute gerochen und hätte mich fast übergeben. Jauche mit Menstruationsblut.

Der schlimmste Gestank – faule Eier und Durchfall.

DRECKIGES BIEST LOL

Je mehr sie schrieben, desto weniger wussten sie. Ich klickte auf Phoenix Drakes Profil und dachte über Quadratwurzeln nach. Über Wörter und Passwörter, die den Code zu knacken vermochten. Dann holte ich ein Heft heraus und schrieb einen Namen oben auf die Seite. »Dallas Yardley Price.« Ich wusste viel über sie, und irgendwo unter all den Fakten fand ich vielleicht das X oder Y. Die Lösung für all die leeren Kästen, die sich um mich drängten.

Dallas' Geburtstag. Ihre Lieblingsmarken, Lieblingsessen, Lieblingsmusik und -filme. Spitznamen und Geheimnisse. Ihre Glückszahl. Die Namen aller Familienmitglieder einschließlich ihrer Katzen. Ihre E-Mail-Adressen – die brauchte ich. Ihre Lieblingsfarbe und ihr Lieblingstier. Die Namen, die sie ihren Brüsten gab, und all das Zeug, was sie uns über Kevin erzählt hatte. Als ich mit Dallas fertig war, blätterte ich um und schrieb »Ella Abi Brooks« auf eine neue Seite. Dann erstellte ich die gleiche Liste für sie. Ich konnte meine Lösungen erst später testen, deshalb ging ich ins Wohnzimmer. Rebecca saß auf der Couch mit dem roten Fotoalbum auf ihrem Schoß. Ich hatte vergessen, dass es schon wieder diese Zeit des Jahres war. Für gewöhnlich fiel es mir früher ein. Sie weinte häufiger in der Badewanne, und manchmal hörte sie einen gar nicht, wenn man etwas zu ihr sagte. Aber im Moment lächelte sie.

»Komm, schau dir diese Fotos an, Callie.«

Rebeccas Quadratwurzel würde immer Mom sein. Ich setzte mich neben sie, und sie blätterte die Seiten um. Die

Fotos begannen in ihrer Jugend. Mom war hübscher, als ich es jemals sein würde. Klein, lächelnd und liebenswert stand sie da, und jetzt würde sie sich nie mehr ändern. Es gab nichts Neues zu entdecken, aber Rebecca schmunzelte, während sie die Seiten umblätterte, als habe sie die Fotos noch nie gesehen. Sie und Mom hatten sich eines Abends verkleidet. Sie hatten sich seidene Morgenmäntel angezogen und die Gesichter weiß geschminkt. Mom hielt einen Fächer vor ihren Mund und linste dahinter hervor. Auf einem anderen Foto hatten sie die Sweatshirts auf einer Schulter heruntergezogen und die Augen mit blauem Lidschatten geschminkt. Auf dem nächsten lächelten sie und posierten in Pyjamas, dann zogen sie wieder Fratzen vor der Kamera. Mir kam etwas in den Sinn, woran ich noch nie gedacht hatte. Wer hatte die Fotos gemacht? Gab es eine dritte Freundin, die zu hässlich war, um auf diesen Bildern drauf zu sein? Hatten sie sie dazu geholt, damit sie jemanden zum Fotografieren hatten?

»Wer hat die Fotos eigentlich aufgenommen?«, fragte ich.

Rebecca blätterte um und schwieg einen Moment. »Ein paar Fotos hat dein Dad gemacht. Als wir noch klein waren.«

»Warum ist er auf keinem drauf?«

»Wahrscheinlich, weil er der Fotograf war.«

»Blöd für ihn, was?«

Rebecca zog das Album an sich. »Ich habe mir Gedanken darüber gemacht, worüber wir vor ein paar Tagen gesprochen haben – Schulgeist«, sagte sie. »Ich wollte dir keinen falschen Eindruck vermitteln. Ich meine nicht, dass du einfach so unwichtige Dinge tun sollst. Aber ich finde, dass man manchmal teilnehmen sollte, damit man sich als Teil von etwas Größerem empfinden kann.« Rebecca ließ ihren Finger über die Seite gleiten. »Ich möchte, dass du dein Leben, deine Schule und deine Freunde genießt – und dafür musst du dich beteiligen.«

Ich blickte auf die Fotos meiner toten Mom, flach und eingefroren, mit ihrem endlosen Lächeln, das sich nie ändern würde. Ich konnte teilnehmen, aber ich würde keine Freude mehr an den Dingen haben, die ich ihrer Meinung nach genießen sollte. Es war zu spät, um jemand anderer zu werden.

An jenem Abend nahm ich den Laptop mit ins Bett und begann teilzunehmen. Auf Facebook tippte ich eine von Dallas' E-Mail-Adressen in den Kasten für den User-Namen. Dann schaute ich mir die Dallas-Seite in meinem Notizheft an und begann, verschiedene Wörter in ihrem Passwort-Kasten auszuprobieren. Jaguar. Maury. Tif-Tif. DH95. Prada. Twilight. Ich wusste, dass es Hunderte oder Tausende von Kombinationen geben konnte. Buchstaben und Zahlen gemischt. Jedes Mal, wenn »das eingegebene Passwort ist nicht korrekt« auf dem Bildschirm erschien, machte ich ein x neben das Wort in meinem Heft, das ich ausprobiert hatte. Nach einer Weile wurde ich von der Website gesperrt. Deshalb versuchte ich stattdessen, mich in ihren E-Mail-Account zu hacken. Nach sechs Versuchen wurde ich auch hier ausgesperrt, deshalb wandte ich mich Ellas Account zu. Ich wusste, dass es unter Umständen lange dauern würde, aber ich musste optimistisch bleiben. Keine der Websites sperrte mich dauerhaft. Und während ich mich durch die Liste der Wörter arbeitete, stellte ich mir vor, wie Dallas und Ella aussehen würden, nachdem sie beide ihre Hockeyschläger verloren hatten.

Dallas zuerst. Sie würde versuchen, sich am Rand der Menge zu verstecken, vorgebeugt, als müsse sie das Loch in ihrer Mitte bedecken. Sie würde weder lachen noch lächeln können. Ihr Mund würde sich öffnen, wenn sie jemanden sah, den sie normalerweise anschrie, aber nichts würde herauskommen. *Allein,* würde sie sich sagen. *Mein neuer Name ist Allein.*

Ella würde vor lauter Angst, gesehen zu werden, zitternd in der Toilettenkabine sitzen. Sie würde begreifen, dass es das Mädchen, das sie gewesen war, nicht mehr gab. Ihre Arme hätten ihren Schwung verloren, und sie hätte Angst, ins Wasser zu gehen, weil sie wüsste, dass sie untergehen würde. Ella würde ihre Hände um ihre Schultern schlingen und ihren neuen Namen sagen. *Weg,* würde sie sagen. *Mein neuer Name ist Weg.*

Und bei all den anderen – bei den ganzen Hohlköpfen, die mitgemacht hatten, um das Gefühl zu haben, Teil von etwas Größerem zu sein – würde ich Teil ihrer Kästen werden. Ich würde das Teil der Quadratwurzel sein, das sie nie wieder loswurden. Jedes Mal, wenn sie lachen oder sich einen Streich ausdenken wollten, würde ich in ihnen sein. Ich würde ihnen die Luft abschnüren, und sie würden sich krümmen vor Schmerz.

An diesem ersten Abend knackte ich kein einziges Passwort. Am nächsten Morgen musste ich aufstehen und wie bisher zur Schule gehen. Ich trug mein neues-altes Shirt und hörte, wie die Jungs nasse Fürze von sich gaben, wenn ich vorbeiging. Sechzehn Mitglieder hatte *»Hast du Babykacke gerochen?«* inzwischen. Ich sammelte Blätter hinter dem Schuppen in unserem Garten und trug eines in meiner Tasche. Neunzehn Mitglieder. Im Klassenzimmer hatte das Mädchen am Pult hinter mir eine Flasche Cola dabei. Ich setzte mich und wartete darauf, den kalten, klebrigen Schaum im Nacken zu spüren. Als ich trocken blieb, legte ich den Kopf auf das Pult. Die morgendlichen Ankündigungen begannen, und als es hieß, alle sollten aufstehen, bewegte ich mich nicht. Ich drückte die Stirn gegen den Arm und schloss die Augen. Mrs Dobler unterbrach den Fahneneid und herrschte mich an: »Callie! Callie, steh auf!«

Jemand berührte mich an der Schulter.

»Ich glaube, sie weint«, schrie ein Junge.

Die Nationalhymne begann, und niemand sang mit. Stühle kratzten über den Fußboden, und Mrs Doblers Stimme war plötzlich ganz nah. »Komm mit mir auf den Flur.«

Meine Haare hingen so weit über mein Gesicht, dass ich niemanden zu sehen brauchte, als ich ihr folgte.

Mrs Dobler dachte, ich hätte Probleme zu Hause. Als sie »zu Hause« sagte, klang sie wie eine gurrende Taube. Zu Hause, zu Hause. Sie trug kleine Schleifen auf ihren glänzenden Schuhen, und ich wusste, was passieren würde, wenn ich ihr die Wahrheit sagte. Es würde ihr sehr leid für mich tun, aber sie würde mir selbst die Schuld daran geben. Ich versuchte mir vorzustellen, wie sich Rebecca mit Dallas' Eltern traf. Sie würden sie in der Luft zerreißen, noch bevor sie überhaupt wüsste, wie ihr geschah. Dann würde Dallas in Tränen ausbrechen und sagen, sie wäre von mir gemobbt worden – ich hätte ein Nacktfoto von ihr verschickt, das könne sie beweisen. Und dann würde alles nur noch schlimmer werden, weil ich gepetzt hatte.

»Mir geht es nicht gut«, sagte ich zu Mrs Dobler. »Mein Magen.«

Ich schlang die Arme um mich, und sie sagte, ich solle zur Krankenschwester gehen. Ich dachte, ich könnte mich eine Weile hinlegen, aber die Schwester wollte wissen, was ich zum Frühstück gegessen hätte. Sie hatte Kinderspängchen im Haar, und ihre Haut wirkte zerkratzt.

»Es ist sehr töricht, ohne Frühstück aus dem Haus zu gehen«, sagte sie und goss mir einen Becher Saft ein.

»Mir war zu übel, um etwas zu essen.«

»Dein Blutzucker ist bestimmt zu niedrig. Frühstückst du nie etwas?«

Ich trank einen Schluck Saft, und sie versuchte, mir einen Müsli-Riegel anzudrehen, aber ich wollte ihn nicht. »Kann ich mich nicht einfach nur für einen Moment hinlegen?«

Sie maß meine Temperatur und sagte dann, ich könne mich hinlegen, wenn ich versuchte, den Müsli-Riegel zu essen. Ich packte ihn vor ihren Augen aus und begann, an den Ecken zu knabbern. Als es vierzig Minuten später klingelte, sagte sie, ich müsse zurück zum Unterricht.

Am Samstagmorgen – dem Morgen, an dem wir Mom besuchen mussten – hatte *»Hast du Babykacke gerochen?«* vierundzwanzig Mitglieder. Vierundzwanzig Hohlköpfe, die üble Gedanken und Nadelkissen-Herzen teilten. Davenport Henshaw hatte ein Foto von Hundekacke im Gras gepostet, und Megan O'Leary hatte geantwortete: »Neeeeeiiiiinnnn! Babykacke? LOL!«

Ich wollte nicht mit zum Friedhof fahren; ich wollte zu Hause bleiben und neue Passwörter ausprobieren. Rebeccas kleine Zeremonie war jämmerlich. Sie erzählte immer Geschichten über Mom und schaute mich dabei forschend an, als erwartete sie, dass ich anfing zu heulen. Und selbst wenn meine Augen nur juckten, traute ich mich nicht, sie zu berühren, weil sie dann denken könnte, ich würde Tränen wegwischen.

Als ich ihr sagte, ich sei krank, landete ihre Hand wie eine Fruchtfliege auf meiner Stirn. Warm und feucht, und sie flog rasch wieder weg. Sie ging das Thermometer holen und stand dann mit in die Hüfte gestemmten Fäusten da und schaute sich in meinem Zimmer um. Dann brachte sie ein Tablett mit Essen und sagte, dann müsse sie eben mit mir zu Hause bleiben. Sie redete von Ärzten und vom Krankenhaus, und dass ich nur dann nicht mitfahren bräuchte, wenn ich wirklich krank wäre. Ich hätte am liebsten geschrien und wäre ihr mit allen zehn Fingern ins Gesicht gefahren. Sie würde mich nicht zwingen mitzufahren; sie würde nur dafür sorgen, dass ich es bedauerte. Ich stellte mir einen kleinen weißen Vogel vor, der auf einem Bein stand. Er öffnete seinen langen Schnabel und pickte mich die ganze Zeit. Bedauern. Bedauern.

»*Einmal* nicht mitzufahren ist bestimmt nicht das Ende der Welt.«

Sie würde nie aufhören zu picken. Ich hielt den heißen Tee im Mund und dachte, ich würde ihn am liebsten ausspucken.

Im Auto sagte ich mir, ich sei gar nicht da. Es war nur Rebecca mit ihrem gestreiften Pullover und ihren Ohrringen, die alleine fuhr. Sie duftete nach einem blumigen Parfüm und legte den Kopf schräg, als sie in den Rückspiegel blickte. Immer wenn sie sich anders hinsetzte oder eine Haarsträhne hinter ihr Ohr schob, war es übertrieben, als wolle sie sagen: *Beachte mich!* Aber das Auto war leer; ich war nicht da. Sie blickte auf den Beifahrersitz, ihre Stimme ging rauf und runter, und sie redete mit sich selbst, aber ich sah ihr an, dass sie wusste, dass niemand ihr zuhörte. Sie war allein im Auto.

Als sie am Friedhof den Motor abstellte, wusste ich, dass ich ebenfalls aussteigen musste. Sie öffnete den Kofferraum, und mir ging es immer schlechter. Meine Quadratwurzel füllte sich mit dicken braunen Würsten, und ich konnte kaum die Beine heben. Jedes wog Tausende von Pfund – und ich schluckte die stechenden Samen, die meine Kehle hinaufkrochen, wieder herunter. An Moms Grab berührte ich mein Shirt und versuchte mich an die Vorstellung zu gewöhnen, nie wieder zu duschen und immer weiter dieselben Sachen zu tragen. Ich ergriff die Schaufel und begann ein Loch auszuheben. Das war mein Grab, voller Erde. Ich würde immer tiefer graben und dann kopfüber hineinspringen.

Dann begann Rebecca zu keuchen. Ah-ah-ah. Ah-ah-ah. Ich sah das Blatt Papier in ihrer Hand und ließ fast die Schaufel fallen. Die Atome flogen von ihr zu mir, von mir zu ihr, und sie hielt die Notiz in der Hand, die ich Mom hinterlassen hatte.

Deine Tochter verletzt Menschen. Sie hat die Farbe verspritzt und das Foto verschickt. Callie verdient zu sterben wie du.

Ich spürte, wie sie sich nach allen Seiten umschaute.

Als ich auf dem Boden zusammenbrach, fühlte ich ihre Hand auf meinem Rücken. Jetzt würde sie mich sehen und mich erkennen, und ich würde mich nirgendwo verstecken können. Ich war ein Einsiedlerkrebs ohne Muschel, und sie blickte auf meinen ungeschützten Körper. Wie hatte ihr diese Hässlichkeit vorher entgehen können?

»Ich gehe zur Polizei«, sagte Rebecca. »So lasse ich sie nicht davonkommen.«

Zu Hause legte ich mich ins Bett und ließ mich von Rebecca verhätscheln. Sie brachte mir etwas Kaltes zu trinken und Suppe und nannte mich Süße mit tränenerfüllter Stimme. Es gefiel mir nicht, aber ich war zu schwach, um mich zu wehren. Mein Bett war ein Floß, und Treibsand zog mich hinunter, und wenn ich nicht zu schwimmen versuchte, würden Blasen aus meinem Mund aufsteigen, und ich konnte loslassen. Als Rebecca fragte, ob sie das alte T-Shirt waschen könne, sagte ich okay. Ich ließ los. Als sie mich fragte, ob es noch jemanden gäbe, der den Zettel geschrieben haben könnte, konnte ich ihr nicht die Wahrheit sagen. Dann sagte Rebecca, dass Robyn es vielleicht verdient habe, gemobbt zu werden, weil sie schlechte Stimmung verbreitete.

Von: C.McKenzie@chronomail.com
An: R.Doblak@sparkon.com
Betreff: (Kein Betreff)
Gesendet: Samstag, 12. September 2009, 14:51:45

Robyn,
was wäre, wenn ich du werden und mir eine Lektion erteilen könnte, allen die Wahrheit über Callie sagen und ihnen ihre Nachrichten zeigen könnte? Ich würde auch den anderen eine Lektion erteilen und ihnen zeigen, was sie uns angetan haben. Dafür sorgen, dass sie sich erinnern und es nie wieder tun.

Erinnerst du dich noch an dieses Mädchen, von dem ich dir erzählte habe? Autumn Sanger? Als sie ertrunken war, haben sich die Leute für den Rest ihres Lebens an sie erinnert. Rebecca kannte sie noch nicht einmal, aber selbst nach über zwanzig Jahren redet sie noch von ihr. Und ich habe mir vorgestellt, was passiert wäre, wenn Autumn einen Brief hinterlassen hätte. Wenn sie nun die, die sie gemobbt haben, beschuldigt hätte, sie getötet zu haben? Oder wenn sie selbst jemanden gemobbt hätte und zugegeben hätte, was sie getan hat? Wäre unser Leben dann jetzt anders? Glaubst du, eine Person kann den Lauf der Dinge ändern? Ich ändere mich jetzt ständig. Ich verwandele mich in dich. C.

Sonntagabend hatte *»Hast du Babykacke gerochen?«* einunddreißig Mitglieder, und ich steckte mir den Finger in den Hals und übergab mich, damit ich am Montag nicht zur Schule gehen musste. Als Rebecca am nächsten Morgen zur Arbeit gefahren war, zog ich mein neues-altes Shirt an und setzte mich an den Computer. Ich sah nach, wie man Passwörtern hackt, und schaute mir Videos auf YouTube an, die einem zeigten, wie man Programme herunterlud, mit denen man in fremde Accounts hineinkam. Auf anderen Seiten bekam man Ratschläge zum Erraten von Passwörtern. Dort wurde auch behauptet, man käme schon drauf, wenn man die Person wirklich gut kannte. Ich hatte noch nie zuvor ein Hacking-Programm heruntergeladen und war mir nicht sicher, ob es nicht meinen Computer mit einem Virus infizieren würde. Deshalb beschloss ich, mir selber eine Deadline zu setzen. Ich würde noch eine Woche lang versuchen, hinter ihre Passwörter zu kommen, und wenn ich dann immer noch keines geknackt hätte, würde ich das Risiko eingehen und mir ein Hacking-Programm herunterladen.

Ich trank mehrere Dosen Cola und zerknackte Life Savers zwischen den Zähnen, während ich unterschiedliche Passwörter auf ihren Accounts ausprobierte. Bei Ella versuchte ich es mit den Namen berühmter Schwimmer. Bei Dallas gab ich Orte ein, in denen sie im Urlaub gewesen war: Mexico, Paris, Kalifornien, Hawaii, Colorado. Ich hatte zwar keinen Hunger, aber manchmal zwang ich mich aufzustehen, im Haus herumzulaufen und den Kühlschrank zu öffnen. Ich starrte auf einen Topf Suppe, und ein neues Wort fiel mir ein, und ich rannte wieder an den Computer, um es auszuprobieren. Ich fühlte mich nicht wie ich selbst; ich fühlte mich nicht wie jemand anderer. Es war, als sei ich ein Ermittler oder ein Forscher. Ich dachte, wenn ich nur genug Wörter testete, würde ich das eine finden, das funktionierte. Ich füllte mein Heft mit Seiten voller Wörter, die ich wieder ausstrich, wenn sie nicht funktionierten. Ab und zu summte mein Handy, aber ich sah nicht einmal mehr nach, was sie sagten – daran merkte ich, dass ich mich verändert hatte. Es spielte keine Rolle, was sie jetzt noch über Babykacke schrieben, und die Hunderten von Nachrichten, die sie geschickt hatten, würden später als Beweis dienen – nachdem ich das Password geknackt und alle Mitteilungen an unsere Schule und die Zeitung geschickt hatte.

Ich begann auch an ein paar andere Leute zu denken. Ich rief Grandma an, aber niemand ging ans Telefon. Zum dritten Mal sprach ich ihr auf den Anrufbeantworter. Ich googelte »Alex Penders« und dann »Josie Dixon«. Sie hatten beide Online-Profile, an die ich Nachrichten schicken konnte, aber was sollte ich ihnen sagen? Es tut mir leid? Ihre Bilder sahen normal aus. Alex hatte glatte braune Haare, und man konnte sein Grübchen sehen. Josie hatte die Lippen zu einem schüchternen Lächeln verzogen, und sie hatte dafür gesorgt, dass ihr keine Haare mehr aus dem Kinn wuchsen. Tat es mir wirklich leid, jetzt, wo ich wusste, wie es sich anfühlte? Mein Dad hatte gewusst, wie es war, ohne Vater aufzuwachsen, aber das hatte ihn nicht daran gehindert, mich zweimal im Stich zu lassen. Zuerst, als ich geboren wurde, und dann, als er starb. Aber vielleicht hatte es ihm leidgetan. Vielleicht hatte er sich deshalb umgebracht: weil er wusste, wie schlecht er war. Aber vielleicht hat er sich auch nur etwas vorgemacht und hatte gar kein Gewissen. Manche Leute kommen schon gewissenlos auf die Welt, und andere entwickeln erst kurz vor ihrem Tod eins.

Ich dachte daran, wie ich immer gelacht hatte, und dann googelte ich »Irene Lutz«. Die Suche ergab nichts, deshalb schaute ich auf der Website der Mittelschule nach und fand eine E-Mail-Adresse vom Schulsekretariat.

Ich konnte allen dreien Nachrichten schicken – Josie, Alex und Mrs Lutz – und ihnen sagen, dass es mir leidtat, und ihnen versprechen, dass es auch Dallas und Ella leidtun würde. Sie würden mir vielleicht zuerst nicht glauben, aber wenn sie die Nachrichten gehört hatten, würden sie wissen, dass ich es ernst gemeint hatte. Ich musste nur zuerst das Passwort finden, und dann konnte ich meine Entschuldigungen schreiben.

Um fünf Uhr klappte ich meinen Laptop zu und legte mich ins Bett, damit Rebecca dachte, ich hätte den ganzen Tag geschlafen. Sie trug ihre Arbeitskleidung und setzte sich auf meine Bettkante, um mir einen feuchten Waschlappen auf die Stirn zu legen. Sie roch nach Zahnseide, und ich verspürte Bedauern, als ich daran dachte, wie sie in Zukunft hier sitzen würde.

»Glaubst du, du kannst etwas zu Abend essen?«

Ich hatte den ganzen Tag über kaum etwas gegessen und hatte auf einmal schrecklichen Hunger.

»Wie wäre es mit überbackenen Makkaroni?«

Mein Magen knurrte. Überbackene Makkaroni waren mein Lieblingsgericht, und Rebecca war eigentlich eine ziemlich gute Köchin. Sie konnte aus dem langweiligsten Essen, wie zum Beispiel Kartoffeln, etwas echt Köstliches machen. Sie würzte mit Salz und Pfeffer, gab Käse und Schnittlauch, Buttermilch und Butter dazu, und wenn man das aß, hätte man am liebsten jedes einzelne Molekül von der Gabel abgeleckt. Es war mir peinlich, dass ich solchen Hunger hatte, aber als ich mich an den Tisch setzte, sabberte ich förmlich. Der nach Käse duftende Dampf hüllte mich ein. Sie hatte die Makkaroni extra sahnig gemacht, und sie flutschten unter meiner Gabel durch – dieser ganze weiche, weiße, salzige Käse –, und ich wäre am liebsten hineingesprungen und eine Zeit lang darin herumgeschwommen.

»Callie!« Sie schob ihren Stuhl zurück. »Was ist los?«

Ich badete in Käse, das warme, cremige Zeug klebte an meinen Ärmeln, an meinen Haaren und meinem Kinn, und als ich sah, wie alarmiert sie mich anblickte, hätte ich fast gelacht. Ich leckte die würzige Sauce mit der Zunge ab.

»Bist du okay?«

Ich lächelte sie an. »Hmm. Lecker.«

Ich war albern und versuchte, mein Kichern zu unterdrücken, als ich ihr Gesicht sah. Ich wollte ihr sagen, dass es magischer Käse, ein Wunderkäse war. Ich begann ihn von meinen Haaren zu lutschen, weil ich nicht das kleinste bisschen verpassen wollte. Rebecca sah mich an, als hätte ich Schaum vor dem Mund – *ich hatte Schaum vorm Mund* –, und ich musste laut lachen. Ich machte eine Schweinerei, und es war mir egal, und es schmeckte sogar noch besser, und dann lachte sie auch. Alles verflog, und es war nur Käse und Lachen, und ich vergaß, was ich geplant und was ich den ganzen Tag über getan hatte, und für zwei Minuten fühlte ich mich wieder wie früher.

Ich wusste, dass es nicht so bleiben würde. Als ich nach dem Abendessen in meinen Computer guckte, hatte *»Hast du Babykacke gerochen?«* vierunddreißig Mitglieder. Ich brauchte bloß daran zu denken, dass ich am nächsten Tag wieder in die Schule gehen musste, und es fiel mir ganz leicht, mich zu übergeben.

Als sich am Dienstagmorgen endlich Ellas E-Mail-Account für mich öffnete, hatte ich fast zwanzig Stunden lang die unterschiedlichsten Passwörter ausprobiert, aber ich hatte weniger als eine Woche dafür gebraucht. Das Passwort, das sie benutzte, war noch nicht einmal schwer zu erraten, und ich wünschte, ich hätte es schon früher damit versucht. Es lautete *Anerkennung*. Als ich mir ihren Posteingang ansah, merkte ich, dass ich einen Glückstreffer gelandet hatte. Jetzt konnte ich sogar noch größere Pläne schmieden. Das war zwar nicht Ellas Haupt-E-Mail-Account, aber es war derjenige, den sie für Phoenix Drake benutzte, und ihr Posteingang war voller ungeöffneter Nachrichten. Immer wenn jemand einen Kommentar auf *»Hast du Babykacke gerochen?«* postete, erhielt Ella eine Nachricht, damit sie Bescheid wusste. Ella war Phoenix, Phoenix kreierte *»Hast du Babykacke gerochen?«*, und jetzt konnte ich sie beide kontrollieren. *Anerkennung*, dachte ich, *blöde Anerkennung*. Ich loggte mich aus. Wenn ich es wollte, konnte jetzt alles schnell gehen. Aber ich fühlte mich zitterig, und ich war nicht so aufgeregt, wie ich erwartet hatte. Ich rannte nicht herum und stolperte über mich selbst vor lauter Glück. Ich wusste, dass Ella so gut wie nie ihre Passwörter änderte, deshalb konnte ich auch warten, wenn ich wollte. Ich konnte mir ein bisschen Zeit lassen, um alles bis ins kleinste Detail zu überlegen und vorzubereiten.

Ich wusste, dass ich den Rest des Tages nicht drinnen vergeuden konnte. Ich zog ein Sweatshirt und Jeans an und blickte zum ersten Mal seit Tagen auf meine Haare. Ich sah mir im Spiegel zu, wie ich sie bürstete, ohne an den Knötchen zu ziehen. Das glatte Holz der Haarbürste lag fest in meiner Hand, und ich ließ mir Zeit, hob den Ellbogen und beobachtete, wie die Strähnen sich vom

Kopf lösten und wieder zurückfielen. Schließlich band ich sie zu einem Pferdeschwanz zusammen, und dann öffnete ich die Haustür. Dieser Tag erinnerte mich an Tausende anderer Tage, als der Himmel weiß war und die Blätter an den Bäumen rauschten. Ich konnte die Telefonmasten und Stromleitungen sehen, und ich dachte daran, wie ich von der Veranda aus zugeschaut hatte, wie der Schnee auf die Straße fiel. Die Schule fiel aus, und Rebecca sagte mir, ich solle mir Snow Boots und einen Mantel über den Schlafanzug anziehen, und dann standen wir hier und sahen zu, wie die weißen Schleier Gehsteige, Rasen und Sträucher bedeckten. Ich wünschte, ich könnte es heute noch einmal sehen. Schnee und Stürme. Gewitter, die den Himmel zerrissen.

Ich ging wieder hinein, um mein Geld zu zählen. Ich hatte fast zweihundert Dollar gespart. Ich suchte mir die Nummer eines Taxi-Unternehmens heraus und rief an, um zu fragen, wie viel es kostete. Zwanzig Minuten später setzte ich mich auf den Rücksitz eines grauen Wagens.

»Sie haben mir nicht gesagt, dass du ein Kind bist«, sagte der Fahrer. Sein Blick glitt über mein Gesicht, meine Jacke und meine Tasche. Ich schnallte mich an. »Und, was ist passiert? Läufst du weg?«

»Ich laufe nicht weg. Ich muss zu meiner Grandma. Am Telefon hat man mir gesagt, es würde fünfundvierzig Dollar kosten. Ich kann Ihnen das Geld jetzt schon geben.«

»Zu deiner Grandma oder zu deinem *Freund*?«

»Zu meiner Grandma«, erwiderte ich, und dann erwähnte ich ihre Krankheit. »Im Endstadium«, sagte ich traurig und zog das Geld aus meinem Portemonnaie.

Er nahm es. Dann entschuldigte er sich und fuhr los.

Grandmas Auto stand in der Einfahrt, und jemand hatte ihren Rasen gemäht. Ich ging die Betonstufen hoch und klopfte an ihre Tür. Das Taxi wartete am Straßenrand, als ich klopfte, und ich wünschte, der Fahrer würde endlich wegfahren. Und Grandma sollte lächeln, wenn sie mir die Tür aufmachte. *Wie bist du denn hierhergekommen?* Und dann würde ich ihr sagen, dass ich mir Sorgen wegen ihrer Bläschen gemacht habe. Und sie würde sagen: *Warum zerbrichst du dir denn darüber den Kopf? Verschwende doch nicht deine Zeit damit.*

Und dann würde ich sagen, es täte mir leid. Und sie sei nicht schuld daran gewesen, was Dad gemacht hatte.

»Grandma! Ich bin es, Callie!«, rief ich. »Grandma, ist alles okay?«

Ich klopfte, bis mir die Knöchel wehtaten. Dreimal trat ich sogar gegen die Tür. »Grandma! Grandma! Grandma! Grandma!«

Das Taxi stand immer noch auf der Straße, und der Fahrer winkte mich zu sich heran. Ich versuchte, ihn mit einer Handbewegung zu verscheuchen. Ich würde nicht gehen, ehe ich sie gesehen hatte. Ich konnte im Garten warten oder durch ein Fenster klettern. Ich konnte das Türschloss mit meiner Büchereikarte knacken oder unter den Büschen schlafen.

Vielleicht hörte sie ja mein Klopfen nicht. Vielleicht schlief sie. Vielleicht war sie gestürzt und brauchte meine Hilfe. Ihr Auto stand ja da, also musste sie zu Hause sein. Ich blickte mich suchend im Garten um. Dann ging ich zu den Büschen unter dem vorderen Fenster und bemerkte, dass ihr Vorhang einen Spalt offen stand.

Als ich mich auf die Zehenspitzen reckte, konnte ich hineinsehen.

Grandma war da. Sie saß in ihrem Sessel. Und sie stand

offensichtlich nicht auf, weil sie mich hasste. Sie erwiderte meine Anrufe nicht. Sie hatte mich letzten Monat nach Hause geschickt. Sie hatte gesehen, wie ich war, und ich war absolut erbärmlich. Das war meine letzte Chance gewesen, und jetzt stand mein Entschluss fest. Am liebsten würde ich durch die Glasscheibe stürzen. Ich würde schreien und bluten, bis alles dunkel würde. Als ich die Hand hob, um es zu tun, sah ich, dass sie nicht allein war. Eine Frau stand bei ihr. Ich schlug mit der flachen Hand gegen die Scheibe. Die Frau starrte mich überrascht an – als wäre ich ein knurrender, bissiger Pitbull –, und dann blickte auch Grandma zu mir herüber, und sie schüttelte den Kopf.

Die Frau kam ans Fenster und hob die Hand, als wolle sie winken. Stattdessen zog sie die Vorhänge fest zu.

Ich ließ mich zu Boden fallen. Die Sekunden tickten vorbei, während ich darauf wartete, dass jemand kam. Die Erde kippte, und die Wolken zogen über den Himmel, und ich wartete darauf, das Geräusch der Tür zu hören. Ich wartete, aber sie kamen nicht. Nimbus, Schäfchenwolken, Zirrus, Kumulus. Ich schloss die Augen und stellte mir eine Vogelschar vor. Krallenfüße tippelten leicht über mein Shirt, Flügel kitzelten meinen Nacken. Ich würde so still liegen, dass sie nicht davonfliegen würden. Sie würden glauben, ich sei einer von ihnen – ein großer, ruhiger Vogel ohne Gedanken an irgendwas außer Luft, Bäume und Wasser. Nehmt mich mit, würde ich sagen. Und sie würden von der Erde abheben, sodass dieses Haus, diese Stadt und unser Bundesstaat immer kleiner und kleiner würden und wir schließlich auf einem steinigen Berggipfel anhalten würden, wo die Luft so dünn war, dass ich meinen Namen und meine Sprache vergessen würde, und ich würde nur noch zwitschern. Beeren essen, Erde picken.

Wie in Zeitlupe ging ich zum Taxi und rutschte auf den Rücksitz. Zwitscher, zweitscher. Es war gut, ein Vogel zu sein, keine Gedanken mehr zu haben. Piep piep. Hundert Vogeljahre später hörte ich die Stimme des Mannes.

»Willst du wieder nach Hause?«

»Bringen Sie mich zum Friedhof Saint Benedict.«

Ich schrieb den Brief im Auto. Sie sollte wissen, was passieren würde. Ich musste jemandem genau schreiben, warum.

Niemand mag oder versteht mich auf diesem beschissenen Planeten, und was wäre, wenn ich gar nicht hier sein sollte und jeder sähe, dass ich ein Irrtum bin? Jeden Tag laufe ich herum und höre sie lachen und lachen, und wir alle wissen, dass ich eigentlich tot sein sollte. Ich war ein beschissener Fehler, und jetzt will ich ausgelöscht werden. Ich will aufblicken, und der Himmel wird DRECK sein!

Ich bat den Fahrer, auf dem Parkplatz zu warten, während ich zu Moms Grab rannte. Ich riss die Seite aus meinem Notizblock und legte sie unter ihren leeren Stein.

An jenem Abend ging Grandma nach dem sechsten Klingeln an ihr Telefon. Ich hörte das Geräusch ihres Feuerzeugs und dann, wie sie einatmete.

»Ich habe dich gesehen«, sagte ich. »Ich weiß, dass du zu Hause warst. Ich habe dich und diese Frau gesehen. Warum hast du mich nicht reingelassen?«

»Es war der schlechtmöglichste Zeitpunkt«, sagte Grandma. »Ich habe gerade meine Behandlung gekriegt.«

Ihre Stimme klang gekünstelt, und ich glaubte ihr kein Wort.

»Was für eine Behandlung?«

»Was denkst denn du? Wegen meiner Atmung. Meine Lungen.«

»Wer war die Frau?«

Grandma hustete, als hätte sie einen Vulkan verschluckt. »Was hast du überhaupt hier gemacht? Warum warst du nicht in der Schule?«

»Ich war krank«, sagte ich. »Wer war die Frau?«

»Krank? Ich wette, der Vollstrecker hat keine Ahnung, dass du unterwegs warst.«

Ich sagte Grandma, das sei mir egal; sie könne es ihr gerne erzählen. Dann fragte ich sie noch einmal, wer die Frau war.

»Meine Pflegerin«, sagte sie, und irgendwie wusste ich, dass das nicht stimmte. Sie hatte nie eine Pflegerin gewollt.

»Du lügst«, sagte ich und wappnete mich für weitere Lügen. Sollten wir doch beide unter einer Lawine von Lügen begraben werden.

»Wenn ich dir das jetzt erzähle, darfst du dem Vollstrecker nicht sagen, dass ich es dir erzählt habe«, sagte sie, und mir stockte der Atem. Die Wahrheit war glühende Lava.

»Dein Dad war mit einer anderen Frau verlobt, als deine Mom schwanger wurde. Er war mit der Frau verlobt, die du in meinem Haus gesehen hast. Sie heirateten vor deiner Geburt. Ich habe sie lange nicht mehr gesehen. Aber das war sie – die Frau deines Vaters.«

Mein Gehirn war trocken wie Staub, und alles bröckelte, aber ich versuchte, den Worten zu folgen, die aus Grandmas Mund kamen. Mein Dad hatte eine Affäre gehabt. Mit meiner Mom. Diese Frau war seine Ehefrau. Das hatten sie mir nie erzählt.

»Dein Dad war kein schlechter Mensch. Er quälte sich nur schrecklich mit dem Leben. Man muss nicht böse sein, um das zu tun, was er getan hat.«

Das zu tun, was er getan hat. Ich wusste es, und ich wusste es nicht. Ich verstand, wie es passieren konnte. Es passierte mir auch.

Rebecca war in ihrem Zimmer, und ich wollte schon herausssprudeln, was ich wusste. Dass mein Dad verheiratet gewesen war und sie mich all diese Jahre angelogen hatte. Ich hatte immer gedacht, meine Eltern seien miteinander gegangen, und sie hatte mich in dem Glauben gelassen. Ich wusste nicht, dass sie Ehebrecher waren, wodurch auch meine Geburt ein Betrug war. Doch dann sah ich, was sie in der Hand hielt. Eine Plastiktüte. Sie war an jenem Nachmittag, nachdem sie mit mir beim Arzt gewesen war, ausgegangen, wobei sie ein solches Geheimnis darum machte, dass ich schon dachte, sie hätte ein Date. Aber nein – sie war zum Friedhof gefahren. Ich sah den Umriss meines Zettels.

Ich war ein Fehler, genau wie ich geschrieben hatte. Ich sollte tatsächlich nicht hier sein, aber ich wollte nicht, dass sie es wusste – dass sie es so erfuhr. Sie war wohl an Moms Grab gewesen und hatte meine Nachricht gefunden. Das schlechteste Timing überhaupt. Doch dann fiel mir ein Ausweg ein.

»War sie wieder da?«, fragte ich, und Rebecca hatte tatsächlich geglaubt, dass die Nachricht von Robyn war. Sie erkannte meine Handschrift nicht. Es war Robyn, die sie bemitleidete.

»Ich glaube, jedem kann geholfen werden«, sagte Rebecca, und ich fühlte mich halb tot.

Am Mittwoch musste ich wieder in die Schule gehen. Mein Arzt hatte Rebecca gesagt, es ginge mir gut. Also ließ ich mein neues-altes Shirt unter dem Kissen, schminkte mich und tat so, als sei ich immer noch DH, weil Rebecca mich beobachtete. Ich hoffte, dass es in der Schule jetzt leichter für mich wäre, da ich einen Ausweg gefunden hatte, aber als ich zur ersten Unterrichtsstunde kam, war ich schon völlig durcheinander. Sie fanden mich überall. Ekliges Grinsen, Wellen von Gelächter, tödliche Worte, die ich nicht verstand. Auf der Wand vor meinem Klassenzimmer hing ein Plakat: DALLAS PRICE – JAHRGANGSSTUFENSPRECHERIN!

Anerkennung, rief ich mir ins Gedächtnis. *Anerkennung.* Ich wünschte, ich hätte es gestern schon getan, dann wäre ich heute nicht hier. Ich ging die Flure entlang und stellte mir vor, ich würde unter Wasser sinken. Wasser füllte meine Brust, und es fühlte sich so gut an.

Im Sozialkundeunterricht warteten sie schon auf mich. Sie hatten ihre Handys gezückt, um jeden letzten Moment meines Lebens aufzunehmen. Ich ging zu meinem Stuhl und sah die Windel. In mir rasselte etwas. Das Wasser schoss mir in die Ohren, und ich spürte ein Würgen in meiner Kehle. Über mein Pult war eine braune Schmiere verteilt. Ich konnte sie grinsen sehen, aber ich hörte sie nicht lachen. Meine Beine bewegten sich wie von selbst nach draußen. Miss Laing schrie mir etwas zu, als sie hereinkam, und ich brach innerlich zusammen.

»Fick dich!« Ich rannte den Flur entlang. Ich rannte nach draußen. Ich rannte auf die Bäume zu. Dann lag auf einmal eine Hand auf meinem Arm. Ich blickte einen Mann in einem Sweatshirt an. »Verschwinde«, sagte ich.

Er brachte mich wieder ins Gebäude, den Flur entlang, ins Büro des Direktors. Die Leute sagten Dinge zu mir.

Sie sagten, ich solle mich auf einen Plastikstuhl setzen, und ich saß da und schaute auf mein Handgelenk. Meine Adern waren wie Wurzeln, und ich war bereit, sie zu zerschneiden. Rote Äste in der Form eines Y. Gleichungen, Symbole, Werte. Auf meinem Handgelenk, unter meiner Haut fand ich die Antwort. Es gab keine Fragen mehr. Ich blickte auf mein Handgelenk und wusste, es war dasselbe, was mein Vater entdeckt hatte. Eine Quadratwurzel. Gleichungen, Verlust und eine Antwort. Es war die erste wahre Sache, die ich über ihn erfuhr.

Sie sagten, ich hätte die Schokolade auf meinem Pult verschmiert, und ich widersprach nicht. Der Direktor wollte wissen, warum ich Miss Laing angeschrien hätte, und ich konnte es ihm nicht sagen. Sie erklärten, ich müsse eine Entschuldigung schreiben und würde für den Rest der Woche vom Unterricht suspendiert, und ich versuchte, nicht zu lächeln. Ich hätte es nicht besser planen können. In den nächsten beiden Tagen hatte ich frei. Ich hatte mir ein bisschen mehr Zeit verschafft, um die Details auszuarbeiten.

Nach der Schule lief ich wieder zu den Bäumen. Dabei dachte ich an die Dinge, die ich im Ferienlager gelernt hatte, als ich jünger war. Blätter produzierten den Zucker, der die Bäume wachsen ließ, und dann im Herbst musste der Baum die Blätter sterben lassen und abwerfen. Einer unserer Betreuer erzählte uns, wie die Indianer Bäume benutzten, und dann mussten wir mit geschlossenen Augen auf einer Lichtung stehen. Er sagte, wir sollten uns vorstellen, dass wir durch alle Jahreszeiten hindurch als Baum lebten, mit Wurzeln, die bis zu sechs Meter tief in die Erde ragten. Die heiße Sonne brannte auf unsere Rinde und den Saft in unserem Stamm, und kalter Regen fiel auf unsere Äste. Wir bogen uns im Wind, und als er zu uns sagte, unsere Blätter würden jetzt bunt und dann fielen sie ab, fühlte ich jeden vollkommenen Teil der Schöpfung um mich herum zu Boden fallen, als hätte es nie etwas bedeutet. Dann war es Frühling, und uns wuchsen winzige Knospen, und alle Tiere und Käfer kehrten zurück, um in uns zu leben. »Ihr erschafft die Hälfte allen Sauerstoffs in der Welt«, sagte er zu uns, und anschließend fragte er uns, wie wir uns fühlten. Einige der Kinder sagten »groß« oder »stark« oder »schön«, aber bei mir war es anders. Ich fühlte mich traurig. Es hatte etwas mit den Blättern zu tun. Ich wollte sie nicht so leicht loslassen müssen. Ich wollte mich hinhocken und sie alle vom Boden aufsammeln, als wäre jedes von ihnen noch lebendig und ein Teil von mir – und ich wusste, dass das dumm war. Bäume mussten ihre Blätter abwerfen, weil sie sterben würden, wenn sie es nicht taten. Sie konnten nicht verstehen, was sie verloren hatten, und obwohl ich es wusste, wurde ich immer trauriger, je mehr ich darüber nachdachte.

Jetzt, da ich älter war, verstand ich, dass es nicht traurig war. Man konnte die wahre Form eines Baums erst dann sehen, wenn er ohne Laub völlig nackt im Wind und in der Kälte stand. Genauso war ich von allem befreit worden, und ich sah, was ich war. Ruhige, reine Medizin. Das Gegenmittel zu ihrem Gift. Ich hatte Anerkennung gefunden und würde alles ändern.

Ich folgte schlammigen Fußabdrücken den Weg entlang und beschloss, ein letztes Mal Blätter zu sammeln. Ich hielt sie in den Händen und stopfte sie in meine Taschen. Kleine scharfzackige Blätter wie vom Himmel gefallene Sterne und weiche, zerbrochene wie Skelette. Ich musste noch nicht nach Hause gehen oder irgendetwas machen. Ich sammelte immer mehr Blätter, ging immer weiter, füllte mich auf und hielt mich an allem fest, was ich berührte.

An jenem Abend führte Rebecca ein großes Gespräch mit mir. Ein Hautfetzchen auf ihrer Unterlippe hatte sich gelöst, und ich hätte es am liebsten abgeschält, als ich ihre Fragen beantwortete. Ich sagte, ich hätte mich verlaufen und sei aus Versehen aus dem Schulgebäude gerannt. Ich sagte ihr, das Fluchen sei aus dem Nichts gekommen. Sie redete und redete, und das Hautfetzchen hing da, und ich kam nicht in Versuchung, ihr die Wahrheit zu sagen. Wenn ich es ihr erzählte, würde ich mich nur eine Sekunde lang gut fühlen, wie bei einer Umarmung in einer Hitzewelle. Arme, die sich um dich schlossen, dich heranzogen, dein Kopf, der sank: *Armes Baby, du brauchtest meine Hilfe!* Sie würde mich in ihr Herz schließen, und dort wäre ich für immer gefangen, schwach, bemitleidenswert, ein kleiner Loser, der in der Schule gemobbt wurde.

»Glaubst du, dass eine von Robyns Freundinnen die Schokolade verschmiert haben könnte?«, fragte sie. »Diese Lucinda vielleicht?«

Ich begann mich an den Armen zu kratzen und dachte an Evil McFrenzy, wie sie veränderte, was alle sahen. Ein kleines blondes Mädchen, das zu einem Monster wurde.

»... du darfst ruhig Fehler machen«, sagte Rebecca, »aber das hier sieht dir gar nicht ähnlich.«

Sie hatte begonnen, ihre Mom-Tätowierung zu reiben, und es bereitete mir Übelkeit. Sie hielt alle viel zu dicht bei sich, und sie hielt viel zu fest. Ein Baum, der seine Blätter nicht loslassen konnte, würde schließlich sterben. Sie musste aufhören, mich zu umklammern – ich wollte fallen wie mein Dad.

»Hör auf«, sagte ich zu ihr. »Ich weiß, was du denkst.«

Sie nahm die Hand von ihrer Brust und schaute mich an, als sei ich verrückt, und dann verwandelte ich mich in ein wildes Tier, und es brach aus mir heraus.

»Ich bin nicht wie meine Mom!«, schrie ich. »Vielleicht bin ich mehr wie *er*!«

Ich wusste, dass alles eine Grenze hatte – auch die Liebe –, aber Rebecca folgte mir trotzdem noch, als ich in die Küche rannte. Ich hielt die Hände unter den Wasserhahn. Meine Nasenflügel bebten. Ihre Liebe hatte sowieso nie mir gehört – sie liebte mich für jemand anderen.

»Ich habe die Schokolade verschmiert, weil ich es *wollte*. Man braucht nicht für alles einen Grund. Manchmal haben wir eben KEIN Gewissen.«

Rebecca war immer noch nicht weggegangen. Ich hörte sie hinter mir atmen, und ich hasste es, dass sie mich nicht verlassen würde, dass sie immer da sein würde. Sie kümmerte sich schon so lange um mich, ohne etwas über mich zu wissen. Ohne zu wissen, wozu ich fähig war, welche Stürme ich entfachen konnte. Sie folgte mir in mein Zimmer, und ich hörte ihre Stimme. Sie versuchte mir zu helfen, und ich hasste es, dass ich alles wegwerfen musste. Aber ich hatte keine andere Wahl. Alles hat Grenzen. Und selbst Rebecca konnte mich über einen gewissen Punkt hinaus nicht lieben.

Von: C.McKenzie@chronomal.com
An: R.Doblak@sparkon.com
Betreff: (Kein Betreff)
Gesendet: Mittwoch, 16. September 2009, 23:10:07

Robyn,
es dauert sieben Minuten, bis man ertrinkt, habe ich im Internet gelesen, aber es ist schwer, es absichtlich zu machen, weil

dein Körper mit aller Kraft versucht zu überleben. Deshalb hat sich Autumn wahrscheinlich betrunken – damit ihr Körper entspannt war. Er hat sich nicht gewehrt, und so konnte sie untergehen, wie sie wollte.

Ich möchte nicht gerne alleine sein. Am liebsten wäre mir, du könntest dort mit mir sein. Ich bin die ganze Zeit allein, und jetzt weiß ich, wie es für dich war. Es ist, als ob niemand dich hören kann, und du sinkst immer tiefer, und es ist so viel Druck da, dass du loslassen musst.

Ich habe das Gefühl, zu verschwinden, und du bist die Letzte, die mich sehen kann. Wenn du da bist, sag was – sag mir einfach Bescheid. C.

Schularrest war in der Schule im C-Flügel. Ich meldete mich bei dem Lehrer, der vorne im Zimmer saß. Drei Schüler saßen in verschiedenen Ecken, und der Lehrer zeigte auf ein Pult in der leeren hinteren Ecke, wo ich den Tag verbringen sollte. Er reichte mir eine Mappe mit Aufgaben von meinen Lehrern, und ich setzte mich an das Pult. Vorne im Zimmer hing ein Schild.

Es darf nicht gesprochen werden!
Kein Kaugummi, kein Essen, keine Getränke, keine Handys!
Toilettengang nur mit einer Begleitperson!
Das Schulgelände darf unter keinen Umständen verlassen werden!

Die anderen Schüler im Zimmer arbeiteten nicht. Sie hatten die Köpfe auf die Arme gelegt, als ob sie schliefen. In der anderen hinteren Ecke saß ein Junge mit stacheligen Haaren, der mich ansah, ohne den Kopf zu heben. Unsere Blicke trafen sich, und ich schaute weg. Ich hielt den Kopf gesenkt, atmete den sauberen Chlorox-Duft ein und betrachtete die getrockneten Wasserflecken, wo ein Schwamm in Halbkreisen über die Tafel gewischt worden war. Ich gab mir nur noch Zeit bis Sonntag: Sonntagnacht. In der Zwischenzeit würde ich alles vorbereiten. Ich würde alles tun, um nicht erwischt zu werden. Ich würde meine Botschaften planen und einen Entschuldigungsbrief an Miss Laing schreiben. Vielleicht würde ich sogar Grandpa Pat anrufen – den Dad meiner Mutter –, um mich zu verabschieden.

Der Junge blickte mich wieder an, und ich fragte mich, ob er wohl von Babykacke wusste. Ich hasste es, dass jeder Fremde sehen konnte, was passierte. Jeden Tag beteiligten sich mehr Leute an dem Spaß. Es waren Hunderttausende, bald würden es Millionen sein. Sie beobachteten und lachten, angeekelt von mir. In einer Nachricht wurde mir sogar gesagt, ich solle es melden. Das Bild des Mädchens zeigte betende Hände, die in weißem Licht schimmerten. *Du kennst mich nicht, aber ich habe die Seite gesehen, die sie geschrieben haben, und ich finde, du solltest das melden. Freundschaft & Frieden. Lana Hebe.* Eine Sekunde lang wünschte ich, Lana wäre Robyn. Wenn sie mir sagte, ich solle es melden, dann würde ich es für sie tun. Aber ich konnte es nicht einfach melden und so leicht entkommen. Selbst wenn man versuchte, die Seite zu zerstören, würde sie irgendwo anders auftauchen. Dinge im Internet folgten dir ein Leben lang. Alle unsere Lehrer hatten uns gewarnt: Wenn ihr auf Jobsuche seid, werden eure Arbeitgeber euch googeln. Wenn ihr euch auf dem College bewerbt, überprüfen sie eure Seiten online. Selbst wenn ich in einen anderen Bundesstaat ziehen würde, in ein anderes Land, auf einen anderen Planeten, wäre ich immer noch in ihrer Falle. Irgendjemand würde es entdecken.

Ich blickte auf die Haut an meinen Ellbogen. Sie war

dunkel und runzelig wie Elefantenhaut. Selbst wenn ich ihnen entkommen würde, würde ich nicht vergessen, was sie getan hatten. Wenn ich zuließe, dass sie ihre Hockeyschläger behielten, würden sie immer so weitermachen. Sie würden schneller und härter angreifen und niemals aufhören. Dallas würde zur Jahrgangsstufensprecherin gewählt werden, und Ella würde das Schwimmteam anführen. Und sie würden weiter Leben zerstören, weil sie es konnten. Ich war die Einzige, die in der Lage war, sie aufzuhalten, und ich musste sie bezahlen lassen.

Beim Schularrest gab es keinen Stress. Als der Gong ertönte, blieben wir sitzen. Nachdem die reguläre Mittagspause vorbei war, führte uns ein Lehrer zur Cafeteria, in der es still war, bis auf die Geräusche der Angestellten, die die Tische abräumten und sauber wischten. Wir kauften unsere Sandwiches, und dann setzte uns der Lehrer an getrennte Tische. Schweigend aß ich mein Käse-Sandwich.

An jenem Nachmittag begann ich, meine Nachricht für Josie Dixon zu planen.

Hi Josie,
weißt du noch, wie sich in der siebten Klasse ein paar Mädchen dir gegenüber wie Arschlöcher verhalten haben? Ich war eines von diesen Mädchen, aber ich gehöre nicht mehr dazu. Ich möchte mich bei dir entschuldigen. Du hast nicht verdient, was passiert ist. Dein Gesicht war in Ordnung, du warst ein hübsches Mädchen, und es gab keinen Grund für das, was wir getan haben.

Wir wollten, dass du dich wie Kotze fühlst, und jetzt weiß ich, wie das für dich gewesen sein muss. Ich habe erfahren, wie es ist, zurückzubleiben, weil sich alle gegen dich zusammentun. Sie tun es, weil sie kein Gewissen haben. Oder weil sie sich als Teil von etwas Größerem fühlen wollen. Oder weil sie glauben, du zähltest nichts.

Aber alles zählt. Du bist wichtig. Ich möchte, dass du ein glückliches Leben hast, dort, wo du bist, und ich möchte nicht, dass du so endest wie ich.

Und vor allem möchte ich dich wissen lassen, dass Dallas und Ella und all die anderen, die dich verletzt haben, es bedauern werden. Sie werden sich ändern, weil ich mich geändert habe. Ich glaube, Menschen ohne Gewissen können doch noch eins bekommen, weil ich keines hatte und jetzt doch. Du bist Teil meines Gewissens, und ich hoffe, du verstehst, was ich meine.

Anerkennung,
Callie McKenzie

Ich faltete den handgeschriebenen Entwurf zusammen, damit ich ihn später abtippen konnte. Dann blickte ich auf meine Handgelenke und dachte an meinen Dad – wie ich ihn all die Jahre gehasst hatte, und dabei hatte er sich nur gequält, genau wie ich. Ihm gefiel nicht, wer er war – ein Lügner und Betrüger –, aber er hatte die Lösung gefunden, und ich hatte es endlich verstanden. Der Gong ertönte, niemand bewegte sich, und als ich zu dem Jungen mit den stacheligen Haaren sah, öffnete er ein Auge und erwiderte meinen Blick. In seinem Auge war etwas Rötliches, und er hatte einen Kratzer an der Nase. Ich wartete darauf, dass er lautlos *Babykacke* sagte, aber er sah mich einfach nur an. Er ließ den Kopf auf seinem Arm liegen, und ich blickte ihm ins Auge, und er blickte in meine, und ich ließ ihn.

Nach der Schule gingen Rebecca und ich ins Büro des Direktors. Ich musste ihm noch einmal erklären, wie ich mich verlaufen hatte, und dann warf Rebecca ihm hin:

»Ihre Mutter ist verstorben. Und dieses Wochenende war gerade der neunte Todestag.« Sie konnte der Versuchung, über Mom zu sprechen, nicht widerstehen, selbst jetzt nicht. Ich hörte ihr zu, wie sie erklärte, wie traurig wir seien, und ich spürte, wie sein kraftvolles Blut durch meine Adern floss.

»Du hast meinen Dad vergessen«, sagte ich. »Mein Dad ist auch tot.«

Seinen Namen zu sagen berauschte mich, als hätte ich gerade zwanzig Dosen Cola getrunken. Oder als hätte ich jemanden mit ins Zimmer gebracht, der rötliche Augen hatte, ein zerkratztes Gesicht und aufgeschlagene blutige Fäuste. Sie sagten nichts.

Nimm das, dachte ich.

Ich stellte mir vor, wie er hin und her ging und für den Rest des Gesprächs Löcher in die Gipswände schlug. Er wackelte mit seinem Hintern vor ihren Gesichtern, und als sie trotzdem noch weiterredeten, furzte er lange und stinkend. Als Rebecca aufstand, folgte ich ihr, und er kam mit uns, verzog höhnisch das Gesicht und trat in die hässliche Luft.

Im Auto sagte ich zu ihr: »War es, weil er Selbstmord begangen hat?«

Sie warf mir einen erschreckten Blick zu. Ich stellte mir vor, wie er draußen an der Scheibe stand und die Zähne fletschte.

»Du liebst es, jedem alles über Mom zu erzählen, aber von Dad redest du nie. War er so böse?«

Sie schüttelte verneinend den Kopf.

Ich starrte in seine Augen, und er starrte zurück. Er nickte, und ich wusste, ich musste das aussprechen, was ich mich nicht einmal zu denken getraut hatte.

»Hat er sie getötet? Hat er meine Mom umgebracht?«

Ich sah, wie er sein Ohr an die Scheibe drückte, als sie zu reden begann. »Es war ein Autounfall, das weißt du doch. Deine Mom ist von einem Auto angefahren worden.«

Er schloss die Augen, und ich warf ihm einen finsteren Blick zu. Meine Mom war von einem Auto angefahren worden. Sie war gestorben, und er hatte mich trotzdem verlassen.

»Also hat er sich die Pulsadern aufgeschnitten?«

Er wich vom Auto zurück. Dann drehte er sich wie der Blitz um und rannte zu den Bäumen. Ich wusste, dass ich besser nicht gefragt hätte. Er hatte mir schon die Wahrheit gezeigt. Die Xs und die Ys. Ich wollte ihn zurückrufen und ihm sagen, dass ich jetzt endlich verstand, aber er wurde immer kleiner und kleiner, und dann war er weg.

Könnte bitte jemand den Hund baden?

Dallas postete diesen Kommentar auf *»Hast du Babykacke gerochen?«* am 17. September um 15.23 Uhr.

Die Gruppe hatte jetzt zweiundvierzig Mitglieder. Ich fotografierte ihre Kommentare und bewahrte sie in einer Datei mit dem Titel *Beweise* auf. Spät am Abend testete ich erneut das Passwort für Ellas Account, und es funktionierte immer noch; sie hatte es nicht geändert. Dann dachte ich daran, was Rebecca mir im Auto erzählt hatte. Auch das würde nichts ändern.

Sie sagte, Dad habe sich nicht die Pulsadern aufgeschnitten, er habe sich mit Tabletten umgebracht. Ich wusste, dass ich mir etwas vorgemacht hatte, aber es spielte keine Rolle. Tabletten, Rasiermesser oder Pistolen: Sie alle schnitten das X und das Y durch. Rebecca versuchte zu sagen, niemand wisse genau, warum er es getan habe, und jeder, der behauptete, sich sicher zu sein, lüge, aber ich wusste, dass sie sich irrte. Ich verstand es: zwar nicht den Anfang, aber das Ende. Nicht die Ursache, aber die Lösung.

Als ich am Freitag zum Schularrest kam, war der Junge mit den stacheligen Haaren nicht mehr da. Ich setzte mich hinten in die Ecke und begann zu planen, was ich in den restlichen Nachrichten, die ich Sonntagabend verschicken wollte, schreiben würde.

Alex Penders versprach ich, dass die Mädchen, die ihn mit Beeren beworfen und »Schweinefraß« genannt hatten, letztendlich für das, was sie getan hatten, bezahlen würden.

Bei Irene Lutz entschuldigte ich mich, dass wir sie am letzten Schultag ausgelacht und angeschrien hatten. Ich sagte ihr auch, ich würde dafür sorgen, dass wir so etwas nie wieder machen würden.

Für Rebecca schrieb ich eine letzte Nachricht von Robyn:

Sonntagnacht ein Uhr, Brücke über die Flint Street.
Ich springe.

Ich beschloss, bis zum späten Sonntagabend zu warten, und dann würde ich mit dem ersten der acht Schritte beginnen, die ich geplant hatte. Im Geiste ging ich sie alle noch einmal durch, um mich zu vergewissern, dass nichts schiefgehen konnte, und als ich sicher war, dass es funktionieren würde, legte ich den Kopf auf mein Pult und lauschte für den Rest des Tages dem Schulgong.

Nach der Schule am Freitag setzte ich mich auf die Couch und aß Karotten. Ich hatte Robyns Nachricht oben auf den Poststapel gelegt und wartete darauf, dass Rebecca nach Hause kam und sie sah. Ich dachte auch an den Morgen im achten Schuljahr, als ich Robyn in der Cafeteria gesehen hatte. Das musste der Moment gewesen sein. Der Moment, als das Universum sich hätte ändern können. Dann wäre ich jetzt nicht so kaputt. Auf unserem Sideboard läge keine Selbstmorddrohung und Bomben wären etwas, was man im Krieg einsetzte. Ich hätte zu Robyn gehen und DH für immer sausen lassen sollen. Ich hätte bloß zurückwinken müssen. Ich hätte ihren Namen rufen sollen.

Ich stellte mir vor, wie am anderen Ende der Couch Papa auf Robyns Schoß krabbelte. Robyn griff nach einer meiner Karotten und hielt sie wie eine Zigarette an die Lippen. »Ich will es mir ständig abgewöhnen, aber es ist wie eine Sucht.«

»Vitamin C«, witzelte ich. »Du brauchst nicht dagegen anzukämpfen.«

Seit jenem Morgen in der Cafeteria in der achten Klasse waren Robyn und ich beste Freundinnen. Wir schliefen abwechselnd im Haus der anderen, und sie zeigte mir Fotos von ihrem Dad. Ich zeigte ihr auch welche von meiner Mom, und ich erzählte ihr, an was ich mich erinnerte. Und sie sagte, ich bräuchte kein schlechtes Gewissen zu haben, weil ich so viel vergessen hatte.

Als Rebecca hereinkam, umklammerte ich das Kissen auf meinem Schoß. Ich war schon wieder in der falschen Dimension, und Rebecca hatte einen Strudel dabei. Einen Strudel? Weswegen? Was hatten wir zu feiern? Feierten wir, dass ich ging? Oder feierten wir, dass ich schon weg war?

»Robyn hat uns etwas dagelassen«, sagte ich. Und dann beobachtete ich sie, als sie meine Nachricht las.

Wenn Rebecca etwas nicht widerstehen konnte, dann war es ein Mädchen in Schwierigkeiten. Jemand, der gerettet werden musste, ein Opfer, das aus ihr eine Heldin machte. Sie sollte am Sonntag zur Brücke gehen und denken, sie könne endlich jemanden retten, dann wäre sie mir aus den Füßen, und ich könnte meinen Plan umsetzen. Rebecca stemmte die Hand in die Hüfte. Sie begann mir Fragen zu stellen. Aber vor allem machte sie sich Sorgen um mich, weil Robyn mich belästigte. Sie glaubte nicht, dass Robyn wirklich springen würde. Sie hatte so wenig Mitgefühl wie DH.

Ich begann hektisch den Strudel zu essen und fragte mich, wie ich sie wohl überzeugen könnte. Sie rief Robyns Mom an und warnte sie, aber es war nicht die alte Rebecca. Ich hatte noch nie erlebt, dass sie jemanden aufgegeben hatte, deshalb versuchte ich, Mitleid für Robyn bei ihr zu wecken – ich erzählte ihr, dass sich sonst niemand wirklich für sie interessierte. »Ihre Mutter wird ihr nicht helfen«, sagte ich. »*Uns* hat sie die Nachricht geschickt.« Rebecca zog die Augenbrauen hoch, als ob ich überreagieren würde. »Wir wissen doch gar nicht, ob das überhaupt echt ist«, sagte sie. »Oder ob Robyn das überhaupt geschrieben hat.«

»Wer sonst?«, fragte ich. Dann erkannte ich, was ich zu tun hatte.

»Ich weiß das, weil … wegen dem, was ich getan habe.«

Rebecca schlug sich die Hand vor den Mund, als müsse sie sich gleich übergeben.

Nachdem Rebecca hinausgelaufen war, ging ich in mein Zimmer und zog mich splitternackt aus. Die tintenverschmierten Stellen, wo ich Babykacke hingeschrieben hatte, waren verblasst. Ich hob meine Zehen, wackelte mit meinen Babyfüßchen und fuhr dann mit den Händen über die glatten Stellen, an denen ich kitzelig war. Ich wusste, was ich Sonntagnacht anziehen würde: mein neues-altes T-Shirt, das jemand weggeworfen hatte, meine gute Jeans und meine Lieblingsohrringe, die Ella mir geschenkt hatte. Ich würde meine Haare, von denen Rebecca sagte, sie seien wie bei meiner Mom, bürsten, und ich würde ihr einen Abschiedskuss geben, weil ich wusste, dass sie noch lange daran denken würde.

Ich legte mich auf mein Bett und spürte, wie ein Gewicht in meine Matratze einsank. Robyn zog sich eine kastanienbraune Haarsträhne so durch den Mund, dass sie einen Schnauzbart hatte.

»Was machst du hier?« Ich schaute fragend zum Fußende meines Betts.

»Ich leiste dir Gesellschaft.«

»Ich will keine Gesellschaft.«

Robyn ließ ihre Haare fallen, und ich zog meine Decke hoch. Ich musste meine Beine rasieren und wollte nicht, dass sie mir dabei zuschaute.

»Bist du dir sicher, dass du das tun willst?«, imitierte sie den ernsten Tonfall von Miss Baranski und stützte ihr Kinn auf.

»Ja, ich bin mir sicher.«

»Sehr interessant.« Sie tippte sich mit den Fingern an die Wange. »Und was meinst du, wie Rebecca es aufnimmt?«

»Ich brauche keinen Psychotherapeuten. Lass mich einfach in Ruhe.«

Robyn nickte, als hätten wir ein besonderes Abkommen getroffen. »Okay«, sagte sie. »Aber beantworte mir bitte die Frage: »Wie wird Rebecca es wohl aufnehmen? Was meinst du?«

»Sie wird schon drüber hinwegkommen. Ihretwegen kann ich mir jetzt echt keine Gedanken machen.«

»Über mich hast du dir auch keine Gedanken gemacht«, sagte Robyn. »Das ist immer dein Problem.«

»Doch, ich habe mir schon Gedanken über dich gemacht, du wusstest es nur nicht. Und Rebecca wird ohne mich besser dran sein.«

»Wir waren auch nicht besser dran, als mein Dad tot war.«

»Das war doch etwas völlig anderes. Dein Dad hatte Leukämie. Alle haben ihn geliebt.«

»Mein Dad musste sterben. Du kannst es dir aussuchen.«

Ich drückte mein Gesicht ins Kissen, und auf einmal war ihr Gesicht dicht neben meinem. Um ihre Nase und zwischen ihren Augen hingen rote Tröpfchen.

»Warum hast du immer noch das Zeug an dir? Willst du mir ein schlechtes Gewissen machen?«

Sie rieb sich mit den Händen übers Gesicht. »Es geht nicht ab.«

»Versuch es mit einem Waschlappen und Seife«, riet ich ihr. Dann sprang ich aus dem Bett und rannte zu meinem Schreibtisch, um die letzte Seite, an der ich gearbeitet hatte, zu holen. »Liest du das mal?«, fragte ich. »Ich habe dir einen Brief geschrieben.«

Ich hielt ihn ihr hin, und Robyn nahm ihn in die Hand.

Robyn,
ich glaube, das Ende wird wie der Anfang sein. Ich fühle, dass du neben mir wartest, und ich werde dir alle Fragen beantworten und deine Tränen wegwischen. Du trägst einen silbernen Haarreifen und summst mit bei »Frosty«, und ich möchte gerne bei dir bleiben, aber es ist Zeit für mich zu gehen. Einen Kuss, damit wir uns nie vergessen, und du flüsterst mir ins Ohr: »Ich verzeihe dir. Ich liebe dich.« Dann siehst du mir zu, wie ich

untergehe. Der Himmel wird aufreißen, wenn ich unsere Namen wegwasche, und dann verwandele ich mich in den Regenbogen, der den Sturm endlich beendet. Vom Himmel aus sehe ich, wie sie sich verändern, wie sie ihre scharfen Schläger verlieren, und die Welt wird sicherer werden für Menschen wie dich.

Bitte verzeih mir, vergiss mich nicht!

Callie McKenzie

Robyn ließ das Blatt zu Boden fallen. »Das ist alles Quatsch!«

In der nächsten Stunde verfolgte Robyn mich. Als Rebecca in mein Zimmer kam, um mit mir zu reden, schlüpfte Robyn unter meine Bettdecke. »Ich habe deine Briefe an deine Mom gelesen«, sagte Rebecca. Dann zeigte sie mir einen Zettel, den ich geschrieben hatte. Es war der, auf dem ich mich darüber ausgelassen hatte, wie Mom vom Himmel aus sehen konnte, was für eine große Enttäuschung ich war. Und ich wollte Rebecca nicht anschauen, um nicht sehen zu müssen, wie sehr ich auch sie enttäuscht hatte. Ich wusste, dass ich nichts zurücknehmen konnte, und wahrscheinlich hatte ich ihre Grenzen bereits erreicht. Aber Rebecca war sich so sicher, dass ich unrecht hatte. Sie behauptete, Mom würde mich nie als Enttäuschung empfinden, und ich wusste, sie meinte es gut, aber es war einfach zu traurig zu sehen, wie sie ihr Bestes tat.

Dann versuchte Rebecca sich alles zusammenzureimen. Sie fragte mich nach Robyn, und mir wurde klar, warum Menschen kurz vor ihrem Tod beichten wollten. Das Weinen war eine Erleichterung. Als ob ein See aus meinem Körper abliefe. Schmutziges Wasser floss heraus, bis ich leer und nass war. Rebecca wischte mir das Gesicht ab, und Robyn klammerte sich an meine Beine, und dann kam es alles heraus wie ein Rülpser und erfüllte die Luft mit seinem Gestank. Ich hatte die Farbe verspritzt. So, es war heraus.

»Wenn du an ihrer Stelle gewesen wärst«, fragte Rebecca, »wie würdest du dich fühlen?«

Ich weinte immer noch, als ich antwortete. Es war die leichteste Frage der Welt. Ich würde mich hoffnungslos fühlen. Ruiniert. Als hasste mich jeder. Gedemütigt. Schrecklich. Ich würde sterben wollen. Rebecca schien mit der Antwort zufrieden zu sein, und ich sah, wie Robyn unter der Decke hervorblickte. Sie rieb über ihre weiche Wange, aber die Farbe war immer noch da. Niemand würde jemals wissen, wie sehr Robyn und ich miteinander verbunden waren. Es würde keine Erinnerung an unsere Freundschaft geben, wenn Robyn vergessen wollte. Ich fragte mich, ob sie meine Nachrichten wohl schon vernichtet hatte und gar nicht mehr an unsere erste Begegnung dachte. Und wenn sie Papa anblickte, tat sie vielleicht so, als hätte sie ihn selber gekauft. »Wir waren Freundinnen«, sagte ich zu Rebecca. »Ich und Robyn.«

»Alle meine Kontakte mit Robyn Doblak«, schrieb ich. Rebecca war einverstanden gewesen, dass ich es aufschrieb, solange ich ihr alles sagte, und jetzt beugte sich Robyn über meine Schulter, als ich auf den leeren Bildschirm starrte. Ich konnte mich an das erste Mal, als ich sie gesehen hatte, nicht mehr erinnern – es war wohl in der siebten Klasse gewesen, aber sie war mir erst aufgefallen, als ich das von ihrem Dad hörte. Da war sie *jedem* aufgefallen – das Mädchen, dessen Dad gestorben war. Ich tippte Nr. 1 oben hin und begann mit der ersten Unterhaltung – vor fast zehn Monaten, kurz vor Weihnachten. Ich konnte wieder hören, wie sie »Frosty the Snowman« mitsummte, und dann roch ich Erdbeer-Parfüm, und als ich mich umsah, waren wir wieder in der Mittelschule. An den Wänden klebten Bäume aus Folie, und Miss Baranski kam mal wieder zu spät. Wir warteten vor ihrem Büro, und ich wollte gerade gehen. Robyn sprach mich als Erste an. Sie blickte auf mein Armband. »Vorsicht, Pitbull?«

Ich wandte mich an den Geist in meinem Zimmer. *Warum hast du mich angesprochen?*

Sie hob die Hände. *Wer weiß?*

Sie blickte mir in die Augen, als ich meine Worte von vor zehn Monaten wiederholte.

»Es hat mal einen Pitbull gegeben, der dreißig Menschenleben gerettet hat. Aber alle glauben, diese Hunde seien irre Tötungsmaschinen.«

Du warst netter, als ich erwartet habe, sagte sie. *Ich wusste von DH.*

Ich weiß noch, wie sie ihren Haarreifen berührte und mir sagte, sie wollte einen Hund. Sie weinte offen, aber ich wusste nicht, was ich tun sollte. Sie kam näher, und ich sah, dass ihre Wimperntusche ihr über die Wangen lief. Ich wusste, ich konnte die Vergangenheit nicht verändern; ich konnte nur tun, was ich bereits getan hatte. Ich hob die Hand und wischte ihr mit meinem Ärmel das Schwarze unter den Augen weg. Ihre Haut war heiß, und ich wollte mich nicht bewegen. Aber ich wusste, ich musste bald gehen. Mir blieben nur noch zwei Tage.

Sie schien wirklich dankbar zu sein, schrieb ich.

Ich war verlegen, flüsterte sie.

»Sie schien wirklich dankbar, aber auch verlegen zu sein«, schrieb ich.

Als ich zu meinem zehnten Kontakt kam, hatte Rebecca schon etwa hundert Anrufe hinter sich. Sie hatte Robyns Mom, die Polizei und diesen Danny angerufen, den sie auf dem Friedhof kennengelernt hatte. Ich ließ sie die ersten fünf Kontakte lesen, sparte mir aber den Rest für danach auf. Ich wollte verschwinden, bevor sie herausfand, dass wir mehr als nur Freundinnen gewesen waren. Bis jetzt wusste Rebecca nur, dass Robyn letztes Weihnachten deprimiert war, was bei all ihren Nachrichten Sinn machte. Aber dadurch klangen natürlich auch ihre Anrufe bei Mrs Doblak immer verrückter. Ich stellte mir vor, wie Mrs Doblak ihre Tochter mit zusammengekniffenen Augen musterte. *Warum glaubt diese Verrückte, dass du von einer Brücke springen willst?* Ich wollte ihr Leben nicht schon wieder durcheinanderbringen, aber nur so konnte es funktionieren.

Ich blickte auf meinen Bildschirm und tippte Nr. 10. Robyn hockte neben mir und kaute Kaugummi. Sie ließ direkt neben meinem Ohr eine dicke Blase zerplatzen. *Lüg nicht*, sagte sie. *Das ist deine letzte Chance.*

»Nachdem Dallas es überall erzählt hatte, begannen alle, Robyn ›Kanonenkugel‹ zu nennen«, tippte ich.

Nachdem DU es in Umlauf gebracht hattest, zischte sie.

Nein, ich habe es nur dieses eine Mal gesagt!

Robyn ließ ihren Kaugummi knacken und wandte den Blick ab, als ich weiterschrieb: »Ich konnte mich nicht entschuldigen, weil ich nicht zu ihr durchkam, und in der Schule konnte ich ihr nicht in die Augen sehen, weil sie niemanden ansah.«

Ich spürte, wie mein Stuhl ruckte. Robyn hatte mich getreten. *Du hast es mindestens zweimal gesagt. Wahrscheinlich öfter.*

Okay, zweimal. Ich wünschte, ich könnte die Zeit zurückdrehen.

Robyn beugte sich vor, als säße sie an einem Pult, und dann roch ich Farbe und blickte auf meine Hände. Ich hielt einen Pinsel in einer Hand, und Ella saß neben mir und tupfte gelbe Punkte auf ihre Papiermaschee-Maske. Die Fenster standen offen, und ich hörte draußen eine Klasse beim Sportunterricht lärmen, und als Adam Liebowitz sich auf den Boden warf, zeigte Miss Dimmock auf die Tür. Ich malte gerade Lippen auf meine Maske, runzelige rote Lippen, und als Miss Dimmock aus dem Zimmer ging, blickte ich zu Robyn hinüber. Sie trug an jenem Tag keine Jacke – es war ein warmer Aprilnachmittag –, sondern nur ein sommerliches weißes Top. Sie hatte auch kein Armband an den Handgelenken.

»Kanonenkugeln«, rief Ella. »Oh, deine Kanonenkugeln sind so hart.«

Du hast so einsam ausgesehen. Ich wäre gerne zu dir gegangen.

Robyn tat so, als könne sie mich nicht hören, und ich hörte Ella kreischen. Ich konnte die Vergangenheit nur wiederholen. Ich musste es immer wieder machen.

»Warum bist du so gemein?«, sagte ich zu Ella und stand auf. Meine Beine fühlten sich an wie Gummi, als ich nach vorne stolperte. Robyn war meilenweit entfernt, aber gleichzeitig auch näher als je zuvor. Ich wusste, dass ich dabei war, DH zu verlieren. Ich wusste jetzt schon, was sie sagen würden. Aber ich wollte nur Robyn, und ich dachte, sie wollte mich auch.

Quatsch, fuhr Robyn mich an. *Du bist nicht zu mir gekommen, um bei mir zu sein.*

Doch, ich schwöre es. Ich habe es dir doch vorher gesagt.

Ich blieb vor ihrem Pult stehen und war bereit, die

Dinge zu ändern. Ich konnte über Berge springen, die Sonnenstrahlen biegen. Ich atmete Robyns Luft ein und wollte für immer dort stehen bleiben, auf ihren Scheitel schauen und zusehen, wie sie ihren Pinsel bewegte.

Was hast du gemalt?, fragte ich.

Einen Hund, sagte sie.

Zwei Jungs schrien etwas, und ich warf ihnen einen finsteren Blick zu. Ich brauchte einen Platz, wo ich sitzen konnte. Aber Robyn hatte mich immer noch nicht gesehen. Vielleicht wusste sie es ja nicht. »Robyn«, sagte ich lauter, und dann richteten sich die Härchen auf meinen Armen auf. Ihre Augen waren kalt und nass, und ihre Lippen geöffnet. Ich konnte ihre Zähne sehen. Dann brannte mein Gesicht, und mein Inneres explodierte, und ich spürte, wie die Kugel mich traf und mich zerriss.

»Totaler Hass«, schrieb ich. »Ich habe ihn in ihrem Blick gesehen.«

Das stimmt nicht, sagte Robyn und schlug mir die Hände von der Tastatur.

Du hast mich gehasst, schrie ich. *Ich habe es in deinen Augen gesehen.*

Nein. Sie starrte mich an. *Ich hatte total Angst vor dir.*

Rebecca war in der Küche. »Hat ihre Mom schon zurückgerufen?«

Rebecca hatte noch nicht mit ihr gesprochen, und mir wurde klar, dass das meine Chance war.

»Aber ich muss ihr sagen, wie leid es mir tut«, sagte ich. »Ich muss sie sehen, bevor es zu spät ist.«

Robyn saß auf dem Weg zu ihrem Haus hinter mir im Auto. Dann schwebte sie um ihre Treppe herum und lachte, als niemand herauskam.

»OMG, wir sind übers Wochenende weggefahren!«

»Bist du okay?«, fragte Rebecca. »Du siehst ein bisschen blass aus.«

»Nein, okay«, sagte ich.

Rebecca legte den Arm um mich, als ob sie alles verstünde. Dann spürte ich, wie Robyn mich mit klebrigen Fingern kniff. »Sie hat keine Ahnung. Fühlst du dich nicht schlecht? Du lässt sie in dem Glauben, *ich wäre* die Verrückte, die von einer Brücke springt.«

Spät am Sonntagabend kam Rebecca in mein Zimmer, kurz bevor sie zur Brücke über die Flint Street fahren wollte. Sie hatte hellrosa Lipgloss aufgelegt und tätschelte ständig meine Schulter, als wolle sie mir sagen, ich solle mir keine Sorgen machen, dass Robyn sterben könne. Ich machte mir auch keine Sorgen. Robyn war in Sicherheit. Sie lehnte an meinem Fenster, Papa in der Hand.

»Bist du sicher, dass ich nicht mitkommen soll?«, fragte ich.

»Ja, ganz sicher.«

Wieder tätschelte Rebecca mir die Schulter und ich richtete mich schnell auf und gab ihr einen Kuss. Bald würde sie mich los sein und konnte endlich ein normales Leben führen. Keine Schultermine mehr, keine Auseinandersetzungen, keine Tränen. Kein undankbares Kind, das sie herunterzog.

»Callie, ist alles okay?«

»Ich wollte mich nur bei dir bedanken«, sagte ich. Aber dann hätte ich fast geweint, weil ich gar nicht aufzählen konnte, was sie alles für mich getan hatte. Sie hatte mir Milchshakes gemacht, als ich Windpocken hatte, so hart gearbeitet, damit wir beide genug zum Leben hatten, mich in ihr Bett gelassen, wenn ich nicht schlafen konnte. Sie hat verrückte Motto-Geburtstagspartys für mich gegeben – einmal hat sie sogar zehn Sombreros gekauft –, und sie hat mir immer verziehen. Sie hat gedacht, ich würde sie eines Tages stolz machen.

»Ich lasse nicht zu, dass ihr etwas passiert«, sagte sie und küsste mich ebenfalls.

Rebecca winkte, als sie aus meinem Zimmer ging. Ich hatte ihr für nichts gedankt. Robyn wartete nicht; sie fuhr mir fast ins Gesicht. »Hast du ihren Blick gesehen? Sie macht sich wirklich Sorgen.«

»Sie macht sich keine Sorgen um mich. Sie hat Angst um dich.«

»Weil du sie hereingelegt hast. Hast du eine Ahnung, was das mit ihr macht?«

Wir hörten die Haustür zuschlagen, und es war Zeit anzufangen.

Zuerst die Entschuldigungen für Alex Penders, Irene Lutz, Josie und Robyn. Robyn beugte sich über meine Schulter, als ich auf »Senden« drückte. »Du tust das nicht für mich«, sagte sie. »Red dir bloß nicht ein, du tätest das für mich.«

Als zweiten Schritt loggte ich mich auf Ellas E-Mail-Account ein und änderte ihr Passwort. Ich stellte mir vor, wie sie immer wieder »Anerkennung« eintippte und schließlich völlig verwirrt und frustriert aufgab, weil es nicht funktionierte.

»Vielleicht läuft es nicht so, wie du es dir vorstellst«, warnte Robyn mich.

Als Nächstes nahm ich mir die Seite vor, auf der Phoenix Drake mich vernichtete. Ich tippte Ellas E-Mail-Adresse ein und klickte dann »Ich habe mein Passwort vergessen«. Als der Link in Ellas Account ankam, änderte ich das Passwort so, dass sie niemals darauf kommen würde. Dann öffnete sich der Bildschirm, und ich sah das Profil für Phoenix Drake mit dem Bild des Sensenmanns.

Ich kniff mir in die Wangen. Es funktionierte alles so, wie ich es mir vorgestellt hatte. Robyn schüttelte den Kopf. »Möglicherweise bewirkst du damit gar nichts.«

Ich machte einen letzten Screenshot von *»Hast du Babykacke gerochen?«* mit den Namen aller sechsundvierzig Mitglieder und legte ihn in meinem Beweisfolder ab.

»Die Leute vergessen schnell«, sagte Robyn.

»Ich habe dich nicht vergessen.«

Als Phoenix Drake, dem Gruppenadministrator, konnte ich den Namen von *»Hast du Babykacke gerochen?«* ändern, und das tat ich auch. Wenn die sechsundvierzig Mitglieder von *»Hast du Babykacke gerochen?«* sich morgen früh einloggten, würden sie darüber in Kenntnis gesetzt, dass die Gruppe ihren Namen geändert hatte. Sie waren jetzt Mitglieder von »Ich habe Callie McKenzie getötet«, und sie würden folgenden Post sehen:

Dies ist kein Witz. Indem du dich dieser Gruppe angeschlossen hast, hast du einen Mord begangen. Deinetwegen ist heute Nacht ein Mädchen gestorben. Callie McKenzie, die du Babykacke genannt hast, war nicht Nichts. Ihr Leben war nicht bedeutungslos. Aber du hast trotzdem beschlossen, sie zu töten. Ella Brooks und Dallas Price haben dich dazu angestiftet, aber du hast trotzdem eine Wahl gehabt. Du konntest weggehen oder sie mit Lügen erdolchen, ihren Namen stehlen und jeden Augenblick ihres Lebens zur Hölle machen. Und du weißt, wofür du dich entschieden hast. Du kannst versuchen zu behaupten, du hättest nicht gewusst, was du tatest, aber wir wissen, dass das nicht stimmt. Du hast ihr das Leben genommen. Und jetzt wird sie in dir weiterleben – direkt hinter deinen Rippen, wo du vorher leer warst. Jedes Mal, wenn du daran denkst, jemandem wehzutun, wird sie da sein. Sie wird sich anfühlen wie ein Würgen oder ein Kloß im Hals, und du wirst dich an sie erinnern und aufhören.

P.S.: Es ist zu spät, deinen Namen aus der Mitgliederliste zu entfernen und zu versuchen davonzukommen. Eine Liste mit allen sechsundvierzig Namen der Mitglieder der Gruppe wurde bereits an die Polizei geschickt. Anerkennung.

Ich hatte ein gutes Gefühl, als ich mir noch einmal durchlas, was ich geschrieben hatte. Es blieben nur noch wenige Schritte zu tun.

Ich ging zurück zu meiner eigenen E-Mail und begann unsere Geständnisse zu schreiben. Ich schickte Rebecca die letzten fünf Kontakte mit Robyn und entschuldigte mich ein letztes Mal bei ihr. Dann öffnete ich Ellas Account und begann zu schreiben. Ella gab zu, dass sie versucht hatte, mich zu ertränken, dass sie Hunderte drohende SMS geschickt und mit Dallas zusammen einen Krieg gegen mich angezettelt hatte. Sie hängte die Beweise, die ich gesammelt hatte, an – die Screenshots von *»Hast du Babykacke gerochen?«* –, und sie erklärte, wie sie und Dallas ihr ganzes Leben lang so etwas getan hatten, ohne dafür jemals zur Rechenschaft gezogen worden zu sein. Sie schrieb über Alex Penders, Mrs Lutz, Josie Dixon und Robyn. Dann unterschrieb sie mit ihrem eigenen Namen und schickte die Nachricht an die E-Mail-Adressenliste, die ich vorbereitet hatte: an jeden in der Schule, an den Direktor, die Lokalzeitung. Sie würde jetzt Verantwortung übernehmen; ich wusste, wie eine tote Freundin in einer Person weiterleben konnte.

Dann blieb mir nur noch eines zu tun, und ich musste es schnell tun.

Ich rieb mir die Arme und zog mein neues-altes Shirt an. Ich nahm die Blätter wie Sterne und Skelette und steckte sie mir in die Taschen. Mein Blut floss kalt und ruhig, als ich eine letzte Nachricht an Rebecca schrieb und sie mit meinem Handy auf den Boden vor ihrem Zimmer legte. Dann schlich ich auf Zehenspitzen aus dem Haus.

»Du hast mein Leben gar nicht ruiniert, wenn es darum geht!«, schrie Robyn.

»Du bist ja nicht mal echt«, sagte ich zu ihr. »Woher willst du das denn wissen?«

Sie verzog das Gesicht und tat so, als käme sie gar nicht näher, sondern würde einfach nur am Straßenrand hocken. Der Himmel war wolkenlos, und es war kalt, als wir zu Ellas Haus gingen. Ich bekam Gänsehaut. Die grüne Luft reinigte meine Lungen, und es war leicht, dem knirschenden Geräusch meiner Sohlen auf der Straße zu lauschen und den schneeflockenleichten Laut zu spüren, den meine Oberschenkel machten, wenn sie aneinander rieben. Über mir konnte ich die Bäume hören. Nachts waren sie wie wir. Sie atmeten Sauerstoff ein und atmeten Kohlendioxid aus. Wir atmeten zusammen, wuchsen immer weiter, noch ein bisschen. Robyn lief schweigend neben mir her. Dann ließ sie sich plötzlich zurückfallen, und als ich mich umschaute, war sie nicht mehr da. An einem Punkt drehte ich mich rasch um und blinzelte in die Dunkelheit. War da das Gesicht von jemandem? »Robyn?« Sie verschwand. Ich konnte immer noch spüren, wie sie mir folgte, und manchmal hörte ich ihre Schritte, aber als ich stehen blieb, um auf sie zu warten, versteckte sie sich hinter den Bäumen.

Beim Abendessen an jenem Abend hatte Rebecca Robyns Mutter die Schuld gegeben. Wir aßen Gemüseeintopf – das letzte, was ich jemals essen würde. Ich zerknackte einen Eiswürfel mit den Backenzähnen, während sie über Mrs Doblak herzog und sagte, sie hätte Robyn besser beibringen sollen, wie man mit Problemen umgeht. Als wäre nichts von alldem passiert, wenn Robyn besser damit hätte umgehen können. Als könnten Erwachsene alles kontrollieren, einschließlich die Gedanken ihrer Kinder.

»Ihr könnt uns nicht vor allem beschützen«, sagte ich. »Ihr könnt unsere Gedanken nicht kontrollieren.«

»Wir können euch aber vor vielem beschützen. Wenn wir aufpassen, können wir das.«

»Und wenn Robyn nun gar nicht besser damit umgehen will?«, fragte ich. »Das ist doch ihre Entscheidung, nicht die ihrer Mutter.«

Rebecca starrte auf ihren Teller mit Eintopf, als hätte er sich in kaltes Gelee verwandelt.

»Wenn ich ihre Mom wäre, würde ich heute Nacht in ihrem Zimmer schlafen. Ich würde sie anketten, wenn es nötig wäre.«

»Aber wenn sie dich davon überzeugt hätte, dass sie es gar nicht tun würde?«

»Das würde ihr nicht gelingen. Ich würde wissen, dass sie lügt.«

Ich rührte meinen Eintopf um und pickte eine weiche, runde Kartoffel als letzten Bissen heraus.

Ellas Haus war dunkel. Ich stand auf dem Rasen und blickte zu ihrem leeren Schlafzimmerfenster hinauf. Ich konnte kaum etwas sehen, als ich an der Seite des Hauses vorbeilief, aber ich war hier schon so oft gegangen, dass ich den Weg gut kannte. Ich steckte die Hand in die Tasche und zog eine Handvoll Blätter heraus, die ich im Gehen fallen ließ. Ich war nicht traurig, als sie in der tintenschwarzen Luft verschwanden, sondern marschierte immer weiter. Als ich im Garten an der Stelle ankam, wo der Holzsteg in den See hinausragte, konnte ich nicht einmal erkennen, wo das Wasser begann. Meine Füße versanken im Schlamm, und ich lauschte auf die Geräusche. Ein Frosch quakte. Ein Fisch sang. Grüne Blätter bewegten sich im Wind.

»Robyn?«, flüsterte ich. »Robyn?«

Es war so dunkel, dass die Erde, das Wasser und der Himmel zu einem einzigen Ding – einem verwirrenden schlammigen Ball – wurden, deshalb schloss ich die Augen. Das Schwarze hinter meinen Augenlidern war dick und vertraut, und solange ich die Augen nicht öffnete, konnte ich überall sein, für immer. Das eisige Wasser begann in meine Schuhe einzudringen, machte meine Zehen taub und biss in meine Beine. Es legte sich schmatzend um meinen Körper, wusch die letzte Babykacke weg, reichte mir schon bis zur Taille. Mit geschlossenen Augen legte ich mich auf den Rücken, spürte Eis und Wasser und Körper wie eins und wollte loslassen. Wenn ich dann die Augen öffnete, würde ich alles sehen. Sterne, die am Himmel zerplatzten, die Welt, die aufbrach, Ringe um Ringe von Geschichte, die sich wie Wellen um mich ausbreiteten. Das Wasser würde warm werden, und ich würde das gelbe Blitzen von Augen unter den Pinien sehen, an den Ufern, an den schlammigen Rändern des Sees. Ein Mädchen, das Moos sammelte, wilde Pferde, die meinem plantschenden Spritzen lauschten, ein uralter Fuchs, der unter den Bäumen hervorspähte. Meine Eltern würden da sein. Und Kinder aus der Zukunft, die mich beobachteten, die Hände aufs Herz gelegt. Sie würden im Schatten stehen, und ich würde mich fragen: *Tut es ihnen leid, oder danken sie mir? Drücken sie ihre Hände auf die Brust, weil sie nicht atmen können, oder verbergen sie etwas?* Ein Gelübde, das sie nicht verstehen; Worte, die ihre Bedeutung verloren haben.

Ich öffnete die Augen, und es war dunkel. Leer, ohne Sicht. Das war es. Es gab nichts mehr zu sehen. Ich würde den Mund öffnen und kaltes Wasser schlucken, meine Lungen füllen. Eis und Stille. Ein Körper, der im See versinkt. Keine Sterne, kein Kuss. Niemand, der auf einen Regenbogen wartete. Sie konnten ihre Hände auf ihre Herzen drücken, aber wenn sie nichts fühlten, würde alles umsonst sein. Unteilbar, Freiheit und Gerechtigkeit für alle.

Ich zitterte, und sie würden es nicht verstehen. Sie würden immer weitermachen, und ich würde zu einer geheimen Geschichte werden, und es würde gar nichts bedeuten. Eine Sekunde lang vergaß ich ihre Namen. Es war die Zukunft, und sie waren weg, und ich konnte nur meinen eigenen Atem hören. Meine Äste bewegten sich im Wind, und der Boden unter meinen Wurzeln begann zu tauen. Meine taube rechte Hand griff nach meiner Brust, und ich drückte auf mein heftig schlagendes Herz.

Brave kleine Katze. Brave kleine Katze. Brave kleine Katze.

Eine silberne Pfeife ertönte, und ich hörte eine Stimme rufen. *Callie, du musst schwimmen!* Sie beobachtete mich vom Ufer aus. Und ich wollte auch, aber ich konnte nicht. Alles war schwer. Mein Kopf, meine Arme. Meine Beine waren eingeschlafen. Und ich wollte … ich musste … mein Körper löste sich auf. Ich schloss die Augen und dachte an den Schlamm. Der Schlamm schluckte alles in diesem wässerigen Abfall, die Fischgräten und Vogelknochen und Schimmel und Staub.

REBECCA

Der See hinter dem Haus der Brooks' war über den Sommer mit Algen zugewachsen. Wachsige Blätterhaufen trieben auf dem Wasser und bildeten ein dichtes Gewirr, das wie ein Floß hin und her schwankte. Ali Brooks hatte einmal zu mir gesagt, sie *müsse* am See leben. »Wenn es nach mir ginge, würden wir auf dem Boot wohnen.« In ihrem Wohnzimmer waren bodentiefe Glasschiebetüren, von denen aus sie jeden Abend die Farben des Sonnenuntergangs im See beobachten konnte, und als ich in der Dunkelheit zu den Türen hinüberblickte, meinte ich eine Bewegung dort drinnen zu sehen. Ich hatte auf meinem Weg hierher angerufen. Ich hatte Nachrichten auf dem Anrufbeantworter hinterlassen, sie solle bitte den See absuchen. Aber die Glastüren gingen nicht auf, die Lichter blieben aus, und die Polizei, die ich ebenfalls angerufen hatte, war noch nicht eingetroffen.

Der kalte Wind rauschte, und ich schaltete meine Taschenlampe ein. Dann stolperte ich den Abhang hinunter, blieb im Schlamm stecken. Ich war wegen Dallas hier – wegen dem, was sie mir am Telefon gesagt hatte. Ich wusste, dass sie vielleicht gelogen hatte, aber ich hatte keine andere Spur.

»Du blöde Kuh«, sagte sie statt einer Begrüßung. »Ich wusste doch, dass es ein Witz war.«

Ich hatte sie von Callies Handy aus angerufen. Sie hatte es auf dem Boden liegen lassen. Ich stand immer noch in unserer Diele mit der Nachricht in roter Tinte in der Hand.

Entschuldigung Rebecca. Ich war es. C.

Ich war es, die die Farbe verspritzt hat? Ich war es, die die Nachrichten geschrieben hat? Ich war es, nicht Robyn. War es überhaupt jemals Robyn gewesen?

Callies Handschrift auf dem Blatt Papier gab mir Antwort.

»Dallas, hier spricht Rebecca. Was für ein Witz? Was ist los?«

Als sie merkte, dass ich am Telefon war, wurde Dallas' Stimme weicher. Sie redete in einem babyhaften Gurren, das mir den Magen umdrehte. Sie konnte sich so leicht verwandeln, ohne auch nur ein klein wenig aus dem Takt zu kommen, und alles sammelte sich zu einem scharfen Tropfen. Die Nachrichten waren nicht, wofür ich sie gehalten hatte, und dieses Mädchen war es auch nicht.

»Callie ist vollkommen übergeschnappt«, sagte Dallas. »Sie hat all diese Mails rausgeschickt. Sie hat geschrieben, wir hätten sie getötet, aber ich habe keine Ahnung, was sie damit meint.«

»Weißt du, wo sie ist? Bitte, sag es mir.«

Sie schniefte und keuchte, und dann begann sie zu husten.

»Dallas! Komm schon! Was sollte das heißen, ihr habt sie getötet?«

»Sie sagt, wir hätten sie ertränkt. In Ellas See.«

Ich ließ meinen Taschenlampenstrahl über das Seeufer gleiten, über die Bäume und den schwarzen Himmel. Das linke Ufer des Sees war von unzähligen grauen Bäumen umrahmt. Auf der rechten Seite waren kleine Stege und große Häuser, bei manchen brannte Licht auf der Veranda. Ich stellte mir vor, wie diese weißen Lichter die Kinder zurück nach Hause leiteten, wenn sie im Mondlicht geschwommen waren oder eine Bootsfahrt gemacht hatten. Barfuß und tropfnass rannten sie zurück nach Hause, trockneten sich die Füße auf dem Teppich ab und sprangen in ihre sauberen Betten. Dann kamen ihre Eltern, um nach ihnen zu sehen und ihnen Gutenachtküsse auf die feuchten Stirnen zu drücken.

Träum was Schönes und schlaf gut. Wir sehen uns morgen früh.

Curtis schluckte seine Tabletten. Callie küsste mich zum Abschied.

Eine blasse Boje hüpfte im Wasser, und ich hielt den Atem an. Dann begann ich sie zu rufen. Immer und immer wieder. Das Schilf raschelte, das Wasser schlug gegen die Steine, und ich lauschte auf ihre Stimme, auf ein Spritzen, ein Schluchzen. Meine Stimme hallte zu mir zurück, verzweifelt und leer, und ich begann lauter zu schreien. Es war mir egal, ob jemand davon aufwachte. Ich griff nach meinem Handy, weil mir plötzlich durch den Kopf ging, sie könnte versuchen mich zu erreichen, aber es war nicht da, wo ich dachte, ich hatte es anscheinend im Auto fallen gelassen. Ich war so schnell gerannt, dass ich alles falsch gemacht hatte. Ich konnte mich noch nicht einmal erinnern, ob ich den Motor abgestellt hatte. Ich musste sie einfach finden. Aber wenn sie nun ganz woanders war? Sie konnte überall sein: auf der Brücke oder auf der Straße. Manchmal war ich blind. So dumm und blind. Diese ganzen Nachrichten. Diese geschwungene rote Schrift.

Ich richtete den Strahl meiner Taschenlampe auf den Boden und sah die Fußspuren.

Im Schlamm waren Schuhabdrücke zu erkennen. Sie waren klein, wie Callies. Ich folgte ihnen zum Wasser und bemerkte, dass sie nicht wieder herauskamen. Ich hielt mir den Magen, weil mir übel wurde, aber dafür hatte ich jetzt keine Zeit, ich musste den Spuren ins Wasser folgen. Mein Atem ging in kurzen Stößen, als das Wasser meine Hose durchnässte. Das konnte doch nicht sein, Callie war nicht im See. Diese Fußspuren waren alt, Callie würde so etwas nicht tun. Sie hatte sich doch immer geweigert, schwimmen zu gehen, selbst an den heißesten Sommertagen. Sie lag auf ihrem rosa Palmen-Handtuch und schwitzte in der Sonne. Sie sagte immer, sie hasste es, das kalte Wasser an ihrer Haut zu spüren. Ich hatte sie noch genau im Ohr. Das ergab alles keinen Sinn. Mein gesamter Körper war taub, und ich dachte an Dallas' Stimme.

Sie sagte, wir hätten sie ertränkt. In Ellas See.

Ihre Logik verstand ich nicht. Ich verstand das alles nicht. Aber irgendwo musste es einen Fortgang geben, eine Sequenz, der ich folgen konnte. Ich hielt die Arme hoch, als ich tiefer hineinwatete und den Strahl meiner Taschenlampe suchend über die sich kräuselnde Wasseroberfläche gleiten ließ. Die Blätterflöße, die blassen, fingerähnlichen Blumen, das Tau, das weiter hinten im Wasser trieb. Sie hatte Robyn mit Farbe bespritzt. Sie hatte diese Nachrichten geschrieben. Immer wieder hatte sie mich nach Autumn Sanger gefragt. Sie hatte gesagt, Autumn sei bestimmt gemobbt worden, und ihre Peiniger hätten sie getötet. Sie hatte sich gefragt, ob Autumn ins Wasser gegangen war, weil ihr Leben nie wieder gut werden würde. *Ich war ein beschissener Fehler, und ich bin bereit, ausgelöscht zu werden.* Ständig vergaß ich zu atmen, mein Brustkorb zog sich zusammen. Vor mir war etwas Goldenes, so wie Haare. Ich streckte die Finger aus, und meine Taschenlampe fiel herunter. Dann jedoch sah ich, was sich da um meine Finger legte. Es waren keine Haare, nur Gras. Meine Taschenlampe war weg. Ich griff ins Wasser, aber meine Hände kamen leer wieder heraus.

Ich schrie Callies Namen. In der Ferne blinkte ein Licht, und ich ging immer tiefer in den See hinein, immer tiefer in den Albtraum. Ich konnte meine Beine nicht mehr spüren, aber das spielte keine Rolle, solange sie sich bewegten. Ich würde nicht bewusstlos werden, solange ich weiterschrie. Die Panik würde mich nicht überwältigen. Und dann stünde sie am Ufer und würde verlegen winken. Weil sie nämlich gar nicht ins Wasser gehen würde, ganz gleich, was sie Dallas gesagt hatte. Die Fußspuren waren nur ein Witz gewesen. Ein Teil des Gesamtplans. »Oh, Rebecca!« Sie würde den Kopf schütteln. »Was machst *du* denn hier?« Und ich würde ihr sagen, dass sie auf sicherem Boden stünde, und ich würde sie halten, ganz fest.

Etwas Seltsames passierte. Vielleicht lag es am Schock. Im See war es auf einmal warm. Ich schrie immer noch, aber ich konnte meine Stimme nicht hören, und dann blitzten plötzlich blaue und rote Muster über das Wasser. Ich hielt einen Moment inne, um sie zu betrachten. Neonblumen. Ich konnte meinen Körper nicht spüren und starrte auf das Licht. Und da sah ich sie, am anderen Ende des Sees.

Ich sah eine Frau, die etwas trug. Ich sah, was es war.

»Ali!«, schrie ich. »Ali! Gott sei Dank!«

Dann rannte ich los, oder ich versuchte zumindest zu rennen, und ich stürzte, das Gewicht meiner Kleider zog mich herunter.

»Ali! Ist sie okay?«

Hatte sie mich gehört? Sie ging immer weiter. Dann wandte sie den Kopf. Und als ich ihr Profil sah, bemerkte ich meinen Irrtum. Das war nicht Ellas Mutter. Es war jemand anderer. Ihr Körper war aufgedunsener, und ihre Haare waren zu lang. Sie bewegte sich langsam aus dem Wasser heraus, blinzelte gegen das Licht, wandte das Gesicht ab. Ich sah, wie sie strauchelte und sich wieder fing, wobei sie vorsichtig umfasste, was sie in den Armen hielt. Sie hielt es behutsam fest, so wie eine Mutter ihr Baby hält. Mittlerweile waren Sirenen zu hören, im Lichtschein blitzte kurz weiße Haut auf. Kupferfarbene Haare, als sie sich zu mir umdrehte.

Hat mein Mann dich angerufen? Ist Curtis da?

Laute Männerstimmen ertönten, und sie blickte mich direkt an. Panik in den Augen, so wie früher, wenn sie nicht weitersprechen konnte. Ich behielt sie fest im Blick und ging auf sie zu, während sie zitternd im Scheinwerferlicht stand. Sie war nicht mehr groß und wie eine Göttin, aber es war kein Traum. Sie war mit vollen Armen zurückgekehrt, eine brutale Erinnerung aus der Vergangenheit. Die Leute kamen uns ins Wasser entgegengelaufen, und ich schrie ein letztes Mal, weil ich wusste, wer sie war.

Lara Shanley hielt Callie im Arm. Ihr Körper lag in ihren Armen.

Callie hatte keine Schuhe an. Ihre Arme hingen locker herunter, und ihre Füße waren schlammbedeckt. Sanitäter liefen herum, und in der allgemeinen Verwirrung fiel ich noch einmal ins Wasser. Mit eigener Kraft schleppte ich mich heraus, geblendet vom Licht. Callies Augen öffneten sich, als sie sie auf den Boden legten, und ich kroch hinter sie, überwältigt von dem, was ich sah. Wo war meine Vision? Wo war Lara? Wir mussten sie aufhalten. Bitte, schnell. Jemand hielt ein Stablicht über Callie. Wasser lief ihr übers Gesicht. Sie bewegte sich nicht. Vollkommen schlaff lag sie da. Sie drehten ihren Kopf zu einer Seite, und dann wieder zurück. Blaue Gummihandschuhe berührten ihre Haut, aber sie keuchte nicht. Lara war bereits weg. Verschwunden.

»Wie heißt sie?«, fragte jemand.

»Callie!«, schrie ich. »CallieCallieCallie!«

»Callie! Kannst du mich hören?«

»Neinneinneinneinnein!«

»Herzmassage!«

Sie begannen, ihren Brustkorb zu pumpen, und unter dem Druck ihrer Hände bäumte sich ihr Körper auf, und dann wurden die Stimmen immer lauter, und die Lichter explodierten, und als ihr Körper das nächste Mal zuckte, strömte das Wasser heraus.

Unsere erste Nacht verbrachten wir im dritten Stock des *Kinney Trust Hospital*, in einem kleinen Zimmer, wo nichts solide oder echt wirkte. Weder die blauen Vorhänge noch der glänzende, gesprenkelte Fußboden. Weder die Wände noch das Fenster oder das Bett, in dem sie lag. Unter der Decke ragten ihre Schultern wie zarte, zerbrechliche Eierschalen hervor. Ihr Brustkorb war eingesunken, und tintenschwarze Streifen verschmierten ihre Haut. Callies Brustkorb hob und senkte sich, und ich zählte in Hunderten, dann in Tausend, aber es war immer noch nicht genug. Ich brauchte mehr – mehr Atem, bitte, mehr Leben. Ein Beweis dafür, dass es immer mehr geben würde.

Ich legte meine Hände auf ihr Haar, verankerte sie mit der Erde. Es war zerzaust und schmutzig und roch nach

See. Ich kämmte mit den Fingern die Knoten aus, unter meinen Fingernägeln zerkrümelte der Schlamm, und ab und zu kam eine Krankenschwester herein. Sie trat an Callies Maschinen, überprüfte ihren Sauerstofflevel, sagte etwas Unverständliches, und ging dann leise wieder hinaus. Im Zimmer stand ein Stuhl, auf dem ich sitzen oder schlafen sollte, aber ich beschloss, nicht zu schlafen. Ich würde für immer wach bleiben. Wenn ich die Augen schloss, dann schlüpfte sie vielleicht unter die Decke, verwandelte sich in Luft, löste sich auf wie Dampf. Ich würde wach bleiben und sie weiter bewachen. Ein Arzt kam herein. Eine Krankenschwester schrieb etwas aufs Krankenblatt. Meine Mutter kam, sagte Wörter und ging dann wieder. Ich hatte ein Merkblatt bekommen, in dem stand, wie ich damit umgehen sollte. Das Wort *Selbstmord* stand auf dem Deckblatt, und mir erschien es wie Unsinn. Ein Wort wie *Sklerose, Sandsturm* oder *Sonnenaufgang* vielleicht. Es war ein Wort, das alle möglichen Bedeutungen haben konnte außer dieser. Ich blickte auf die Ratschläge. *Verstecken Sie Ihre Haushaltsgifte, bewahren Sie Ihre Medikamente in einem abschließbaren Schrank auf, bewahren Sie keine Rasierklingen im Haus auf.* Ich versuchte zu verstehen, aber mein Gehirn war überflutet. Hatte ich wirklich Lara gesehen? Hatte sie Callie gerettet? Wollte Callie sich tatsächlich im See ertränken? Hatte sie alles geplant und alles durchdacht? Oder war alles nur ein schlechter Scherz, der unser Leben für immer verändern konnte?

Warum unternahm niemand etwas? Das war die wirkliche Frage.

Ich sah, wie eine zierliche braune Spinne über den gefleckten Boden krabbelte. Wenn Callie wach wäre, würde sie sich hinhocken und sie in die Hand nehmen. »Ein Weberknecht!«, würde sie voll kindlicher Freude ausrufen. Dann würde sie ihn irgendwo unverletzt in die Freiheit aussetzen. Die Spinne hielt inne, hob zwei Beine und krabbelte dann weiter. Ihre Gründe, hier zu sein, waren genauso unverständlich wie unsere.

Du kannst weglaufen, aber du kannst dich nicht verstecken. Tote Babykacke hinterlässt Flecken.

Warnung! Babykacke hat in die Hose gemacht. ZIEH EINE WINDEL AN.

TU BESSER WAS DU GESAGT HAST BABYKAAAAACCCKKKKEEE! STIRB HEUTE NACHT SCHLAMPE.

Ich blickte zum zweiten Mal in dieser Nacht auf die Nachrichten und versuchte, die Informationen zu verstehen. Ihre Freundinnen hatten sie geschickt – ihre Namen standen dabei. Ekelhafte Worte, die mir irrational und abscheulich erschienen. Am liebsten hätte ich mich auf den Boden gelegt, mein Gesicht an das kalte Vinyl gepresst und wäre dort unten liegen geblieben, bis das Ganze einen Sinn ergab. Ich hatte nie auf ihr Handy geschaut – ich dachte, sie würde es mir erzählen. Wie hatte mir das alles nur entgehen können? Die Antworten schienen unmöglich, und mein Bedauern war nutzlos. Sinn machte nur Callies Brustkorb, der sich hob und senkte. Ich ging auf und ab und begann zu reden.

»Lass uns hier verschwinden«, sagte ich. »Wir fahren weg. Ich gebe dir die Landkarte, und du entscheidest, wohin wir fahren. Wir fahren dorthin, wo du hinwillst, Callie, überallhin, wo du es dir vorstellen kannst. Ich lasse die Scheiben herunter und stelle Musik an.«

Ich sah, wie ihr Brustkorb sich hob und senkte. Ich legte meine Hand auf ihre.

»Möchtest du nach Iowa? Da war ich noch nie. Wir nehmen die Interstate und fahren eine Weile. Wir sehen die Bundesstaaten vorbeifliegen, die Felder und Täler, die weiten Ebenen, die du aus dem Fernsehen kennst.«

Ich blickte auf die Schläuche, die ihre Nase und ihren Mund bedeckten. Das Beatmungsgerät zischte laut und unablässig.

»Wenn du willst, leben wir auf einer Farm. Auf einer Farm mit hellem, glänzendem Silo, wo wir alle möglichen Tiere halten können. Du brauchst nicht in die Schule zu gehen. Wir verbringen unsere Tage draußen. Wir können lernen, Kühe zu melken, und du erzählst mir von deinen Plänen ... Vielleicht willst du gerne durch die Welt reisen, fremde Sprachen lernen. Oder du willst vielleicht im Regenwald arbeiten und neue Tierarten entdecken. Vielleicht willst du auch die ganze Nacht aufbleiben und einfach nur auf Strümpfen tanzen ...«

Ich streichelte ihr die Stirn und berührte ihre Haare.

»Du kannst immer noch alles machen, Callie. Alles.«

Callie hatte mir eine Nachricht geschickt. Ich sah sie erst im Morgengrauen. Eine E-Mail mit dem Betreff »Entschuldigung Rebecca«. Ich blickte blinzelnd auf den kleinen Handy-Bildschirm und öffnete sie mit zitternden Fingern.

Rebecca,
ich schicke dir meine letzten fünf Kontakte mit Robyn, damit du die ganze Wahrheit weißt. Ich wollte dir auch noch einmal sagen, dass es mir wirklich leidtut.

Alles Liebe, Callie

Die Einzelheiten dieser Kontakte waren unglaublich intim. Callies Freundschaft mit Robyn hatte sich innerhalb weniger Wochen völlig verändert. Sie standen sich so nahe, dass es sich schon wie Liebe anfühlte – oder vielleicht war es ja auch Liebe –, und das war erstaunlicher und schwieriger, als jede von ihnen erwartet hatte. Callie schämte sich und hatte Angst. Sie hatte nicht gewollt, dass jemand es erfuhr. Sie hatte es vor mir verheimlicht, und dann war ihre Liebe umgeschlagen.

Ich dachte an meine Gefühle für Joyce – wie ich mir vorgestellt hatte, ins Wasser zu gehen, wenn sie mich ignorierte. Mit dreizehn oder vierzehn kommt einem das wie eine normale Reaktion vor. Damals fühlte sich alles so wundervoll und so schrecklich an, dass das Leben in einem schwindelerregenden Moment zusammenschrumpfen konnte ... und man konnte nicht sehen, was in der Zukunft noch auf einen wartete. Callie hatte sich hinter einer Maske versteckt, weil sie glaubte, zu chaotisch und kompliziert zu sein. Und auch ich hatte mich versteckt und gehofft, ihr Leben würde leichter sein als meines. Aber leicht war nicht echt. Liebe war mächtig, weil sie verletzen konnte. Jetzt verletzte die Liebe, das hätte ich ihr sagen können. Liebe war chaotisch und ohne Anmut. Sie konnte umschlagen, sogar sterben. Aber eines musste Callie wissen: Sie musste einen nicht unbedingt zerstören. Sie konnte neu erblühen und wieder wachsen; sie konnte immer zurückkehren.

Am Montag kam ein Polizeibeamter im Krankenhaus vorbei. Er stellte sich als Gary Gatewood vor und hatte einen braunen Umschlag voller Computerausdrucke dabei. Während ich sie durchblätterte, stand er geduldig neben mir wie ein Offizier beim Militär, der eine Meldung machte. Unter den Worten *»Hast du Babykacke gerochen?«* war ein Foto von Callie, und ich war nicht überrascht, als ich Dallas' und Ellas Namen sah. Ich hätte sie am liebsten umgebracht, aber ich war nicht überrascht.

Officer Gatewood zeigte mir die E-Mail, die Ella noch spät am Sonntagabend rausgeschickt hatte. Darin rühmte sie sich, wie Dallas und sie immer mit Mobbing durchgekommen waren. Es gab eine Liste ihrer Opfer, und sie beschrieb, was sie Callie angetan hatte. Sie hatte versucht, sie im See zu ertränken, sie hatte sie in der Schule fertiggemacht, und im Verlauf des letzten Monats hatte sie wiederholt gedroht, sie zu töten. Ella klang schamlos triumphierend, als sie ihre Verbrechen aufzählte, und ich wünschte für einen hasserfüllten Augenblick, dass sie statt Callie im Krankenhaus läge. »Wir haben mit Ella gesprochen, und sie behauptet, das hier nicht geschrieben zu haben«, sagte Officer Gatewood. »Wir haben Grund anzunehmen, dass Callie ihren Account gehackt hat.«

Er zeigte mir ein anderes Blatt, das aussah wie die Gruppe, die ich gerade gesehen hatte, aber dann wies er auf die Überschrift.

Ich habe Callie McKenzie getötet

Das ist kein Witz. Indem du dich dieser Gruppe angeschlossen hast, hast du einen Mord begangen. Deinetwegen ist heute Nacht ein Mädchen gestorben. Callie McKenzie, die du Babykacke genannt hast, war nicht Nichts. Ihr Leben war nicht bedeutungslos. Aber du hast trotzdem beschlossen, sie zu töten.

Ich begann zu zittern. Ich stellte mir vor, wie sie sich alle um sie herum im See versammelt hatten. Aber es war sonst niemand da gewesen. Nur Callie und Lara.

Jedes Mal, wenn du daran denkst, jemandem wehzutun, wird sie da sein. Sie wird sich anfühlen wie ein Würgen oder ein Kloß im Hals, und du wirst dich an sie erinnern und aufhören.

»Klingt das so, als könnte Callie es geschrieben haben?«

»Ja«, sagte ich. »Das klingt nach ihr.«

Dann fragte ich ihn, ob sie die Frau gefunden hätten, die sie aus dem See getragen hatte.

Ich telefonierte aus der Eingangshalle des Krankenhauses, zwischen den Glasschiebetüren. Alle paar Sekunden öffneten sich die automatischen Türen und schlossen sich wieder, schuup – schuup, schuup – schuup. Ich rief meine Mutter an, um herauszufinden, was sie wusste.

»Wusstest du, dass Lara aus dem Gefängnis heraus ist? Sie wurde vorzeitig entlassen.«

»Was ist passiert?« Sie klang verschlafen. »Ist mit Callie alles in Ordnung?«

»Callies Zustand ist unverändert. Aber es war Lara, die bei ihr im See war. Lara war im Wasser. Ich dachte, ich träume.«

»Lara war da?«

»Ja. Sie hat Callie rausgetragen.«

»Okay. Bleib ganz ruhig«, sagte Mom hastig. »Ich sehe zu, was wir herausfinden können.«

Es gab Dinge, die ich tun musste. Ich begann Danny von meinen Plänen zu erzählen. Er hatte mir eine SMS geschickt und war mit einer ganzen Tüte Donuts ins Krankenhaus gekommen. Zuerst würde ich Callie hier herausholen. Dann würden wir weit wegziehen. Ich würde uns eine Wohnung mit einem wirklich guten Backofen suchen, damit ich für Callie Brot backen konnte. Zimtbrot mit geschmolzener Butter. Kräuterbrot mit Thymian und Petersilie. Dicke Scheiben heißes Maisbrot, das ihr auf der Zunge zerkrümeln würde. Ich würde die Krümel vom Bett wischen und ihr Brot mit Walnüssen und Rosinen bringen. Vielleicht konnte ich es sogar verkaufen. Mir eine neue Existenz mit selbst gebackenem Brot aufbauen.

Ich sah, wie Danny am Ausschnitt seines T-Shirts spielte, wie seine langen, schlanken Finger den Rand nach Löchern absuchten. Er lauschte auf seine zurückhaltende Art, aber ich wusste, ich klang verrückt. Seine grauen Augen beruhigten mich, und ich fragte mich, was ich sonst noch tun konnte. Wahnsinn war irgendwie das Einzige, was im Moment Sinn machte.

Danny umfasste sein Kinn mit der Hand und rieb über die scharfen, sandblonden Stoppeln. Er hatte mit der Polizei über Robyn geredet und mir versichert, es ginge ihr gut. Sie war die ganze Zeit über zu Hause gewesen. Callie hatte sie nur als Deckung benutzt. Ich betrachtete sie, wie sie im Bett lag, und dachte an das Brot. Wir würden es händeweise verschlingen. Sauerteig-und-Käsebrot.

»Macht man das mit Cheddar?«, fragte Danny, und ich warf ihm einen dankbaren Blick zu.

»Mit scharfem Cheddar-Käse«, sagte ich. »Und zwei Teelöffeln Honig.«

Am Nachmittag schlurften meine Mom und Tante Bea durch die Schiebetüren. Bea sah aus wie eine Patientin, die zum Sterben hierhergekommen war. Sie hatte einen Sauerstofftank auf Rädern dabei, und sie stand zusammengesunken da, als müsse sie sich vor schlechten Nachrichten abschirmen. Ihre Haut hatte die Farbe von Pilzen, und Mom stützte sie am Ellbogen, als könnte sie jeden

Moment auf den Boden zusammenbrechen. Mom reichte mir Granola-Riegel und Mineralwasser in einer alten Plastiktüte. »Ich habe dir auch etwas zum Anziehen mitgebracht.« Sie hielt einen rosa Jogging-Anzug hoch. Ich blickte an mir herunter: graue Trainingshose und ein Sweatshirt. Die Sachen gehörten nicht mir, und ich konnte mich nicht erinnern, sie angezogen zu haben. Ich hatte mich wohl irgendwann aus meinen nassen Klamotten geschält, aber ich konnte mich beim besten Willen nicht daran erinnern.

Sie setzten sich auf zwei Plätze in der Eingangshalle, aber ich setzte mich nicht zu ihnen. Ich wollte mich nicht setzen – ich musste mich bewegen. Bea trug eine Polyesterhose und einen billigen gelben Pullover. Sie fummelte an dem durchsichtigen Sauerstoffschlauch in ihrer Nase herum, und ihr Gesichtsausdruck war angespannt.

»So«, sagte Bea. »Ich habe gehört, das EEG ist normal?«

»Die Ärzte meinen, sie wird bald aufwachen. Stimmt doch, Rebecca, oder?«

Ich nickte und blickte meine Mom an. Ich konnte sie kaum erkennen. Sie drückte einen Moment lang auf ihre Augenlider, und sagte dann, ich solle mich setzen. »Wir haben mit Lara geredet«, sagte sie. »Wir waren bei ihr, nachdem du angerufen hast.«

»Ihr habt euch hingesetzt und mit ihr geredet?«

»Ja, und deine Tante hat dir etwas mitzuteilen.«

Bea rieb nervös mit den Fingern über ihren Schädel, und blickte dann stirnrunzelnd auf die Wand. »Lara hat Callie bei mir zu Hause gesehen.«

»Was? Wie denn?«

»Lara kam letzte Woche zu Besuch, und Callie schaute durchs Fenster.«

»Sie hat sie nicht zueinander gelassen«, sagte Mom rasch. »Callie hat sie nicht kennengelernt.«

Ich wandte mich an meine Tante. »Du hast sie ins Haus gelassen?« Am liebsten wäre ich vor ihr auf die Knie gefallen, hätte ihre Handgelenke umklammert und laut geschrien. Sie hasste mich, seit Curtis tot war, und ich wollte wissen, wie das passieren konnte. Wieso hasste sie mich und ließ *diese Frau* in ihr Haus?«

»Ich hatte das nie vor«, sagte Bea. Dann erzählte sie mir von Laras Briefen – den Entschuldigungen und flehenden Bitten, die aus dem Gefängnis an sie geschickt worden waren. Lara hatte geschrieben, sie habe verhandeln wollen. Ihr Leben für das von Joyce und Curtis. Sie sagte, sie würde an Curtis' Stelle sterben, wenn sie einen Weg wüsste, um die Zeit zurückzudrehen.

»Ich habe ihr geantwortet, sie solle in der Hölle schmoren.« Bea zuckte zusammen. »Ich schrieb die hässlichsten Dinge. Sie sollte leiden.« Bea kniff sich in die Oberschenkel, während sie sprach, feste kleine Kniffe zur Betonung. »Ich kannte sie schon als Vierzehnjährige, aber das war eine ganz andere Person.«

Im Antwortbrief, den Lara meiner Tante schrieb, erklärte sie sich mit allen Beschimpfungen einverstanden. Meine Tante erwiderte ihren Brief noch schlimmer und unflätiger: Lara war Gift. Asozial. Eine schreckliche Frau für Curtis. Sie hätte nie Mutter sein können. Sie hätte jede einzelne ihrer Fehlgeburten verdient.

Beas Gesichtsausdruck war schrecklich, als hätte man sie in Eiswasser getaucht. Alle Farbe war aus ihren Lippen gewichen. »Auch damit erklärte sie sich einverstanden«, erzählte Bea, »und dann konnte ich es nicht mehr.«

Um diese Babys – Beas Enkelkinder – hatte sie mit Lara zusammen getrauert. Bea konnte diese Kinder nicht einfach wegwünschen, und Laras Leiden half ihr nicht. Bea war genauso elend dran wie immer: Ihr Sohn war tot. Keiner von ihnen konnte daran irgendetwas ändern. Als meine Tante schließlich wieder zum Füllfederhalter griff, wusste sie genau, was sie ihr mitteilen wollte.

Liebe Lara, schrieb Bea. *Ich kann verstehen, wie du dich fühlst.*

Als Lara aus dem Gefängnis entlassen wurde, besuchte sie meine Tante, und als sie zusammen in Beas Wohnzimmer saßen, begann Lara zu weinen. Sie sagte, ohne Beas Verständnis hätte sie es nicht geschafft. Beas Briefe, die nicht mehr hasserfüllt waren, hatten Lara geholfen zu überleben. Bea wollte Lara sagen, dass sie ihr immer noch nicht vergeben habe, aber bevor sie es aussprechen konnte, hörte sie jemanden an die Haustür klopfen. »Grandma, Grandma, Grandma, Grandma.«

»Sie ist mit dem Taxi gekommen«, erklärte Bea. Es war letzten Dienstag gewesen. Als Callie eigentlich krank hätte zu Hause im Bett liegen sollen, hatte sie durch Beas Fenster geblickt.

Auch Lara sah Callie, und sie hatte sich schon so häufig gefragt, wie sie wohl sein mochte. Jetzt stand Curtis' Tochter vor ihr wie eine Art Zeichen. Sie blickte in die durchdringenden grünen Augen, auf das Kinn, das so war wie das ihres Vaters, und sie wollte Callie eigentlich nur kurz googeln, aber dann landete sie doch bei Facebook. Sie klickte auf die Profile von Callies Freunden, und dann entdeckte sie die Seite *»Hast du Babykacke gerochen?«* Genau wie Officer Gatewood es mir gezeigt hatte.

Lara begann zwanghaft, das Netz zu durchsuchen. Sie achtete auf neue Kommentare, klickte die Report-Taste, als der Dreck immer schlimmer wurde. Sie schickte Callie sogar unter einem erfundenen Usernamen eine Nachricht, in der sie vorschlug, sie solle jemanden um Hilfe bitten. »Hat sie nicht daran gedacht, es dir zu erzählen?«, fragte ich Bea. »Oder die Polizei zu informieren?« Aber Lara war in einer schwierigen Position, weil sie die Tochter ihres Mannes ausspionierte. Und sie hatte natürlich keine Ahnung, dass es innerhalb weniger Tage so eskalieren würde. Am späten Sonntagabend, als ich zur Brücke fuhr, um mich mit Danny zu treffen, sah Lara schließlich die Seite »Ich habe Callie McKenzie getötet«. Und während ich auf der Brücke auf Robyn wartete, weil ich glaubte, sie retten zu können, fuhr Lara zu unserem Haus, wobei sie dachte, es sei schon zu spät. Sie glaubte, Callies Peiniger hätten sie schon umgebracht. Sie wusste ja nicht, dass Callie selbst den Post geschrieben hatte. Dann sah sie Callie aus dem Haus kommen und in der Dunkelheit verschwinden.

»Sie folgte ihr«, sagte meine Mutter, und mir schnürte es die Kehle zu.

»In einem Auto?«

»Nein. Zu Fuß. Sie dachte, dass ihr jemand etwas antun würde.«

Ich schloss die Augen und dachte an den Schock, den ich empfunden hatte, als Lara Joyce und Curtis überfuhr. Sie war eine normale Frau gewesen – wie konnte sie auf einmal zur Mörderin werden? Wie konnte sich jemand so komplett verwandeln? Und wie konnte sie jetzt schon wieder so anders sein, dass sie zurückkehrte und Callie das Leben rettete? Ich wusste, dass es so etwas wie Telepathie nicht gab. Die übersinnlichen Fähigkeiten, von denen wir damals geträumt hatten, waren Fantasie. Lara war zur rechten Zeit online gewesen; sie sah Callie aus dem Haus gehen. Es war einfach Timing, Glück, Zufall, Umstände. Sie war kein Held; manche von uns würden es nie sein.

Wenn ich ihr auf der Straße begegnet wäre, hätte ich sie vielleicht gar nicht bemerkt. Sie war nicht besonders auffallend; sie sah eher sanft und harmlos aus. Wenn ich sie nicht erkannt hätte, hätte ich sie für eine Kellnerin oder Mitarbeiterin in der Cafeteria im mittleren Alter gehalten, die schon lange keinen Urlaub mehr gehabt hatte. Ihre Haut war blass und teigig; ihre dunkelroten Haare waren stumpf geworden; selbst ihre Augenbrauen waren zu spärlich, um ihrem Gesicht eine Definition zu geben.

Am späten Nachmittag war es laut und dämmerig in der Cafeteria des Krankenhauses, einem großen Saal voller Plastikstühle und Tische, in dem es nach Essen roch. Familien kamen hierher, um inmitten von Tragödien und Wundern geschmackloses Essen zu sich zu nehmen. Der Geruch nach Ketchup und Fritten kontrastierte mit dem Gewirr an Gefühlen. Sie hob nicht den Blick, als ich mich ihr gegenüber hinsetzte, und ich war überrascht, dass meine Hände nicht zuckten, dass sie sich nicht um ihren Hals schlossen, wie ich es mir Tausende Male vorgestellt hatte.

»Ich bin nicht hier, um dir auf die Nerven zu gehen«, sagte Lara und starrte auf den Tisch. »Ich wollte dir bloß sagen, dass ich nur da war, weil ich mir Sorgen gemacht habe.«

Ihr Gesicht war so starr, dass ich mich fragte, ob sie das wohl im Gefängnis gelernt hatte: so fern und abwesend zu wirken.

»Ich wollte dir auch sagen, dass es mir leidtut«, fuhr sie automatisch fort. »Und ich hoffe, es geht ihr gut. Aber du brauchst dir keine Sorgen zu machen. Ab sofort halte ich mich von euch fern.«

Ich hörte die Registrierkasse bimmeln, das Kratzen von Messer und Gabel auf Tellern. Ich blickte auf das alte

Paar, das neben uns saß und sich eine Tüte Pommes teilte. Lara zupfte an ihren Ärmeln und blickte auf den Pappbecher auf unserem Tisch. Angeekelt stellte ich fest, dass sie sich einen Kaffee geholt hatte.

»Wie ist der Kaffee?«, fragte ich. Hinten in meiner Kehle saß ein schmieriges Würgen.

»Der Kaffee?«, fragte sie unsicher. »Soll ich dir eine Tasse holen?«

»Ich kann jetzt nichts trinken«, erwiderte ich grob. »Ich will nichts.«

Ich starrte auf ihren Becher und zwang sie in Gedanken, zu trinken. Zwang sie, ihre unmenschlichsten Eigenschaften vorzuführen. Sie faltete die Hände. Ihre Nägel sahen rosig und gesund aus, und ihre Haut war nicht rau oder schuppig. Sie hatte sich gepflegt.

»Callie weiß nichts von dir«, sagte ich. »Ich habe ihr nie deine Briefe gezeigt. Ich konnte nicht zulassen, dass sie herausfindet, was du beinahe auch ihr angetan hättest.«

»Rebecca, ich w…« Lara presste die Lippen zusammen. Ich kannte diese Geste: sie unterdrückte ihr Stottern. »Ich würde nie im Leben …«, stieß sie hervor. »Ich wollte es nicht.«

»Stell dir vor, wie sie sich gefühlt hätte«, sagte ich. »Wenn sie darüber hätte nachdenken müssen.« Ich wartete darauf, dass Lara das schluckte, dass sie die Übelkeit spürte, die in ihr aufstieg. »Callie hatte schon immer eine lebhafte Fantasie«, fuhr ich fort. »Sie hätte sich die Situation bestimmt ausgemalt. Als Joyce tot war, hat sie jede Nacht auf sie gewartet. Sie sah sie in ihrem Zimmer. Sie dachte, ihre Mom würde zu ihr kommen, und sie redeten über die Erde in ihrem Grab, über die Erde, in der Joyce schlafen musste.«

Lara sah mich immer noch nicht an. Sie blickte auf den

Tisch, als könnte er sich in einen Ausgang verwandeln, in einen Fluchtweg, der direkt aus diesem Gespräch hinausführte. Ich stellte irritiert fest, dass ihre Handgelenke unversehrt waren. Auch an ihrem Hals war nichts zu sehen. Es gab keine Zeichen dafür, dass sie jemals versucht hatte, sich das Leben zu nehmen.

»Was hat sich also geändert?«, fragte ich gemein. »Warum bist du immer noch hier?«

Ich glaube, Lara verstand, was ich meinte. Meine Frage richtete sich nicht auf die Cafeteria. Es ging um den Strick, um die Schlinge, die Gelegenheiten, die sie doch gehabt haben musste. Sie presste die Lippen aufeinander. Ich dachte an Beas Briefe. Vielleicht half es ja gar nicht, sie leiden zu lassen, aber für den Moment fühlte es sich gut an.

»Du hättest nicht am See sein dürfen«, sagte ich. »Du hättest die Polizei informieren müssen.«

»Rebecca, ich weiß. Das ist mir erst später eingefallen.«

»Mir ist es gar nicht eingefallen«, sagte ich bitter. »Ich handele immer erst dann, wenn es zu spät ist.«

Als Lara den Blick hob, war er vorsichtig und ernst. Sie blickte mir in die Augen, und ich wandte den Blick als Erste ab. »Ich würde ihr nie etwas antun«, murmelte sie. »Ich bedauere alles. Jeden Tag denke ich an Joyce und Curtis. Ich weiß …« Sie schwieg. »Was wir verloren haben«, fügte sie nach einer kurzen Pause hinzu.

Das war zu viel. Das konnte ich ihr nicht durchgehen lassen.

»Hier gibt es kein ›wir‹! Wirf mich nicht in einen Topf mit dir. Was ich verloren habe – was Callie verloren hat –, ist etwas völlig anderes.« Meine Hand schoss hoch, aber ich schlug sie nicht. Stattdessen sank sie wieder herunter wie ein Stein im Wasser. Lara blickte überrascht auf, als meine Finger sich um ihre schlossen; um die Finger, die Callie gepackt hatten, als sie im Wasser versank. Laras Hand war kalt, als ich ihre sommersprossigen Knöchel umklammerte. Ich war nicht rechtzeitig am See gewesen; und Callie wäre ohne sie jetzt nicht hier.

»Ich weiß«, sagte Lara. »Ich wollte nicht …«

Unsere Hände lagen ineinander verschlungen auf dem Tisch. Ich ließ nicht los. Callies Körper in Laras Armen. Callie, die nach Luft rang. Schließlich zog ich meine Hand weg und rieb mir die nassen Augen.

»Wie war es?«, fragte ich. »Wie war es da draußen mit Callie?«

»Also«, begann Lara, »es war ein Schock, als sie unterging.«

»Aber du hast nicht gezögert, ihr ins Wasser nachzugehen? Du bist nicht stehen geblieben und hast nur zugesehen?«

Sie versuchte gefasst zu wirken. »Nein, ich bin sofort hinter ihr her.«

Ich dachte an unser letztes Spiel als Hyazinthenmädchen, als ich vorgab, Lara zu sein und der ertrinkenden Autumn ein Lebewohl hinterherstotterte.

»Callie hat mich nach Autumn Sanger gefragt«, erzählte ich. »Ich glaube, sie hat nach Inspiration gesucht.«

»Autumn?« Lara berührte ihre offenen Haare, als hätte sie eine Haarnadel vergessen.

»Ich hätte es ihr gar nicht erzählen sollen«, sagte ich. »Ich habe den Zusammenhang nicht erkannt.«

»Ich glaube, Autumn war anders als Callie.« Lara fuhr mit den Fingern über den Tisch. »Autumn hinterließ keine Nachricht oder so. Sie hatte resigniert.« Ihre Finger hörten auf, sich zu bewegen, und sie schien ihre Gedanken zu sammeln. »Wir trafen uns jeden Morgen vor der

Schule, und ich sah dann immer diese Prellungen und blauen Flecken auf ihren Knöcheln. Sie hatte echt dünne Beine, und ihr Dad trat sie mit seinen Arbeitsstiefeln. Mein Dad war auch jähzornig, aber er hielt sich meistens an meine Brüder, deshalb glaubte ich, sie zu verstehen, aber ich konnte es nicht wirklich. Eines Tages kam Autumn herein und sagte: ›Willst du mal was sehen?‹ Sie zog ihr Shirt hoch, und sie hatten den ganzen Brustkorb voller dunkelroter Prellungen. Ich sagte bloß: ›Okay, das ist zu viel. Du musst es jemandem erzählen.‹ Und sie so: ›Nö, vergiss es. So ist es eben.‹«

»Ihr Dad hat sie geschlagen.« Misstrauisch blickte ich sie an. »Willst du damit sagen, er hat sie umgebracht?«

Lara schüttelte den Kopf. »Sie hat einfach aufgegeben.«

»Aber du hast uns damals erzählt, dass Mr Hort …«

»Autumn war wirklich unglücklich. Aber ich wollte lieber glauben, sie wäre gekidnappt worden, weil sie keine Nachricht hinterlassen hatte. Ich dachte, wenn sie es täte, würde sie doch zumindest versuchen, ihren Dad in Schwierigkeiten zu bringen.«

Lara blickte mir in die Augen, und ich hörte auf, mir die Tränen wegzuwischen. »Sie war anders«, beharrte sie. »Hast du gesehen, was Callie ins Netz gestellt hat?«

Ich versuchte nicht zu schniefen, als ich nickte.

»Denk darüber nach, was sie wollte.«

Ich dachte an die Dunkelheit am See, an die riesige Fläche des Ozeans. An ihre Nachricht, in der sie behauptete, getötet worden zu sein.

»Sie wollte, dass es ihnen leidtut«, sagte ich zögernd. »Sie dachte, sie könnte etwas verändern.«

»Sie wollte eine Stimme haben«, sagte Lara, »damit die Leute zuhören. Sie hat nicht einfach aufgegeben wie Autumn. Das macht Hoffnung, findest du nicht?«

CALLIE

Als ich klein war, war der Tod etwas außerhalb von mir. Nicht so weit weg wie der Mond, aber nur manchmal nahe. Es war der Geruch auf der Straße, wenn ich Fell am Straßenrand sah. Oder die Autos, die vorbeifuhren, und eine Hand, die plötzlich meine fest umklammerte. Es war der Schuh im Gras, der wochenlang dort lag und sich mit Würmern und Regen füllte, als niemand zurückkam.

Der Tod war eine warnende, scharfe Stimme, eine Tür, die zuschlug. Er war stachelig und schwer, wie eine Bombe in einem Traum. Du hattest Angst, er würde dich treffen, aber du fragtest dich gleichzeitig fasziniert, was wohl passieren würde. Dann überraschte er dich, denn er explodierte direkt in deinem Haus. Deine Mom war fort, aber sie sagten dir nicht, wo sie war, und das war der Zeitpunkt, an dem sich alles änderte: Sie wurde zu etwas, nach dem du suchtest.

Ein Magnet, der immer stärker wurde. Ein Planet, der dich immer näher anzog. Du kreistest um ihn wie eine Feder in der Luft. Du wolltest ihn berühren und verstehen, was er war. Also sprangst du ganz oben von der Schaukel – du machtest die Augen zu und ließest dich fallen. Es war eine Mutprobe, ein Scherz. Eine Fantasiebeerdigung. Du lachtest dich krank bis zu dem einen Tag, an dem du lerntest.

Es war in dir gewachsen, hatte ausgetrieben, war stärker geworden. Es war das Pochen deines Herzens, stärker als du gedacht hattest. Es war das wilde Tier, das »Freak!« sagte und dann flüsterte: »Komm!« Es war ein Käfig mit offener Tür und einer Stimme, die dir zurief: »Flieg!« Du schlugst mit den Armen, aber dann unterbrach dich eine neue Stimme. Jemand rief dich. Sie kannte deinen Namen.

So könnte es gewesen sein, als ich im Krankenhaus aufwachte: ein ganzer Stapel Karten, Hunderte von Stofftieren. Ballons mit Genesungswünschen schweben in den Ecken meines Zimmers. Rebecca beginnt, die Entschuldigungen von Mitschülern vorzulesen. Es sind mindestens hundert, und sie klingen alle superaufrichtig. Aber das Wichtigste ist: Als ich versuche, mich zu erinnern, ist alles klar, mein Kopf ist nicht mit einer Wolke vernebelt. Ich weiß, wer ich bin. Alles ergibt perfekten Sinn. Dann drehe ich den Kopf und sehe sie. Ihre Wimperntusche läuft ihr wie bei unserer ersten Begegnung über die Wangen. Als sie meinen Namen sagt, klingt es wie das Schnurren eines Kätzchens, und rosa Samtnasen drücken sich gegen meine Haut. Sie kennt mich in- und auswendig, wie Multiplikation, und sie findet rasch meine Hand unter der Bettdecke. Dann kommen die Besucher. Alle wollen sie mich sehen. Lehrer und Freunde, Reporter und Fernsehteams: Sie alle applaudieren und sagen mir, wie tapfer ich bin. Das Licht ist nicht zu hell, und dann komisch rauchig. Und als ich erneut blinzele, sehe ich sie, meine Mom und meinen Dad.

Und nichts davon ist wahr. So war es überhaupt nicht. Es gab weder Karten noch Ballons, als ich die Augen aufschlug. Rebecca konnte ihre Entschuldigungen nicht vorlesen, weil es keine gab. Mein Gehirn war so kaputt, dass ich die Wörter nicht zu einem Satz zusammenfügen konnte – sie verschwanden wie Mücken, wenn ich versuchte, sie in Gedanken festzuhalten. Es gab auch keine Hunderte von Stofftieren, und die Leute, die mich besuchten, waren Verwandte: Grandma Bea, Großtante Gina und Grandpa Pat. Sie lächelten und applaudierten nicht, und sie sagten mir auch nicht, ich sei tapfer. Ich konnte mich an nichts erinnern und nicht denken. Robyn kam nie.

Außerdem waren da noch die Frostbeulen. Meine Füße fühlten sich an, als wären sie radioaktiv und in einem Käfig tief im Sonneninneren gefangen. Meine Blasen sahen ekelhaft aus, wie winzige rosa Pilze, und als der Arzt sie aufschnitt, musste ich mich in eine Plastikschüssel übergeben.

Aber wie kam ich hierher?

»Es war ein Wunder«, sagte Rebecca.

»Bin ich geschwommen …?«

»Ein Wunder«, wiederholte sie.

Ich fühlte mich nicht wie ein Wunder. Ich fühlte mich unglaublich leer. So als dürfte ich endlich diesen Film sehen und starrte jetzt auf einen schwarzen Bildschirm. Ich war völlig neben mir, mein Mund stand offen, ein dummes Baby, benommen und verwirrt. *Warum gucke ich das? Was ist passiert? Warum fängt es nicht so an, wie ich gedacht habe?*

»Ich kann es einfach nicht verstehen«, sagte Großtante Gina. »So ein schönes Mädchen.«

»Was für Medikamente bekommt sie?«, fragte Grandpa. »Benimmt sie sich deshalb so merkwürdig?«

»Was soll ich sagen?«, meinte Grandma Bea. »Es ist, wie es ist.«

Und dann war da noch Rebecca, die immer da war. Sie sah mir ins Gesicht, sie wiederholte meinen Namen wie einen Code. Sie redete und redete, und ich wusste nicht, wie viele Tage vergangen waren, und sie redete über Brot, und dann glaubte ich sie »Papa« sagen zu hören.

»Ich weiß, was mit Robyn war«, fuhr sie fort. »Wir lieben dich alle.«

Es war mehr, als ich jetzt hören konnte. Ich starrte auf den schwarzen Bildschirm.

Eines Tages brachte mir jemand riesige rosa Pantoffeln mit. Rebecca schob sie über meine Verbände und reichte mir ihren Arm. Und dann musste ich versuchen zu laufen, aber meine Zehen brachten mich dauernd zum Stolpern. Zwischen meinem Gehirn und meinen Füßen war die Verbindung komplett abgerissen. Ich wurde nach Hause entlassen. Ich umklammerte Rebeccas Arm und fragte mich, wie ich mich überhaupt fortbewegte. Ich konnte mein eigenes Gewicht nicht tragen. Unterhalb meiner Knöchel war nur wabbeliges brennendes Fleisch. Ich humpelte die Treppe zu unserem Haus hinauf und hielt mich an Rebecca fest, während sie mich mit Worten nach oben führte.

»Noch drei Stufen. Noch zwei. Komm, Callie. Du bist fast da.«

Als ich es schließlich bis zu meinem Bett geschafft hatte, hatte ich das Gefühl, ein Rennen gewonnen zu haben. Rebecca machte einen Kissenstapel unter meinen Füßen und sagte, es würde immer jemand hier sein. Entweder Großtante Gina oder Grandpa Pat oder Mrs Romero. Es war mir peinlich, dass ich Babysitter brauchte, aber ich war zu müde, um zu widersprechen.

»Betrachte uns als deine Bodyguards«, sagte Rebecca. »Wir sorgen für deine Sicherheit.«

Dann lag ich im Bett und versuchte, so viel wie möglich zu schlafen, denn wenn ich wach war, kreisten meine Gedanken. *Was hatte ich getan? Was war passiert?* Mein Gehirn brannte, wenn ich mich zu sehr zu erinnern versuchte. Manchmal, um mich abzulenken, tat ich so, als hielte ich ein Feuerzeug an verschiedene Stellen meines Körpers. Ich hielt es an die Knie, bis ich die züngelnden Flammen spürte. Ich wartete darauf, dass meine Finger anfingen zu glühen. Die Haare in meinem Nacken knisterten und versengten. Als jeder Teil in Flammen stand, stellte ich mir Schneeflocken vor. Sie fielen auf meinen Bauch. Sie kühlten meine Lippen und meine Zunge. Sie brachten meine Knöchel zum Zittern und verlangsamten meinen Herzschlag. Schließlich, wenn ich dann immer noch wach war, stellte ich mir eine seidige Feder vor, die mich überall kitzelte. Sie glitt über meine Oberschenkel, unter mein Kinn, in meine Ohren. Ich ließ sie über meinen Körper tanzen, aber ich ließ sie nie meine Füße berühren.

Sie waren geschwollen und steif, wie die Füße eines Höhlenmenschen, und alle paar Stunden weckten sie mich mit dem Pochen eines zweiten Herzens. Drei Zehennägel fielen ab. Rebecca gab mir Schmerztabletten und wickelte meine Verbände ab. Darunter war meine Haut blau, grau und giftig violett. Rebecca tupfte eine spezielle Salbe auf, und ich wünschte, sie würde nicht hinsehen. Aber kurz bevor sie wieder gehen wollte, packte ich sie am Arm. Ich umklammerte ihr Bein und wischte mein Gesicht an ihrem Shirt ab. Ich weinte so sehr und war unglaublich bedürftig. *Gib mich nicht auf! Wenn du mich nun aufgibst?*

»Ich gebe dich nicht auf, Callie. Ich verspreche es dir.«

»Nein! Geh weg!«, schrie ich. »Lass mich in Ruhe!«

Und wenn sie dann auch nur die kleinste Bewegung machte, begann ich zu heulen. »Bitte, verlass mich nicht! Warum gehst du?«

Rebecca ging nicht. Sie blieb bei mir. Und obwohl ich es eigentlich nicht wollte, begann ich ihr Dinge zu erzählen: Ich war ein Freak, ein jämmerliches Baby. Mein ganzes Leben lang hatte ich versucht, das zu verbergen. Aber jetzt wusste es jeder. Wie konnte sie es nur ertragen, mich anzusehen?

Rebecca ließ sich von mir umklammern, während sie versuchte, die Dinge zu entwirren, die ich sagte. Sie sagte, unsere ganze Familie würde mich lieben. Alles würde besser werden. Ich war nicht so, wie ich sagte, ich war im Moment nur durcheinander. Ich konnte von vorne anfangen und so sein, wie ich wollte. Ich brauchte nur ich selbst zu sein. Ich versuchte ihr zu glauben, aber dann brannte mein Gehirn. Ich musste Rebecca ansehen und daran denken, was ich getan hatte. Wenn ich sie einfach so verlassen hätte … wenn sie hier ohne mich sitzen müsste … ich hatte sie nie genug geliebt; ich hatte nicht verstanden, was passieren würde. Und ich wünschte, ich könnte es immer noch hassen, dass sie immer für mich da war, mich grenzenlos liebte, meinem herzlosen Herzen verzieh – aber ich vermochte es nicht. Ich packte Rebeccas Ärmel fester. Es war ihre Stimme gewesen, die meinen Namen gerufen hatte; sie war da draußen am See gewesen. »Du hast mich gerettet«, sagte ich.

Dann erzählte sie mir etwas Unglaubliches.

»Die Person, die dich aus dem See geholt hat – das war die Frau deines Dads.«

Ich ließ ihren Ärmel los. Ich schob meinen Kopf unter das Kissen. Dann drückte ich es mir auf den Mund, als könnte ich es ganz verschlingen.

»Ich will keine Geheimnisse mehr vor dir haben. Ich will, dass du die Wahrheit weißt.«

Ich drückte meine Finger auf meine Augen, sank unter

Wasser. Rebecca sagte, ich müsse ihr zuhören. Dann erzählte sie mir von meinen Eltern.

Mein Dad besuchte mich einmal im Monat. Wir trafen uns am Strand. Er hielt es vor seiner Frau geheim, weil sie nicht wollte, dass er Kontakt zu mir hatte. Sie war eifersüchtig, weil er sie kurz vor ihrer Hochzeit mit meiner Mom betrogen hatte. Und dann dachte sie, sie hätten immer noch eine Affäre, aber mein Dad besuchte mich nur. Er kaufte mir Eiscreme, umarmte mich und küsste mich. Er trug mich auf dem Arm. Er wollte mich kennenlernen. Ich bemühte mich, mich zu erinnern, aber es gelang mir nicht. »Warum hat mir das nie jemand erzählt?«

»Seine Frau hat gedacht, deine Eltern hätten ein Verhältnis«, sagte Rebecca. »Und sie kam zu mir, drohte mit Selbstmord. Also erzählte ich ihr die Wahrheit über eure Treffen, weil ich dachte, es würde ihr helfen.«

Doch stattdessen fuhr seine Frau zum Strand, wo sie uns sah, und dann überfuhr sie meine Eltern mit dem Auto.

»Es war so schrecklich, Callie. Wir wollten nicht, dass du dir das vorstellst. Oder dich womöglich daran erinnerst – auch wenn das bedeutete, dass wir dir nichts von deinem Dad erzählten.« Die Frau, die ich bei Grandma Bea gesehen hatte – die Frau meines Dads –, hatte meine Mom getötet. Mom war ermordet worden, und kurz danach hatte Dad sich umgebracht. Ich spürte, wie sich eine Leere über mich senkte, wie eine Decke, die sich eng um mich schmiegte, und das Licht, die Luft und das Gefühl, lebendig zu sein, blockierte. Ich konnte mich überhaupt nicht daran erinnern, aber ich sah, wie sich ihre Gesichter veränderten. Ich sah die Angst in ihren Augen. Ich sah, wie sie die Lippen verzogen. Ich hatte nicht gewusst, warum meine Eltern gestorben waren, und an Dads Besuche konnte ich mich nicht erinnern. Ich dachte, das Leben meiner Mom sei perfekt gewesen, doch mit nur wenigen Worten veränderten sie sich beide.

Wie wäre es mit einem Bad?, fragten sie. *Hinterher wirst du dich besser fühlen.* Aber die Vorstellung, in die Wanne zu gehen, schien völlig unmöglich. Zuerst einmal würde ich aus dem Bett aufstehen müssen. Meine Füße auf den Boden stellen. Mich bemühen müssen, nicht zu weinen, während ich durch den Flur strauchelte. Dann würde ich mich ausziehen müssen, und meine Füße würden in Plastiktüten gewickelt. Sie durften nämlich nicht nass werden. Ich musste sie aus dem Wasser heraushalten.

»Lass mich die Vorhänge zurückziehen«, sagte Grandpa, aber ich wollte es lieber dunkel haben.

»Ich habe dir Saft mitgebracht. Trink doch mal einen kleinen Schluck.«

Ich trank wie ein neugeborenes Baby, das noch nicht denken und sprechen konnte. Ich lernte gerade zu sprechen – jedes Wort fühlte sich an wie ein Stein. Mom. Dad. Sie bedeuteten nicht mehr dasselbe wie früher. Wenn ich die Augen schloss, lagen sie mir schwer im Magen. Mommy, Daddy. Ich versuchte, mich um sie zu schlingen, sabberte klebrig an einer Wange. Ich wollte sie an mich ziehen, sie bei mir fühlen, entscheiden, ob wir, so wie ihre Namen auf meiner Zunge klangen, gleich waren. Aber sie waren immer zu weit weg. Sie waren nicht hier, als ich sie brauchte. Und als ich ihre Namen schrie, ergossen sich neue Wörter aus meinem Mund wie Regen. Ermordet. Opfer. Babykacke. Kanonenkugeln.

»Das sind nichts als Wörter«, beschwichtigte Rebecca mich. »Niemand ist nur ein Ding.«

Ich fühlte, wie sich die Wörter in meinem Innern zu einem riesigen Steinhaufen auftürmten – tausend bunte

Steine –, bereit zu zermalmen. Sie wurde ermordet. Ein Opfer. Sie rollten und verschoben sich. Sie war ein Held, Evil McFrenzy. Sie drückten auf meine Brust. *Deine Eltern waren so viel mehr als das, was ihnen geschehen ist.* Ich durfte auch mehr sein. Moms Mörderin hatte mir diese Chance gegeben.

Lara, sagte Rebecca. Mörderin, Killer. *Nicht nur ein Ding.* Die Frau, die mich gerettet hat. Aber wen hatte sie gerettet? Wer war das Mädchen, das versucht hatte im Wasser zu sterben – das nach einer Antwort im See suchte und kalt und leer wieder daraus auftauchte? Dieses Mädchen hatte seine eigene Geschichte verändern wollen, aber sie hatte das Offensichtliche übersehen: Wenn du tot warst, gehörte dir deine Geschichte nicht mehr. Was du zurückgelassen hast – deine Aufzeichnungen und Handlungen –, konnte missverstanden, vergessen, ignoriert werden. Mein Dad hatte mich geliebt, aber ich konnte mich nicht erinnern. Meine Mom hatte gelitten, aber ich hatte nur Perfektion gesehen. Die Namen, die ich für meine Eltern hatte, waren so falsch wie diejenigen, die sie mir in der Schule gegeben hatten. Und die Namen, die ich Rebecca gegeben hatte … Ich blickte sie wieder an.

Himbeertee trinkender Vormund. Leichtgläubige Zahnhygienikerin. Rollkragenpullover tragende Softie, die nicht verstehen konnte. Sie hielt meine Hand, als sie an meinem Bett saß, und ich versuchte, sie wirklich zu sehen. Wenn sie mich jetzt kannte, wollte ich sie auch kennen. Sie hatte nie um einen Titel gebeten, sie war nicht Momma R oder Tante, obwohl sie mich großgezogen hatte und mich so liebte wie eine Mutter. Wer war sie? Wie war ihr Name? Ich ließ meinen Kopf an ihre Schulter sinken. So saßen wir eine Zeit lang und fühlten die Dinge, die ich nicht benennen konnte.

Es geschah eines Morgens, ich weiß immer noch nicht, warum. Ich schlug die Augen auf, und etwas war anders. Meine Füße schrien nicht. Das zweite Herz hatte aufgehört zu schlagen. Meine Arme fühlten sich leicht an, und der Haufen Steine war weg. Babykacke, Mörder. Vorsichtig testete ich die Wörter in meinen Gedanken. Mom, Dad. Ich blickte zum Fenster, durch das Sonnenstrahlen fielen. Der Stock neben meinem Bett war weiß und rot wie ein Weihnachtslutscher. Ich legte meine Finger um den Griff und wartete darauf, dass die Idee sich wieder verflüchtigte. In genau zwei Sekunden würde ich mich wieder hinlegen. Drei, vier, fünf, sechs. Ich legte mich nicht hin – ich wollte aufstehen.

Schieb die Decke zurück. Beweg vorsichtig die Füße. Geh nicht zu schnell. Lass dir Zeit. Jemand hatte mein Fenster geöffnet, ich konnte die kühle Luft spüren. Draußen krächzte ein Vogel. Hörte sich an wie eine Krähe. Dann waren meine Füße auf dem Boden und meine Beine ganz wackelig. Aber es tat nicht allzu sehr weh, und ich hielt meinen Stock fest. Und dann verließ ich wie durch ein Wunder mein Zimmer.

Grandpa Pat saß im Wohnzimmer. Er arbeitete an seinem Laptop. Als er mich hereinkommen sah, hörte er auf zu tippen. Er sagte nichts, als ich unsicher weitertapste. Aber er blickte mich an, als würde ich gleich in Flammen aufgehen. Wollte ich fliehen? Wieder versuchen, mich umzubringen? Würde ich anfangen zu schluchzen wie eine Irre? Mein Grandpa wusste es nicht.

Dann verhakten sich meine Füße, und ich stürzte zu Boden.

Grandpa hockte sich neben mich. Ich konnte die nassen Abdrücke des Kamms in seinen Haaren sehen.

»Gina«, schrie er. »Gina, kannst du mal kommen?«

Meine Großtante kam herein, und gemeinsam legten sie mich aufs Sofa. Sie stopften mir Kissen unter die Füße und fühlten meinen Puls. Grandpa deckte mich mit einer Decke zu, und dann standen sie beide da. Moms Dad und Rebeccas Mom. Sie sahen mich an, als wäre ich eine kaputte Puppe.

»Ich bin okay.« Ich wedelte mit einer Hand, um sie zu beruhigen.

»Du liebst große Auftritte, was?«

Großtante Gina rieb sich über die Stirn. »Callie, ich koche gerade Eier. Magst du ein Ei essen?«

Ein Ei? Ich überlegte. Ja, ich konnte ein Ei essen.

Großtante Gina brachte mir ein Glas Saft und eine Handvoll Tabletten. Sie hielt das Glas an meine Lippen. »Kannst du einen Schluck trinken?«

Ich trank, ich aß die Eier, und dann bat ich um mehr. Irgendwann fragte ich Grandpa, welchen Monat wir hätten, und er sagte, es wäre Oktober.

Als Rebecca nach Hause kam, hatten sie mir seit Stunden Gesellschaft geleistet, und ich fühlte mich entspannt und lebendig. Ich lachte sogar. Grandpa sagte ständig so witzige, blöde Sachen. Er teilte uns mit, er denke daran, Krankenschwester zu werden. Oder professioneller Darts-Spieler. »Aber Darts zu spielen macht durstig«, meinte er. »Da muss man die ganze Zeit über Bier trinken.«

»Wie kannst du denn das Ziel treffen, wenn du betrunken bist?«, fragte meine Großtante.

»Du wärst überrascht. Manchmal hilft das tatsächlich.«

Rebecca öffnete die Tür und sah uns lachend auf dem Sofa sitzen. Zuerst wirkte sie überrascht, als wäre sie auf Außerirdische gestoßen. Sie legte nicht einmal den Mantel ab, so eilig hatte sie es, zu uns zu kommen. Dann küsste sie uns auf jede Wange, einen nach dem anderen.

Als es mir schon viel besser ging, erzählte Rebecca mir von der Werbetafel. Sie hatte ein Foto von meinem Gesicht an die Straße in der Nähe meiner Schule hängen lassen. Sie sagte, sie habe versucht, die Eltern der Kinder auf meiner Liste anzurufen, aber sie hatten die Wahrheit über die Vorkommnisse nicht hören wollen. Sie hatten ihr nicht geglaubt und alle möglichen Entschuldigungen gefunden. »Ich glaube, ich kann das verstehen«, sagte sie. »Ich war bei dir genauso.« Sie erzählte, einige der Eltern hätten sogar mit einer Anzeige gedroht. Sie hatten ihr Briefe wegen angeblicher Diffamierung geschickt, und da hatte Rebecca beschlossen, die Werbetafel zu buchen. Sie sollten sich erinnern und darüber nachdenken, wer sie waren, und sie zeigte ihnen, dass sie uns nicht wieder einschüchtern konnten.

Der Direktor meiner Schule schickte eine E-Mail an die ganze Schulfamilie, nachdem die ersten Zeitungsartikel erschienen waren. Ich lag damals noch im Krankenhaus.

Liebe Pembury-High-Familien,
ich schreibe Ihnen heute, um sie über ein Ereignis, das kürzlich unsere Gemeinschaft betroffen hat, zu informieren und zu beruhigen. Es beunruhigt oder verwirrt unter Umständen viele unserer Schüler, deshalb sind Ihre Unterstützung und Ihr Verständnis in dieser Zeit unschätzbar wichtig.

Heute früh erfuhren wir, dass eine unserer Schülerinnen, die sich selbst ernsthafte Verletzungen zugefügt hat, auf dem Weg der Besserung sei. Wir waren äußerst bestürzt über diese Vorkommnisse, ebenso über die Anschuldigungen der Schülerin, dass einige ihrer Mitschüler an diesen Verletzungen ursächlich beteiligt gewesen sein sollen. Die Polizei hat mittlerweile bestätigt, dass die Schülerin allein gehandelt hat, wir unter-

suchen jedoch noch, ob nicht gemeldete Mobbingvorfälle zu diesem Zwischenfall geführt haben.

Mobbing, Schikanieren oder Quälen in irgendeiner Form, physisch oder verbal, ist an der Pembury High in Übereinstimmung mit den staatlichen Gesetzen verboten und wird unter keinen Umständen geduldet. Wenn Sie oder Ihr Kind von einem Akt der Einschüchterung erfahren, bitte ich Sie dringend, mich sofort davon zu unterrichten. Auf der Pembury High sind wir stolz darauf, durch harte Arbeit eine sichere, inklusive Lernumgebung für all unsere Schüler geschaffen zu haben. Wir engagieren uns seit über fünf Jahren in der Anti-Mobbing-Liga, und unsere eigene Schülergruppe gegen Mobbing hat wachsenden Zulauf. Auf die seltenen Gelegenheiten, bei denen gemobbt wird, reagieren wir rasch und konsequent, und wir ermutigen alle unsere Schüler, Zwischenfälle, die sie beobachtet haben, zu melden.

Therapeuten und Lehrer stehen in den kommenden Wochen zur Unterstützung und Beruhigung unserer Schüler zur Verfügung, und wir bitten Sie um Geduld und Verständnis in dieser schwierigen Zeit für unsere Gemeinschaft.

James Wattis

»Was ist aus den Nachforschungen geworden?«, fragte ich.

»Du wirst enttäuscht sein.«

»Nichts hat sich verändert?«

Rebecca legte die Hand auf meine Schulter und klappte den Laptop zu. »Ich wünschte, ich könnte dir sagen, dass alles besser ist. Dass deine Schule wirklich nachgeforscht hat und deine Klassenkameraden netter geworden sind. Aber ich will dir nichts vormachen – Veränderungen finden selten so schnell statt.«

Es stellte sich heraus, dass niemand suspendiert worden war. Natürlich war auch niemand verhaftet worden. Die

Schüler, die zur Babykacke-Gruppe gehört hatten, mussten einen Vertrag über ihr Online-Verhalten unterschreiben. Ich habe nie herausgefunden, ob Dallas zur Jahrgangsstufensprecherin gewählt worden war. Oder ob Ella immer noch in der High-School-Mannschaft schwamm. Manchmal fragte ich mich, ob sie so weitergelebt hatten, als hätte ich nie existiert. Würden sie sich jemals ändern? Würde jemals irgendjemand anders werden? Wenn sie einen Jungen »Fleischklops« nannten, würde er sich dann umdrehen und sagen »Mörder«? Und würden dann alle daran denken, was passieren konnte? Oder würden sie lachen und lachen, als ob es der größte Witz aller Zeiten wäre? Ich wusste es nicht. Vielleicht würde ich es nie erfahren.

Nachdem wir aus Pembury weggezogen waren, begann ich mehr darauf zu achten, und mir fiel etwas am Mobbing auf, was kaum jemand erwähnt. Nicht nur Teenager tun es. Oder böse kleine Kinder. Es ist überall, in allem. Erwachsene tun es genauso wie wir. Im Fernsehen, in Filmen. Politiker. Comedians. Der Junge, den es von den Füßen haut, bekommt immer die meisten Lacher. Wenn eine Sängerin als Schreckschraube bezeichnet wird, ist der Talentjuror »aufrichtig«, und wenn ein Kongressabgeordneter den Präsidenten als Lügner bezeichnet, will die ganze Welt es hören. Es ist Drama. Es sind Beleidigungen. Mobbing lebt von Demütigung. In Scharen kommentieren Erwachsene das Mädchen, das im Fernsehen twerkt. *Es war jämmerlich. Es war widerlich. Ihre Mutter tut mir leid. Das war vielleicht ein Witz. Ich wette, sie wäre am liebsten tot.* Ich hatte mir einst gewünscht, tot zu sein, aber jetzt fragte ich mich, ob ich ihnen überhaupt einen Vorwurf daraus machen konnte. Wenn es doch überall ständig vorkam, wie hätten sie da widerstehen sollen?

Ich widerstand. Ich veränderte mich. Ich erinnerte mich an meine Demütigung. Und ich fand Worte, die mehr Sinn machten, wenn ich über mich nachdachte. Ich war echt, freundlich, lebendig.

Ich war die Tochter von zwei Menschen, auf die diese Worte auch einmal zutrafen. Sie hatten geatmet, Blut war durch ihre Adern geflossen, sie waren nicht perfekt gewesen. Und ihre Geschichten veränderten meine eigene, da ich sie in mir trug.

Es gab noch eine andere Geschichte, die ich mit mir herumschleppte, während ich nach neuen Wegen suchte, um anders zu sein, während ich gegen den Sog ankämpfte, das Gleiche zu tun wie jedermann. Robyn war auch nicht perfekt, noch nicht einmal perfekt anders, aber ich vermisste, wer wir zusammen gewesen waren. Ich hätte die Menschen gemocht, die aus uns geworden wären. Wir waren emotional miteinander verbunden gewesen, wollten einander kennenlernen, einander verstehen und nicht verurteilen. Wir erzählten uns Geschichten über unsere Eltern, die niemand sonst kannte. Ich weiß noch, wie wir auf dem Boden in der Bücherei saßen. Sie hatte die Arme um mich geschlungen, und ihre warmen Haare an meinem Gesicht rochen nach Obst. *So fühlt es sich an,* sagte sie, und ihr Körper war wie meine Muschel. Und als wir uns vorstellten, uns in unseren Zimmern an den Händen zu halten, wollten wir es so sehr. Sie sagte, sie habe tausendmal an mich gedacht, und jetzt dachte ich auch an sie: wenn mein Wecker klingelte, wenn ich mir die Zähne putzte, wenn ich mein Fenster öffnete und zum Himmel blickte.

Damals waren wir Freunde, und vielleicht, so hoffte ich, würden wir es eines Tages wieder sein.

Von: R.Doblak@sparkon.com
An: C.McKenzie@chronomail.com
Betreff: Hi
Gesendet: Freitag 1. Januar 2010, 17:48:19

Hi Callie,
ich will hundertprozentig aufrichtig sein. Ich habe nicht gedacht, dir JEMALS wieder zu schreiben, weil 1) das, was du mir angetan hast, BÖSE war und 2) ich dir nicht traute. Alle haben gesagt, du wärst eine Psychopathin. Meine Mom dachte, du wolltest uns vielleicht erpressen, und als ein Reporter bei uns zu Hause anrief, hat sie ihn so angeschrien, dass ihm wahrscheinlich das Trommelfell geplatzt ist. »Wir KENNEN Callie McKenzie NICHT!!!« & sie hatte recht, oder? Obwohl wir zahllose Gespräche miteinander geführt haben, weiß ich immer noch nicht, mit wem ich eigentlich geredet habe. Warst du es, war es jemand, der du sein wolltest, oder einfach nur ein echt schlechter Lügner? Mein Freund sagt, Leute wie du verhalten sich so, um über andere Macht zu bekommen, und wenn du das gewollt hast, herzlichen Glückwunsch. Es hat vermutlich funktioniert. Ich habe alles gefühlt, was du mich fühlen lassen wolltest, und dann kam ich mir vor wie ein Arschloch, weil ich so blöd gewesen war. Ich weiß nicht, wie ich das erfahren habe, aber als ich es herausfand, wäre ich am liebsten mit dem Beil auf dich losgegangen, bis du mir die Wahrheit sagst.

Lass uns mit dem ersten Tag, an dem ich dir begegnete, beginnen. Ein Tag, an dem sich mein ganzes Leben extrem beschissen angefühlt hat. Innen war Weltuntergang, aber ich versuchte, mich munter zu geben. Fröhlich summte ich mit dem Chor der anderen mit, fragte dich nach Pitbulls, als wenn mir nichts anderes durch den Kopf ginge. Und dieses Weihnachtslied, »Frosty the Snowman« war eigentlich auch so traurig. Es geht um dieses Kind, das einen tollen Freund findet, der schließlich zerschmilzt. Ich musste dabei an meinen Dad denken und dachte immer nur ROBYN, NIMM DICH ZUSAMMEN!!! Und dann hast du mir von diesem Pitbull erzählt, und plötzlich ist meine ganze falsche Fassade in sich zusammengebrochen. War die Geschichte wahr? Über diese Pitbull-Hündin, die die ganzen Leute gerettet hat? Ich weiß zwar nicht, warum es jetzt noch eine Rolle spielt, aber ich habe das Gefühl, dass es wichtig ist. Auf jeden Fall warst du an jenem Tag nett zu mir. Du hast mich aus dem Treibsand gezogen, und dann haben wir uns online unterhalten, und den Rest kennst du ja.

Ich weiß nicht, wie viel von dem, was du mir geschrieben hast, gelogen und erfunden war. Ich hab all deine alten Nachrichten noch einmal durchgelesen, und da ist so viel, was ich glauben möchte. Ich weiß, dass du mit dem Ketchup gelogen hast, aber war es auch gelogen, dass sie dich nach dem Tod deiner Eltern so beobachtet haben, dass du das Gefühl hattest, nicht du selbst sein zu können? War es eine Lüge, als du mir Papa geschenkt hast? Als du sagtest, du hättest geträumt, wir würden unter einem Baum schlafen? Und was war, als du mir gesagt hast, du würdest es auch *fühlen*? Alles, was du mir danach geschrieben hast, lässt mich denken, dass du zumindest *etwas* gefühlt hast, aber da war ich schon auf einer neuen Schule und habe versucht, jemand anderer zu sein. Ich beschloss, dass das, was zwischen uns passiert war, nur in meinem Kopf passiert sein konnte. Wie sollte ich jemanden lieben, den ich noch nicht einmal kannte?

Und als du dann angefangen hast, mir E-Mails zu schicken über Babykacke und alles, schwor ich, meine Meinung nicht zu ändern und nicht zuzulassen, dass ich etwas für dich empfand. Ich dachte, die alte Robyn sei tot, und die alte Callie sei sowieso nie echt gewesen, und woher sollte ich wissen, ob du mich nicht wieder hereinlegen wolltest? Aber dann habe ich gehört, was du getan hast, und ich wünschte, ich hätte versucht, dir zu helfen. Es tut mir leid, dass du so einsam gewesen bist und ich dir nie zurückgeschrieben habe. Ich weiß, wie es sich anfühlt, wenn man sterben will, und wie es ist, wenn jemand dich hasst. Ich wollte dich nicht mit einem Beil zerhacken oder erfahren, dass du ins Wasser gegangen bist. Ich redete mit meiner Mom, und wir beschlossen, es sei zu gefährlich für mich, dir jemals wieder zu schreiben. Aber jetzt riskiere ich es doch und frage mich, wann du mir wohl zurückschreiben wirst. Frage mich, ob es dieses Mal anders sein könnte und ob wir es hinkriegen, echt zu sein.

xoRobyn

DANKSAGUNG

Beginnen möchte ich mit Lizzy Kremer, meiner Agentin bei *David Higham Associates*, deren früher Glaube und lang anhaltende Geduld mich viele Jahre lang getragen haben. Auch an Harriet Moore, Alice Howe und das ganze Team von David Higham – danke! Massiv dankbar bin ich auch Alison Hunter und Kim Witherspoon bei *Inkwell Management*, weil sie gesehen haben, in welche Richtung das Buch gehen musste, und mich fachmännisch dorthin geleitet haben.

Eine bessere Lektorin als Christine Kopprasch bei *Crown* hätte ich mir nicht wünschen können. Ihr mitfühlendes Ohr, ihr grenzenloser Enthusiasmus und ihr Ehrfurcht gebietender Professionalismus machen sie zu einer Kraft, mit der man rechnen kann. Ganz zu schweigen davon, dass sie mich mit ihren E-Mails immer aufgemuntert hat. Ich bin ganz begeistert von der Zusammenarbeit mit ihr und der ganzen Mannschaft bei *Crown*.

Ich habe das Glück, exzellentes Feedback von Lesern zu kriegen, die ich auch zu meinen Freunden zähle: Megan Bradbury, Emily Midorikawa und Gayle O'Brien haben alle erste Entwürfe dieses Buchs gelesen und mich inspiriert, motiviert und als Vorbilder gedient. Meine

Schwester Jane Frankel hat mir wundervolle Einsichten in Callie vermittelt, und war bei zahllosen Gelegenheiten bereit, mir zuzuhören, wenn ich mich aus der Ferne über einzelne Punkte der Handlung ausließ. Am meisten möchte ich meiner Mutter, Leslie Frankel für ihr wertvolles Feedback zu späteren Manuskriptfassungen danken. Sie ist nicht nur eine tolle Mutter, sondern auch eine ernsthafte Leserin, und sie war immer bereit, mir ungeschönt ihre Meinung zu sagen.

Meine Freunde spielen sowohl in meinem Leben als auch beim Schreiben eine große Rolle, und ich wünschte, ich könnte jeden Einzelnen erwähnen, der mich unterstützt und inspiriert hat. Besonderer Dank geht an: Dana D'Auria, meine beste Freundin seit 1988, die ohne Weiteres dreitausend Meilen zurücklegt, um dann als Überraschung aus meinem Wäscheraum aufzutauchen; Stephanie Litos, deren Rat mich länger beschäftigt hat, als sie sich vorstellt; und Laura Fowles, mit der man immer lachen kann.

Mein Dank und meine Liebe gelten auch meiner Familie: Bob und Deborah Frankel und allen Frankels, Kramers, Seldens und Howards. Ohne euch hätte ich es nie geschafft.

Schließlich danke ich meinem Mann John – dem lustigsten, besten und nettesten Mann der Welt. Er hat mich mit überirdischer Geduld und Liebe auf jedem Schritt begleitet. Dich hätte ich mir nie erträumen können. Du bist der Beste, in der Realität.

LESEPROBE

Rainbow Rowell
Zwei Worte vor und eins zurück

DIENSTAG, 17. DEZEMBER 2013

Beim Einbiegen in die Auffahrt machte Georgie einen kleinen Schlenker, um einem Fahrrad auszuweichen.

Nie sorgte Neal dafür, dass Alice es wegräumte.

In Nebraska brauchte man offensichtlich keine Angst vor Fahrraddieben zu haben – ebenso wenig wie vor Einbrechern. Wenn sie spätabends nach Hause kam, musste Georgie meistens feststellen, dass Neal die Haustür nicht abgeschlossen hatte, obwohl sie ihm gesagt hatte, dass er genauso gut ein Schild im Garten aufstellen könnte: *Bewaffnete Einbrecher herzlich willkommen.* »Nein«, hatte er widersprochen. »Das wäre schon was anderes.«

Sie zerrte das Fahrrad auf die Veranda, und öffnete die (unverschlossene) Tür.

Im Wohnzimmer brannte zwar kein Licht, aber der Fernseher lief noch. Alice war auf der Couch bei Pink-Panther-Cartoons eingeschlafen. Als Georgie zum Fernseher gehen wollte, um ihn abzuschalten, stolperte sie über ein Milchschälchen auf dem Boden. Auf dem Kaffeetisch lag ein Stapel zusammengelegter Wäsche, also schnappte sie sich das zuoberst liegende Kleidungsstück, um damit die Milch aufzuwischen.

Als Neal im Durchgang zwischen Wohn- und Esszimmer auftauchte, hockte Georgie gerade auf dem Boden und beseitigte mithilfe ihrer Unterwäsche die Milchpfütze.

»Tut mir leid«, sagte er. »Alice wollte Milch für Noomi rausstellen.«

»Ist schon in Ordnung. Ich hab nicht aufgepasst.« Georgie erhob sich, wobei sie die Hand mit der feuchten Unterwäsche unwillkürlich zur Faust ballte. Mit dem Kinn deutete sie auf Alice. »Alles in Ordnung mit ihr?«

Neal streckte die Hand nach der nassen Wäsche aus und hob dann das Schälchen auf. »Alles prima. Ich habe ihr erlaubt, auf dich zu warten. Wir hatten eine nicht enden wollende Debatte darüber, ob sie ihren Kohl essen muss, außerdem habe ich ihr verboten, das Wort ›buchstäblich‹ zu benutzen, weil es mich *buchstäblich* in den Wahnsinn treibt.« Bevor er in die Küche ging, drehte er sich zu Georgie um. »Hast du Hunger?«

»Ja«, erwiderte sie und folgte ihm in die Küche.

An diesem Abend war Neal gut gelaunt. Wenn Georgie sonst so spät nach Hause kam … nun, dann war das nicht der Fall.

Sie setzte sich an die Frühstückstheke, wobei sie mit den Ellbogen Rechnungen, Bibliotheksbücher und Zweitklässler-Arbeitsblätter beiseiteschob.

Neal ging zum Gasherd und schaltete ihn ein. Er trug Pyjamahosen und ein weißes T-Shirt und sah aus, als hätte er einen neuen Haarschnitt – wahrscheinlich extra für den Urlaub. Wenn Georgie ihm jetzt mit der Hand über den Hinterkopf gefahren wäre, dann hätte sich sein Haar in der einen Richtung seidig und in der anderen stachelig angefühlt.

»Ich wusste nicht, was du mitnehmen willst«, sagte er. »Deshalb habe ich vorsichtshalber alles in deinem Wäschekorb gewaschen. Vergiss nicht, dass es dort ziemlich kalt werden kann. Das vergisst du jedes Mal.«

Was auch der Grund war, warum sie sich jedes Mal Neals Pullis auslieh.

Er war so gut gelaunt …

Lächelnd richtete er ihren Teller her. Pfannengemüse. Lachs. Kohl. Anderes Grünzeugs. Dann zerdrückte er eine Handvoll Cashewkerne in der Hand, streute sie über das Essen und stellte den Teller vor sie hin.

Wenn Neal lächelte, gruben sich tiefe Lachfalten in seine stoppeligen Wangen. Am liebsten hätte Georgie ihn über die Frühstückstheke hinweg an sich gedrückt und ihre Nase in seiner Wange vergraben. (So ging es ihr immer, wenn Neal lächelte.) (Was er vermutlich nicht wusste.)

»Ich müsste alle deine Jeans gewaschen haben …«, sagte er, während er ihr ein Glas Wein einschenkte.

Georgie holte tief Luft. Sie musste es endlich hinter sich bringen. »Im Büro gab es heute gute Neuigkeiten.«

Neal, der seitlich an die Theke gelehnt dastand, hob eine Augenbraue. »Ach, tatsächlich?«

»Tatsächlich. Es ist so … Maher Jafari interessiert sich für unsere Sitcom.«

»Wer oder was ist Maher Jafari?«

»Das ist der Typ vom Sender, mit dem wir verhandelt haben. Derjenige, der für *Die Lobby* und die neue Reality-Show über Tabakfarmer grünes Licht gegeben hat.«

»Ah ja, richtig.« Neal nickte. »Der Mann vom Sender. Ich dachte, er zeigt euch die kalte Schulter.«

»Wir *dachten* nur, dass er uns die kalte Schulter zeigt«, sagte Georgie. »Offenbar ist das einfach seine Art.«

»Oh. Wow. Das sind gute Neuigkeiten. Wenn das so ist« – er legte den Kopf schief –, »warum siehst du dann nicht fröhlicher aus?«

»Ich bin total aus dem Häuschen vor Freude«, erwiderte Georgie. *Mit schriller Stimme. Himmel.* Brach ihr jetzt auch noch der Schweiß aus? »Er will einen Pilotfilm, Drehbücher. Wir haben ein großes Meeting, um darüber zu sprechen, welche Schauspieler infrage kommen …«

»Das ist großartig«, sagte Neal abwartend. Er wusste, dass sie auf etwas Bestimmtes hinauswollte.

Georgie schloss die Augen. »… und zwar am Siebenundzwanzigsten.«

In der Küche herrschte Stille. Sie öffnete die Augen. Vor ihr stand der Neal, den sie kannte und liebte. (Ehrlich. In beiderlei Hinsicht.) Die vor der Brust verschränkten Arme, die zu Schlitzen verengten Augen, das grimmige Gesicht.

»Am siebenundzwanzigsten wollten wir in Omaha sein«, sagte er.

»Ich weiß«, erwiderte sie. »Ich weiß das, Neal.«

»Und das heißt? Willst du früher nach L. A. zurückfliegen?«

»Nein, ich … wir müssen die Drehbücher schon vorher fertig haben. Seth dachte –«

»Seth.«

»Bisher haben wir nur den Pilotfilm«, erklärte sie. »Wir haben neun Tage Zeit, um vier Folgen zu schreiben und uns auf das Treffen vorzubereiten. Wir haben total Glück, dass wir gerade ein paar Tage frei haben, in denen wir uns nicht um *Jeff'd Up* kümmern müssen.«

»Ihr habt ein paar Tage frei, weil *Weihnachten* ist.«

»Ich weiß, dass Weihnachten ist, Neal – ich habe nicht vor, Weihnachten ausfallen zu lassen.«

»Hast du nicht?«

»Nein. Ich habe nur vor … Omaha ausfallen zu lassen. Ich dachte, wir könnten alle zusammen hierbleiben.«

»Aber wir haben schon die Tickets gekauft.«

»Neal. Es ist ein Pilotfilm. Ein Deal. Mit unserem Traum-Fernsehsender.«

Georgie hatte das Gefühl, von einem Skript abzulesen. Sie hatte dieses Gespräch auch schon mit Seth geführt und dabei fast genau dieselben Wörter benutzt …

»Es ist Weihnachten«, hatte sie gesagt. Sie waren im Büro gewesen, und Seth hatte sich auf Georgies Seite ihres gemeinsamen, L-förmigen Schreibtischs niedergelassen. Und sie in die Zange genommen.

»Komm schon, Georgie, wir können Weihnachten auch später feiern – nach dem Meeting feiern wir das schönste Weihnachten, das wir je hatten.«

»Erzähl das mal meinen Kindern.«

»Das werde ich. Deine Kinder lieben mich.«

»Seth, es ist Weihnachten. Kann das Meeting nicht warten?«

»Wir warten seit Jahren auf eine solche Chance. Und jetzt ist es so weit. Georgie. Es ist so weit. Endlich.«

Seth hatte nicht aufgehört, ihren Namen zu wiederholen.

Neals Nasenflügel bebten.

»Meine Mutter erwartet uns«, sagte er.

»Ich weiß«, flüsterte Georgie.

»Und die Kinder … Alice hat dem Weihnachtsmann die Adresse meiner Eltern geschickt, damit er weiß, wo er sie finden kann.«

Georgie versuchte zu lächeln. Es blieb bei einem schwachen Versuch. »Der Weihnachtsmann kriegt das schon hin.«

»Das ist nicht –« Neal legte den Korkenzieher in eine Schublade und schlug sie mit einem lauten Knall zu. Er senkte die Stimme. »Das ist nicht der Punkt.«

»Ich weiß.« Sie beugte sich über ihren Teller. »Wir können deine Mutter genauso gut nächsten Monat besuchen.«

»Und Alice aus der Schule nehmen?«

»Wenn es sein muss.«

Als Neal die Fäuste auf der Küchentheke ballte, traten die Muskeln an seinen Unterarmen hervor. Er sah aus, als würde er sich rückwirkend für eine schlechte Nachricht wappnen. Dann ließ er den Kopf hängen.

»Das könnte unsere große Chance sein«, sagte Georgie. »Unsere eigene Sitcom.«

Er nickte, ohne den Kopf zu heben. »Gut«, sagte er. Seine Stimme klang leise und resigniert.

Georgie wartete.

Manchmal verlor sie den Faden, wenn sie sich mit Neal stritt. Ihre Auseinandersetzung verwandelte sich dann in etwas anderes – in etwas Bedrohliches –, und Georgie merkte es nicht einmal. Manchmal war das Gespräch für ihn schon zu Ende, während sie noch ihre Argumente darlegte, und dann redete sie weiter, obwohl er innerlich längst aus der Diskussion ausgestiegen war. Manchmal ging er auch einfach.

Aber Georgie wusste nicht, ob man dieses Gespräch überhaupt als Streit bezeichnen konnte. Noch nicht.

Also wartete sie.

Neal ließ den Kopf hängen.

»Was meinst du mit ›gut‹?«, fragte sie schließlich.

Mit den nackten Armen stieß er sich von der Theke ab. »Das soll heißen, das *du* offenbar keine Probleme mit dieser Entscheidung hast.« Er fing an, den Herd sauber zu machen. »Du musst bei diesem Meeting dabei sein. Das ist wichtig für dich.«

Er sagte das mit neutraler Stimme. Vielleicht wurde ja

doch noch alles gut. Vielleicht freute er sich sogar für sie. Letzten Endes.

»Na schön«, sagte sie, um die Stimmung zwischen ihnen auszutesten. »Dann fahren wir also nächsten Monat zu deiner Mutter?«

Er öffnete die Spülmaschine und fing an, das Geschirr einzusammeln. »Nein.«

Georgie presste die Lippen zusammen und kaute darauf herum. »Du willst Alice nicht aus der Schule nehmen?«

Er schüttelte den Kopf.

Sie beobachtete ihn dabei, wie er die Spülmaschine einräumte. »Dann fahren wir im Sommer?«

Neal zuckte leicht mit dem Kopf, als hätte etwas sein Ohr gestreift. Er hatte wunderschöne Ohren. Sie waren ein bisschen zu groß und oben spitz wie Flügel. Georgie liebte es, seinen Kopf an den Ohren festzuhalten. Wenn er es zuließ.

In diesem Augenblick konnte sie sich gut vorstellen, seinen Kopf in den Händen zu halten. Sie spürte förmlich, wie sie mit den Daumen über seine Ohren fuhr, während ihre Fingerknöchel das kurz geschorene Haar streiften.

»Nein«, wiederholte er, richtete sich auf und wischte sich die Handflächen an der Pyjamahose ab. »Die Flugtickets sind bereits bezahlt.«

»Neal, ich meine es ernst. Ich muss zu diesem Meeting.«

»Ich weiß«, sagte er und drehte sich zu ihr um. Sein Gesicht war grimmig, und daran würde sich auch so bald nichts ändern.

Damals auf dem College hatte Neal darüber nachgedacht, zum Militär zu gehen. Garantiert hätte er sich hervorragend bewährt in Situationen, in denen man jemandem eine schreckliche Nachricht überbringen oder einen herzzerreißenden Befehl ausführen musste – ohne sich dabei anmerken zu lassen, wie nahe einem das ging. Neals Gesicht hätte die Enola Gay fliegen können.

»Ich verstehe nicht«, sagte Georgie.

»Du musst zu deinem Meeting«, sagte er. »Und wir haben Flugtickets. Du musst ohnehin die ganze Woche arbeiten. Du bleibst hier, konzentrierst dich auf die neue Sitcom – und wir besuchen meine Mutter.«

»Aber es ist Weihnachten. Die Kinder …«

»Sie können mit dir nachfeiern, wenn wir wieder da sind. Das gefällt ihnen bestimmt. Zweimal Weihnachten feiern.«

Georgie wusste nicht, wie sie reagieren sollte. Wenn Neal beim letzten Wort nicht *gelächelt* hätte …

Er deutete auf ihren Teller. »Soll ich dir das noch mal aufwärmen?«

»Nein, alles prima«, sagte sie.

Er nickte kurz und ging an ihr vorbei ins Wohnzimmer, wobei er sich gerade weit genug vorbeugte, um ihre Wange kurz mit den Lippen zu streifen. Dann war er auch schon an ihr vorbei und hob Alice hoch. Georgie hörte, wie er sie mit leiser Stimme beruhigte – »Alles in Ordnung, Süße, ich hab dich« – und die Treppe hinaufging.

MITTWOCH, 18. DEZEMBER 2013

Georgies Handy reagierte nicht.

Wenn sie es nicht in eine Steckdose einstöpselte, gab es grundsätzlich keinen Mucks von sich. Wahrscheinlich brauchte sie einen neuen Akku, nur leider vergaß sie immer wieder, sich einen zu besorgen.

Also stellte sie ihren Kaffee auf dem Schreibtisch ab und verband das Telefon mit ihrem Laptop. Dann schüttelte sie das Handy wie ein Polaroidfoto, während sie darauf wartete, dass es zum Leben erwachte.

Plötzlich flog eine Weintraube zwischen ihrer Nase und dem Bildschirm vorbei.

»Also?«, fragte Seth.

Georgie hob den Kopf und sah Seth zum ersten Mal richtig an, seit sie ins Büro gekommen war. Er trug ein rosafarbenes Hemd und eine grüne Strickweste, und sein Haar sah aus wie frisch geföhnt. Äußerlich hätte Seth Kennedys gut aussehender Cousin sein können, ohne allerdings die tollen Zähne der Familie geerbt zu haben.

»Also was?«, fragte sie.

»Wie ist es gelaufen?«

Er meinte ihr Gespräch mit Neal. Allerdings würde er

seinen Namen nicht aussprechen – so war es für alle leichter.

Georgie warf einen Blick auf ihr Handy. Keine neuen Anrufe. »Gut.«

»Ich hab dir doch gesagt, dass es gut laufen würde.«

»Schön, du hattest recht.«

»Ich habe immer recht«, sagte Seth.

Georgie hörte, wie er sich auf seinem Stuhl zurücklehnte. Sie konnte ihn förmlich vor sich sehen – die langen Beine auf der Kante ihres gemeinsamen Schreibtischs abgelegt.

»Du hast nur äußerst selten mit etwas recht, und dann auch nur zum Teil«, widersprach sie, immer noch an ihrem Telefon herumfummelnd.

Neal und die beiden Mädchen waren wahrscheinlich schon umgestiegen. Sie hatten einen kurzen Zwischenstopp in Denver. Georgie überlegte, ob sie ihnen eine SMS schicken sollte – *Ich hab euch lieb* –, und stellte sich vor, dass sie die Nachricht noch vor ihrer Landung in Nebraska erhielten.

Aber Neal schrieb nie SMS, deswegen schaute er auch nie nach, ob er welche bekommen hatte. Wenn man ihm Nachrichten schickte, war es, als würden sie in einem schwarzen Loch verschwinden.

Nachdem sie das Telefon wieder hingelegt und ihre Brille nach hinten geschoben hatte, versuchte sie sich auf den Bildschirm zu konzentrieren. Sie hatte ein Dutzend neue E-Mails, alle von Jeff German, dem Comedian, der der Star ihrer Serie war.

Falls es mit der neuen Sitcom klappte, würde Jeff German Georgie ganz bestimmt nicht fehlen. Genauso wenig wie seine E-Mails. Oder seine rote Baseballkappe. Oder die Tatsache, dass er sie dazu zwang, ganze Passagen von *Jeff'd Up* umzuschreiben, weil er fürchtete, dass die Schauspieler, die seine Fernsehfamilie spielten, zu viele Lacher abbekamen.

»Ich kann das einfach nicht.« Die Tür ging auf, und Scotty schlich herein. In Seths und Georgies Büro war gerade noch Platz für einen weiteren Stuhl – einer dieser unbequemen Ikea-Stühle mit durchhängender Sitzfläche. Scotty ließ sich auf den Stuhl fallen, wobei er sich mit beiden Händen an den Kopf fasste. »Ich kann das nicht. Ich schaffe es einfach nicht, Geheimnisse für mich zu behalten.«

»Guten Morgen«, begrüßte ihn Georgie.

Scotty lugte durch seine Finger. »Hey, Georgie. Das Mädel am Empfang hat mich gebeten, dir auszurichten, dass deine Mutter am Telefon ist. Leitung zwei.«

»Sie heißt Pamela.«

»Okay. Meine Mutter heißt Dixie.«

»Nein, die neue Empfangschefin, sie heißt ...« Aber dann schüttelte Georgie nur den Kopf und streckte die Hand nach dem schwarzen Telefon aus, das zwischen ihr und Seth stand.

Ihre Mutter seufzte. »Das hat so lange gedauert, dass ich schon dachte, die Empfangsdame hat mich vergessen.«

»Nein, keine Sorge. Was ist los?«

»Ich wollte nur mal fragen, wie es dir geht.« Ihre Mutter klang besorgt. (Sie klang gern besorgt.)

»Alles prima«, erwiderte Georgie.

»Na schön ...« Ihre Mutter seufzte wieder. Tief. »Ich habe heute Morgen mit Neal telefoniert.«

»Wie hast du das geschafft?«

»Ich habe mir den Wecker gestellt. Ich wusste, dass ihr früh fliegt, und wollte mich verabschieden.«

Ihre Mutter machte grundsätzlich eine große Sache aus Flugreisen. Und aus kleinen Operationen. Und manchmal bestand das Drama auch einfach nur darin, dass sie nicht auflegen konnte. *»Man kann nie wissen, ob man nicht vielleicht das letzte Mal mit jemandem spricht. Da will man sich doch richtig verabschiedet haben.«*

Georgie klemmte sich das Telefon zwischen Ohr und Schulter, um weitertippen zu können. »Nett von dir, dass du daran gedacht hast. Hast du mit den Mädchen gesprochen?«

»Ich habe mit *Neal* gesprochen«, wiederholte ihre Mutter nachdrücklich. »Er hat mir gesagt, dass ihr beide eine Zeit lang getrennte Wege geht.«

»Mom«, sagte Georgie und nahm den Telefonhörer wieder in die Hand. »Nur die eine Woche.«

»Er sagte, dass ihr Weihnachten nicht zusammen verbringt.«

»So ist das nicht – warum drückst du es so aus? Ich habe einen Notfall auf der Arbeit.«

»Das ist das erste Mal, dass du an Weihnachten arbeitest.«

»Ich arbeite nicht an Weihnachten. Ich muss in der Zeit davor und danach arbeiten. Es ist kompliziert.« Georgie widerstand dem Drang zu überprüfen, ob Seth das Gespräch verfolgte. »Es war meine Entscheidung.«

»Du hast dich dafür entschieden, Weihnachten allein zu verbringen.«

Rainbow Rowell

Zwei Worte vor uns eins zurück

Roman

Manchmal geht die Liebe seltsame Wege

Georgie weiß, dass ihre Ehe nicht mehr gut läuft. Und sie weiß auch, dass es nicht besser wird, wenn sie Weihnachten getrennt von Neal und ihren beiden Töchtern verbringt. Aber das Jobangebot, das sie erhalten hat, kann sie unmöglich ablehnen …

»Eine der besten Sommerlektüren des Jahres!« *Entertainment Weekly*

416 Seiten · broschiert mit Klappe
€ 14,99 [D]
ISBN 978-3-86396-074-2

www.egmont-ink.de

INK
EGMONT

Ilsa J. Bick

Atemnot

Roman

Hochspannung pur!

Es gibt Geschichten, in denen das Mädchen den Prinzen findet, und sie leben glücklich und zufrieden bis an ihr Lebensende. Es gibt Geschichten, in denen das Monster das Mädchen umbringt, und alle trauern. Und es gibt Geschichten wie die von Jenna Lords, deren Leben mit ihrem kontrollbesessenen Vater und der alkoholkranken Mutter fernab jedes Märchens ist. Als der engagierte Lehrer Mitch Anderson Jennas wichtigste Bezugsperson wird, entspinnt sich eine Geschichte, in der schwer zu sagen ist, wer der Prinz und wer das Monster ist …

Ein überzeugender, wundervoll gezeichneter, aber ebenso spannender und abgründiger Psychothriller!

352 Seiten · broschiert mit Klappe
€ 14,99 [D]
ISBN 978-3-86396-064-3

www.egmont-ink.de

INK
EGMONT

Caroline Kepnes

YOU – Du wirst mich lieben

Roman

Ich liebe dich, solange du lebst …

Als die Studentin Guinevere Beck die Buchhandlung betritt, in der Joe arbeitet, ist er augenblicklich hingerissen von ihr. Sie ist atemberaubend schön, clever und sexy, und für Joe besteht kein Zweifel: Sie ist perfekt für ihn. Natürlich googelt er sofort ihren Namen und sucht sie auf Facebook. Doch dabei bleibt es nicht. Joe ist besessen von Beck, er beginnt, sie zu stalken. Mehr und mehr findet er über sie heraus. Und als er ihr schließlich »zufällig« das Leben rettet, kann Beck gar nicht anders, als sich in den etwas seltsamen, aber irgendwie charismatischen Typen zu verlieben, der so gut zu ihr zu passen scheint …

»Hypnotisch und unheimlich … Ich habe noch nie etwas Vergleichbares gelesen.«
Stephen King

512 Seiten · broschiert mit Klappe
€ 14,99 [D]
ISBN 978-3-86396-079-7

www.egmont-ink.de

Elizabeth George

Whisper Island

Roman

Whisper Island – der Start der ersten Jugendbuch-Serie von Bestsellerautorin Elizabeth George

Becca King hat eine Gabe, die gleichzeitig ein Fluch ist. Sie kann die Gedanken anderer Menschen hören. Jetzt ist Becca auf der Flucht, weil ihr Stiefvater ihre Fähigkeiten skrupellos ausnutzen wollte. Auf einer geheimnisvollen, abgeschiedenen Insel hofft Becca, Unterschlupf bei einer Freundin ihrer Mutter zu finden. Doch als sie dort ankommt, erfährt sie, dass die Freundin kurz zuvor gestorben ist. Verzweifelt versucht Becca, ihre Mutter zu erreichen – ohne Erfolg: Das Handy ist tot …

Band 1: Sturmwarnung
448 Seiten,
gebunden mit Schutzumschlag
€ 19,99 [D]
ISBN 978-3-86396-001-8

Band 2: Wetterleuchten
ca. 448 Seiten,
gebunden mit Schutzumschlag
€ 19,99 [D]
ISBN 978-3-86396-002-5

INK EGMONT

k.de

INK EGMONT